石川　透編

室町物語影印叢刊　19

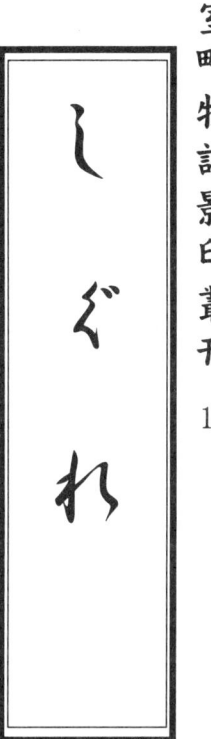

しぐれ

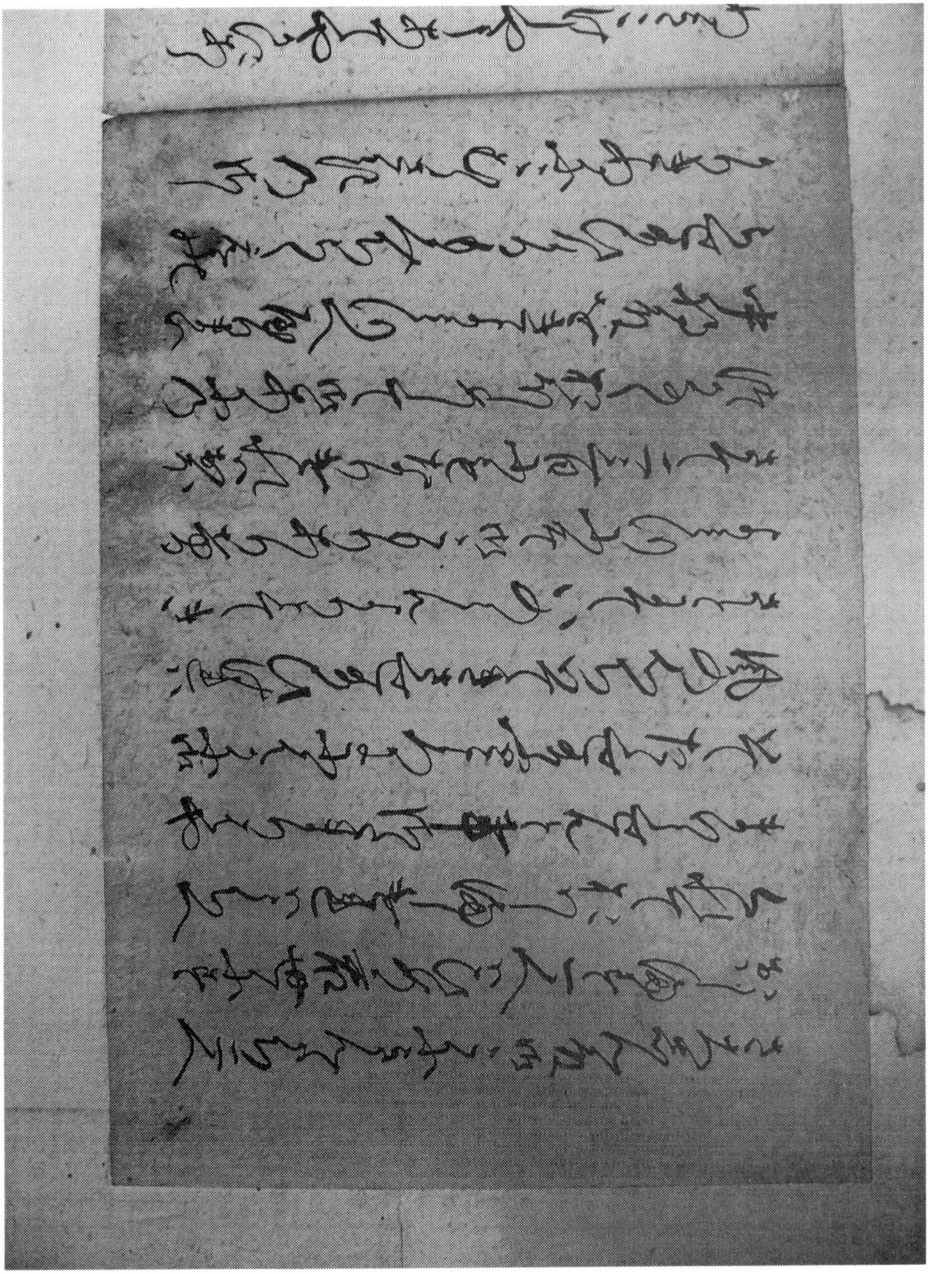

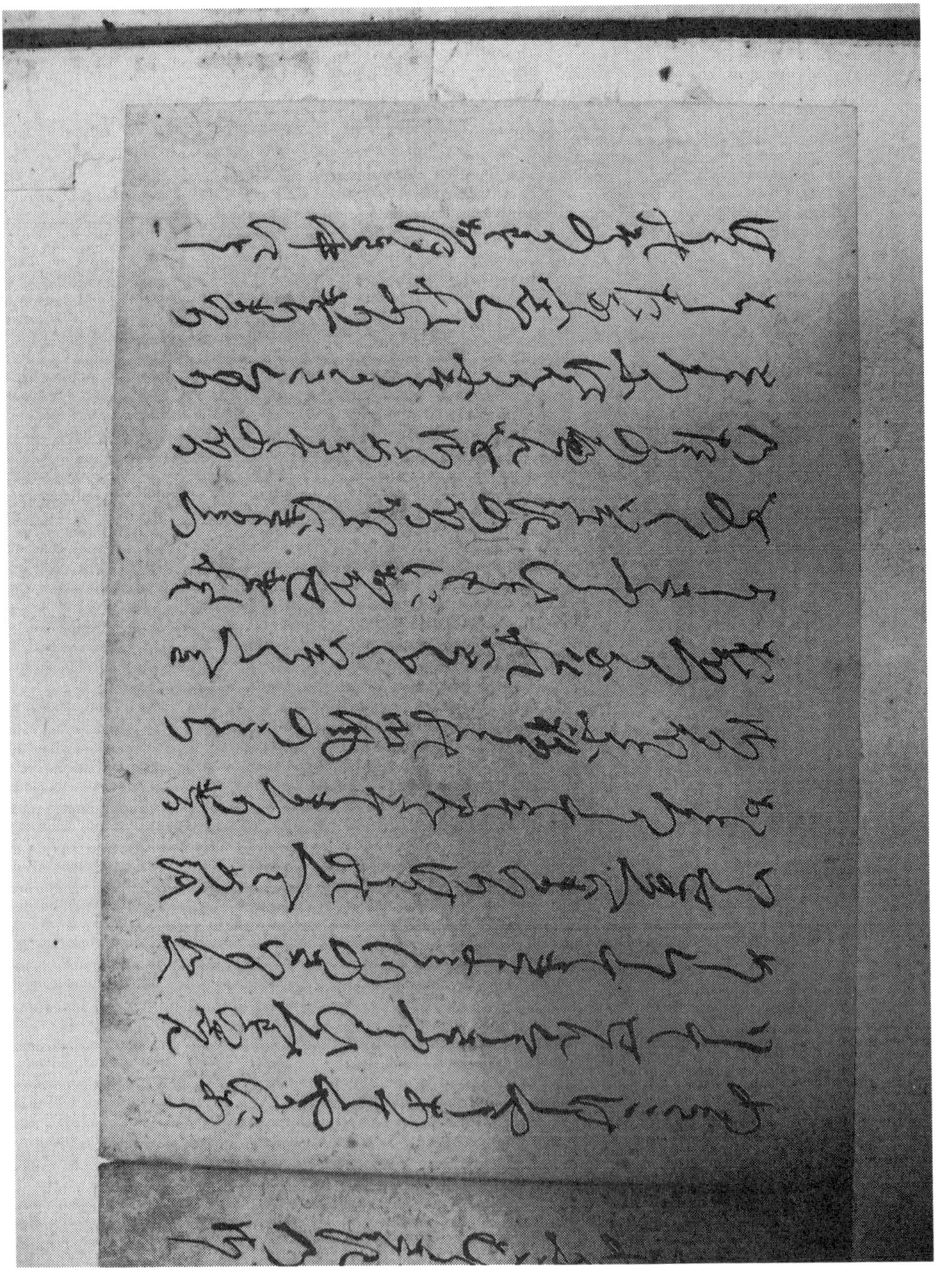

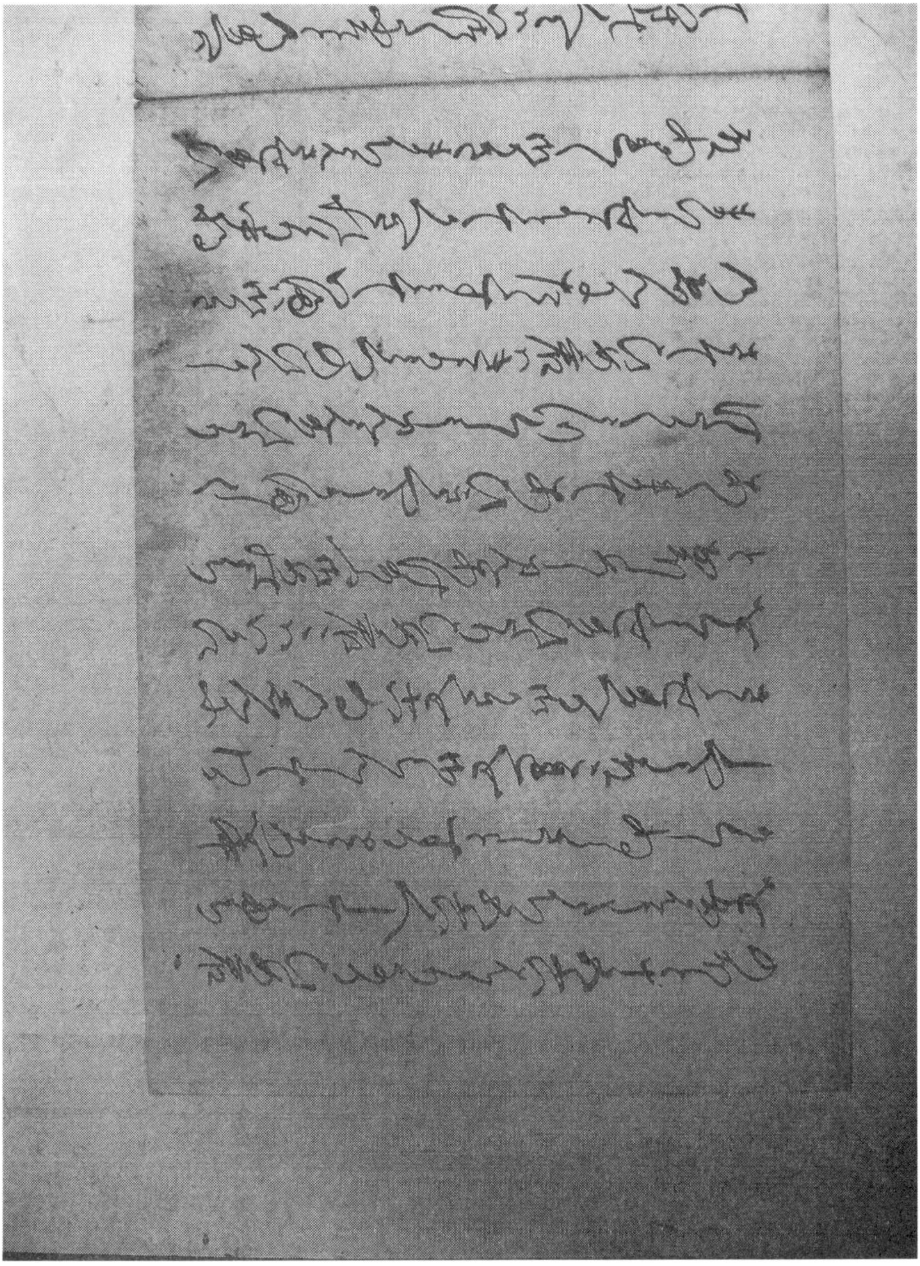

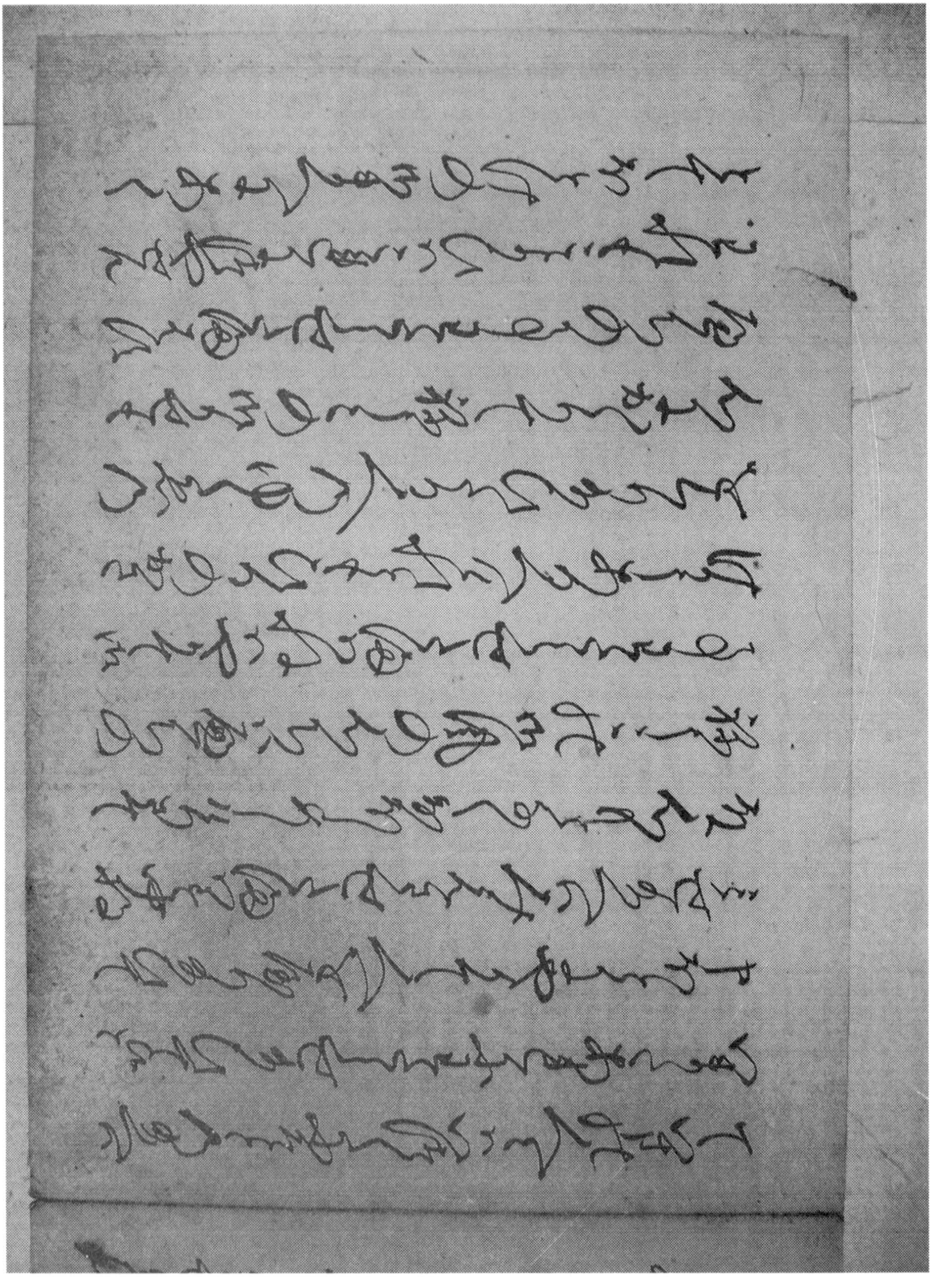

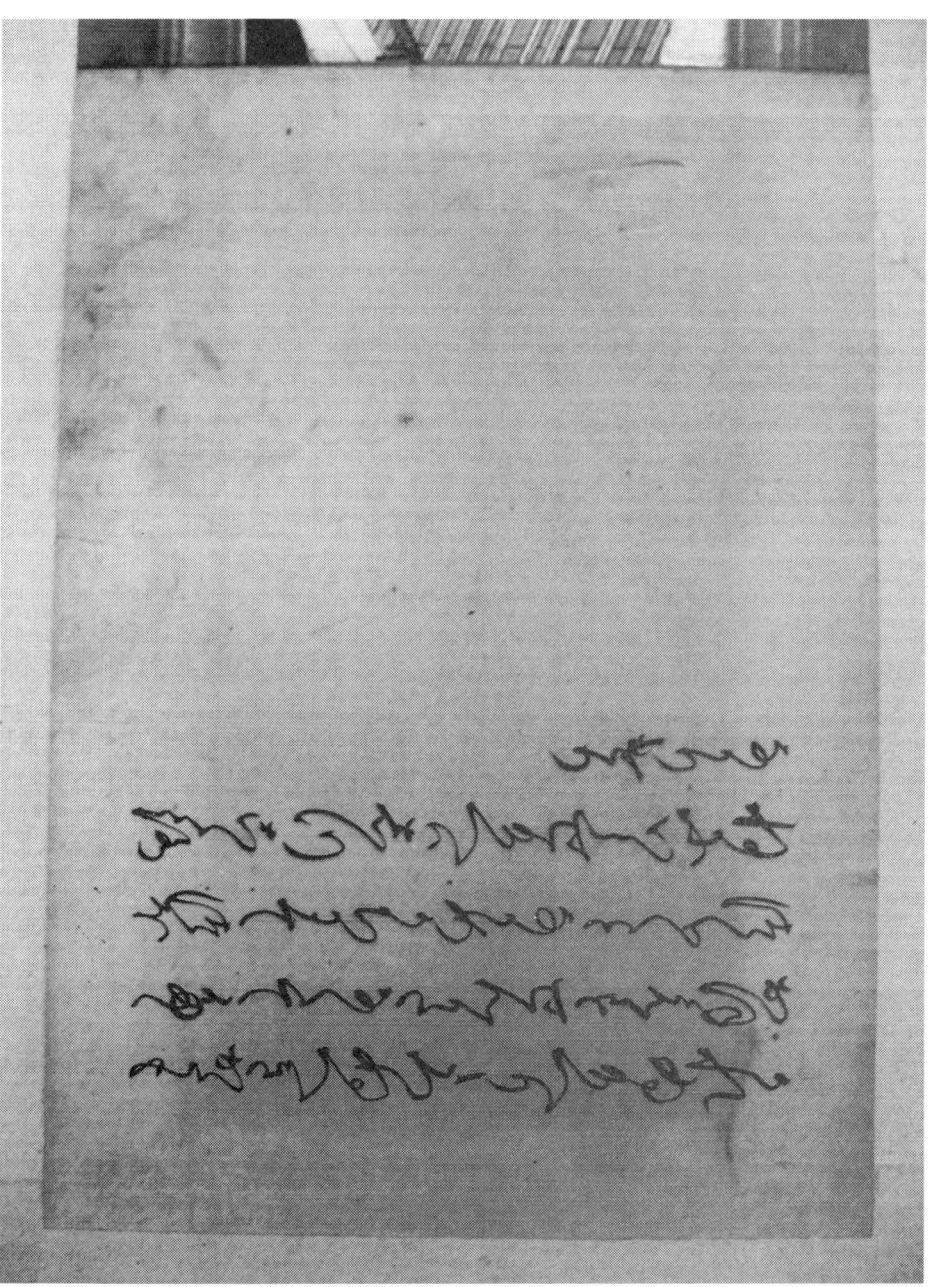

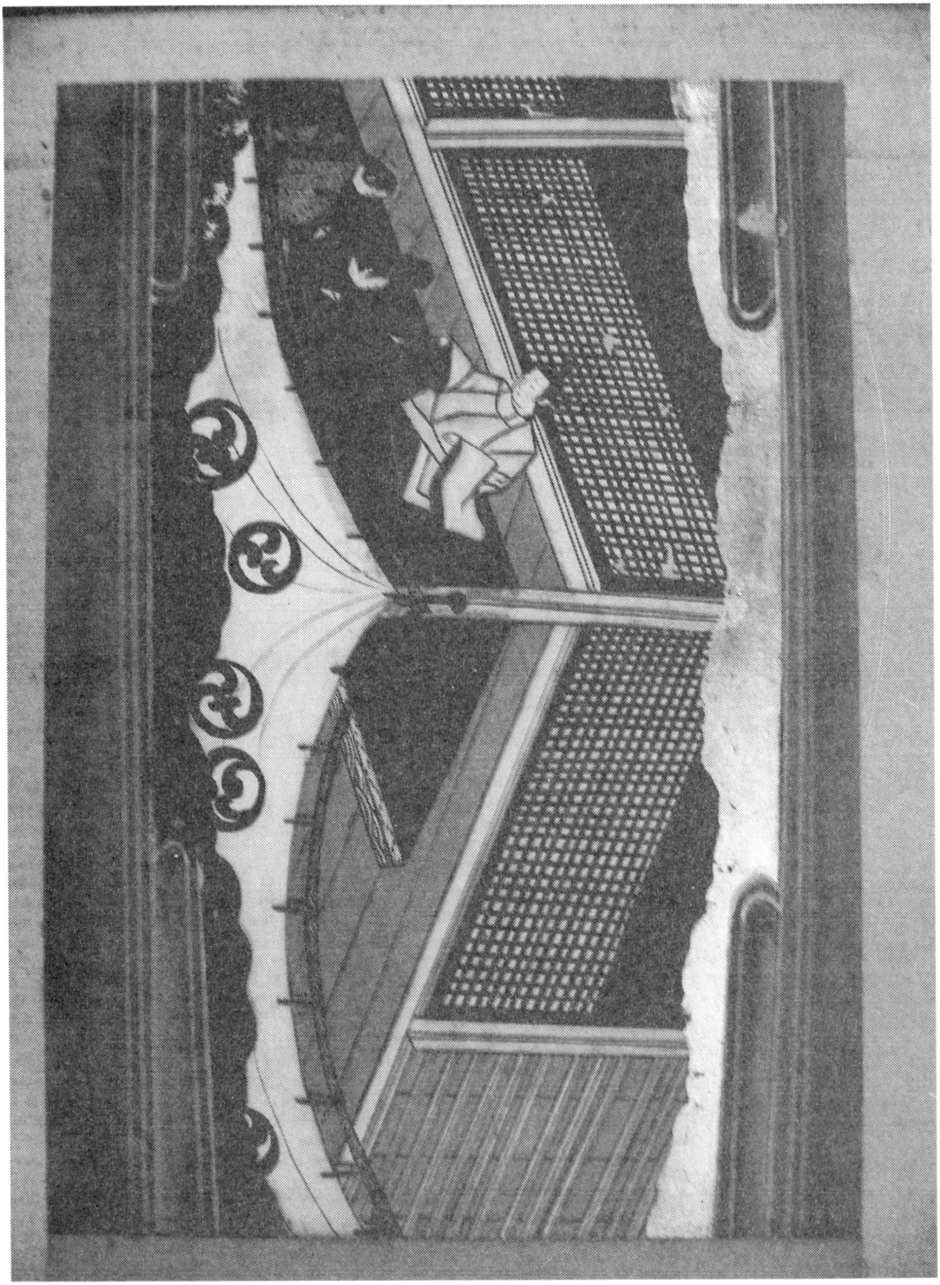

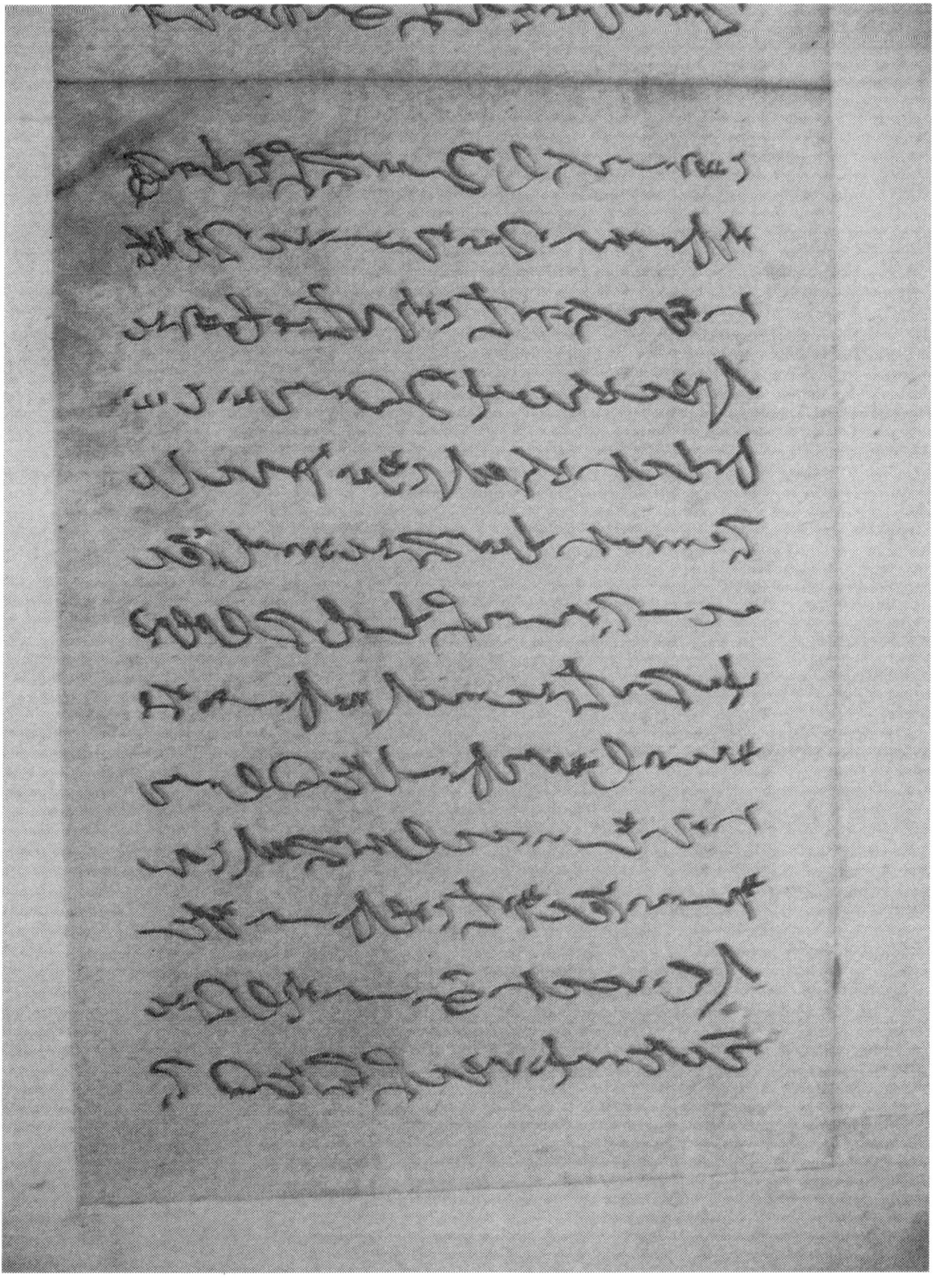

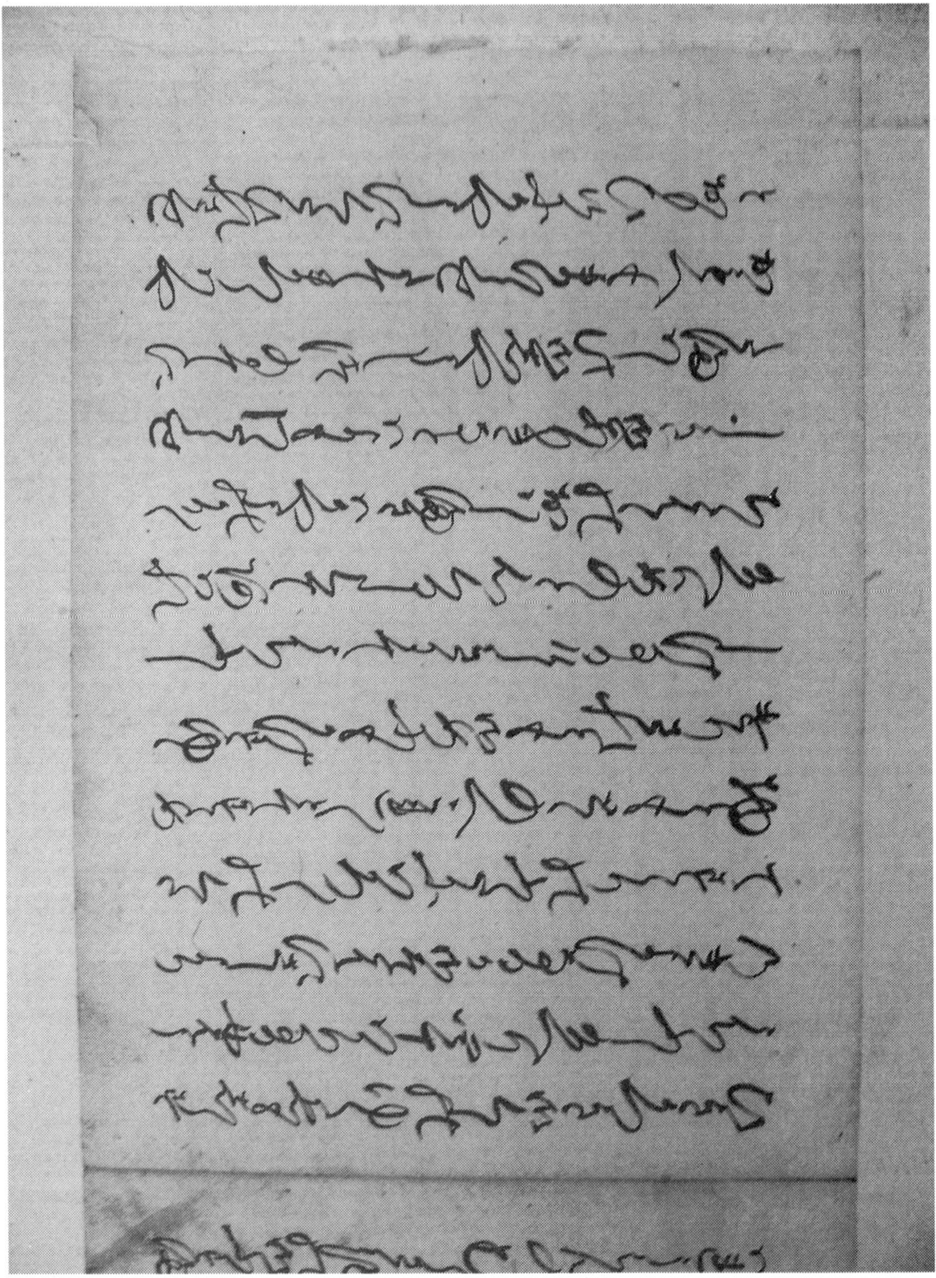

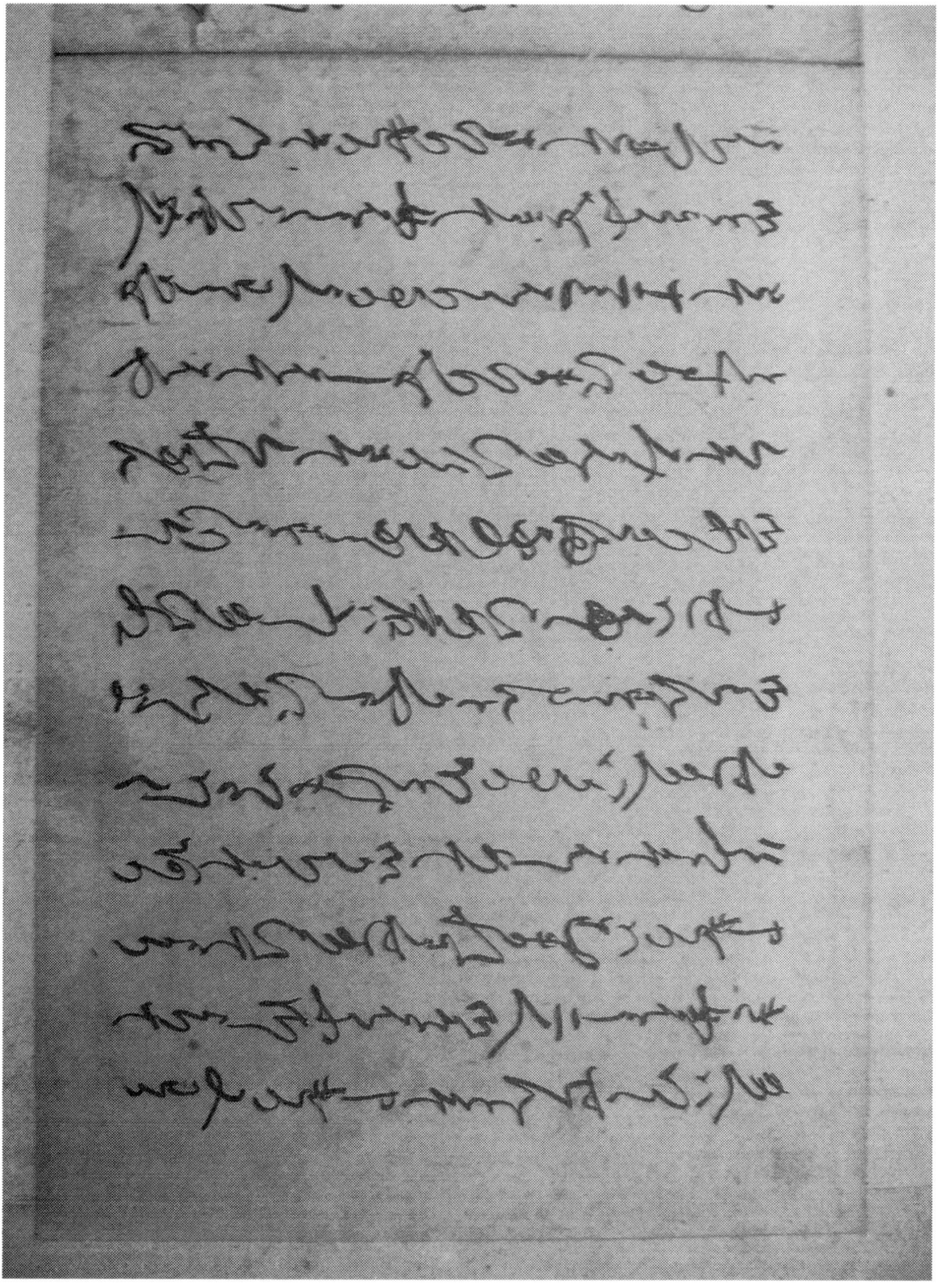

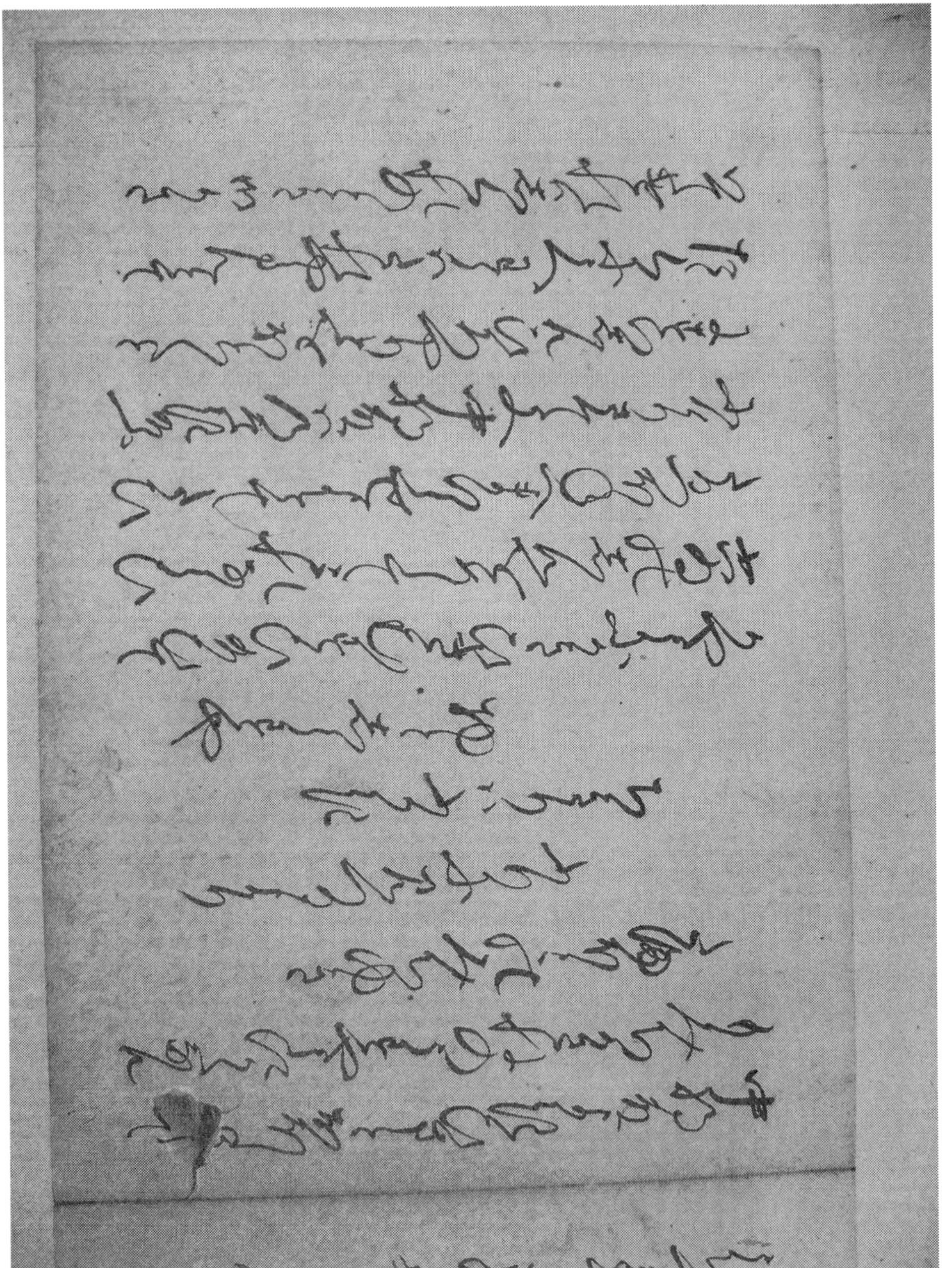

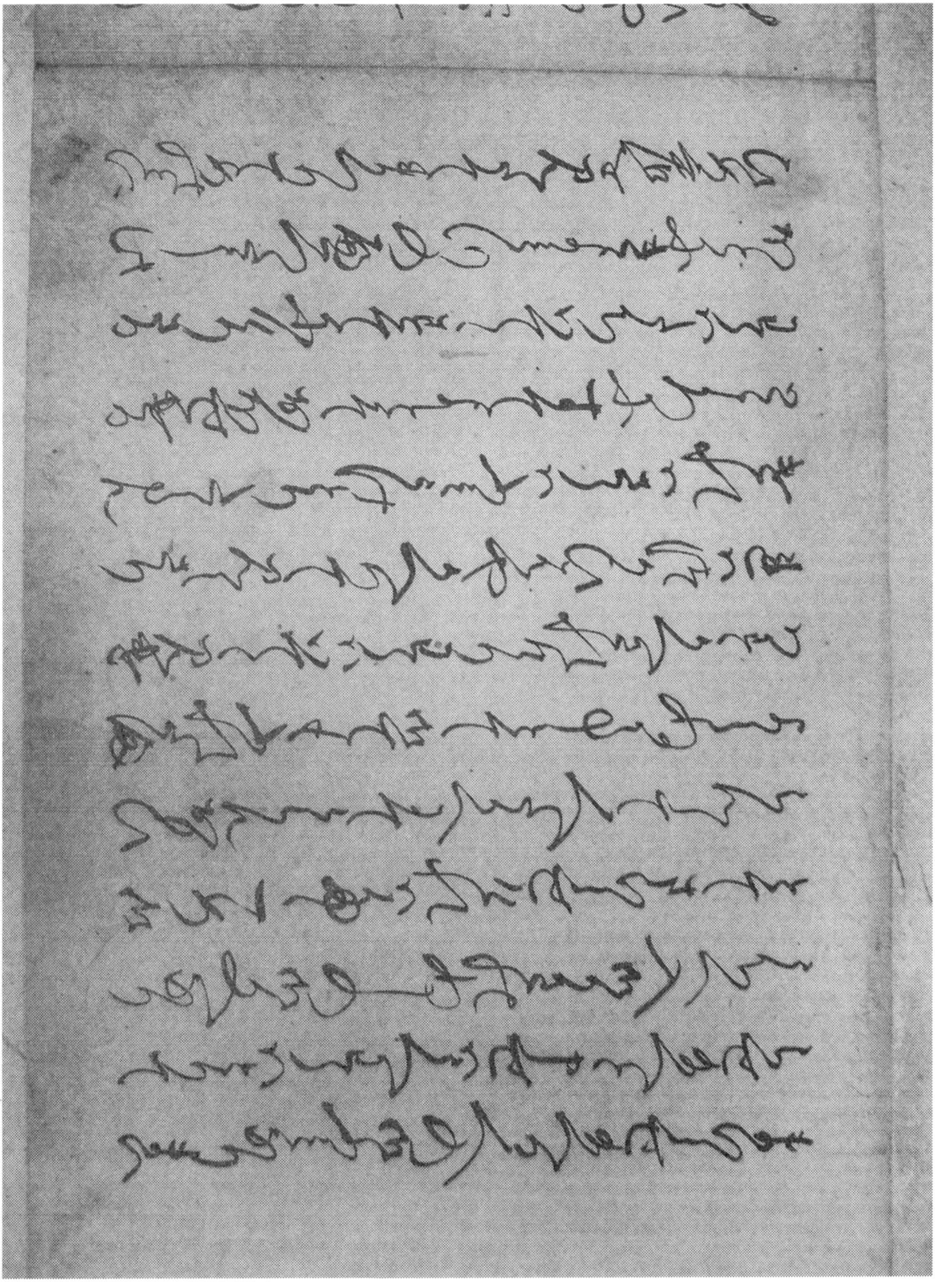

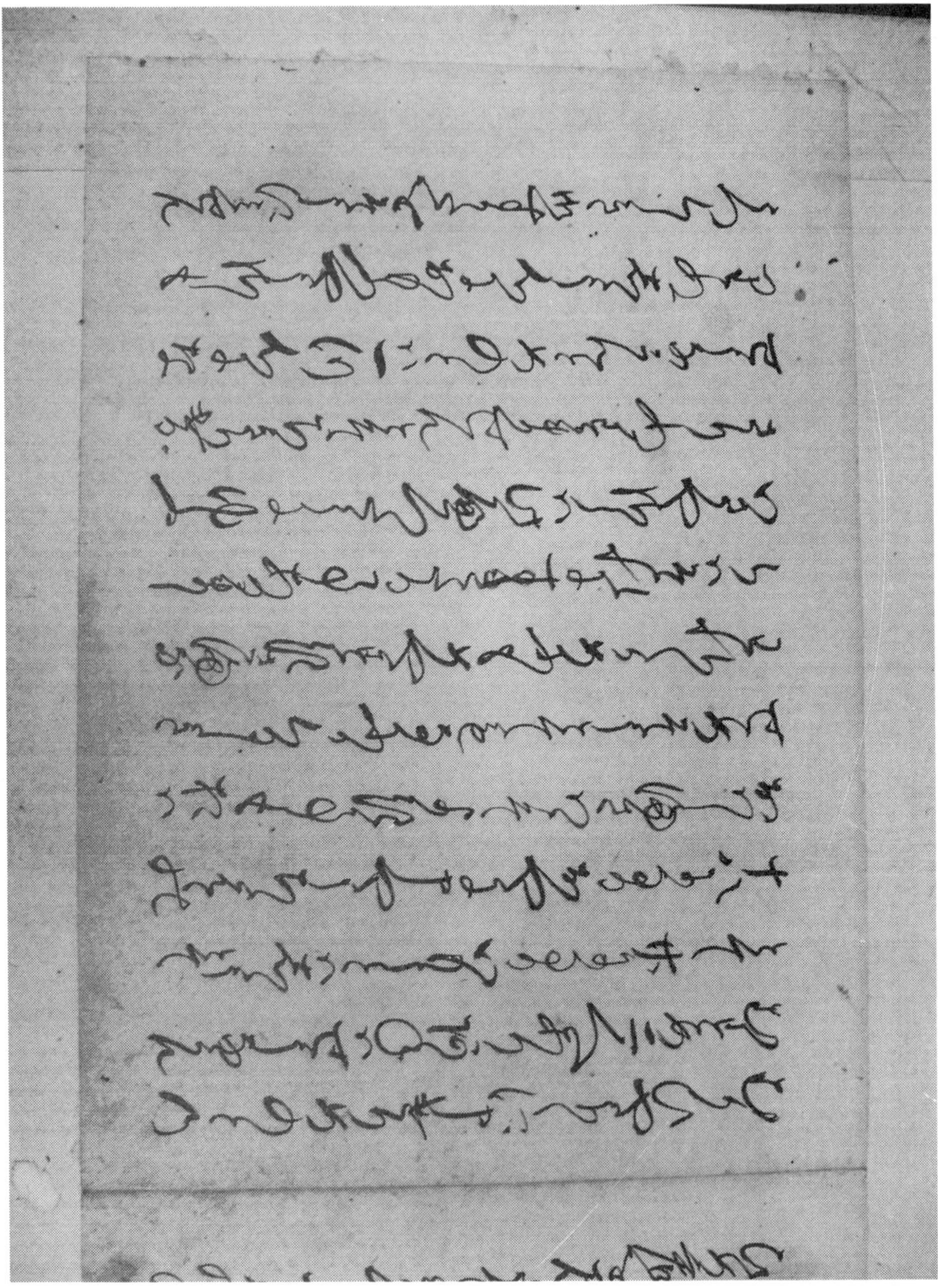

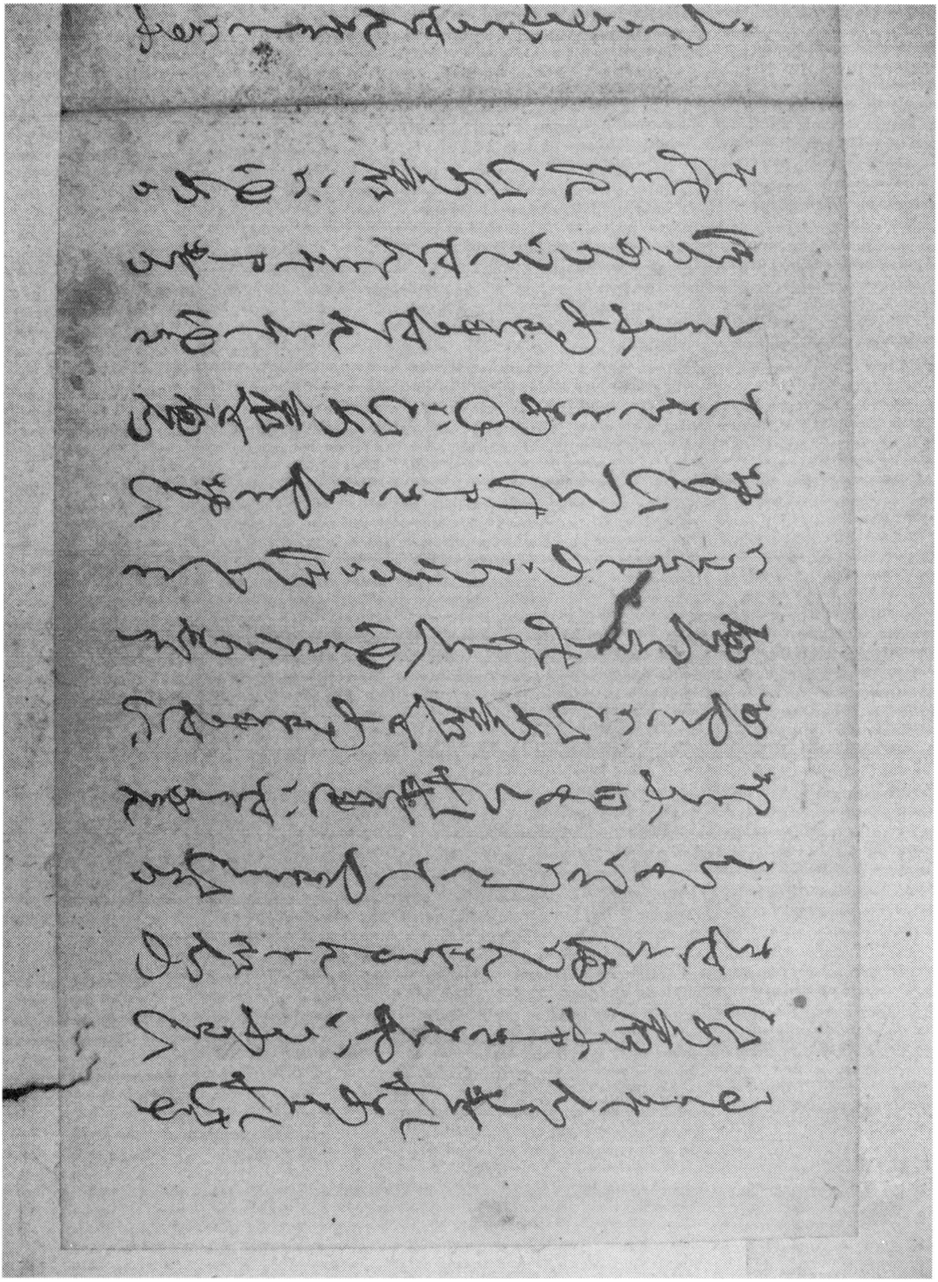

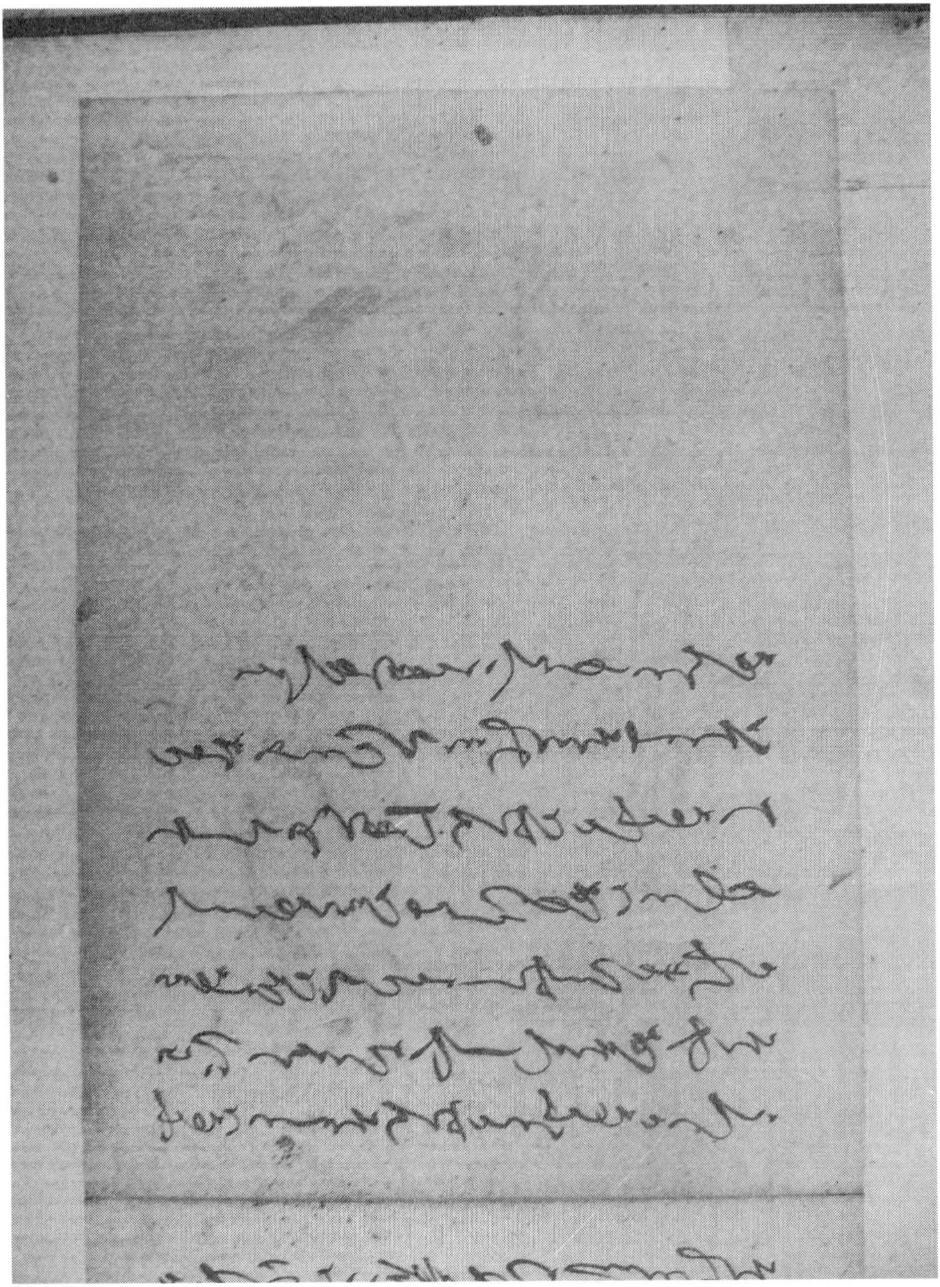

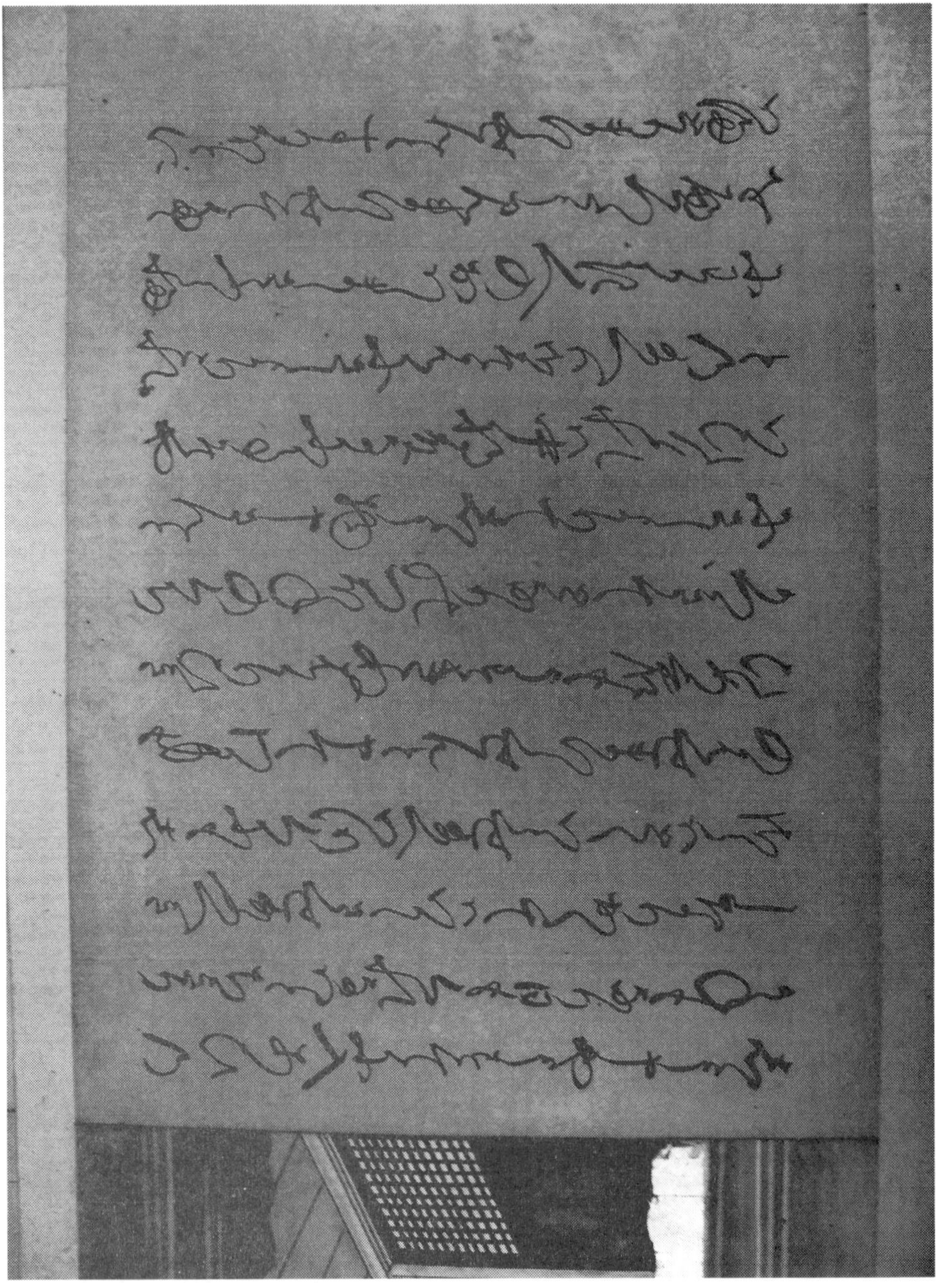

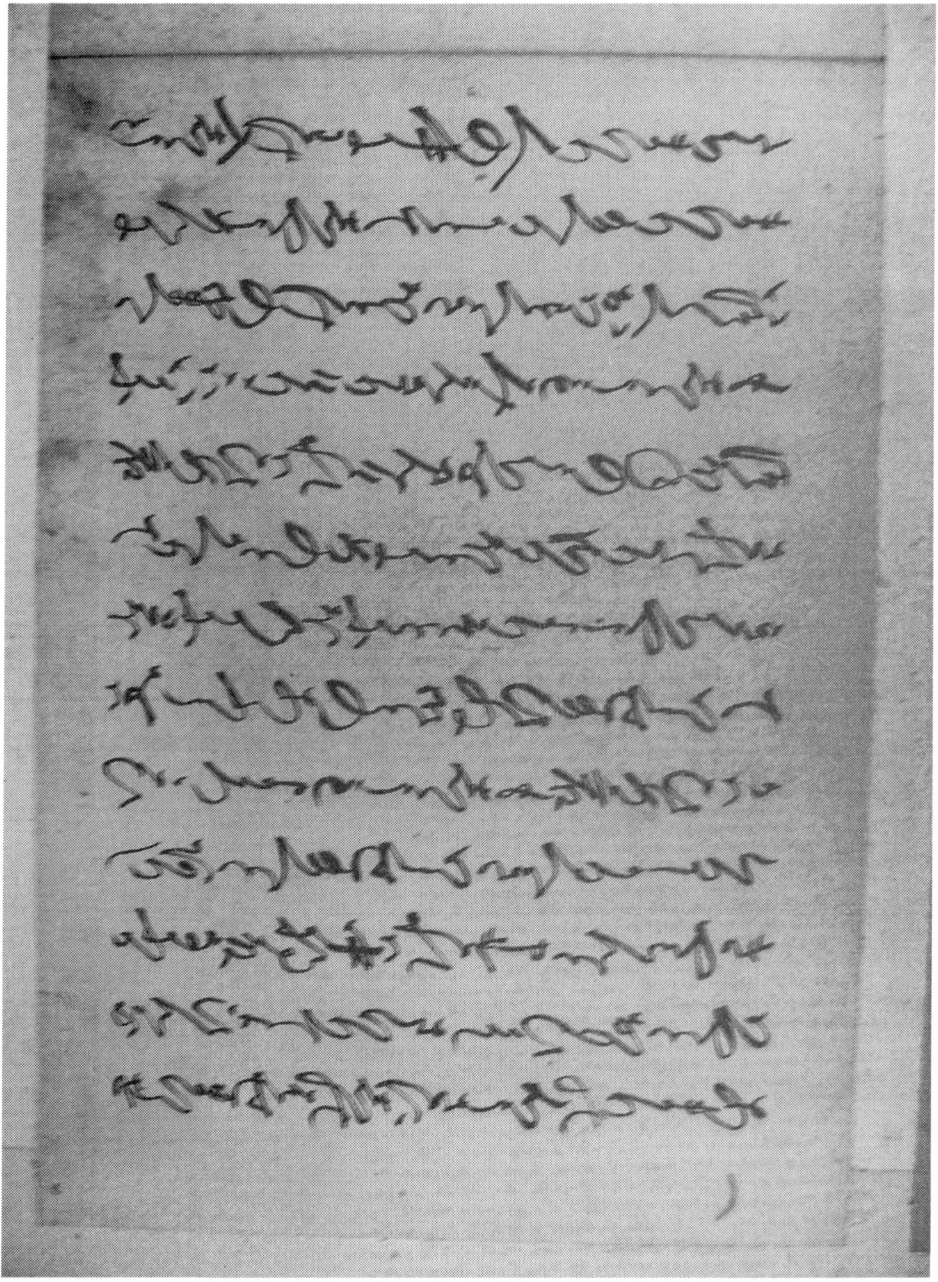

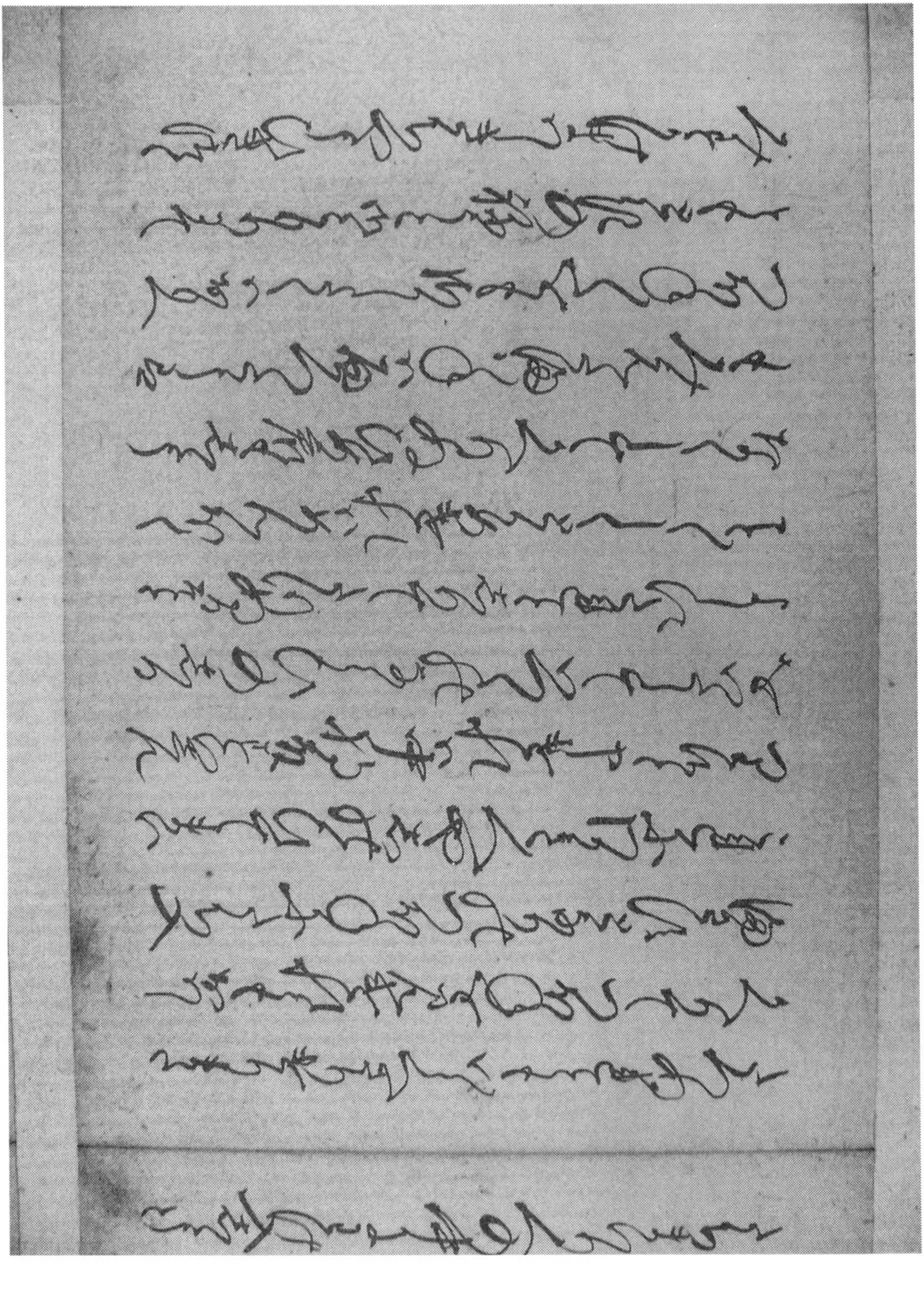

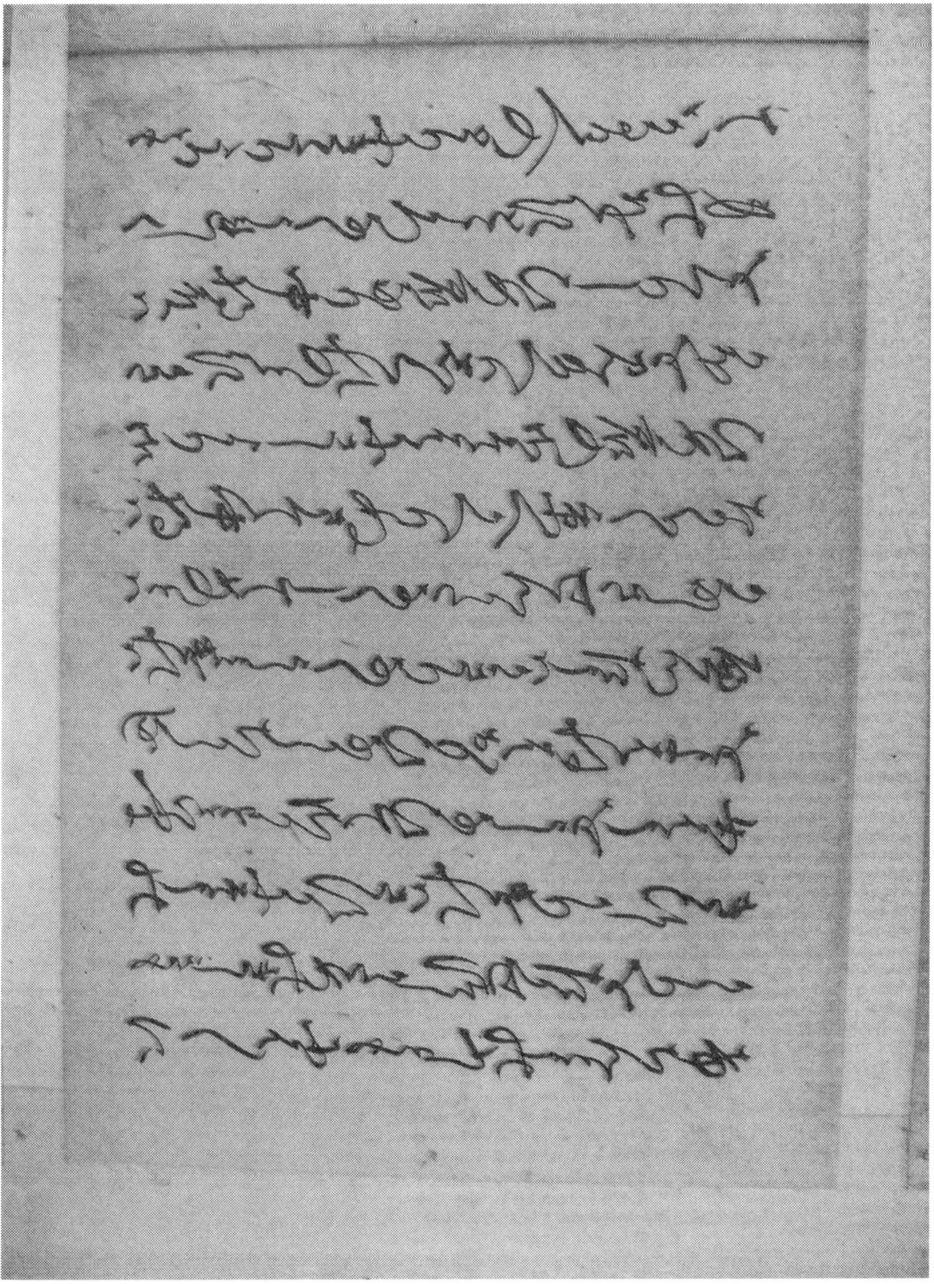

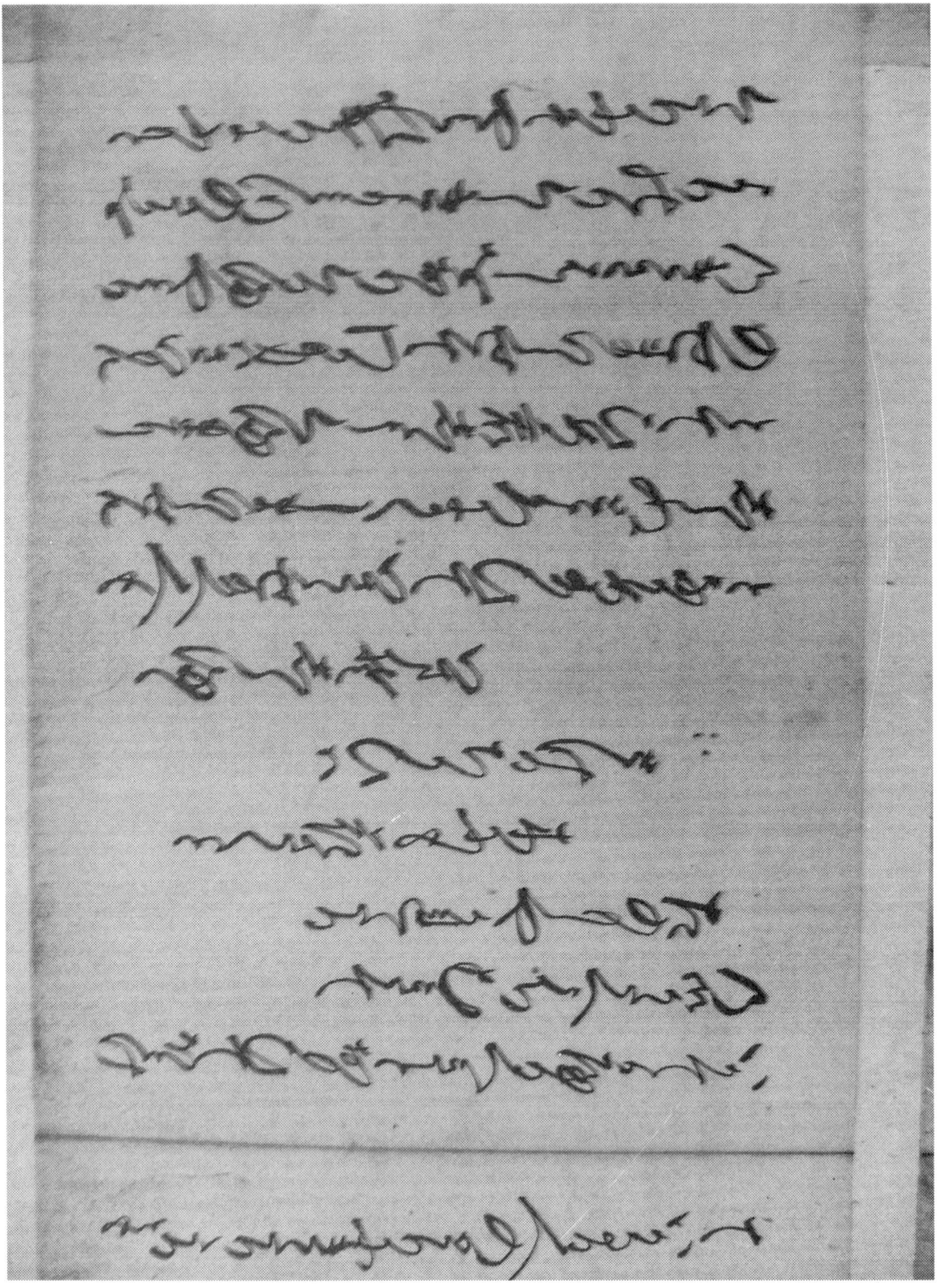

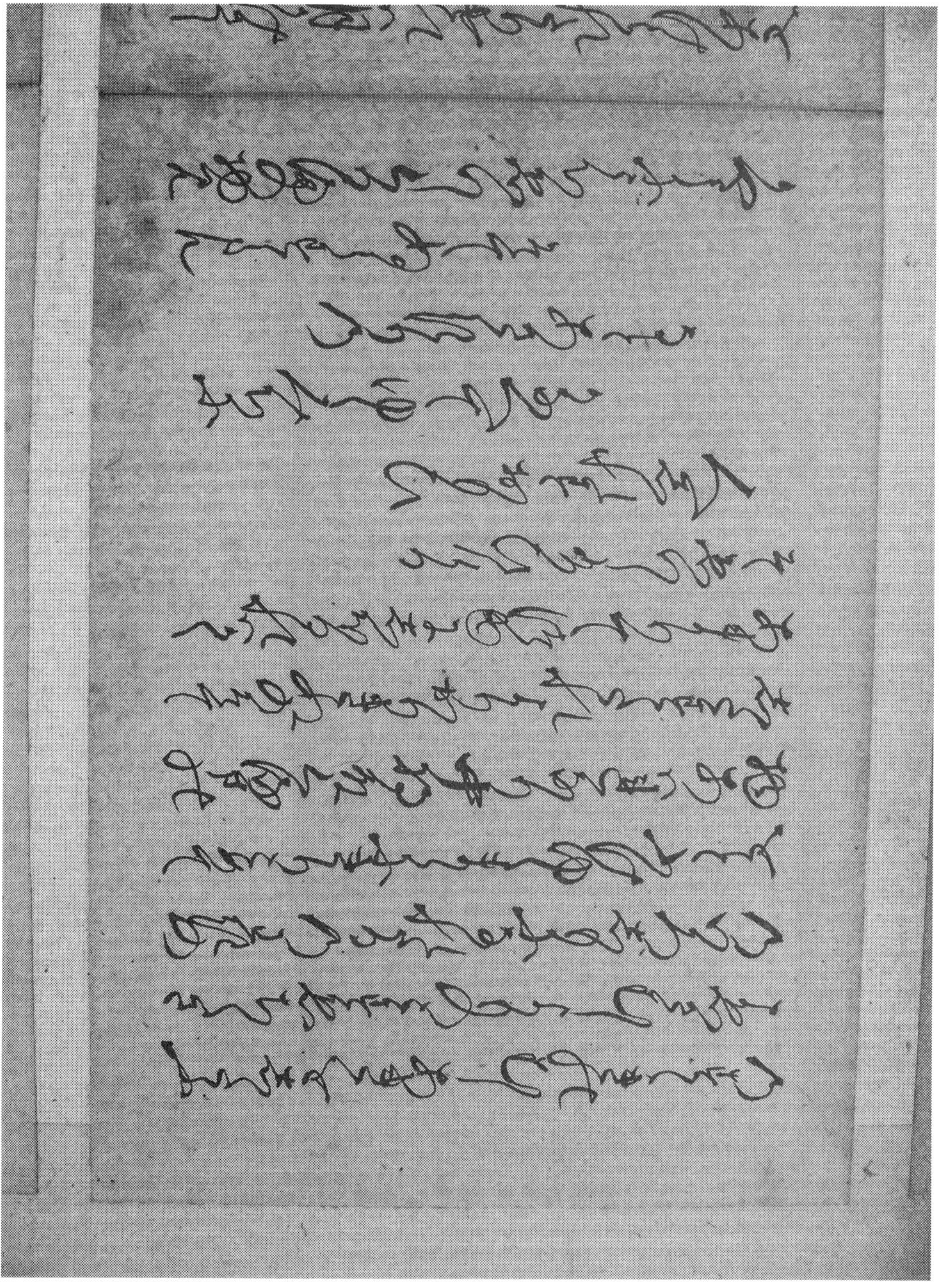

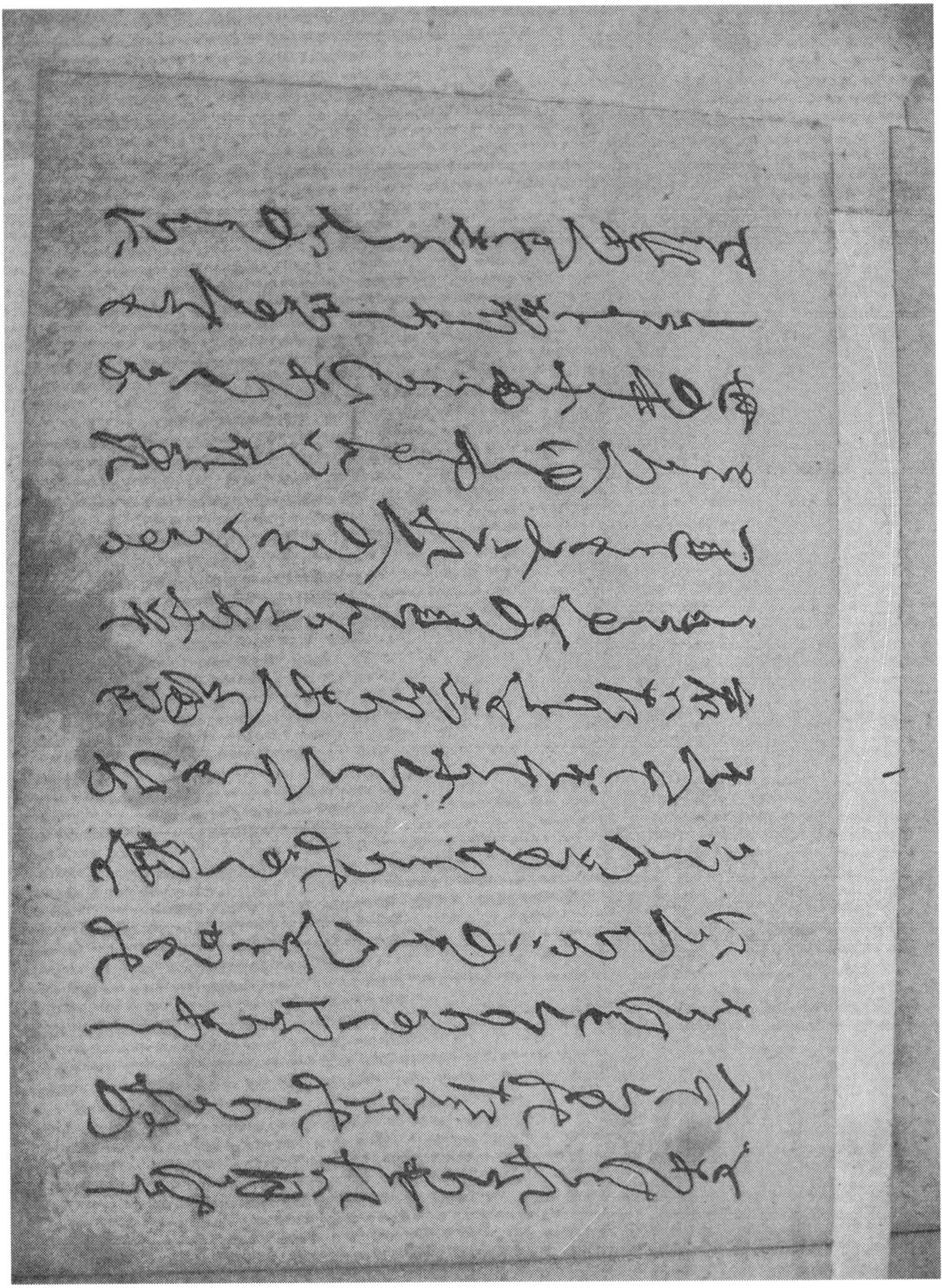

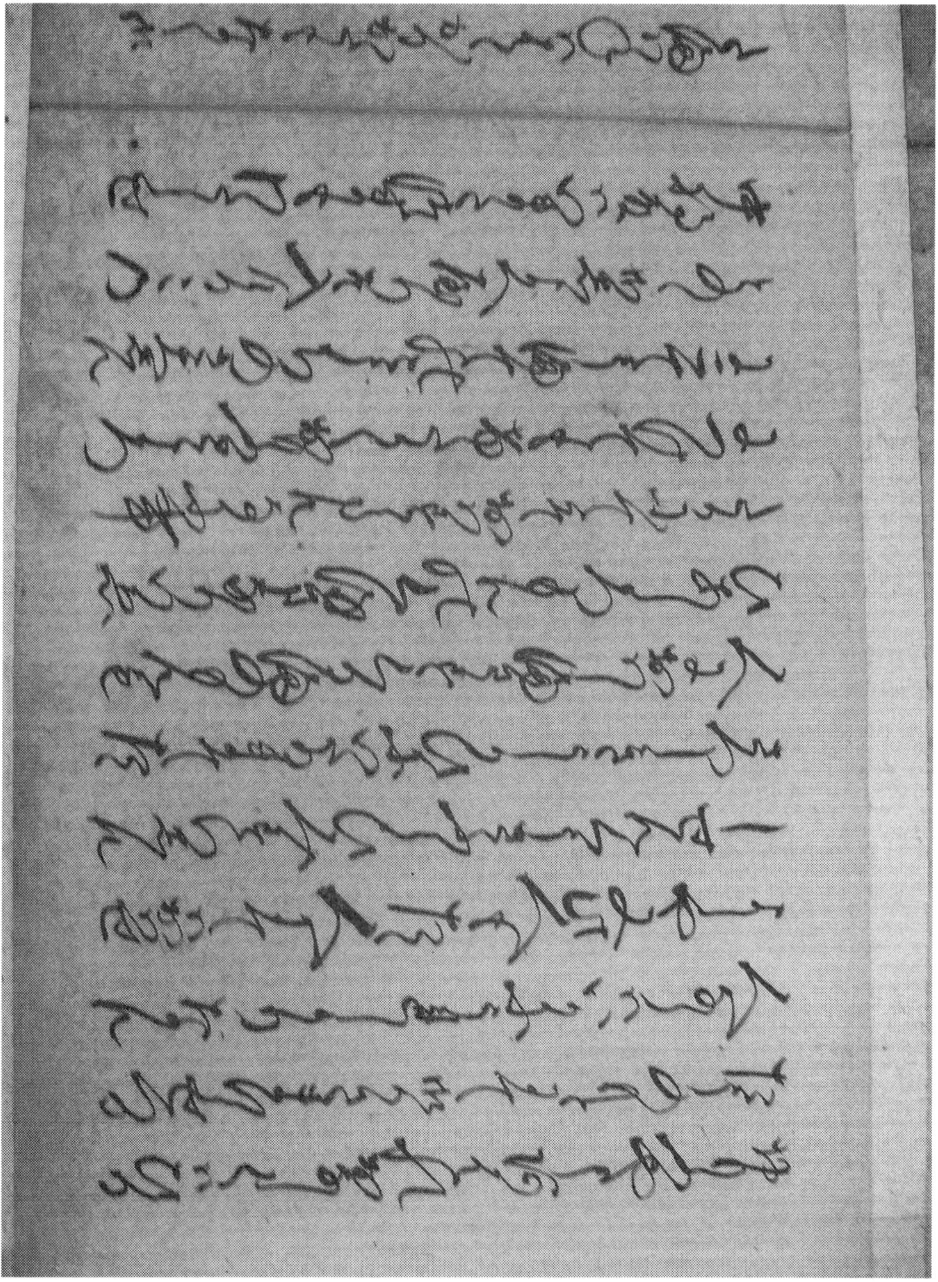

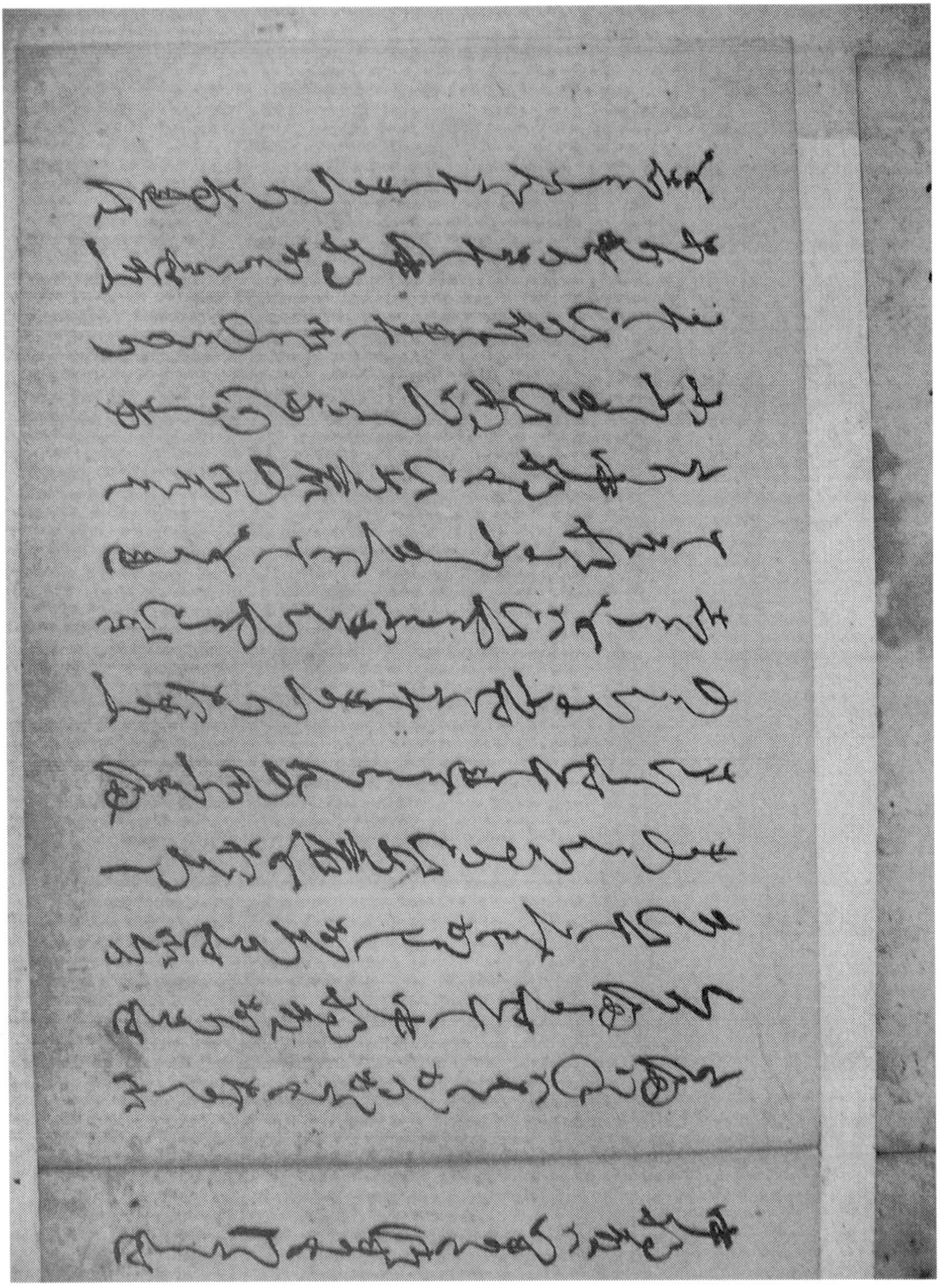

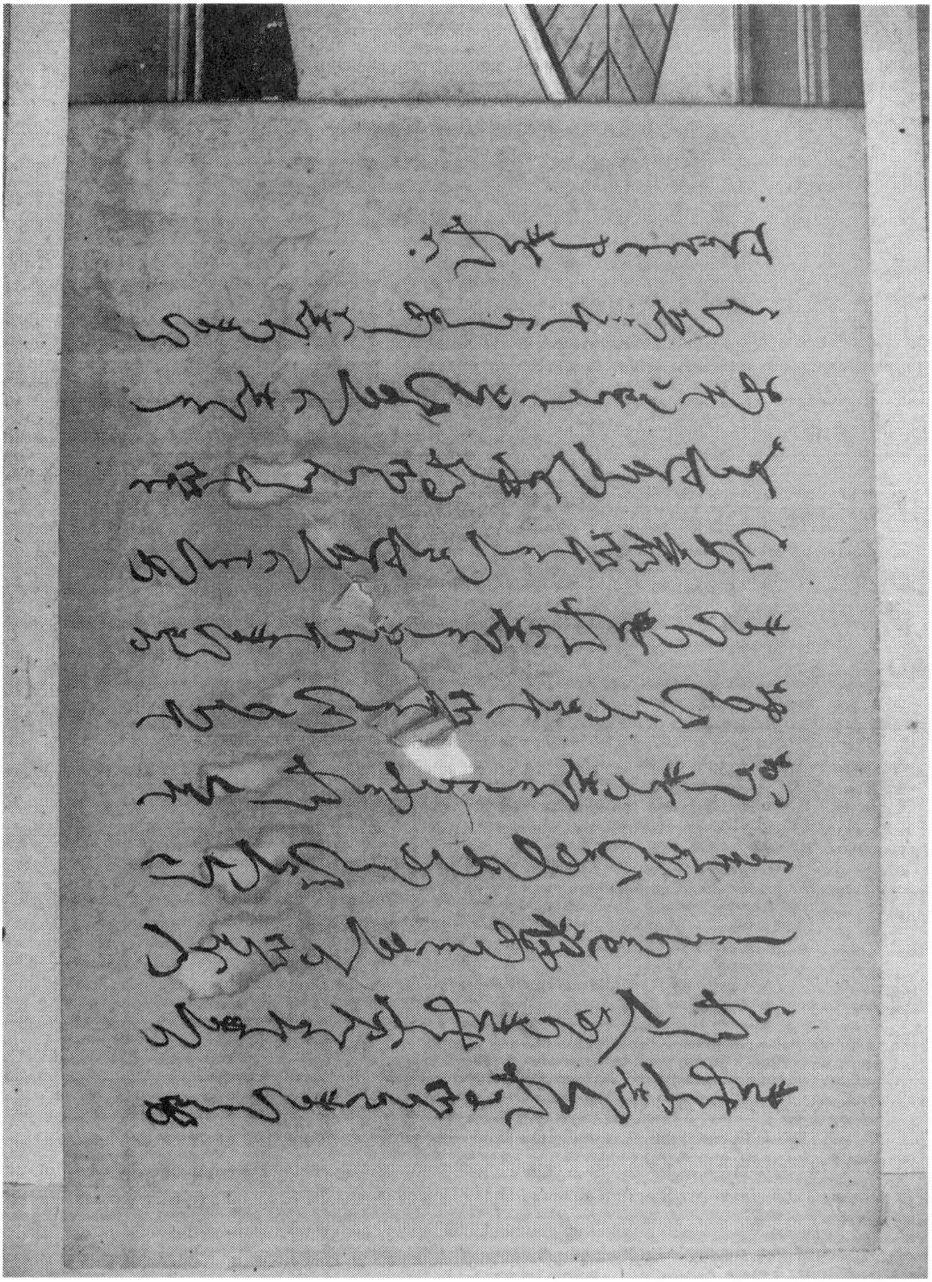

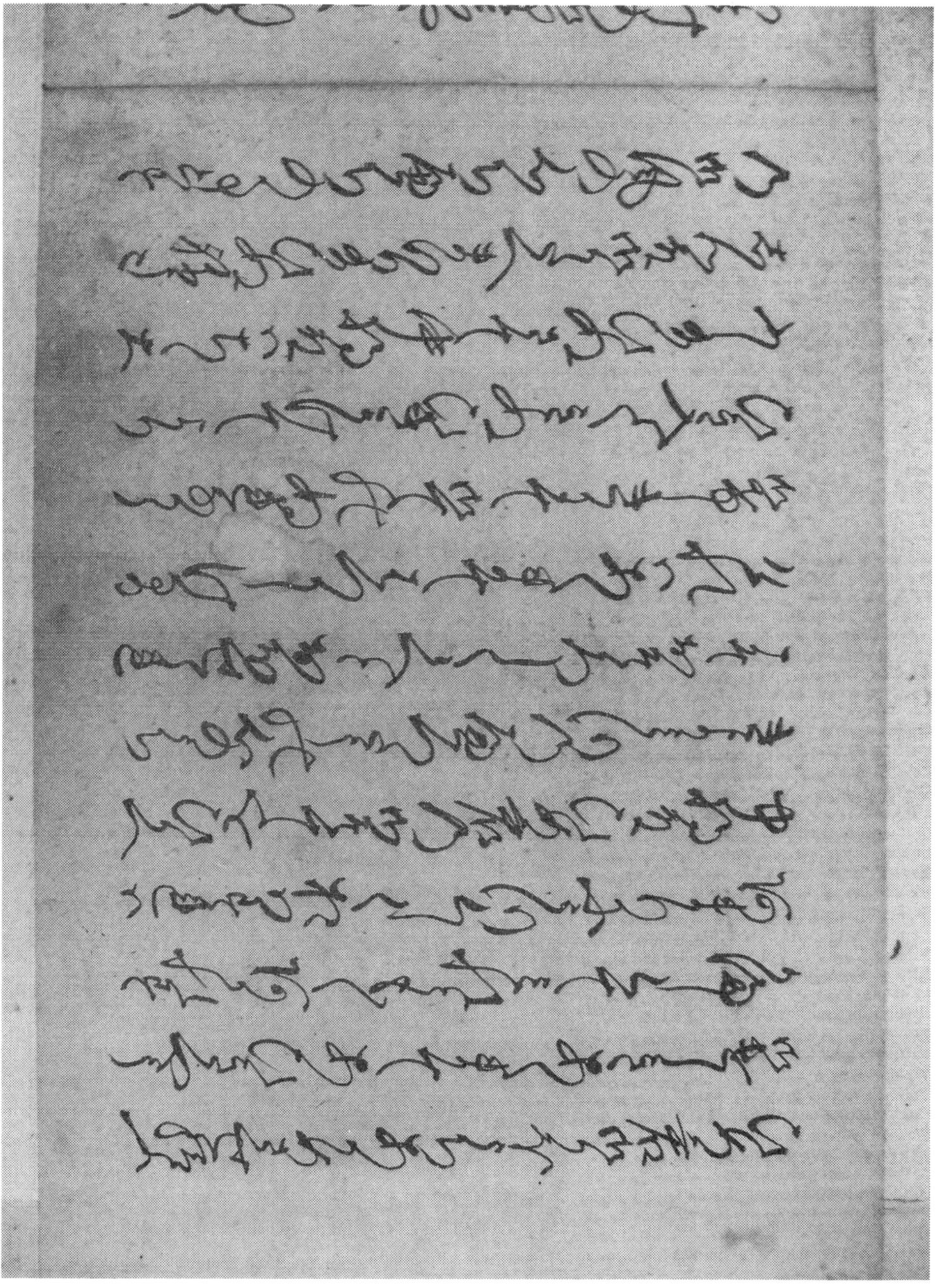

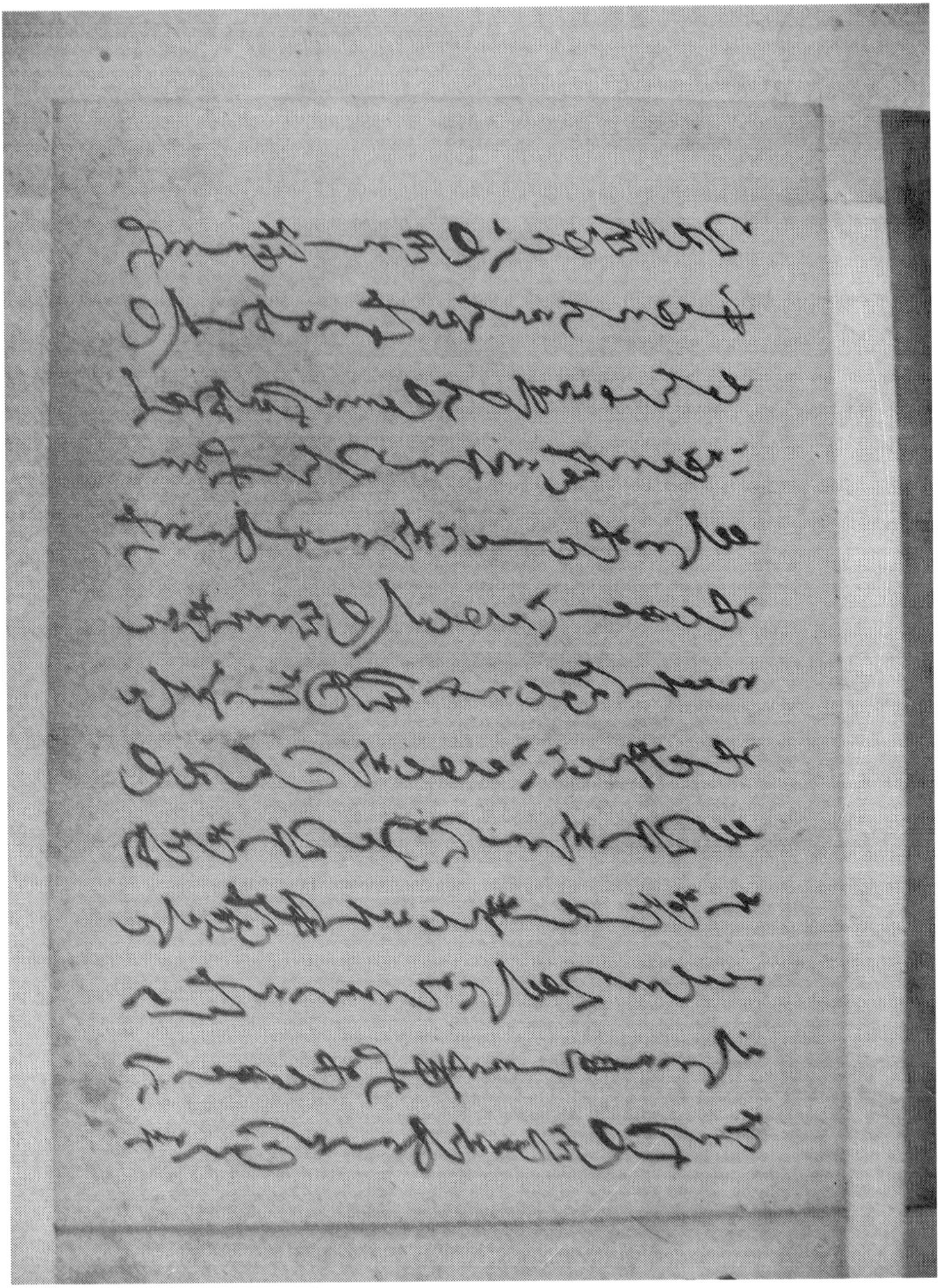

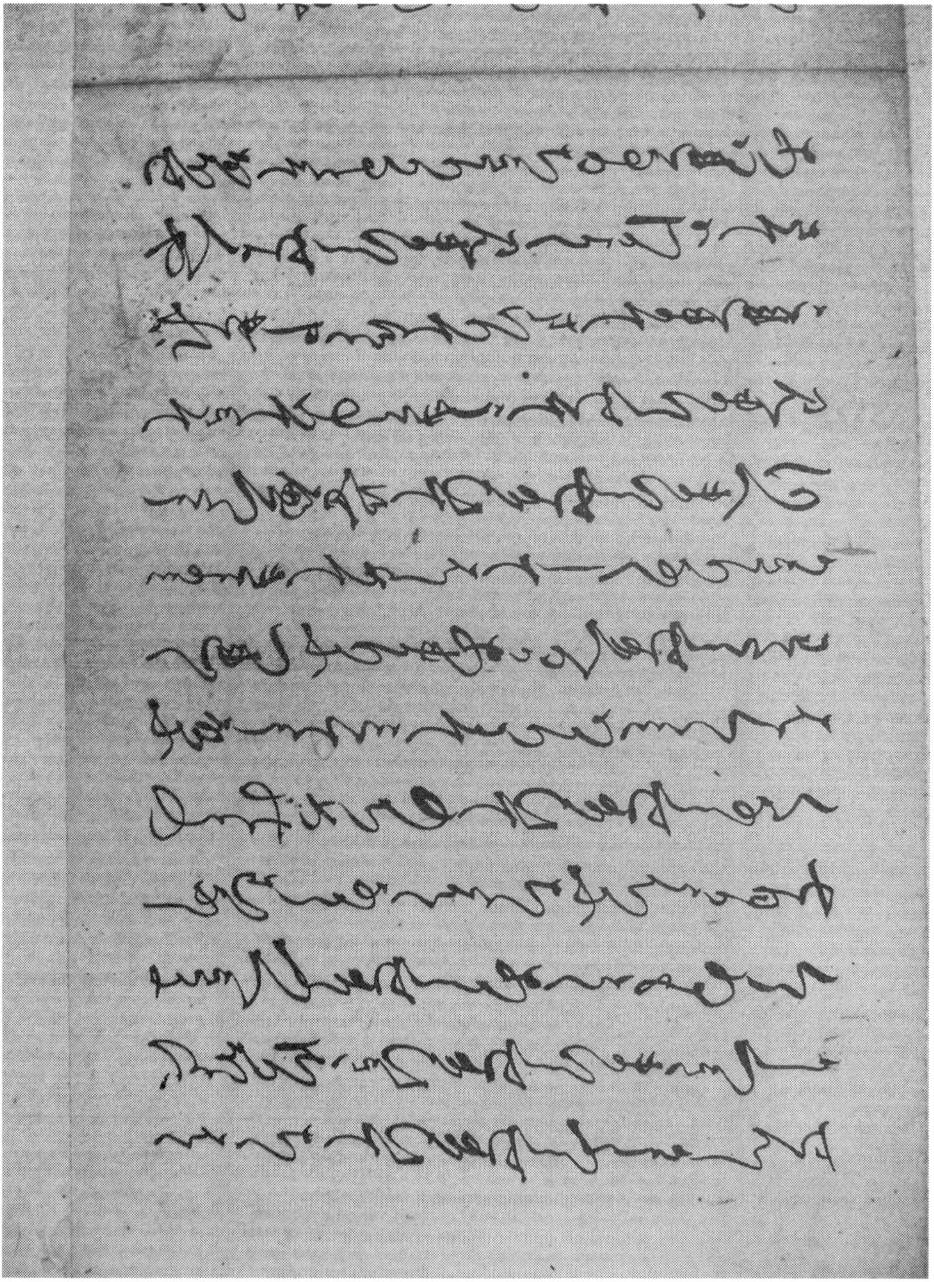

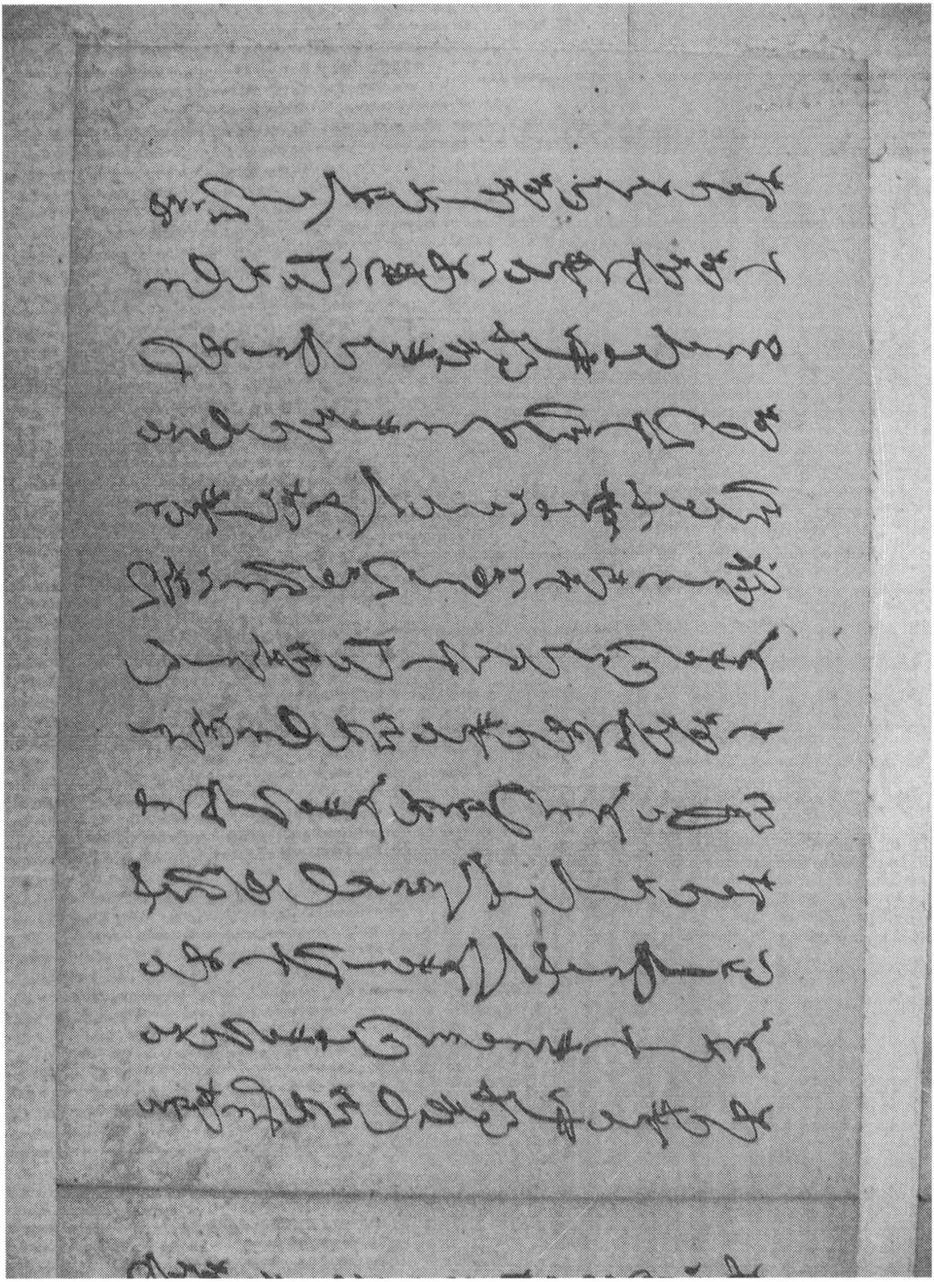

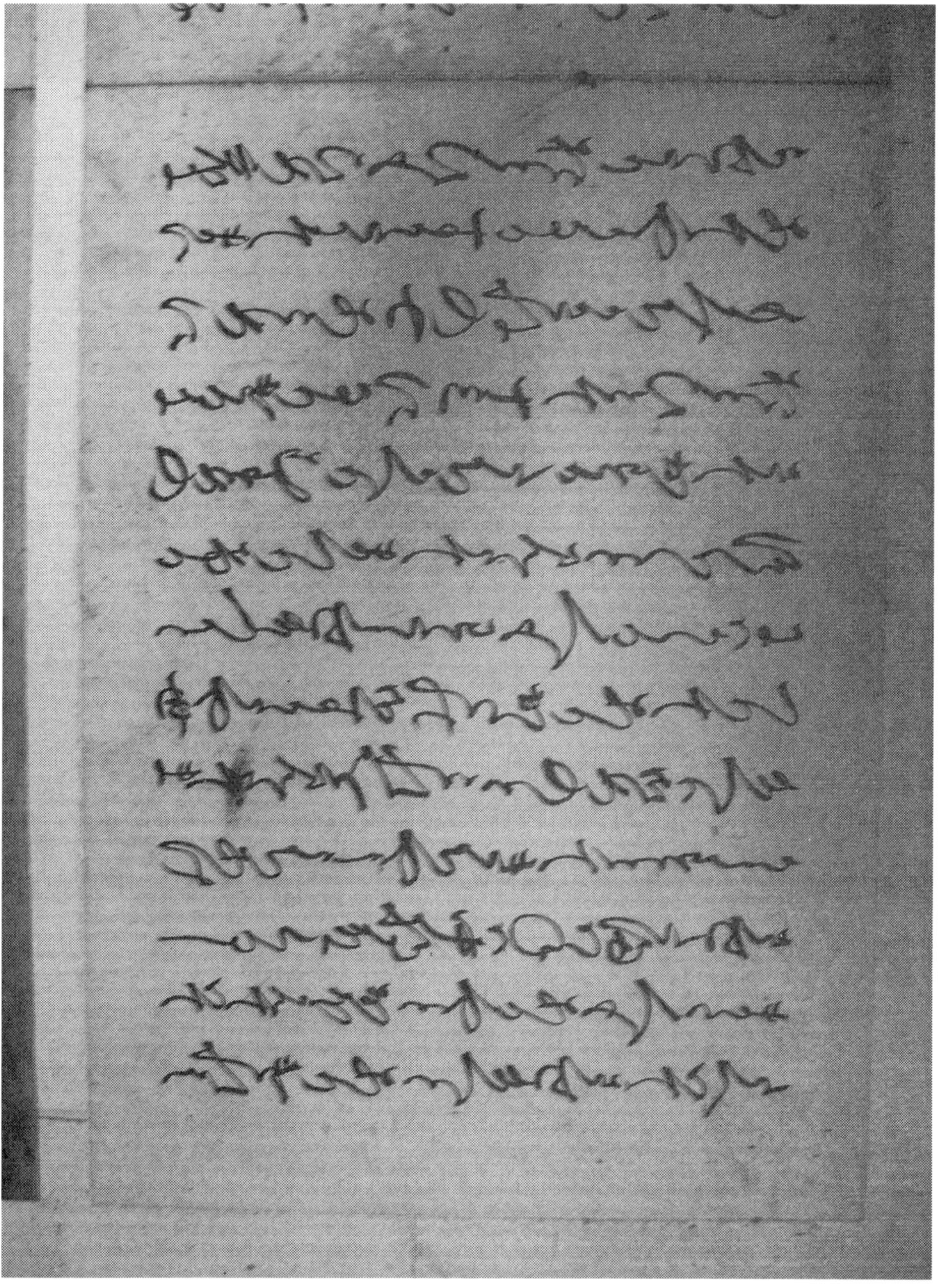

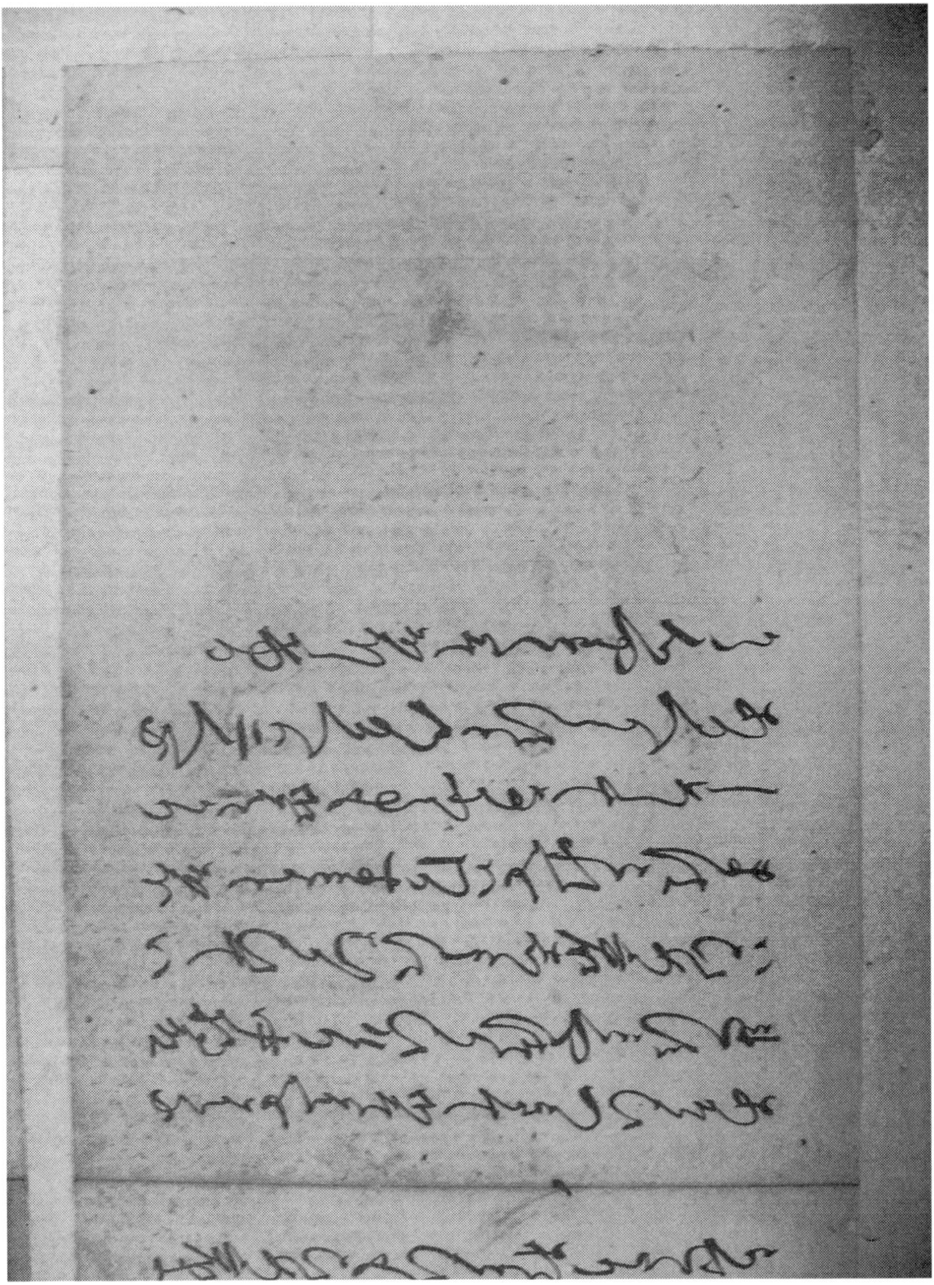

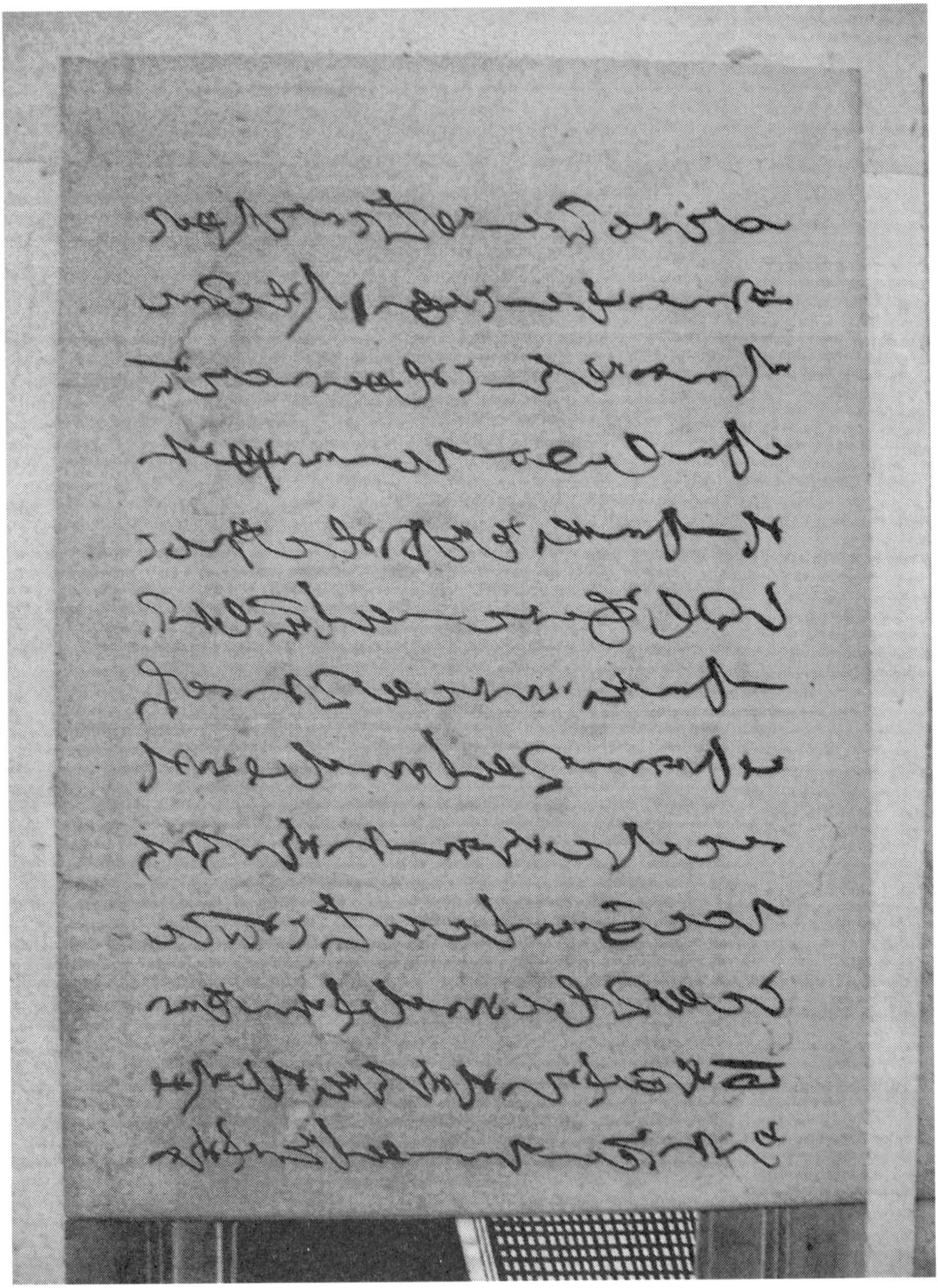

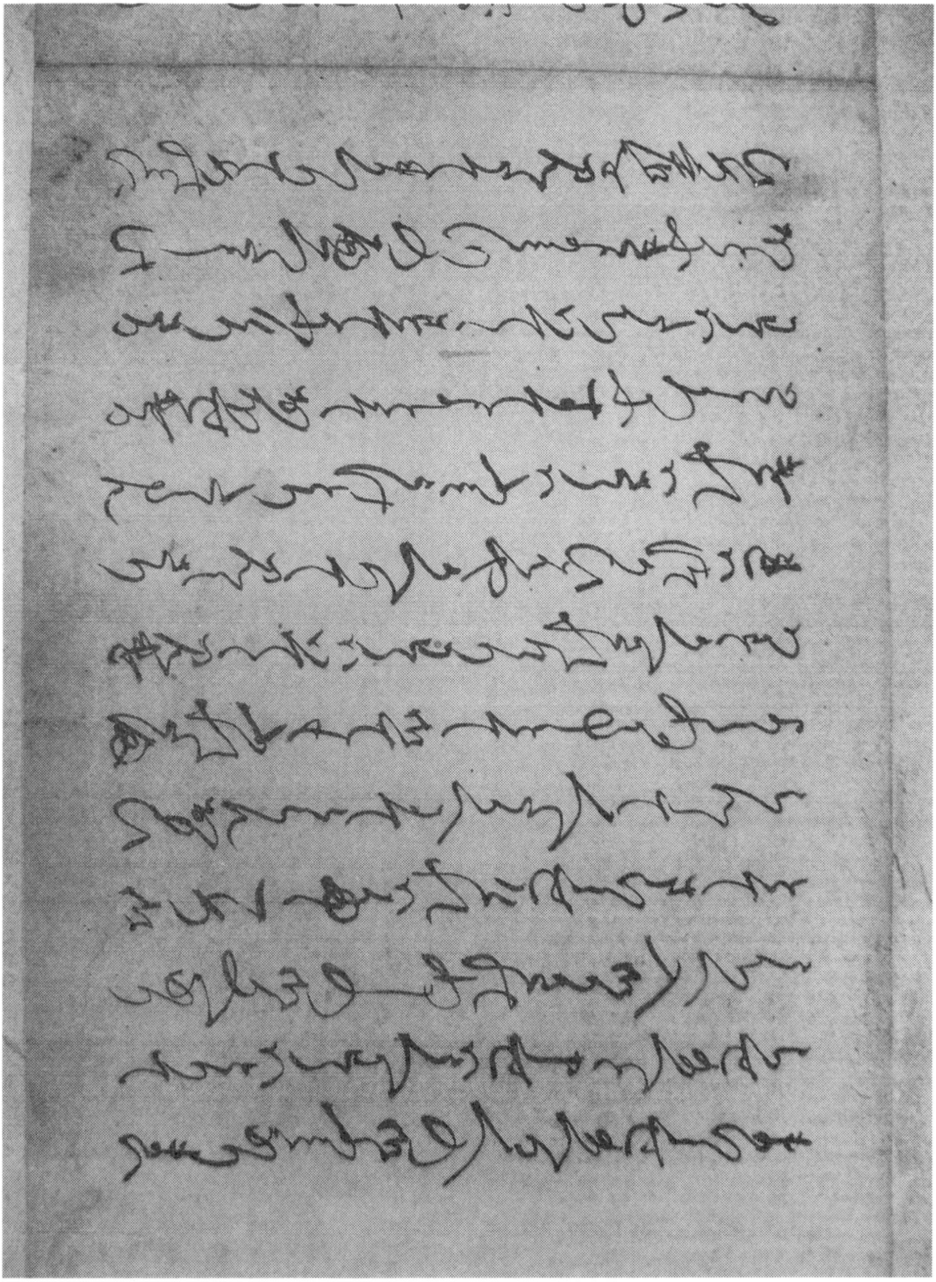

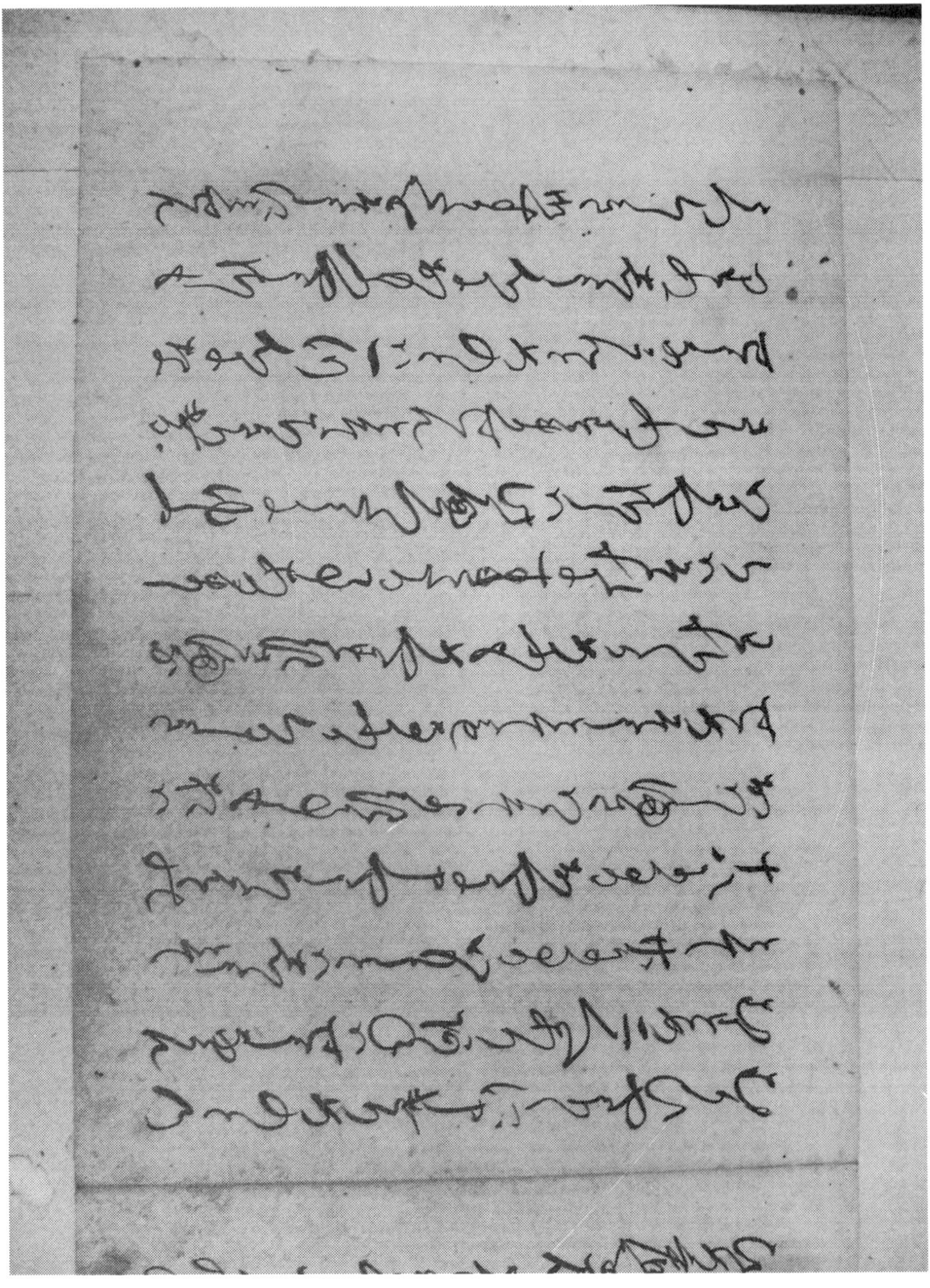

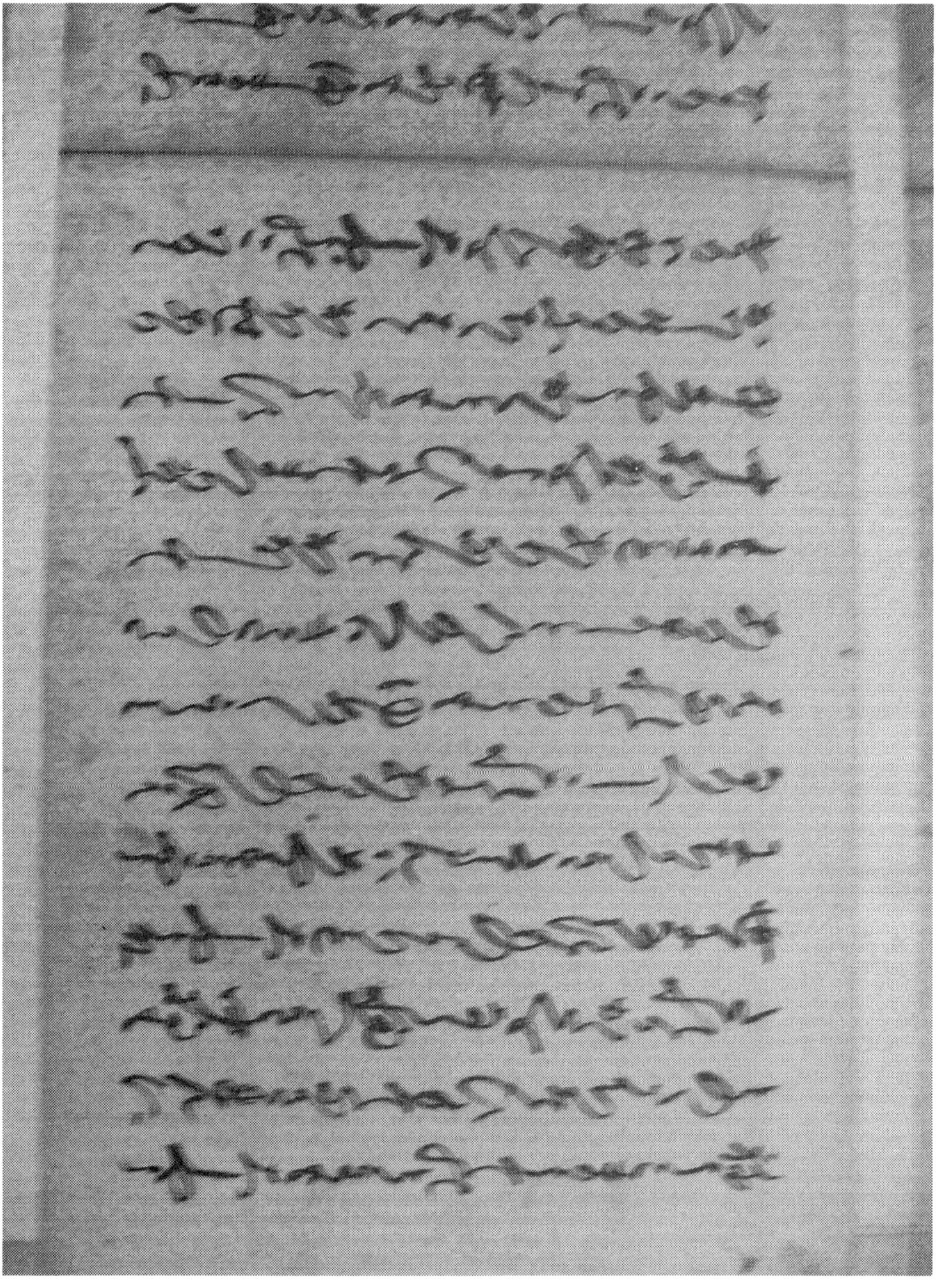

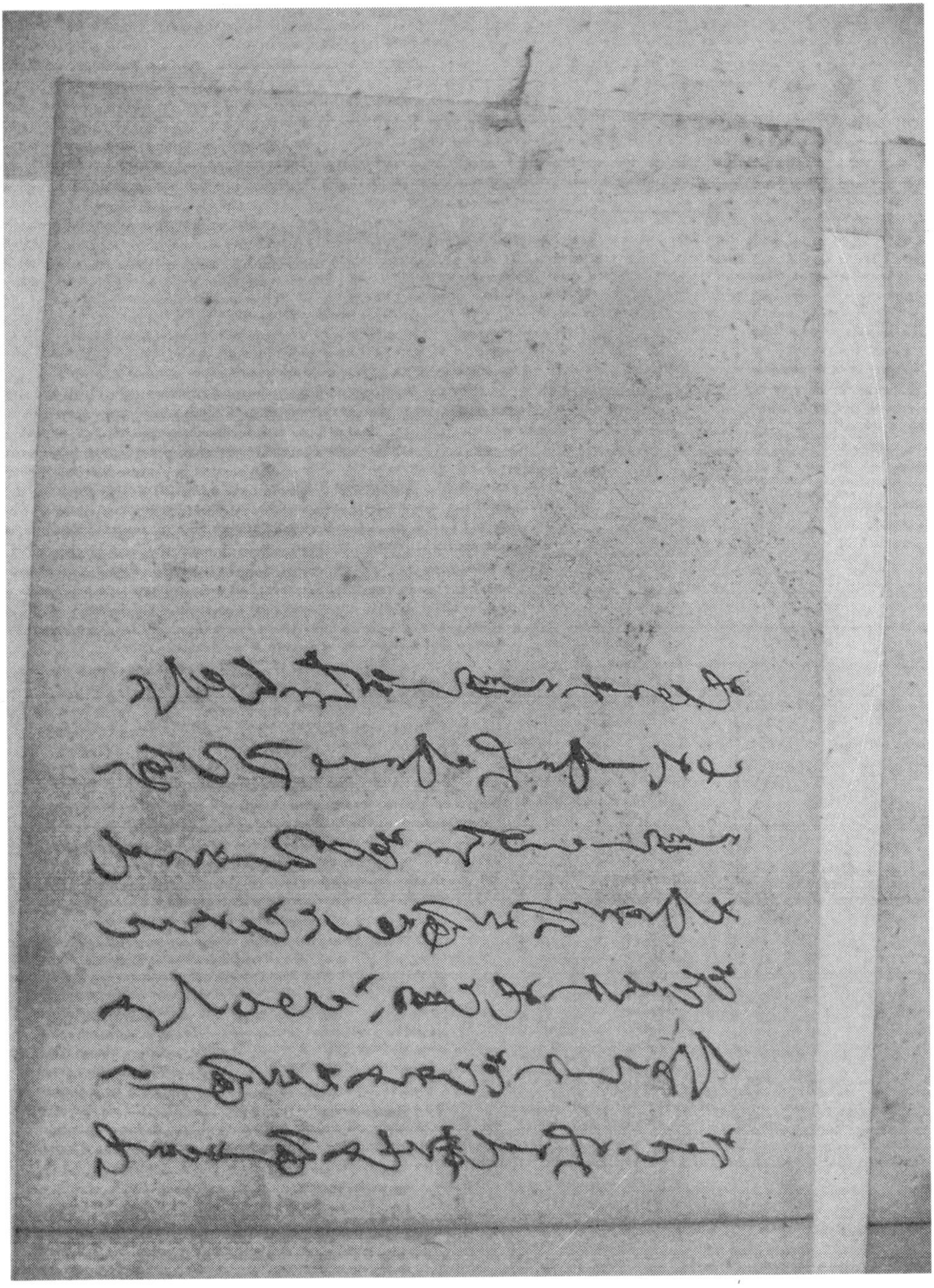

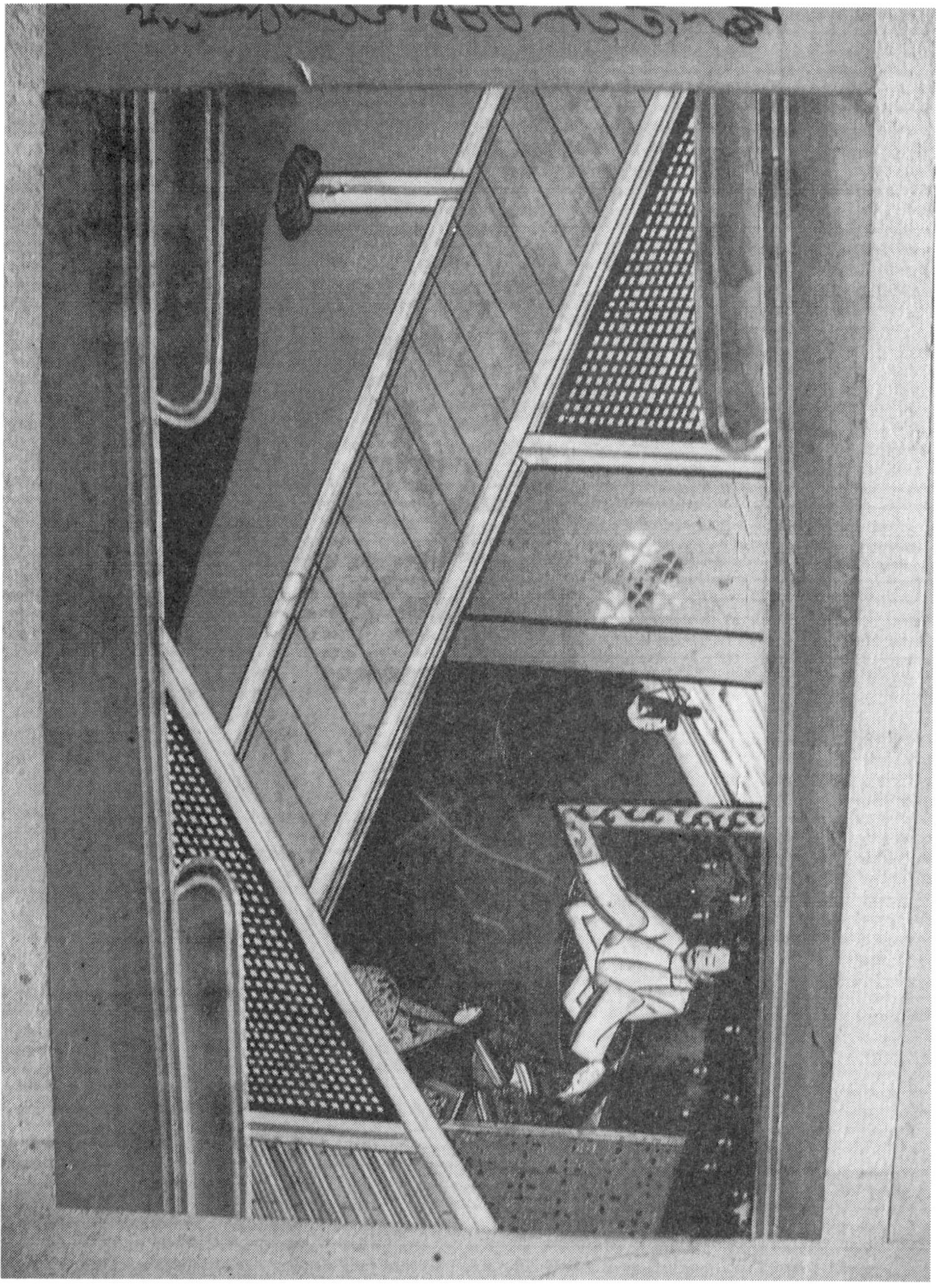

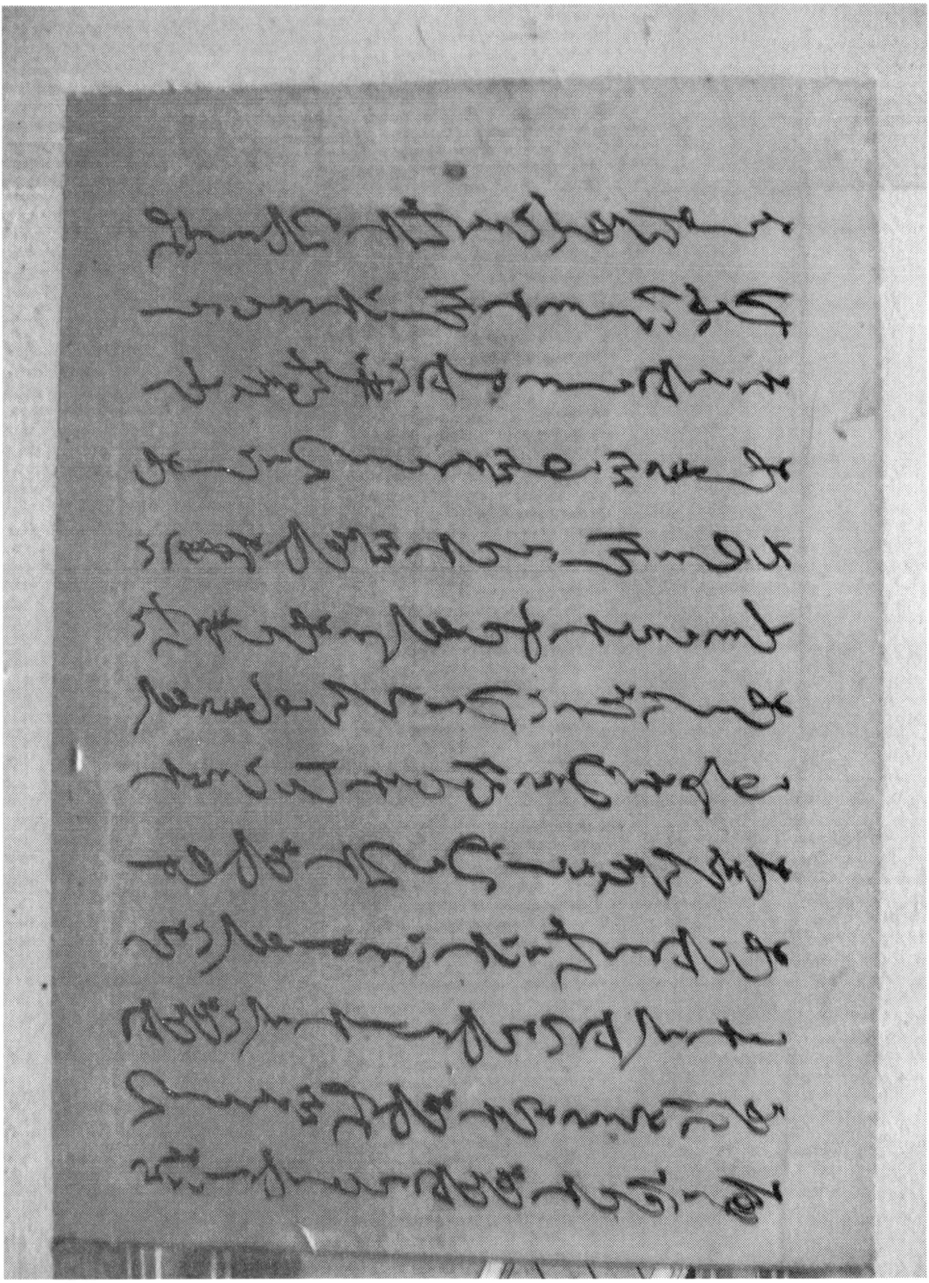

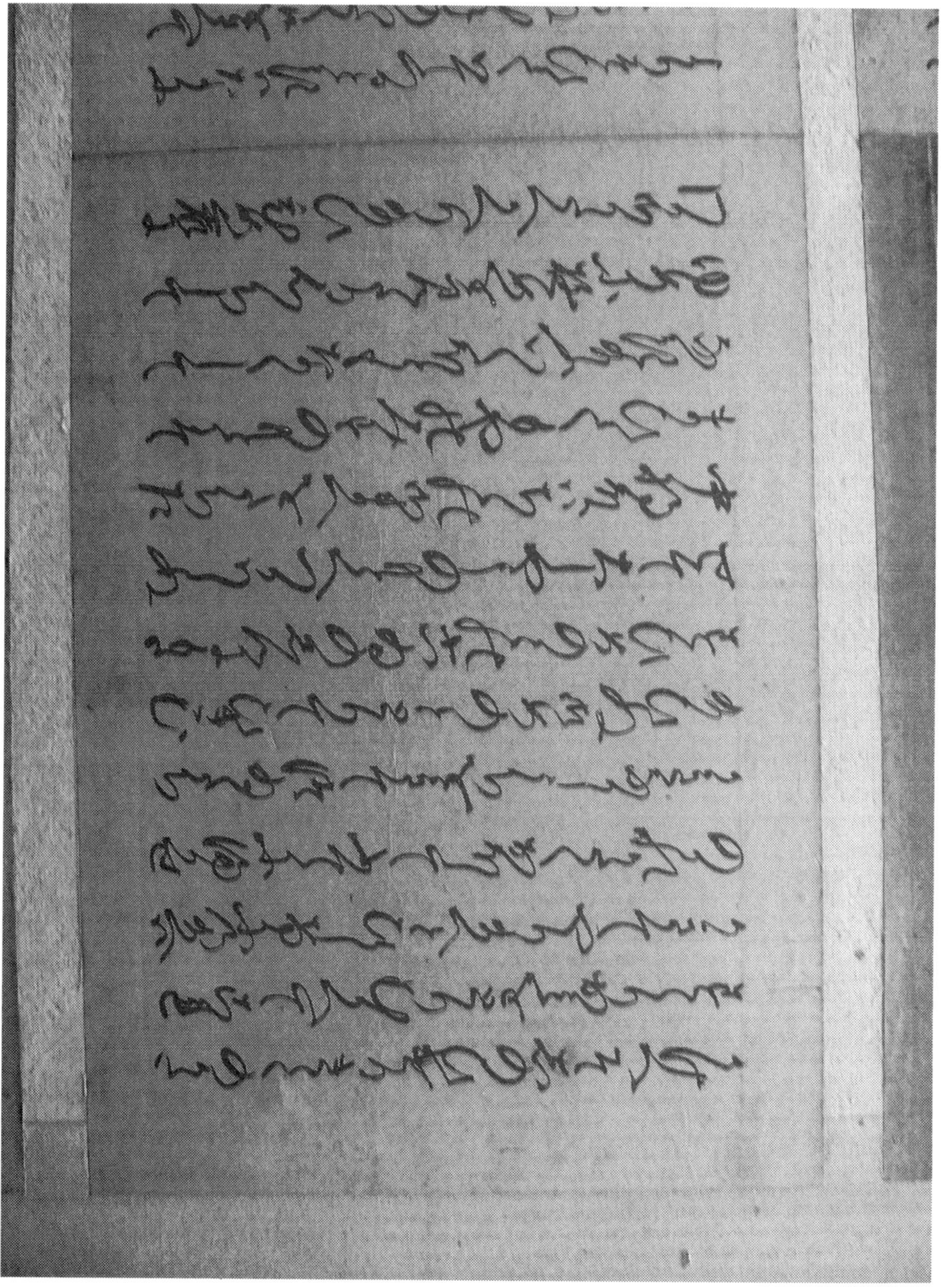

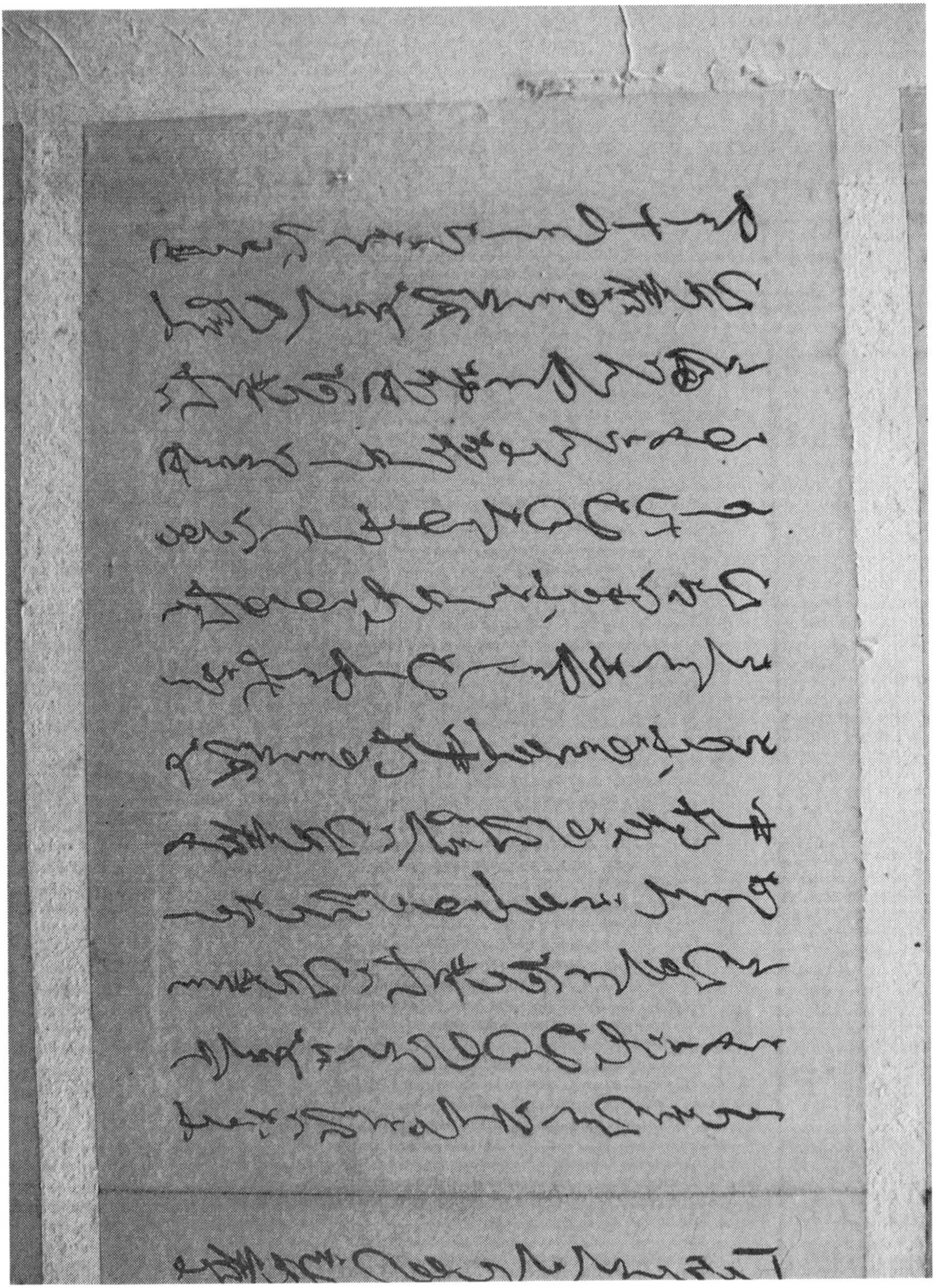

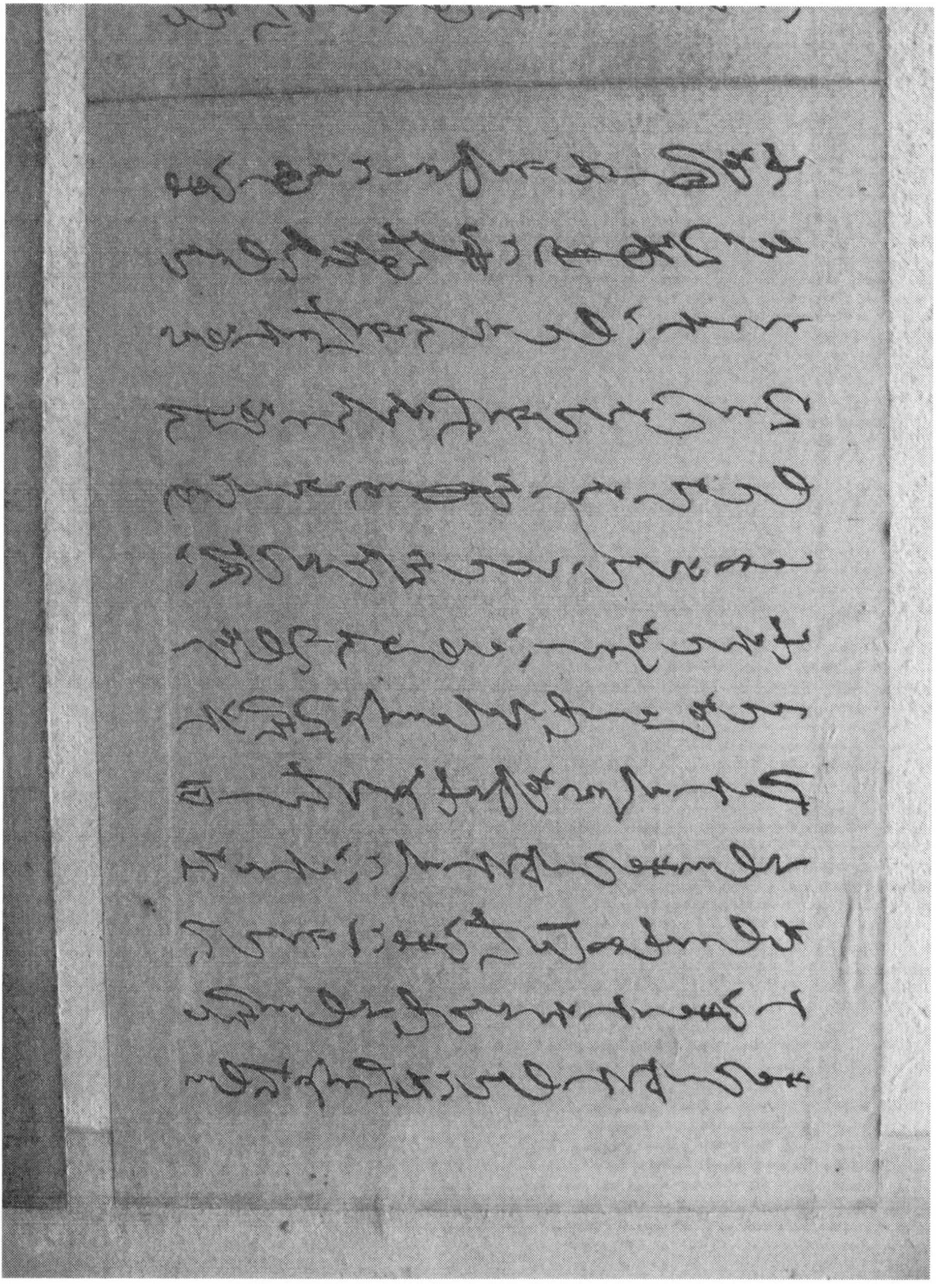

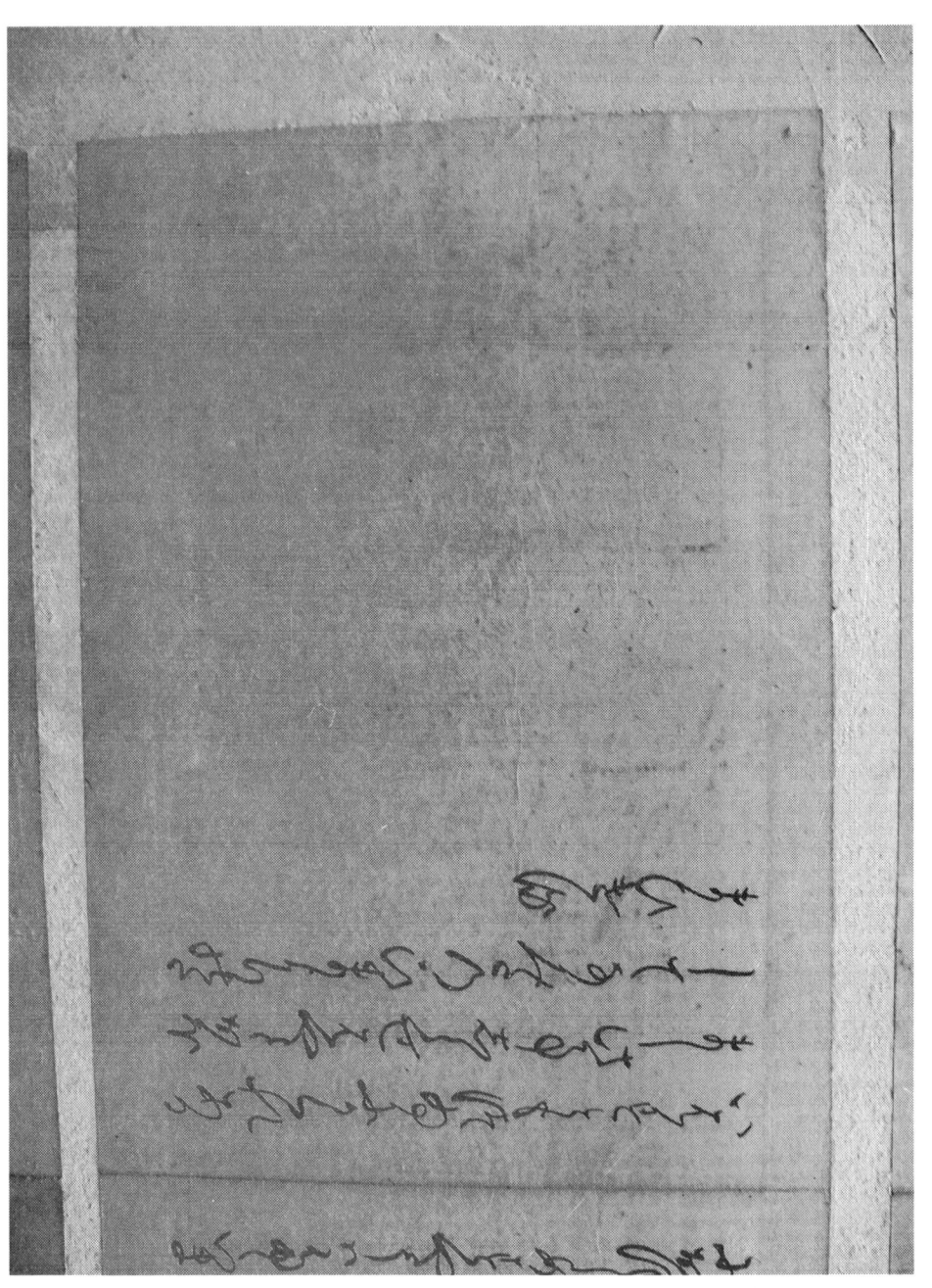

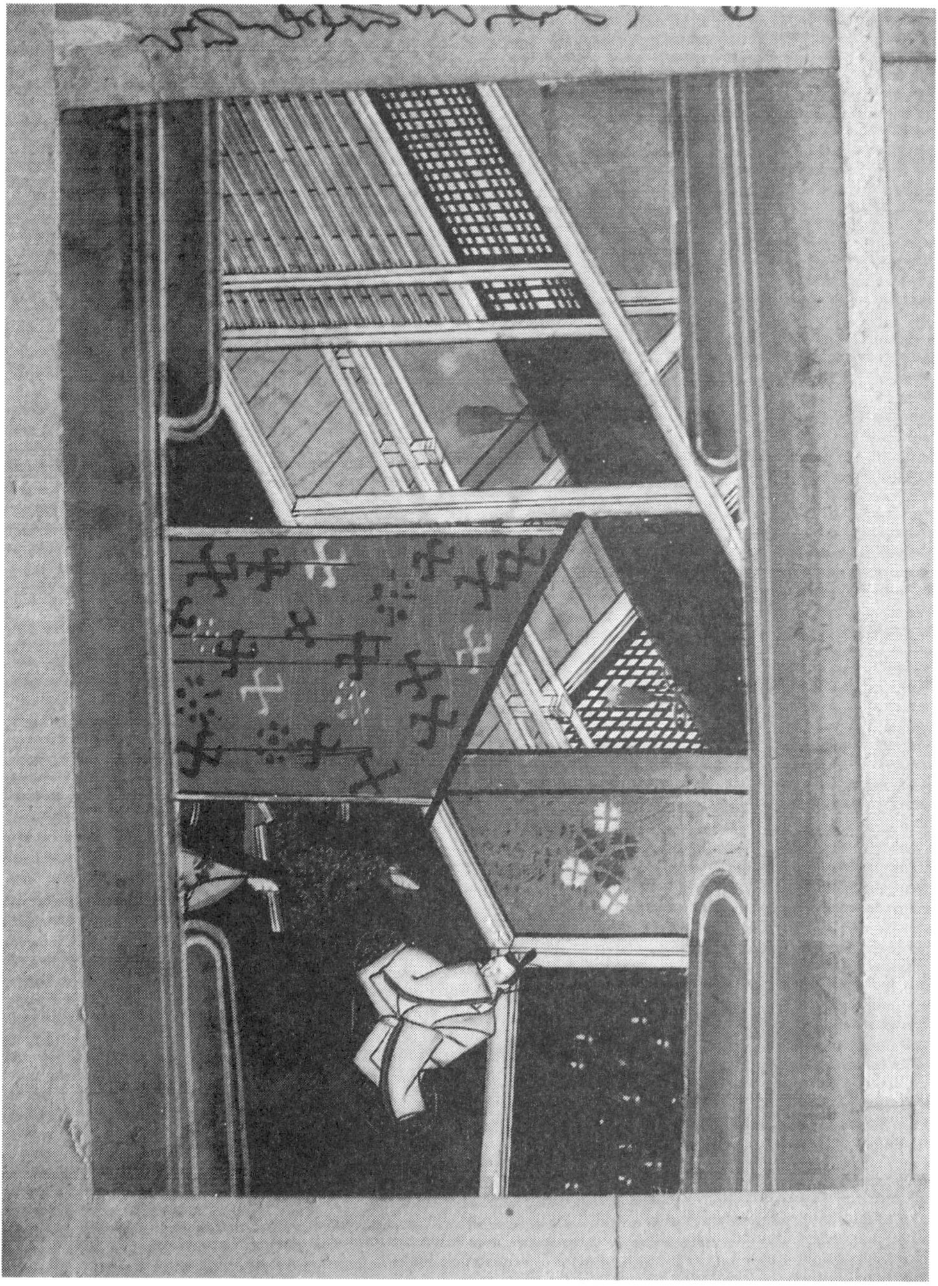

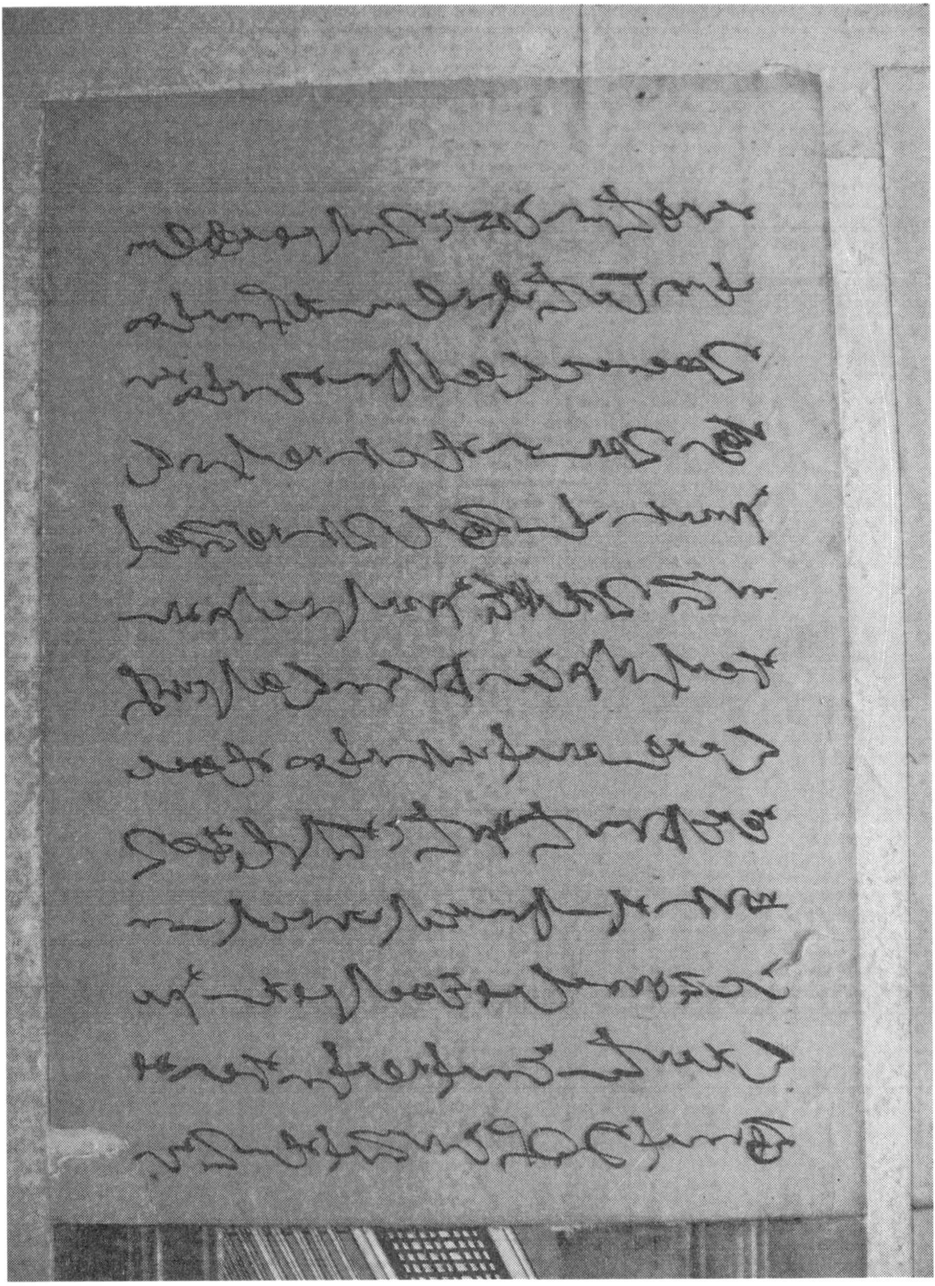

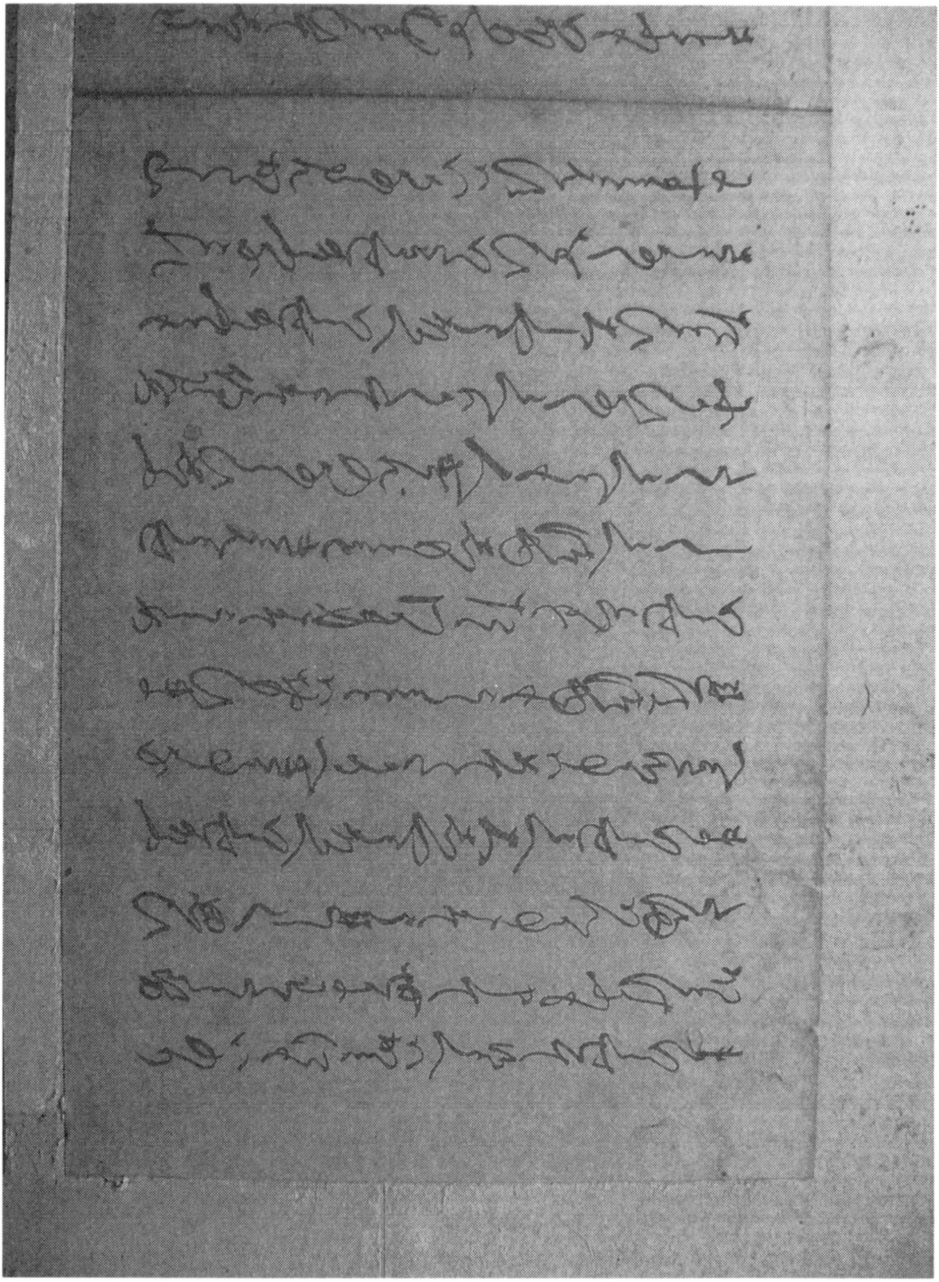

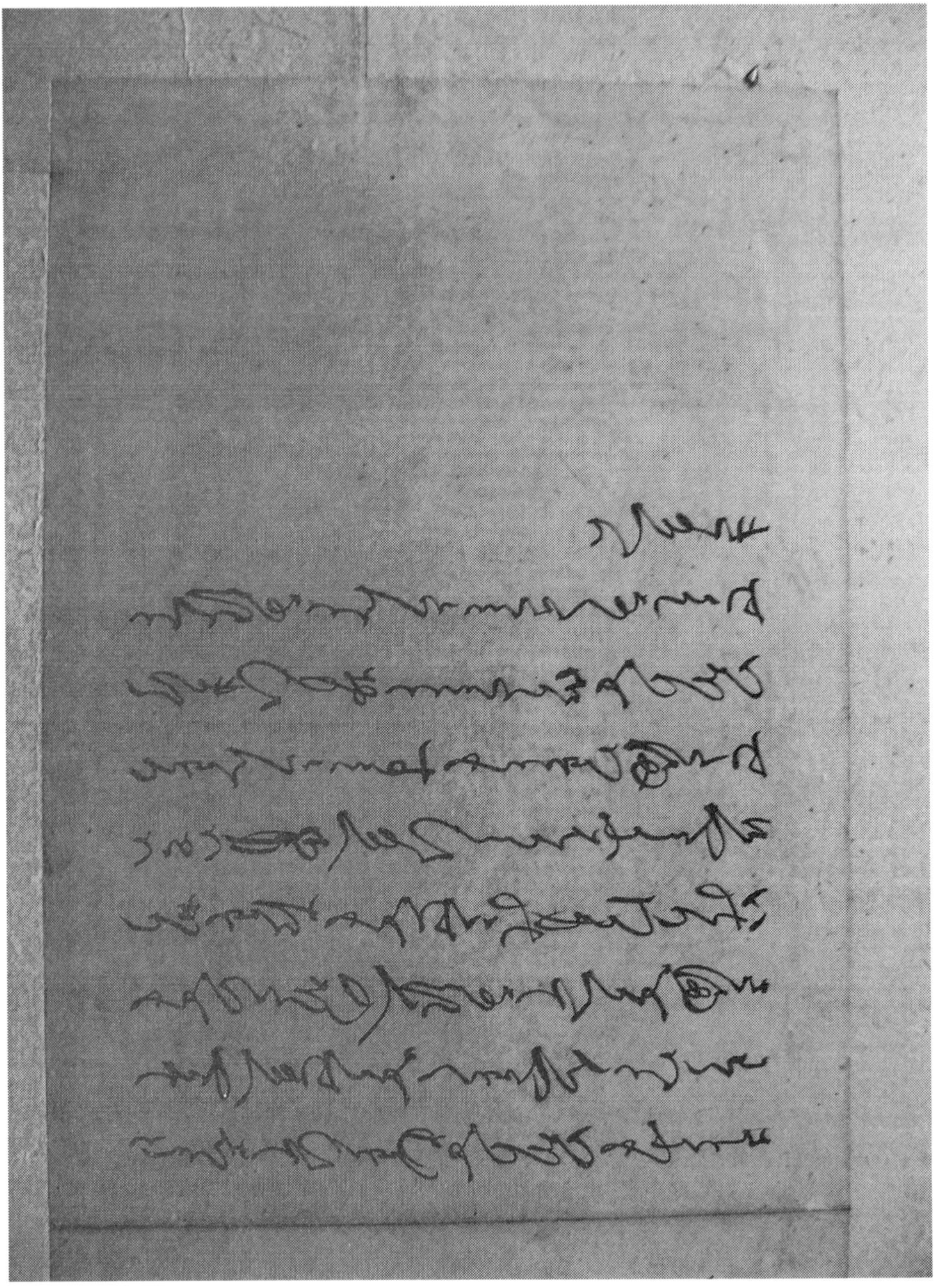

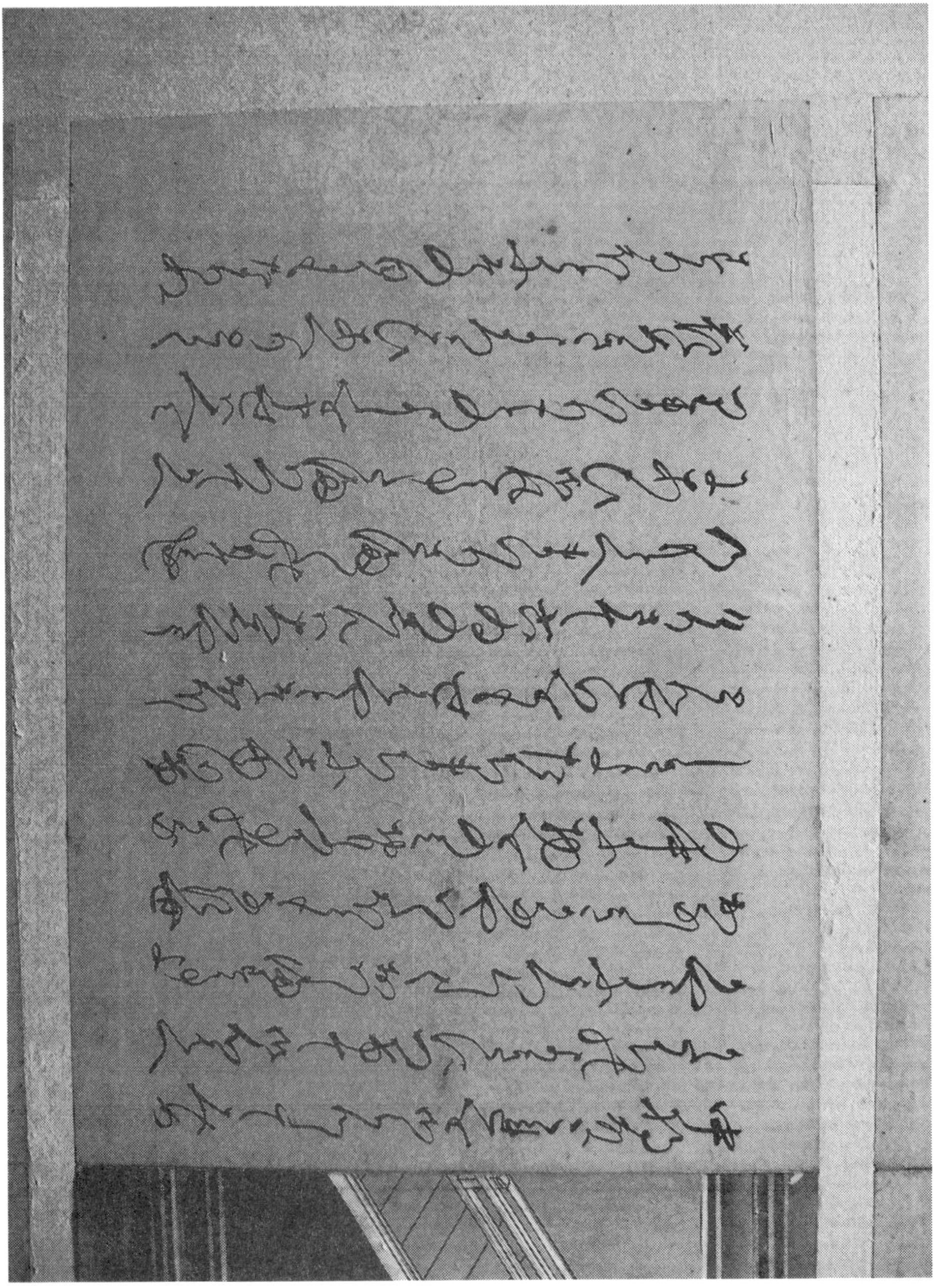

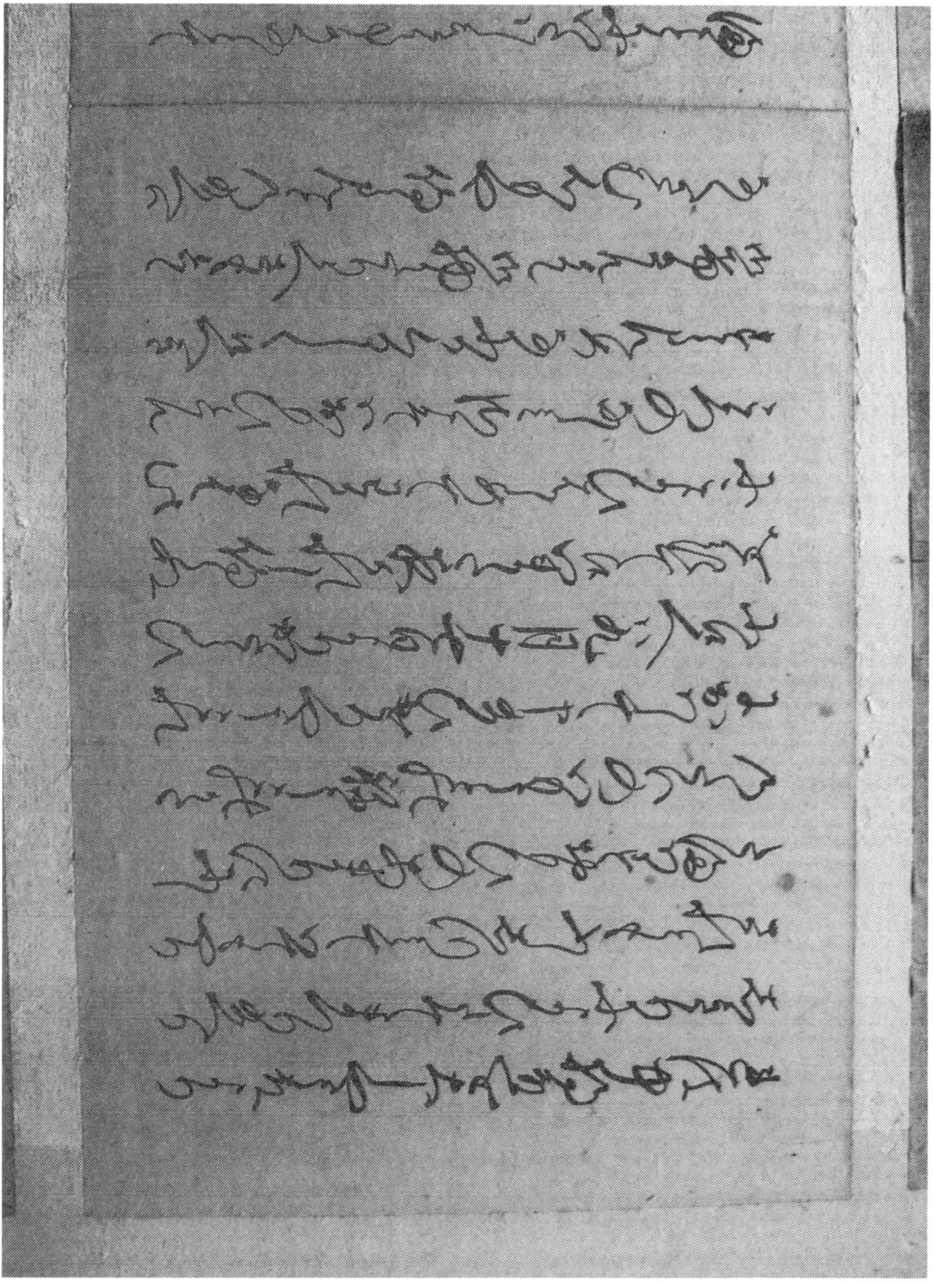

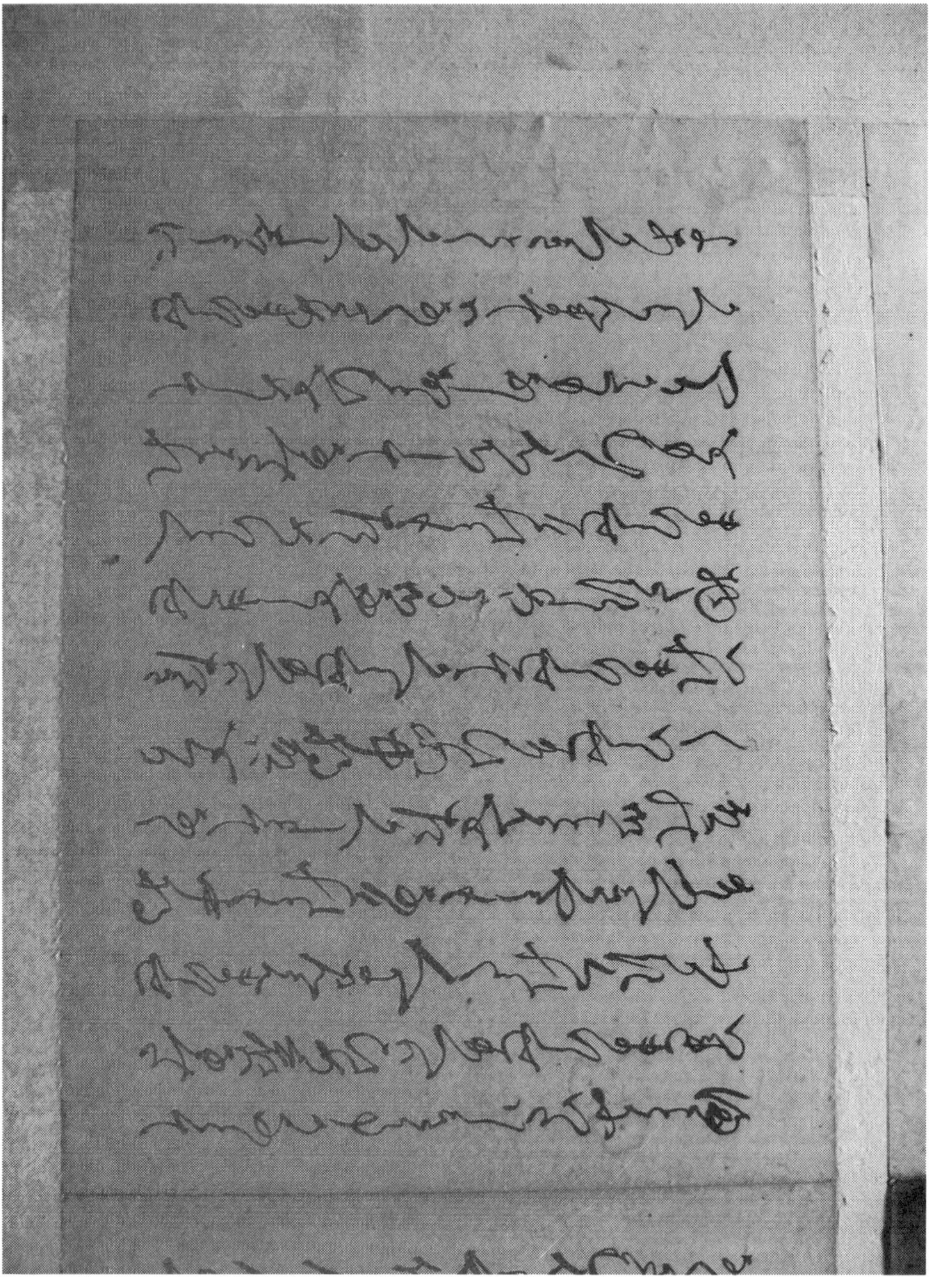

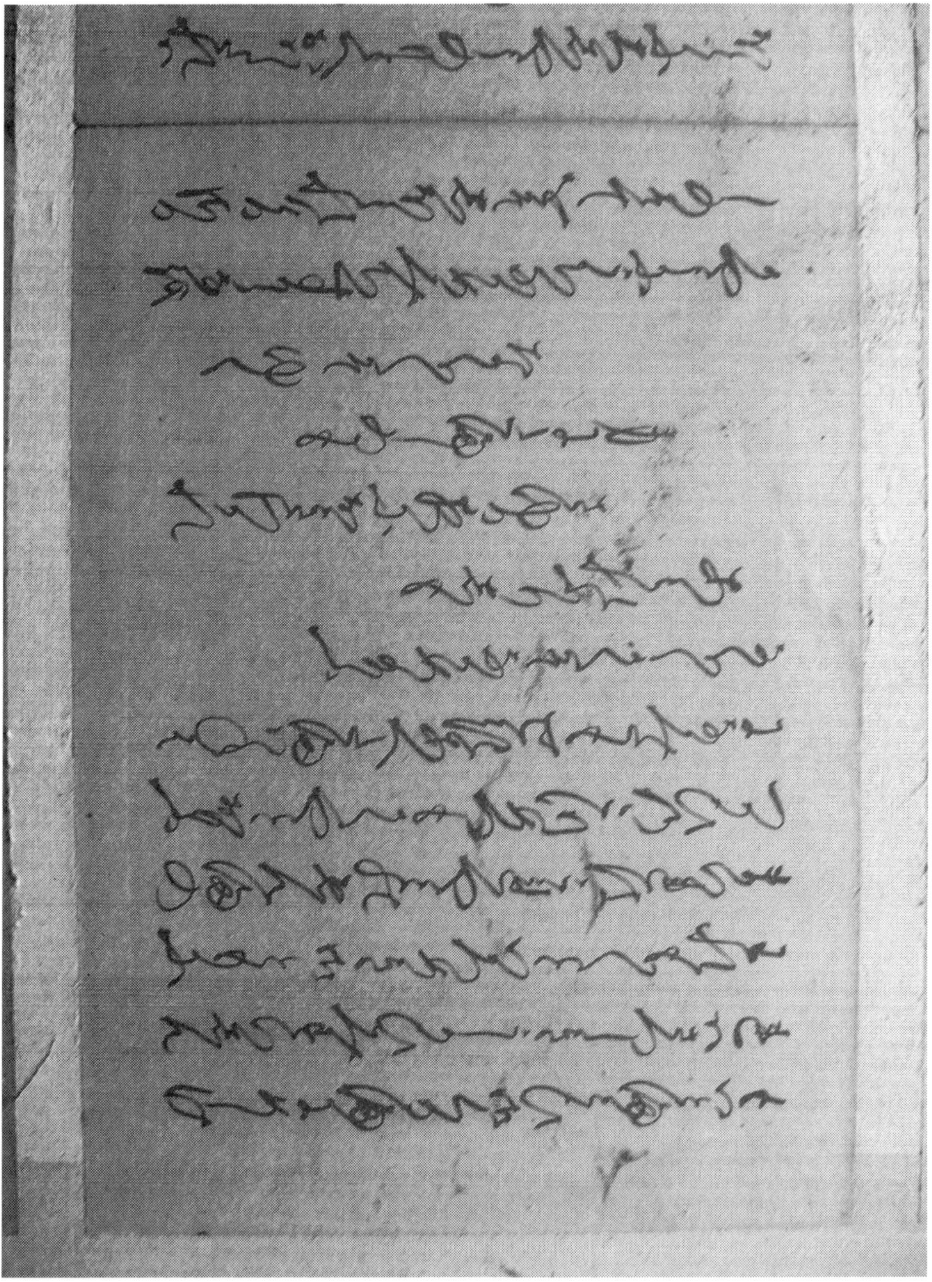

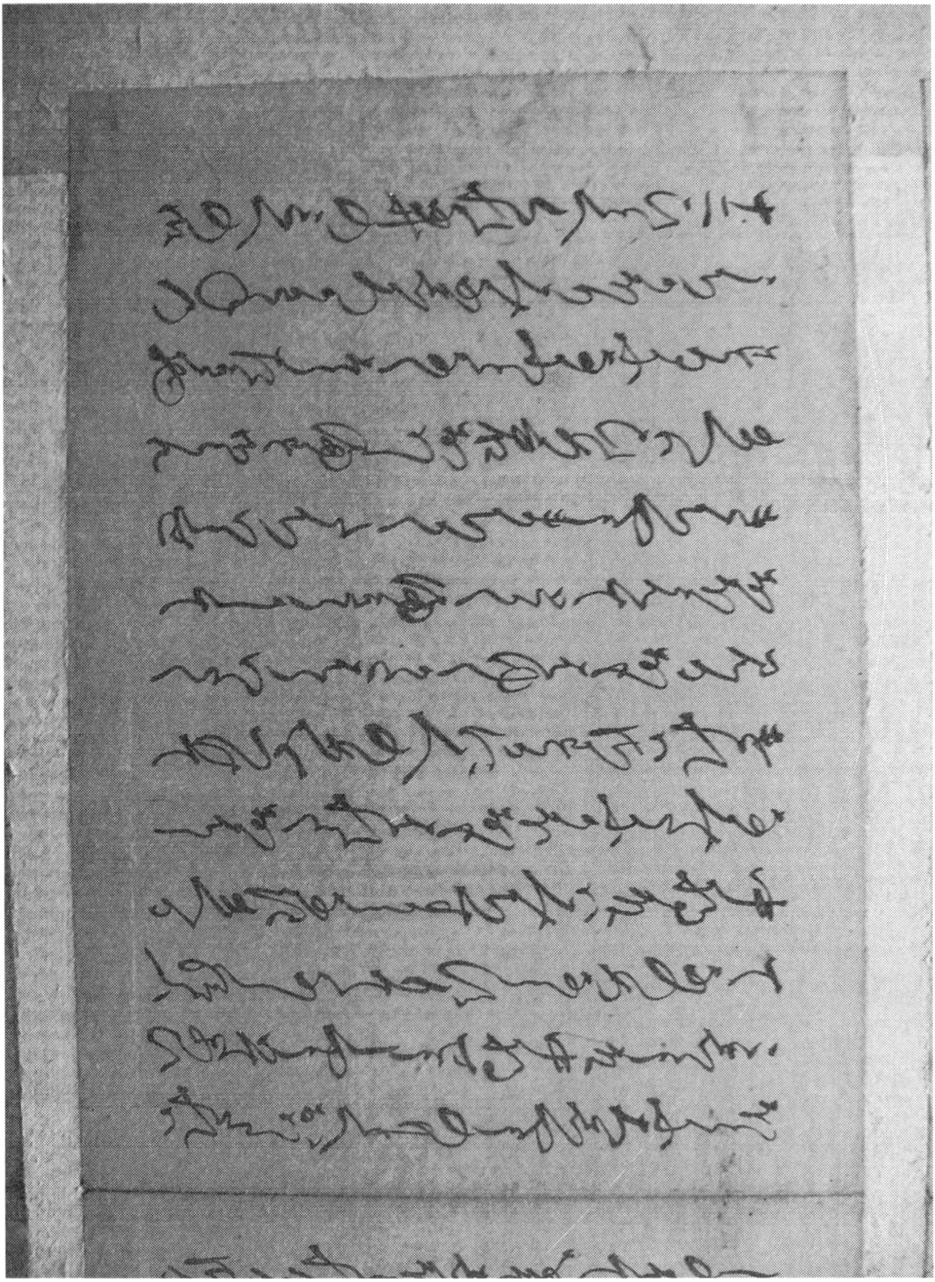

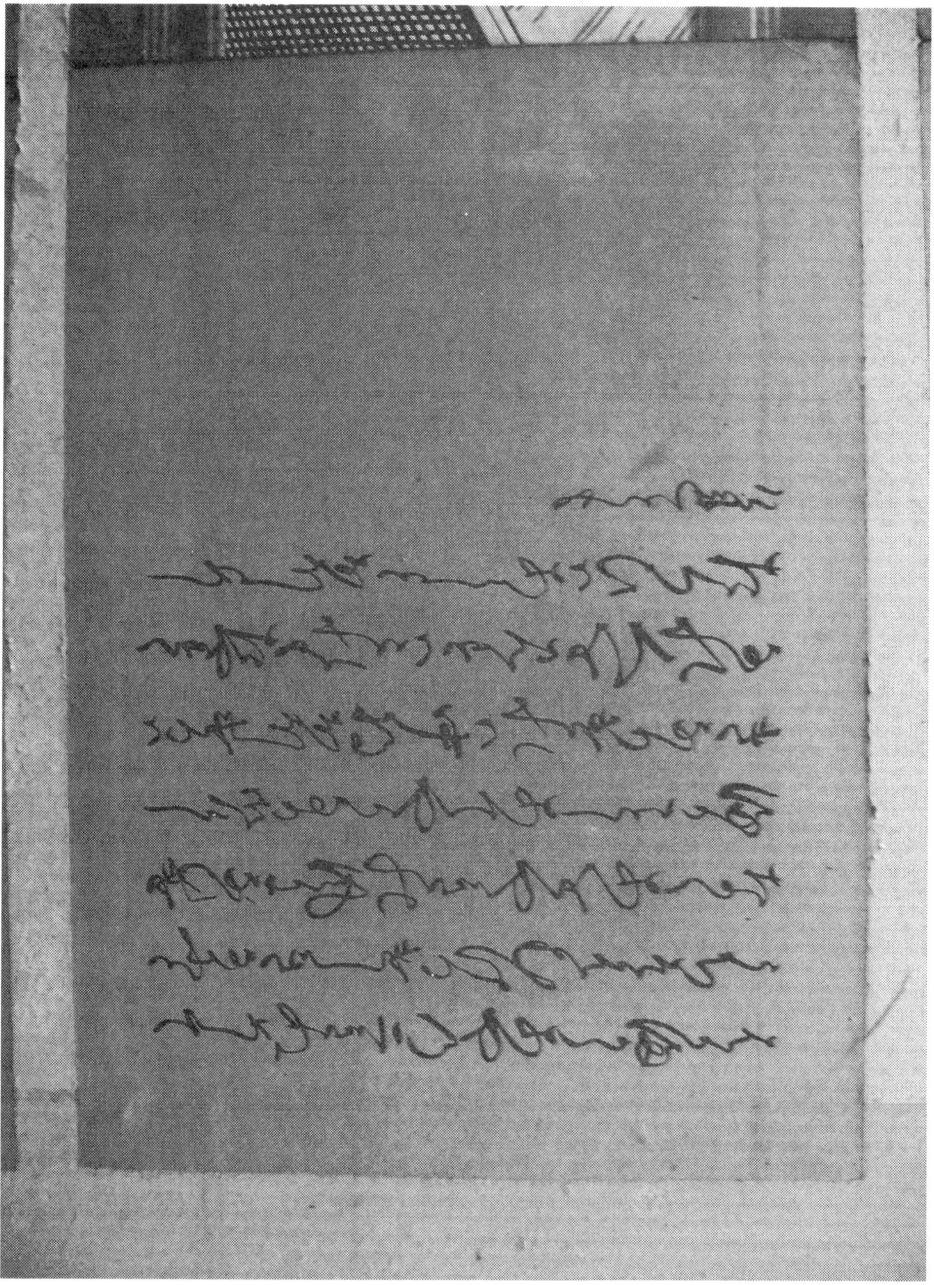

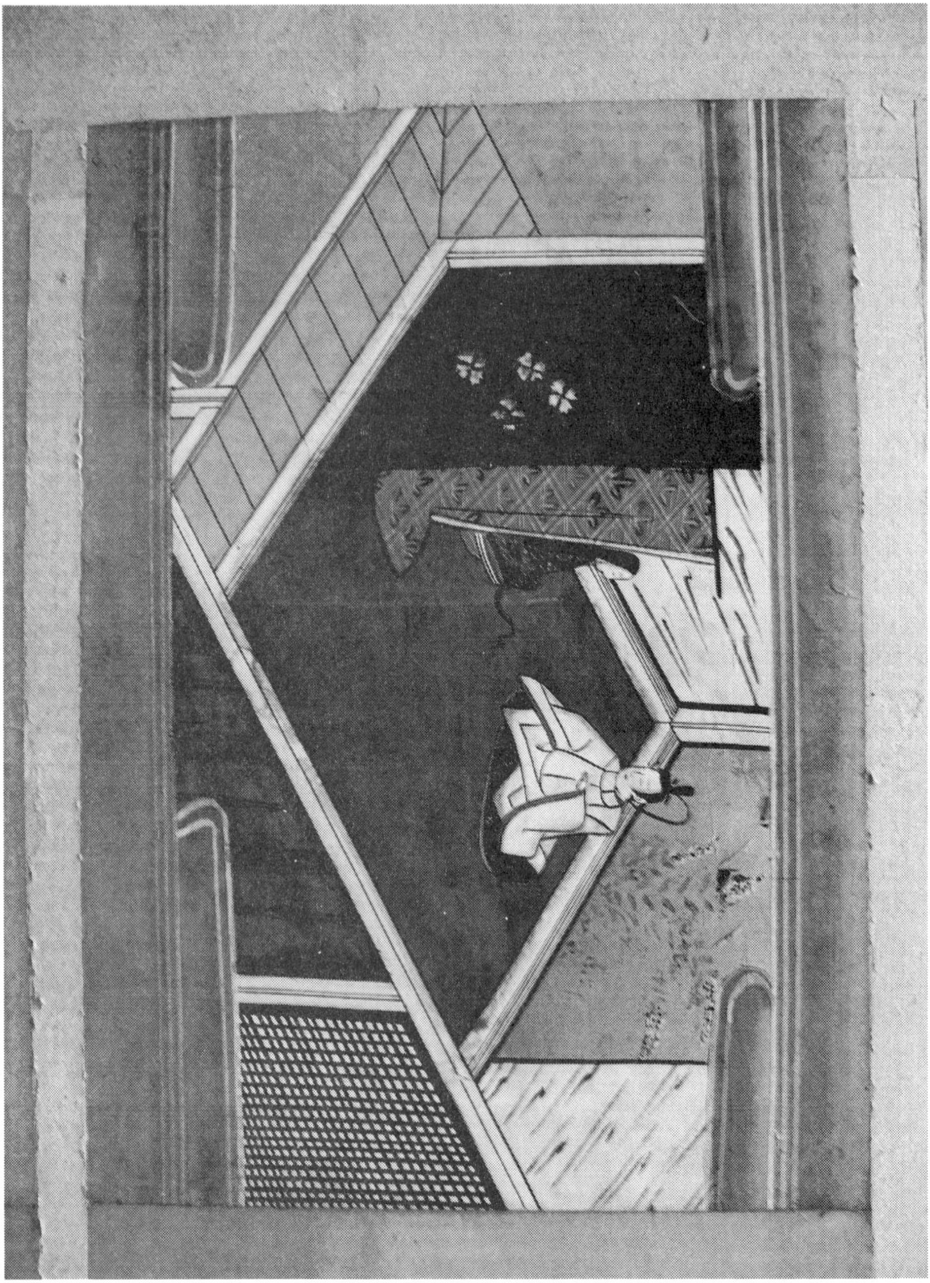

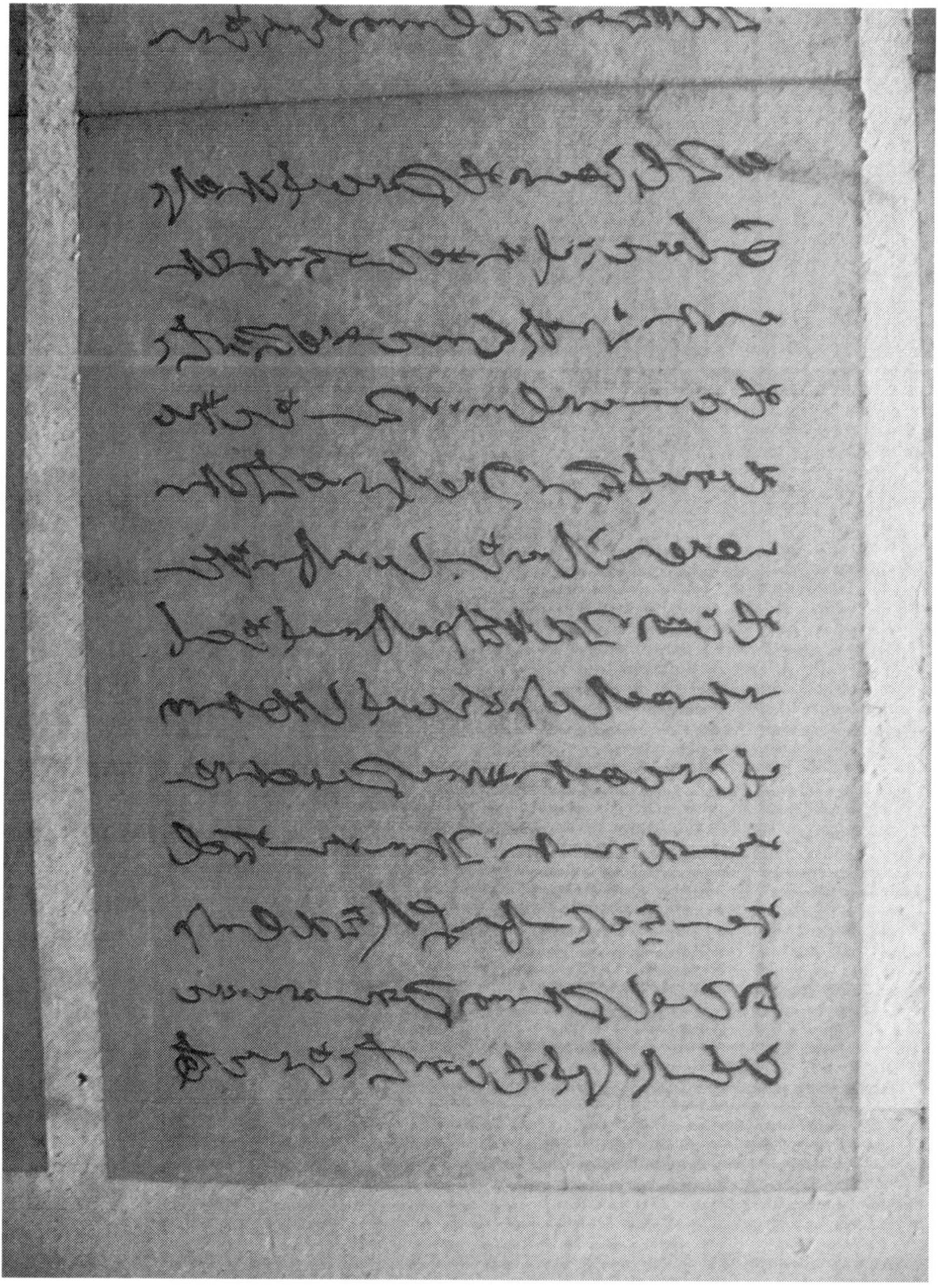

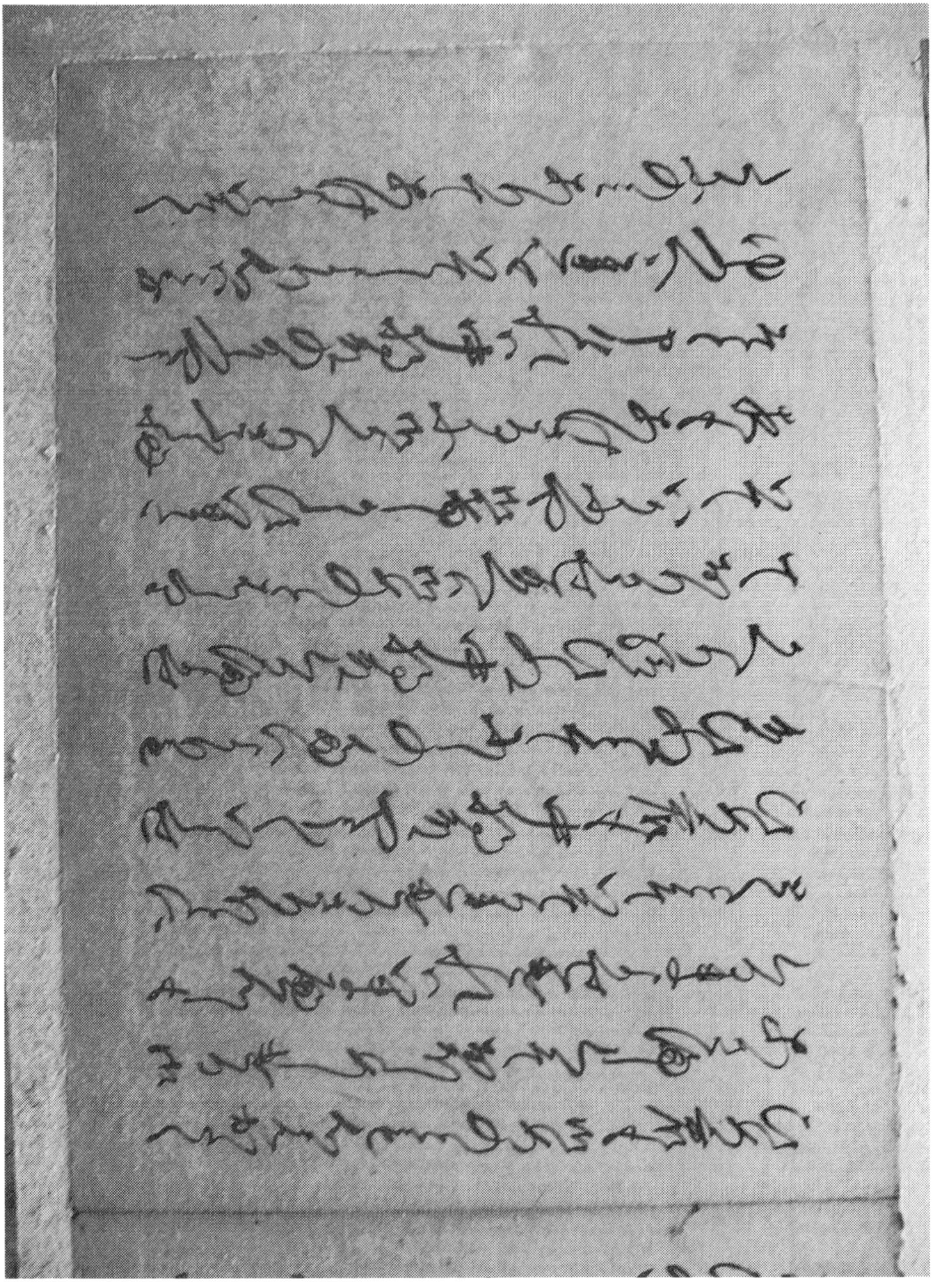

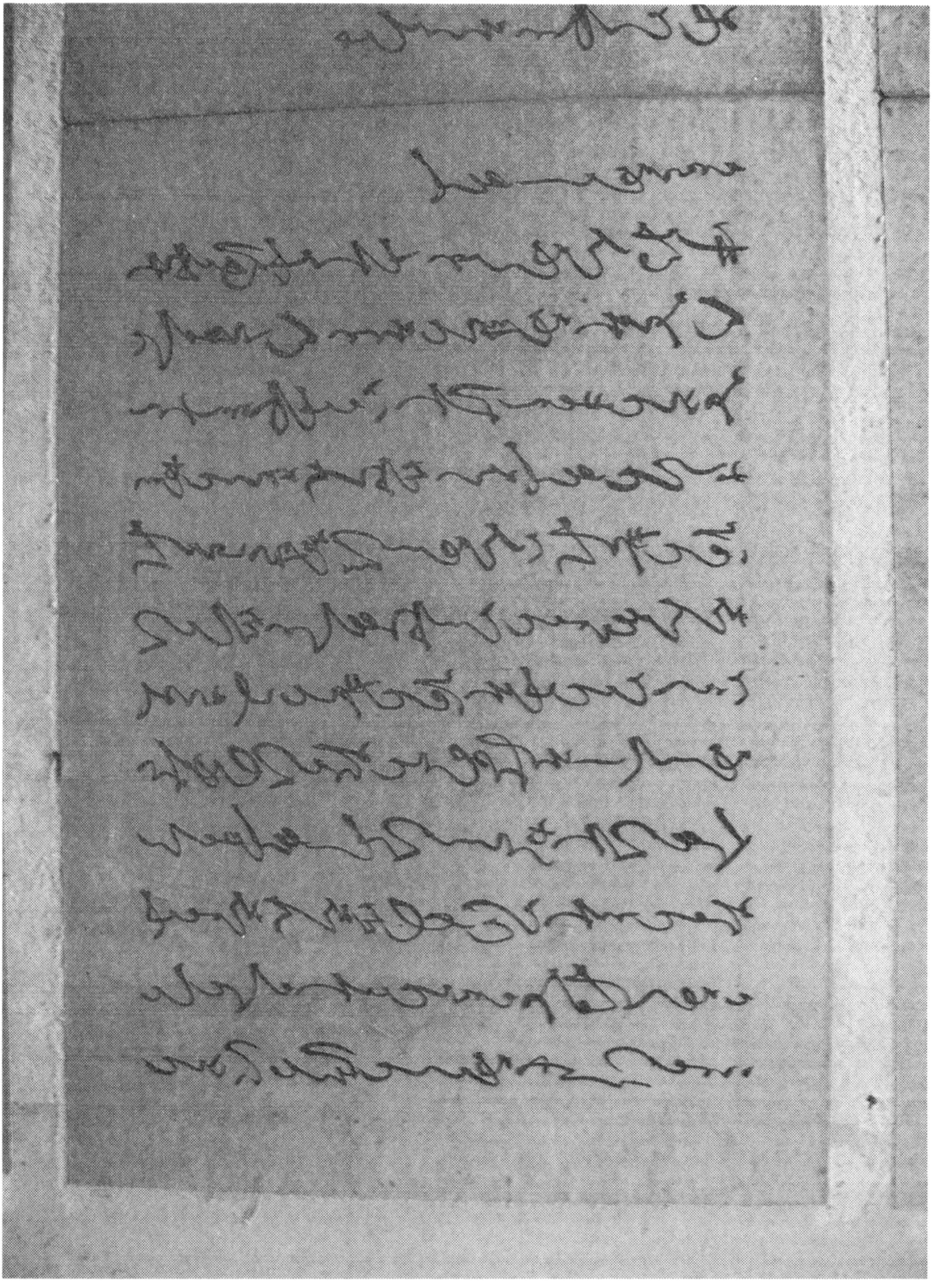

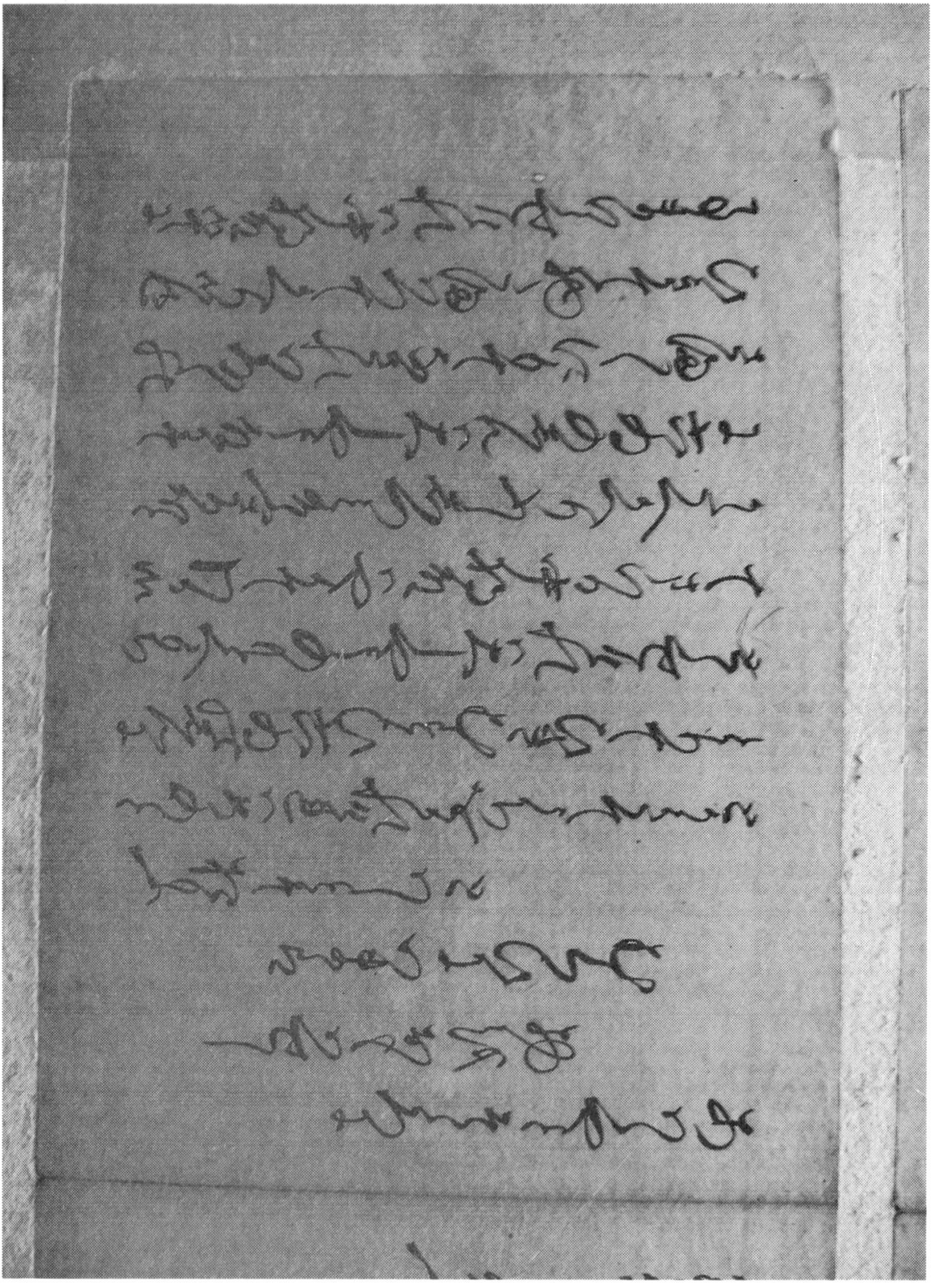

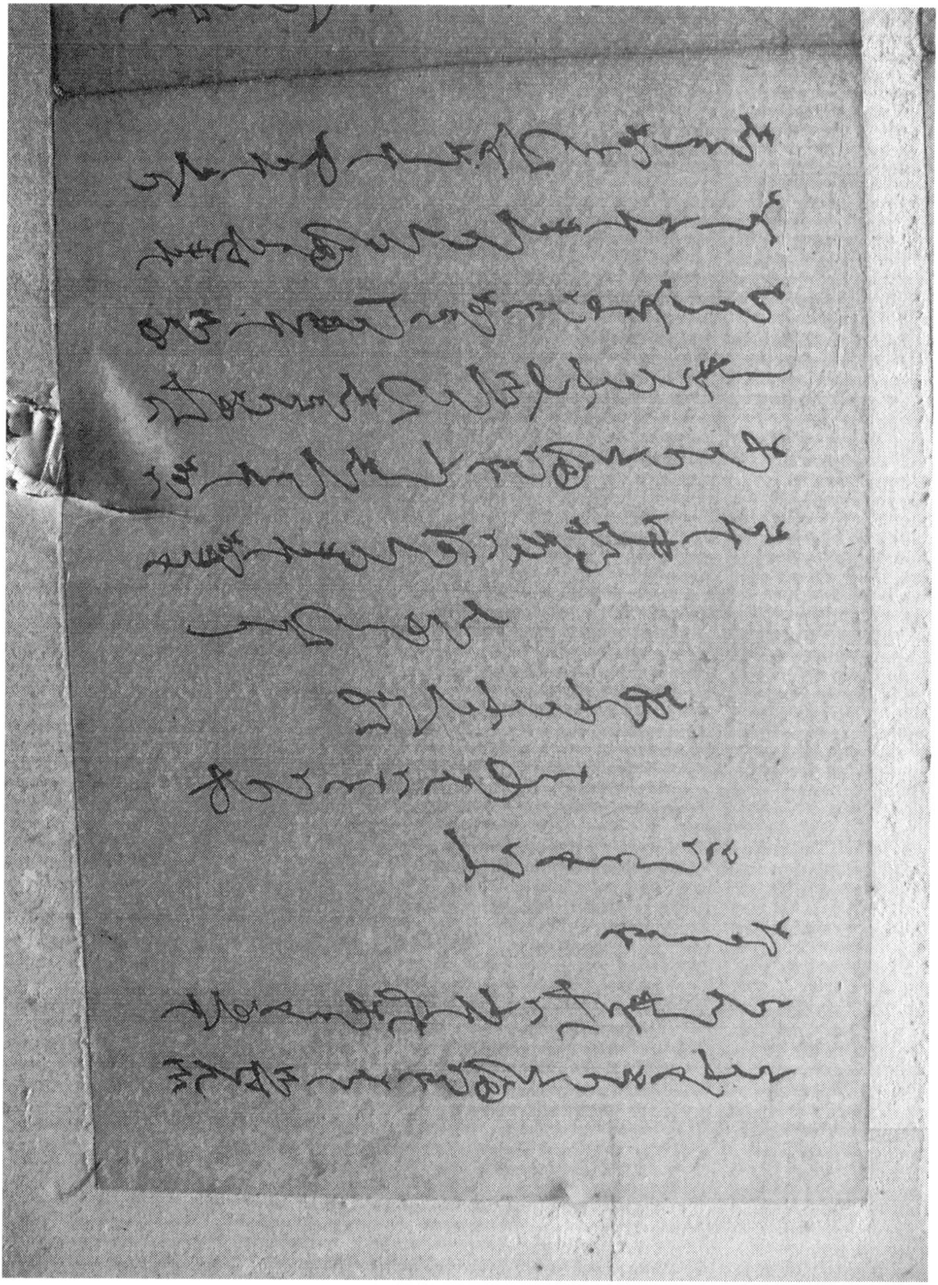

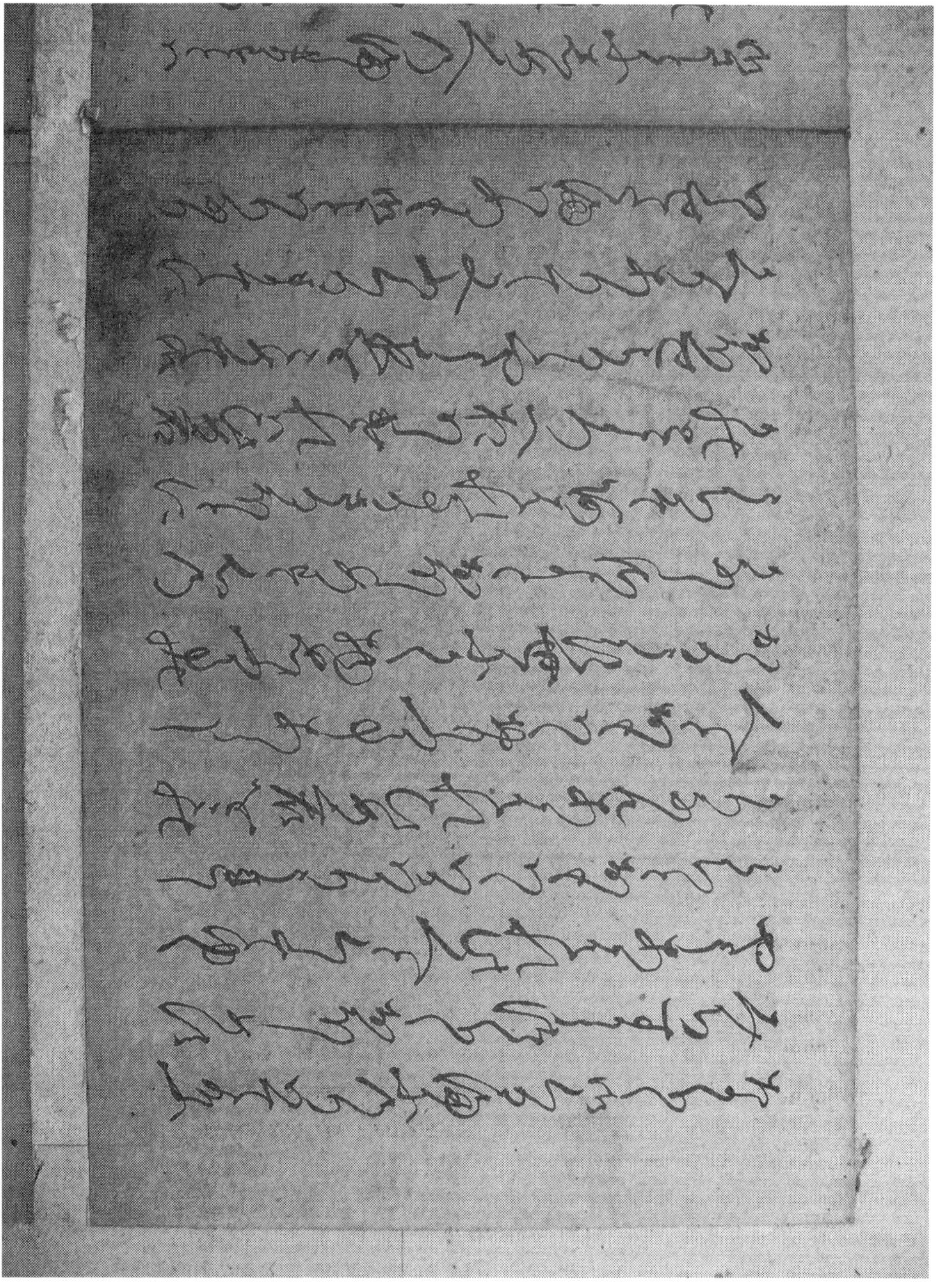

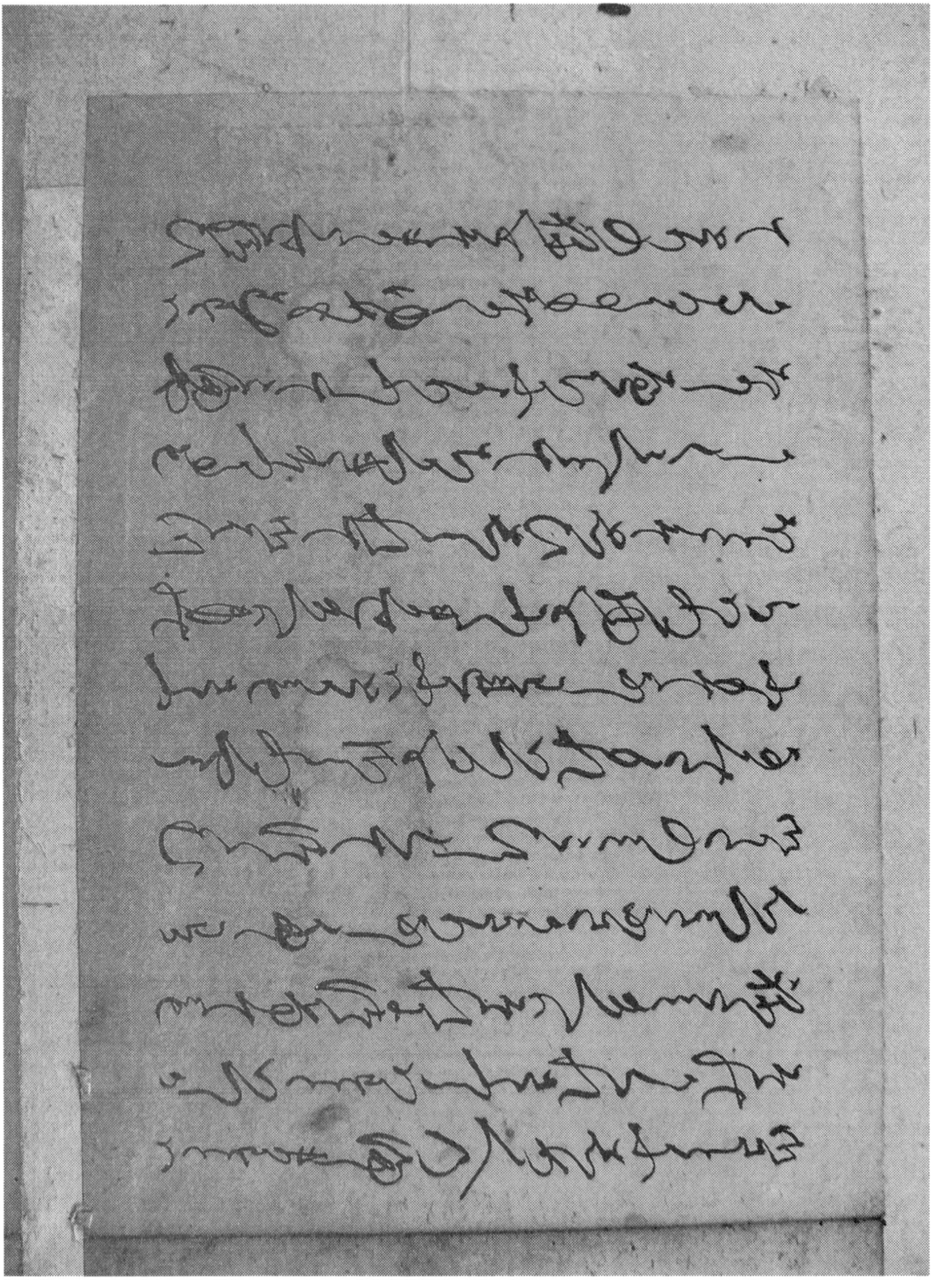

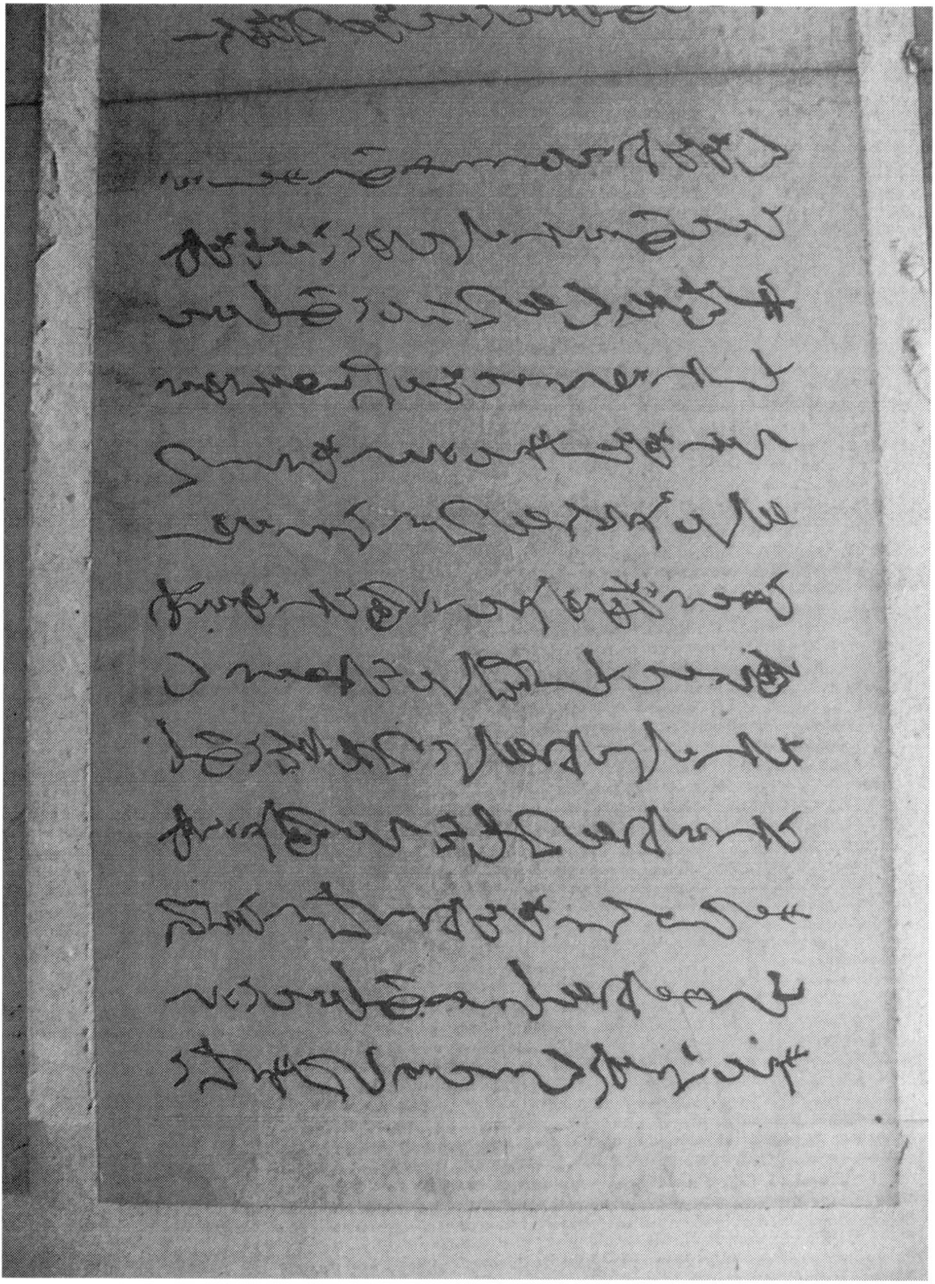

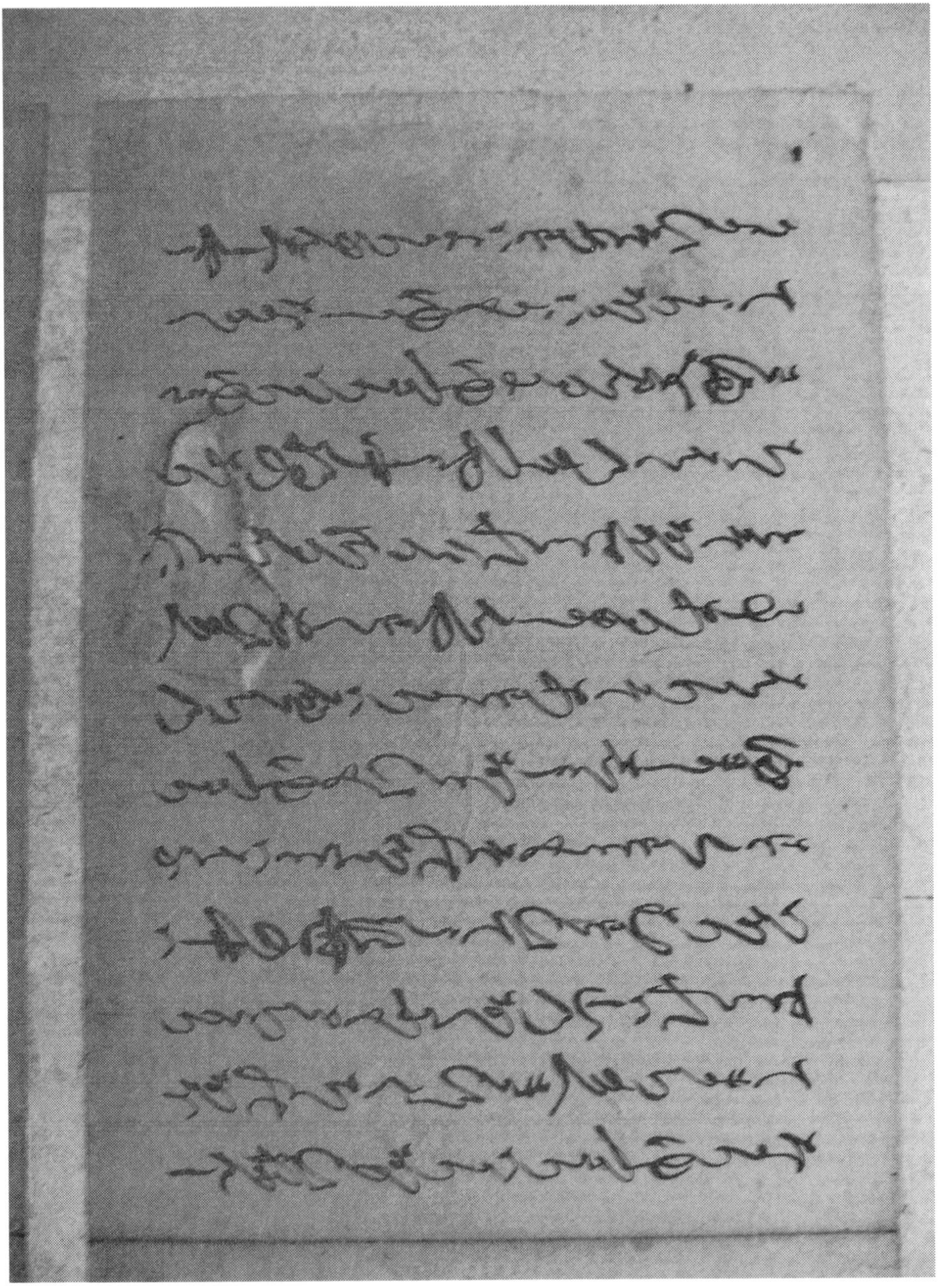

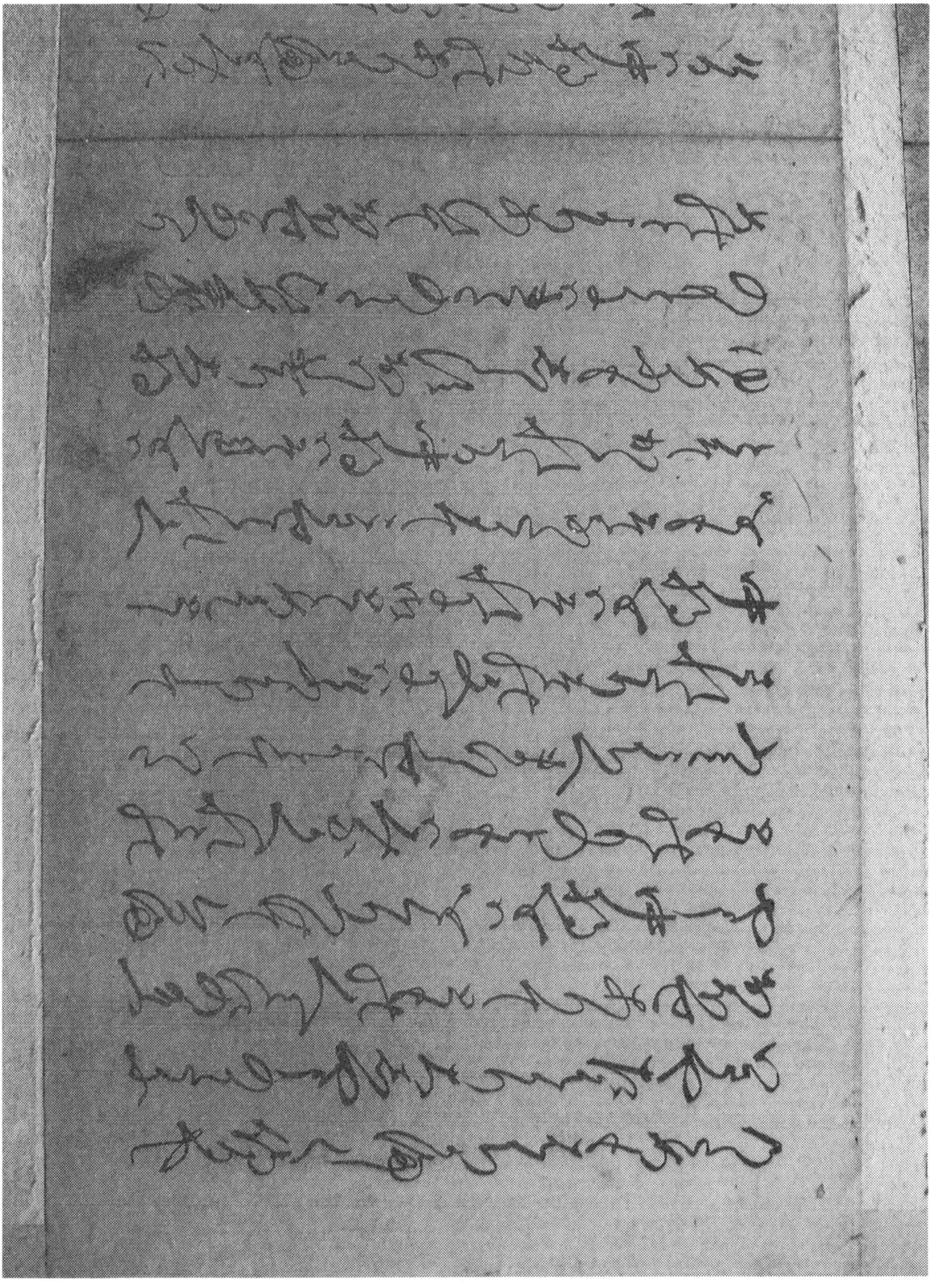

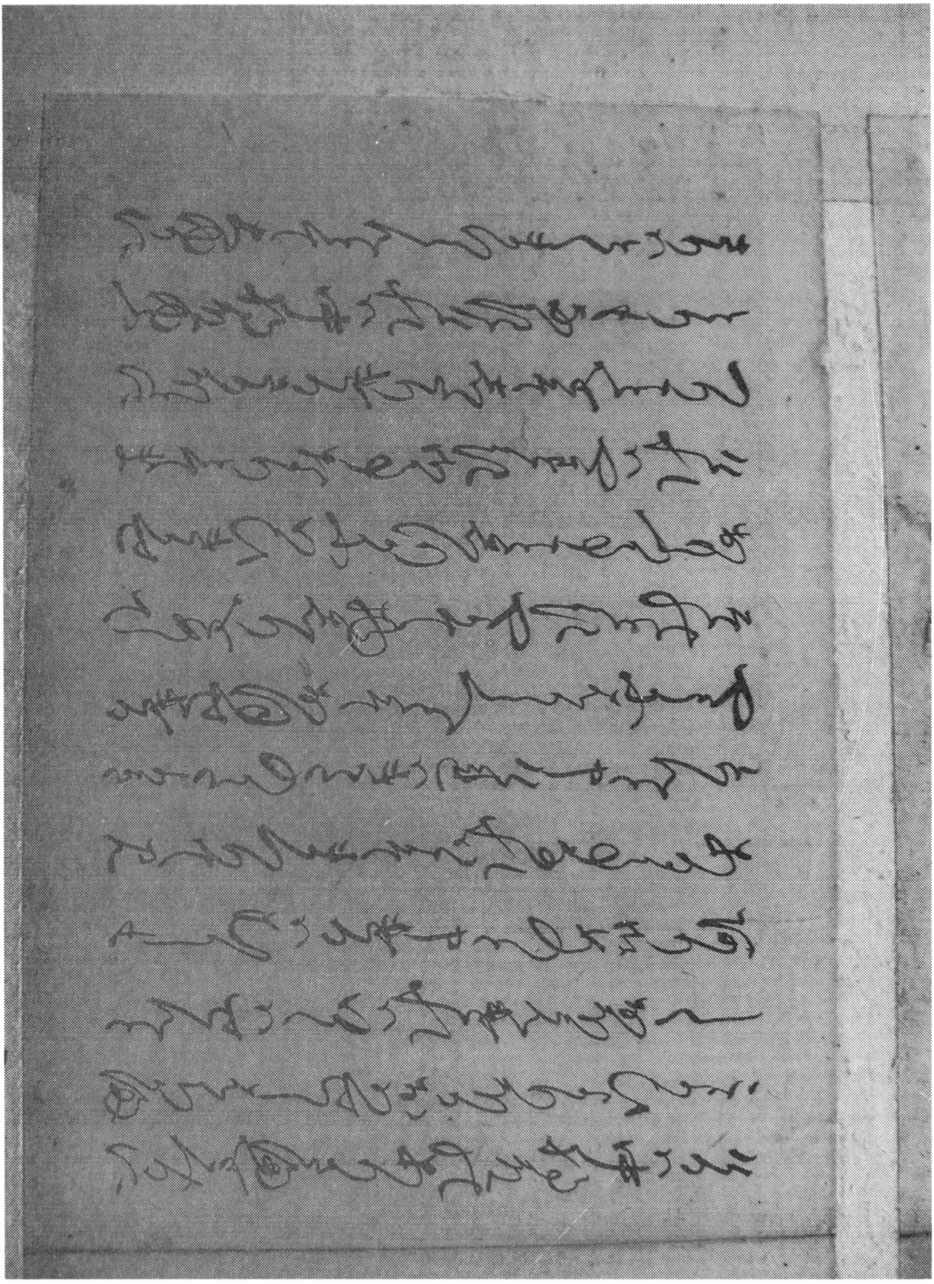

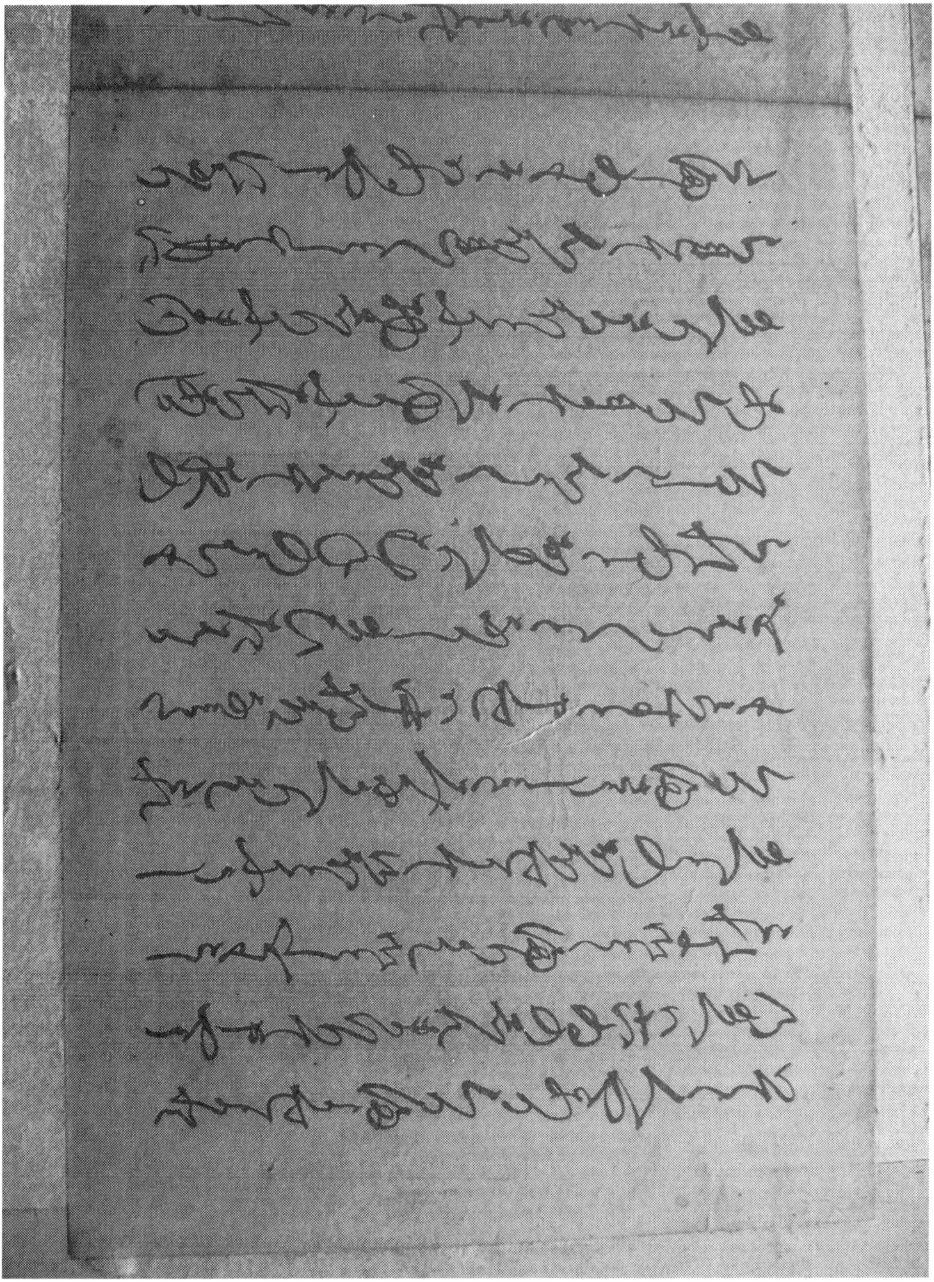

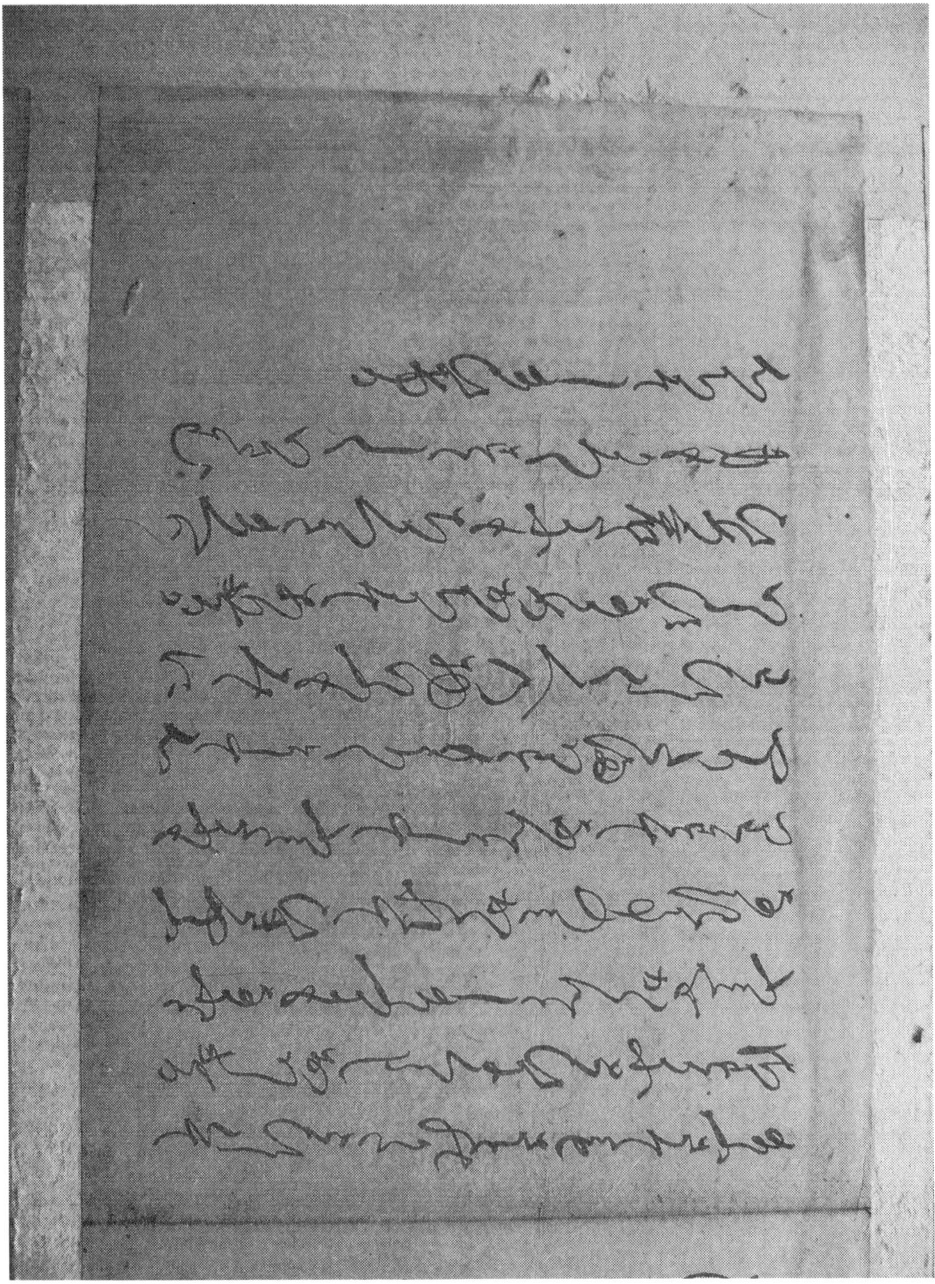

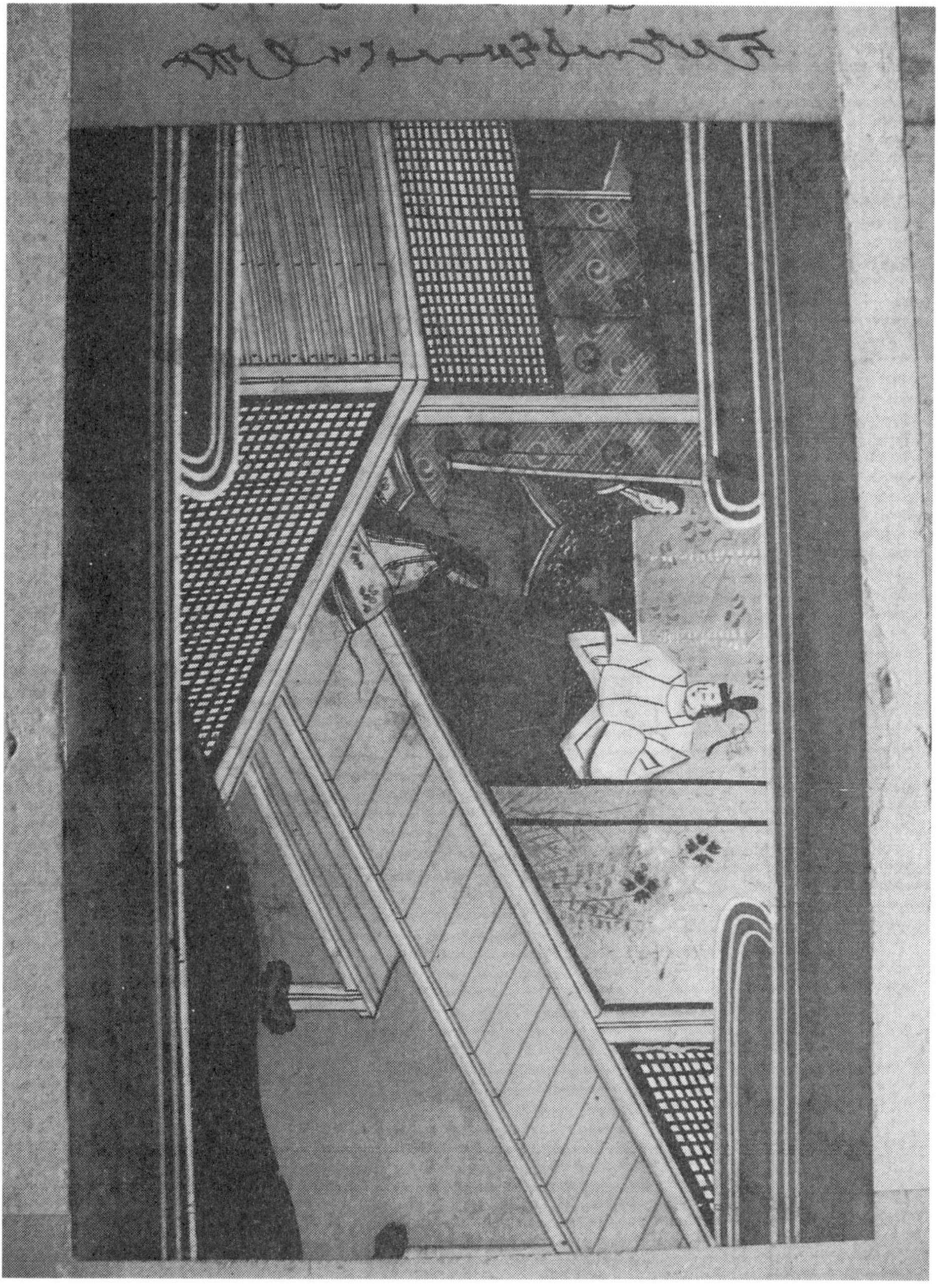

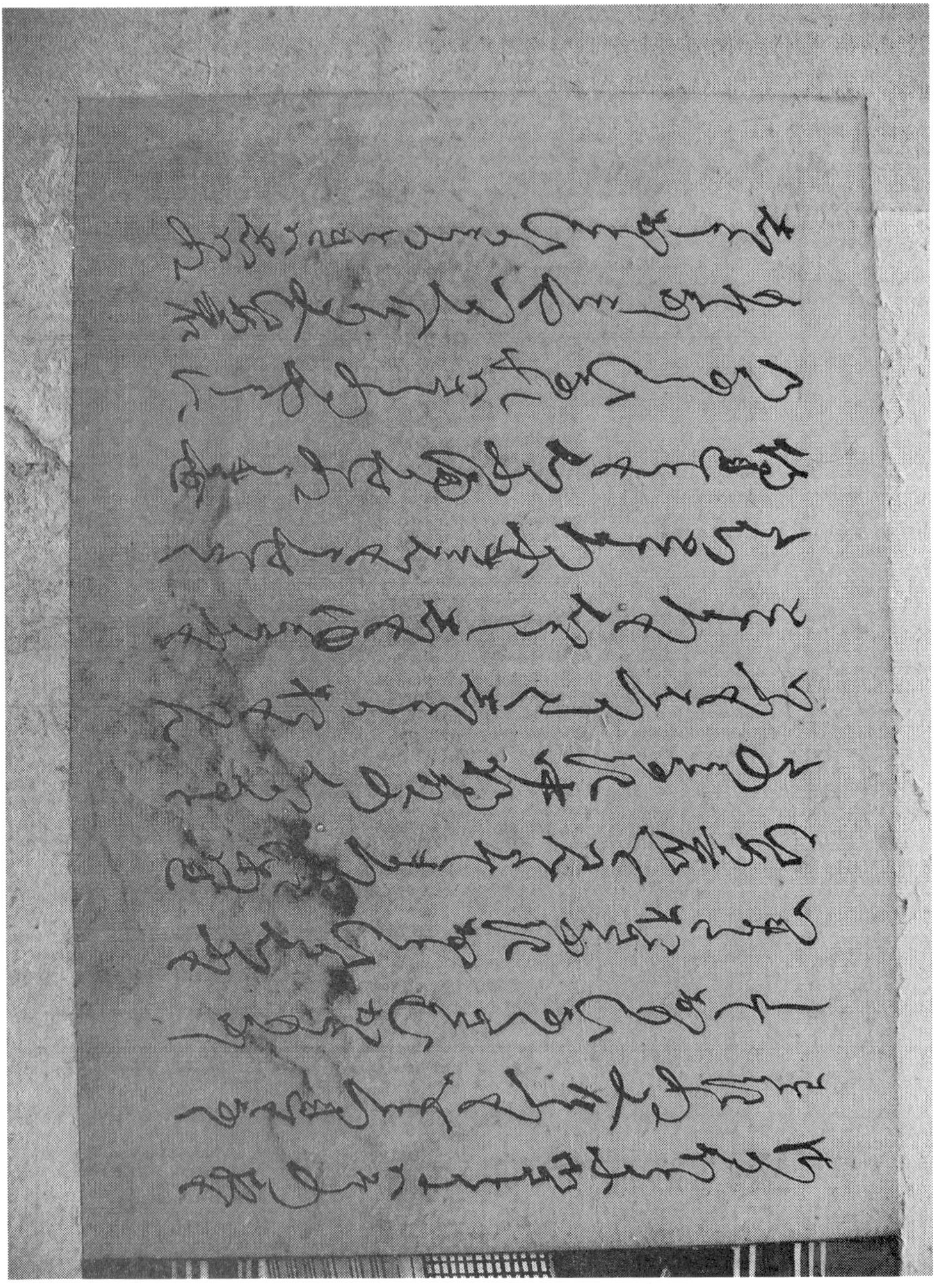

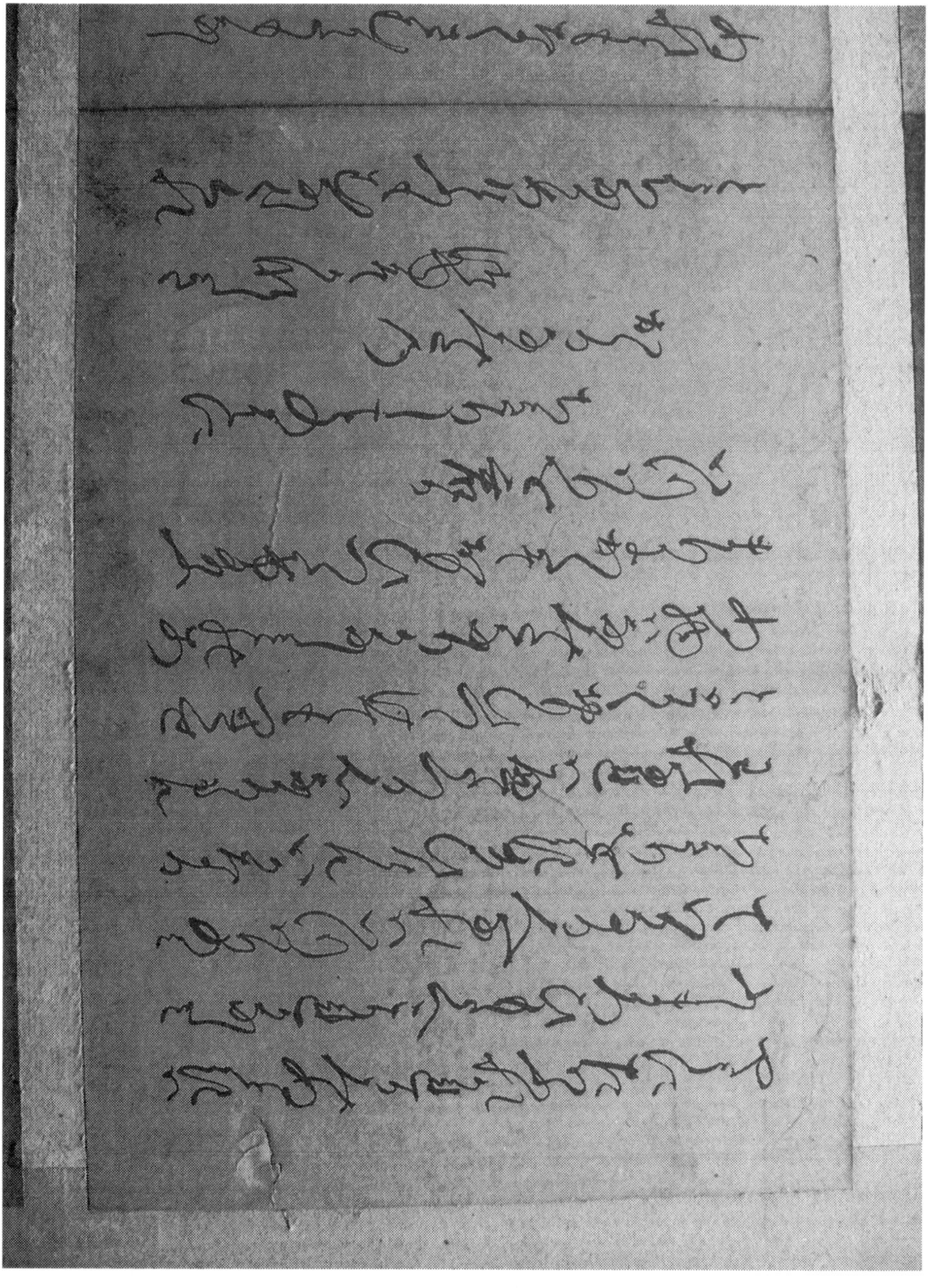

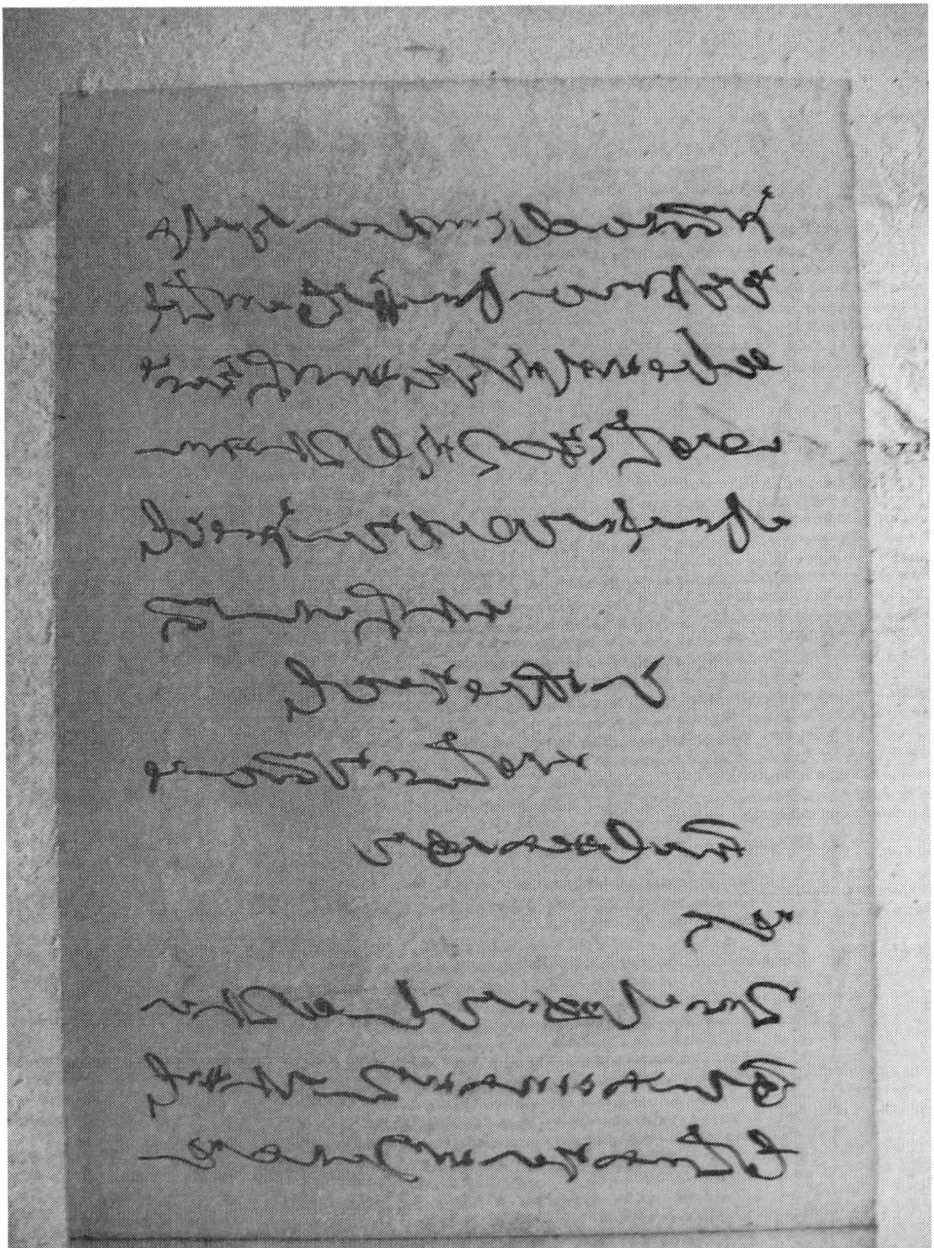

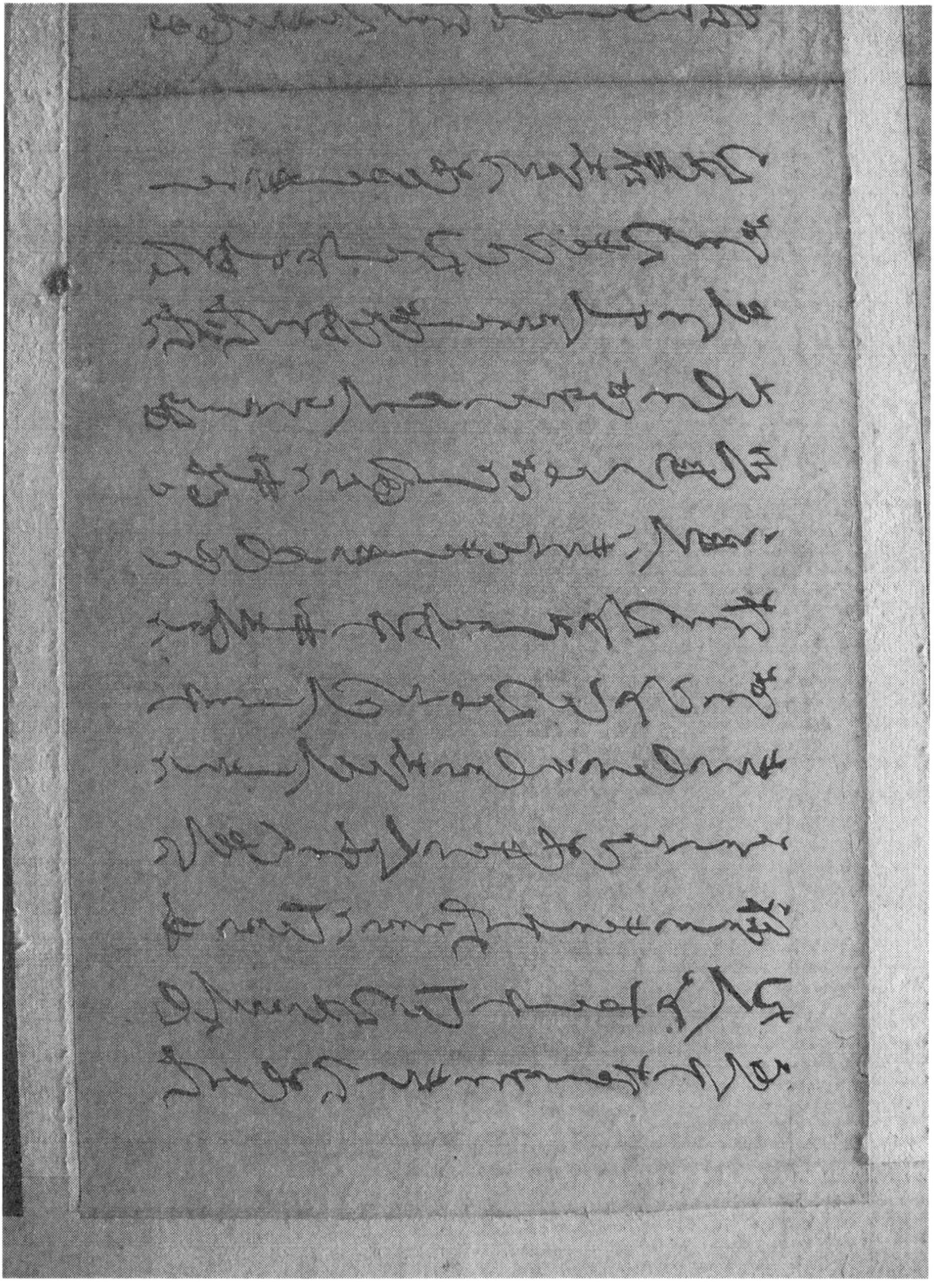

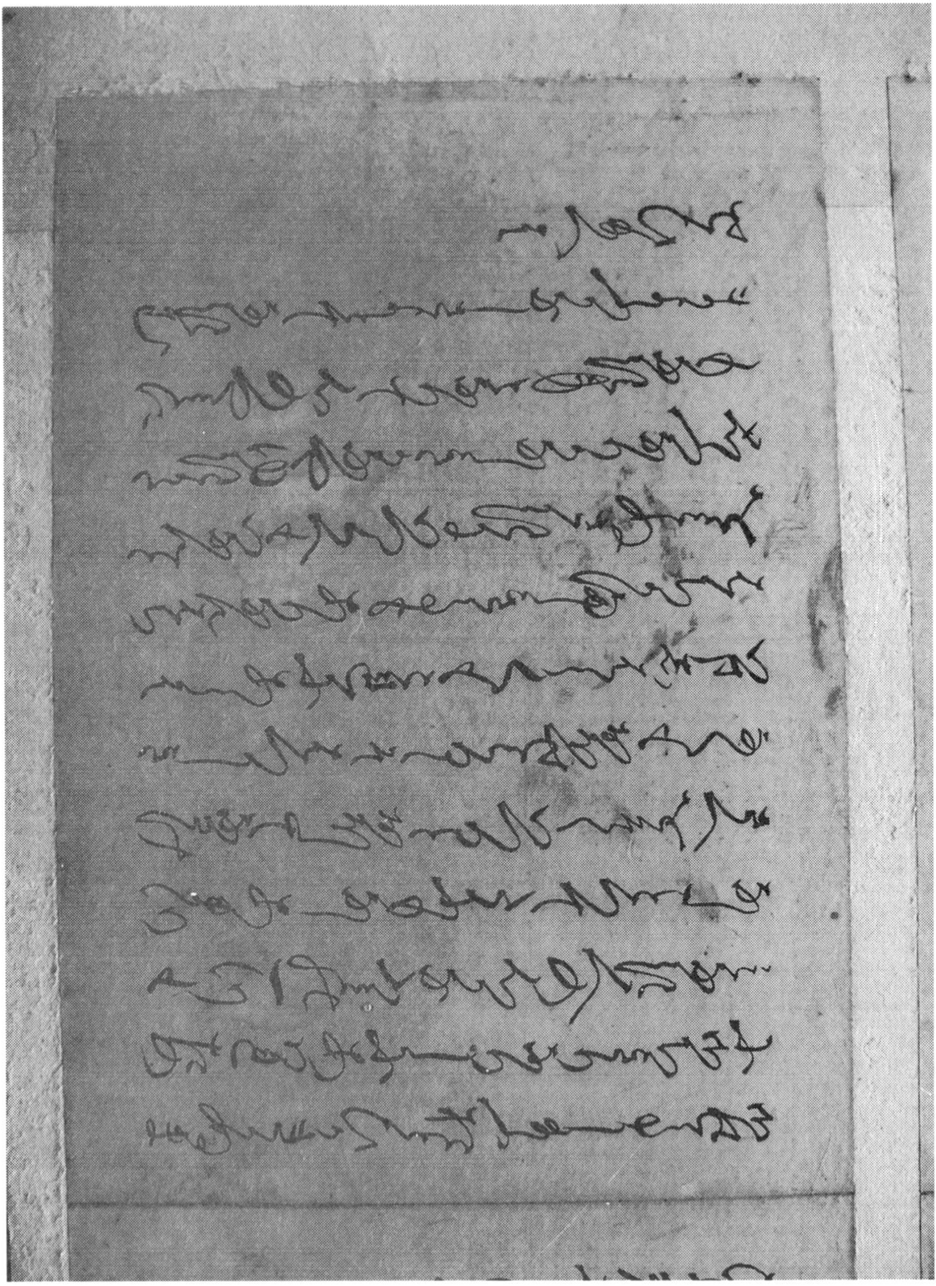

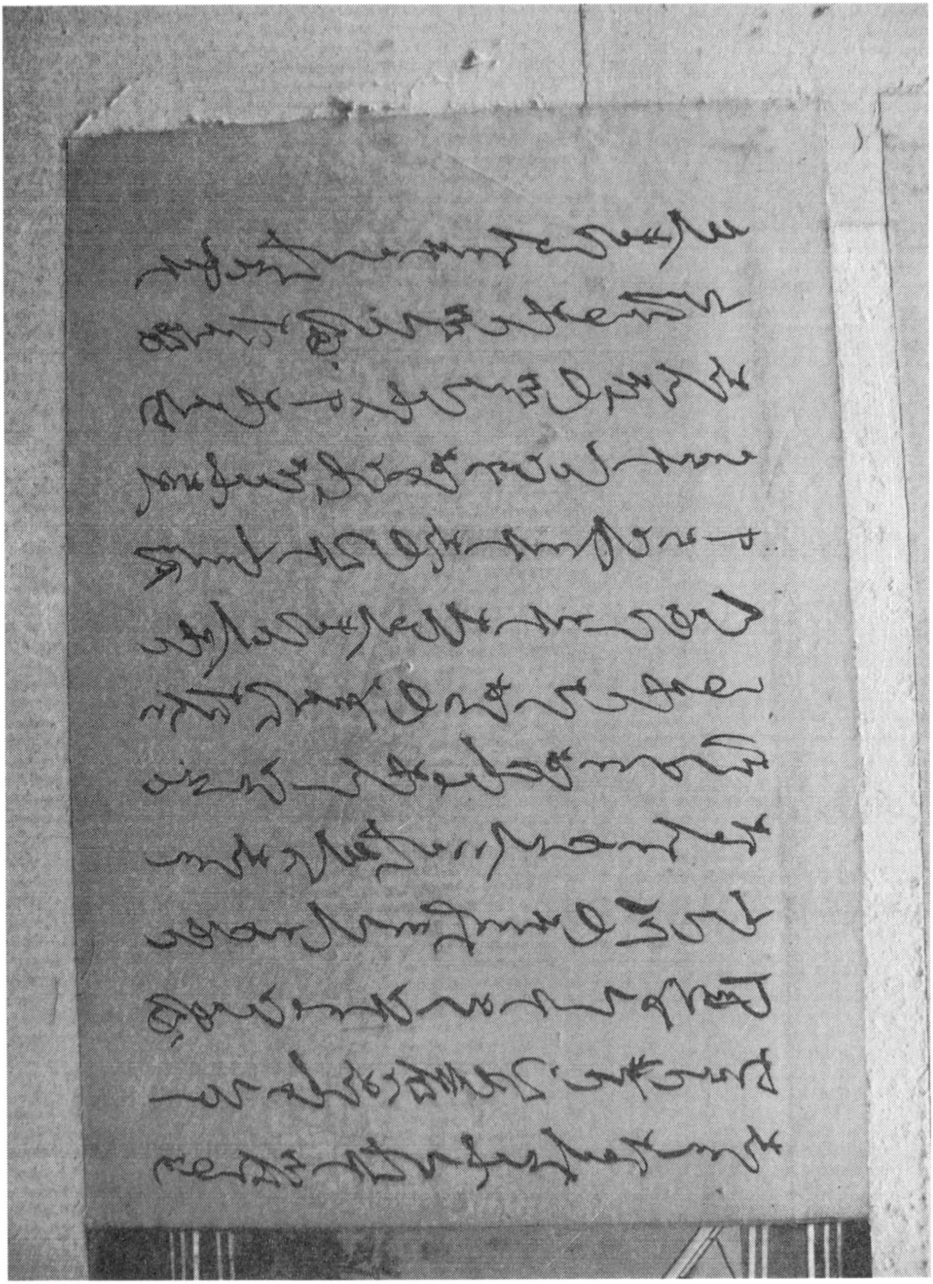

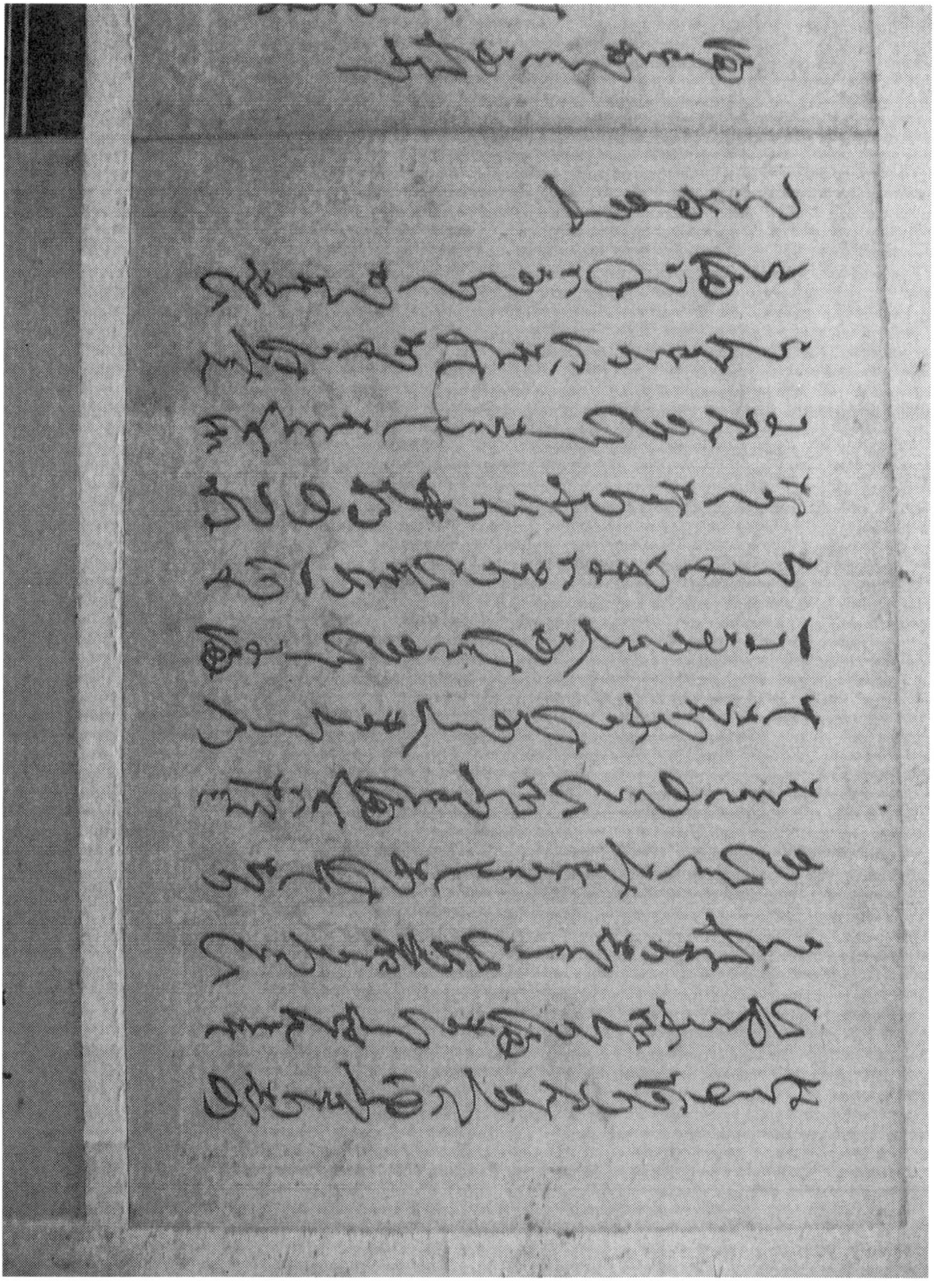

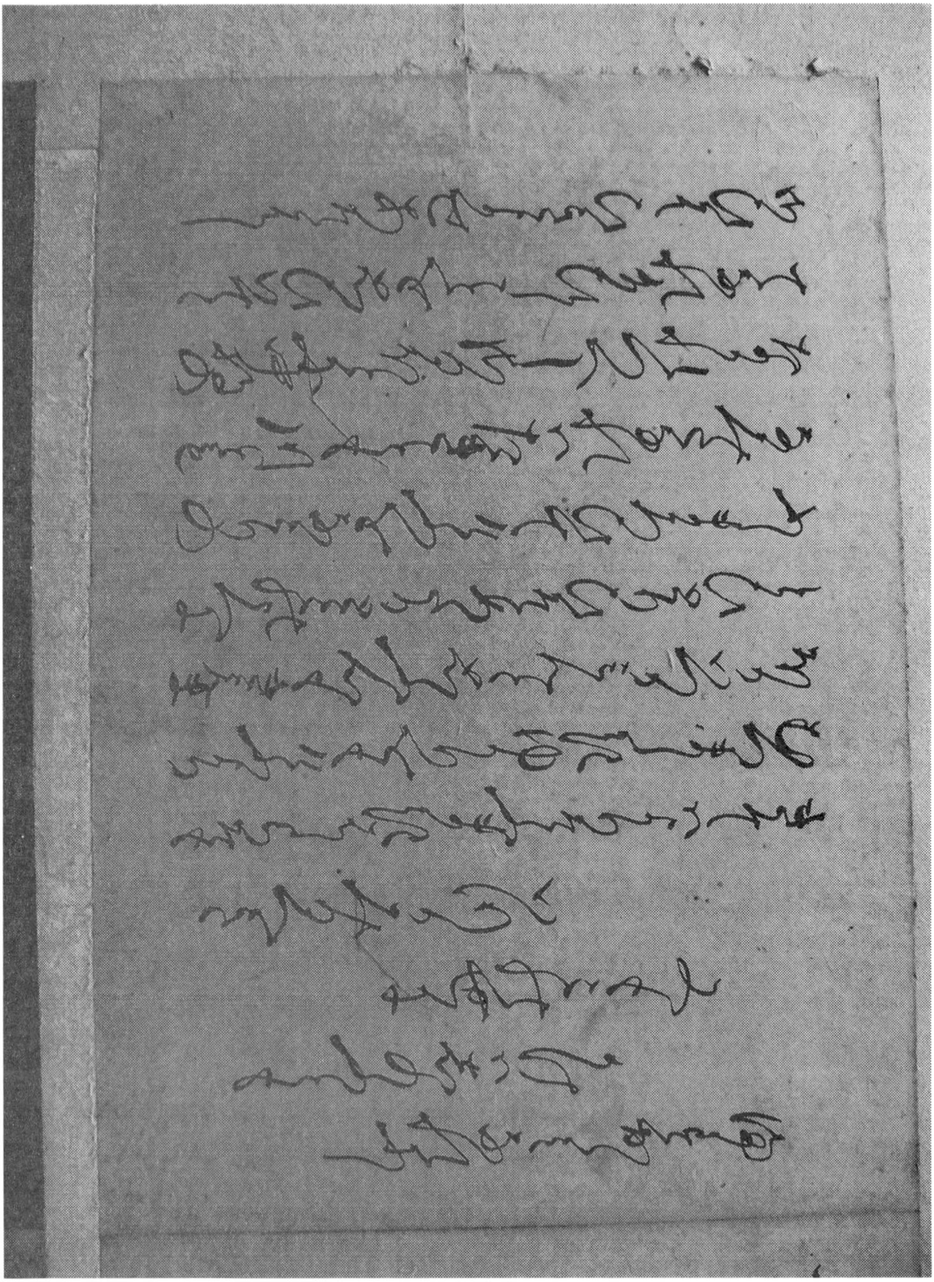

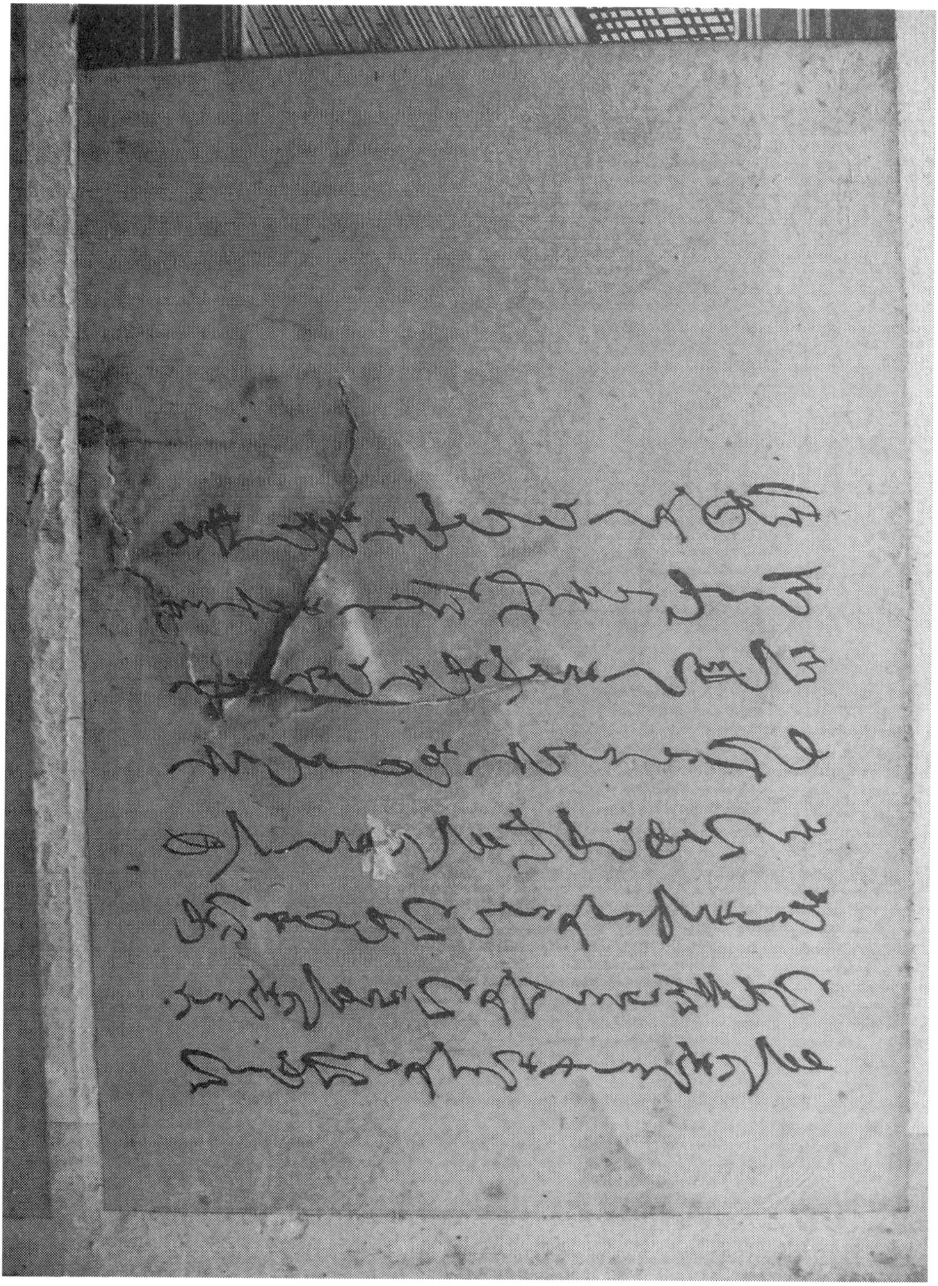

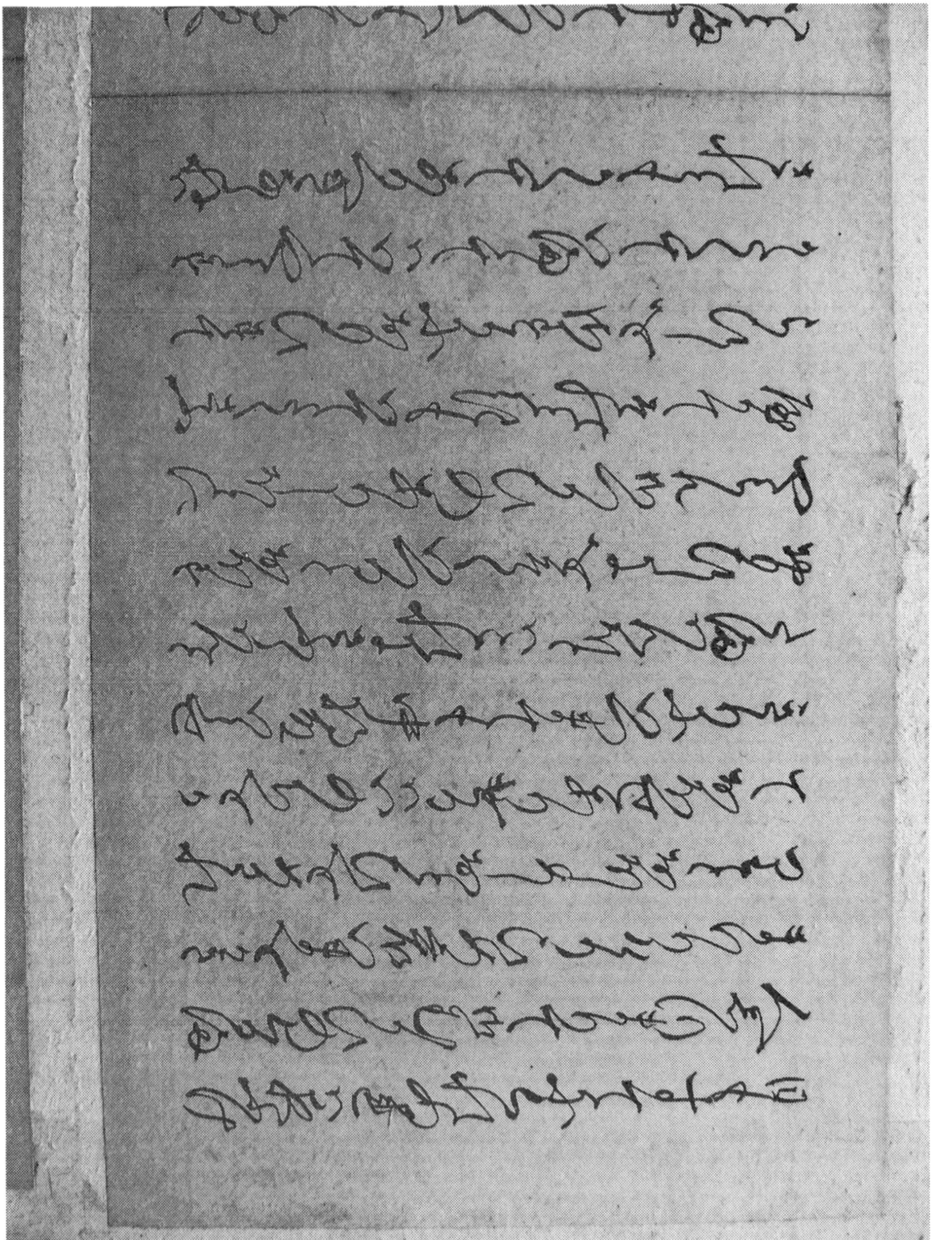

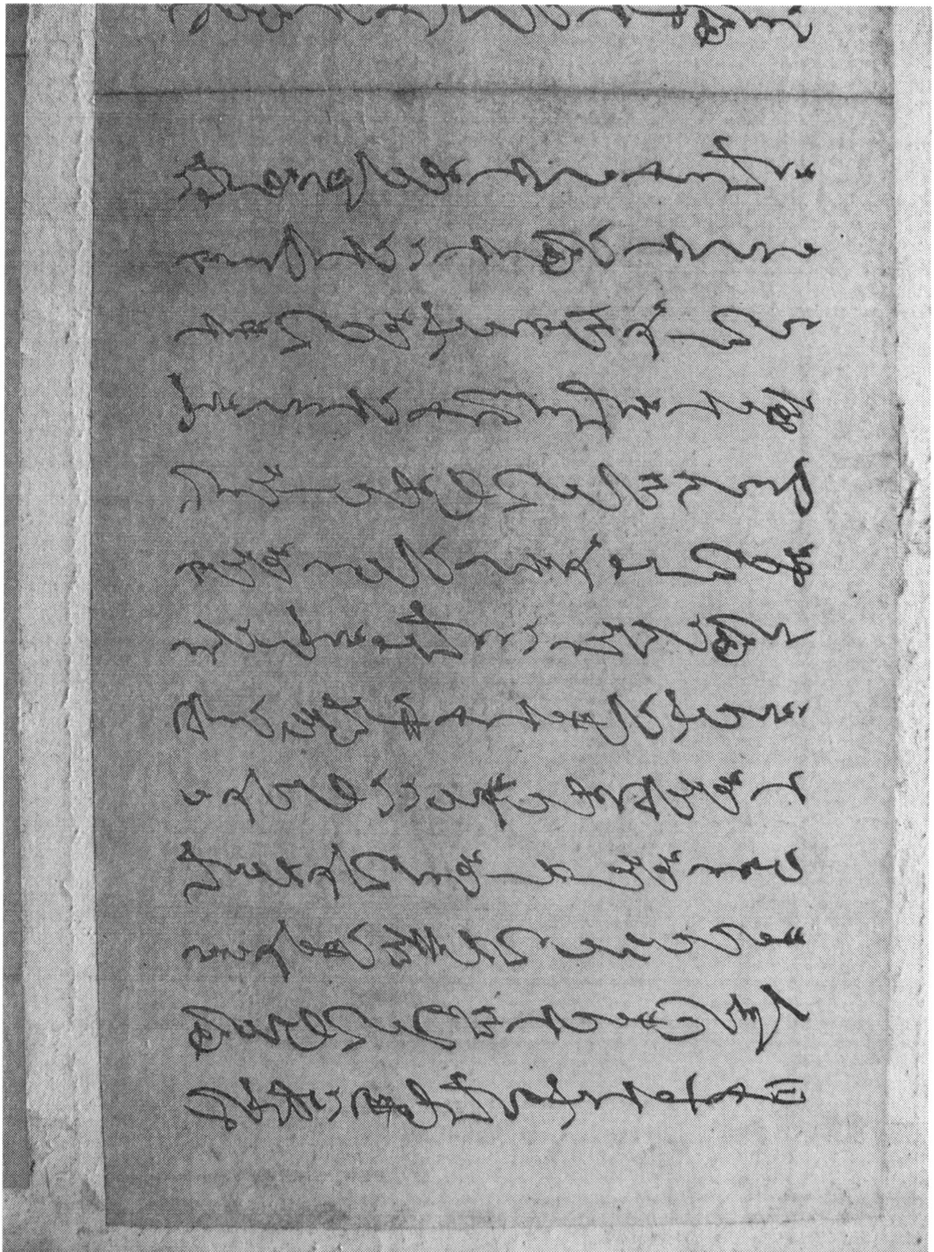

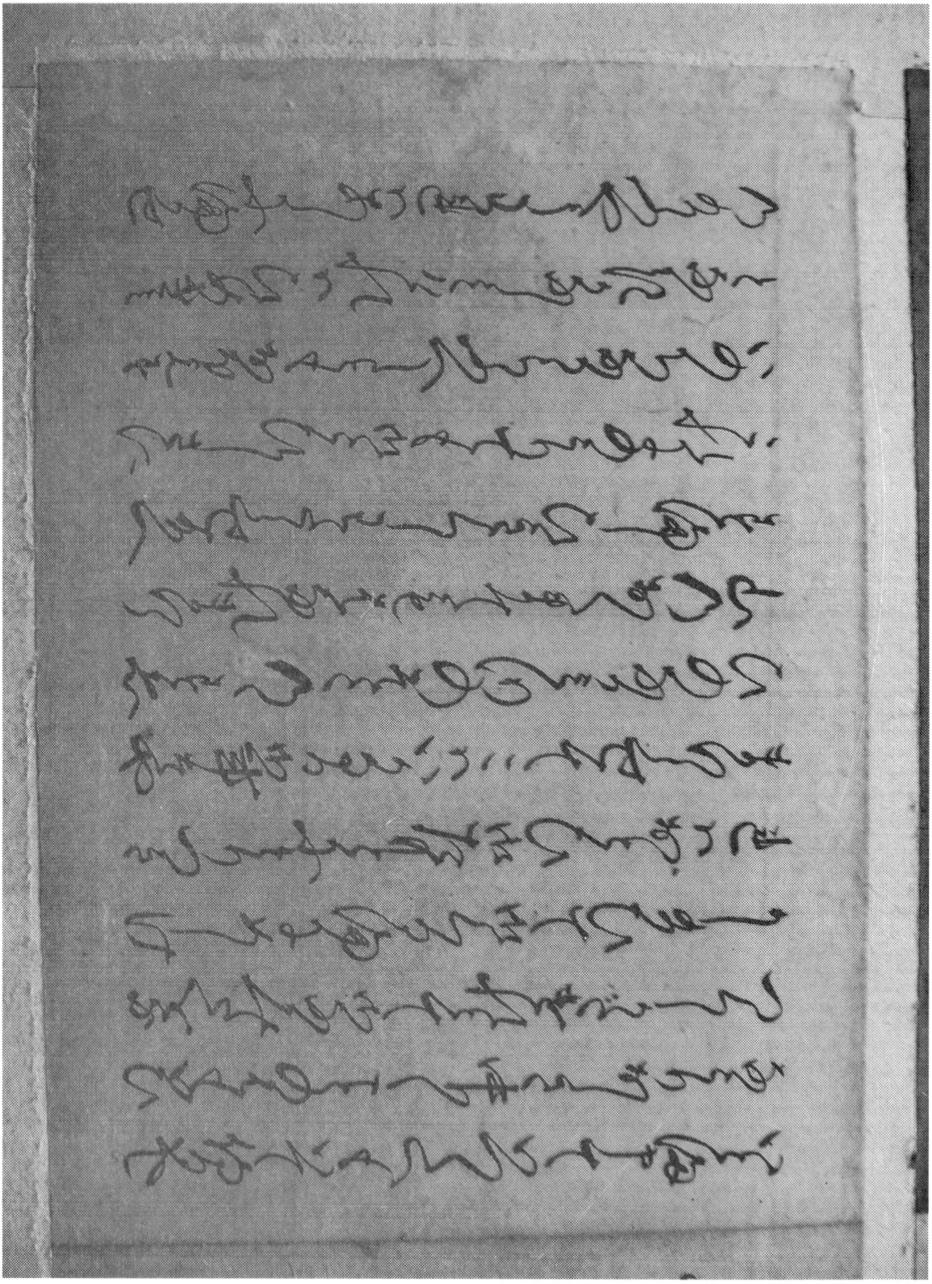

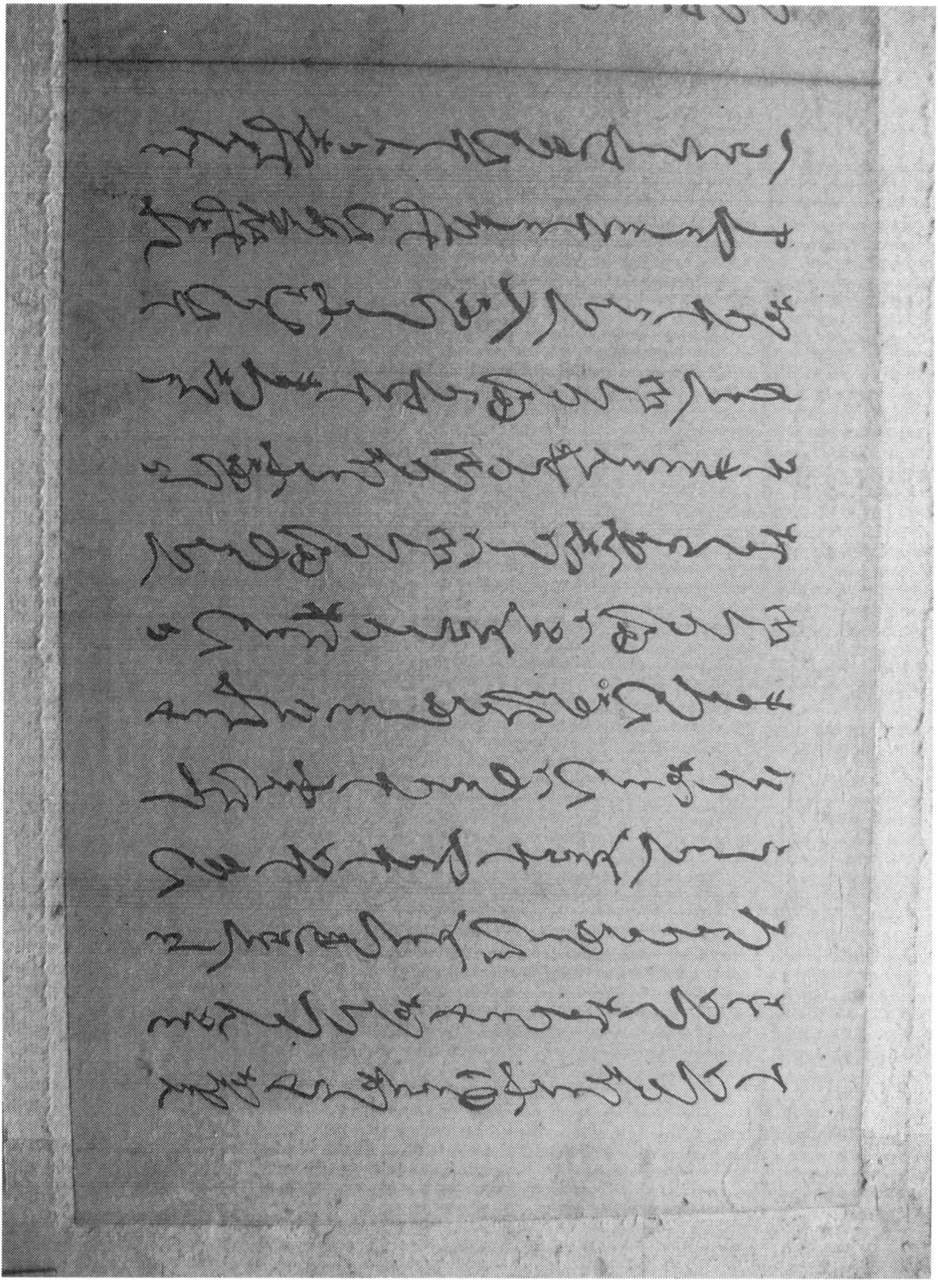

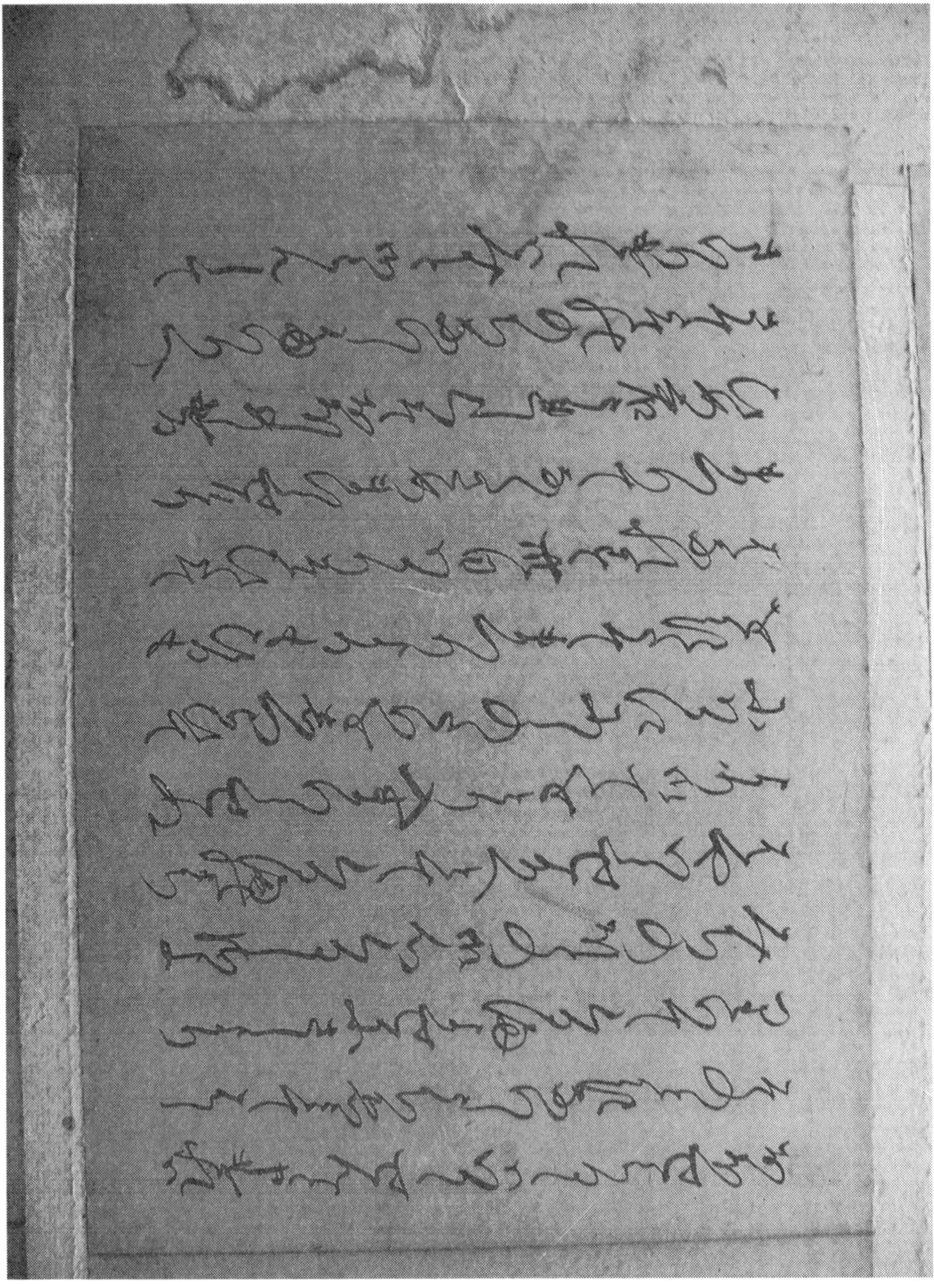

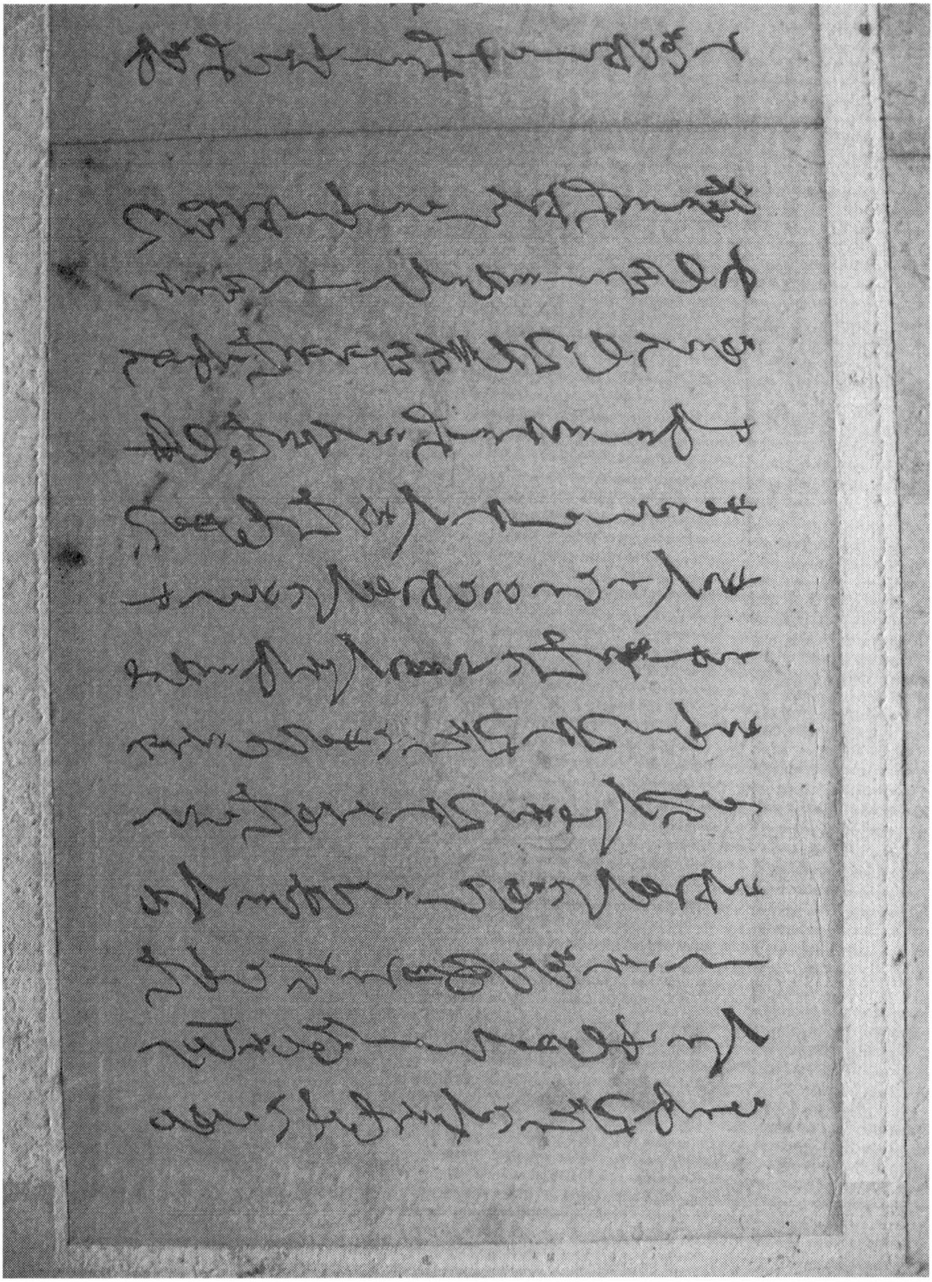

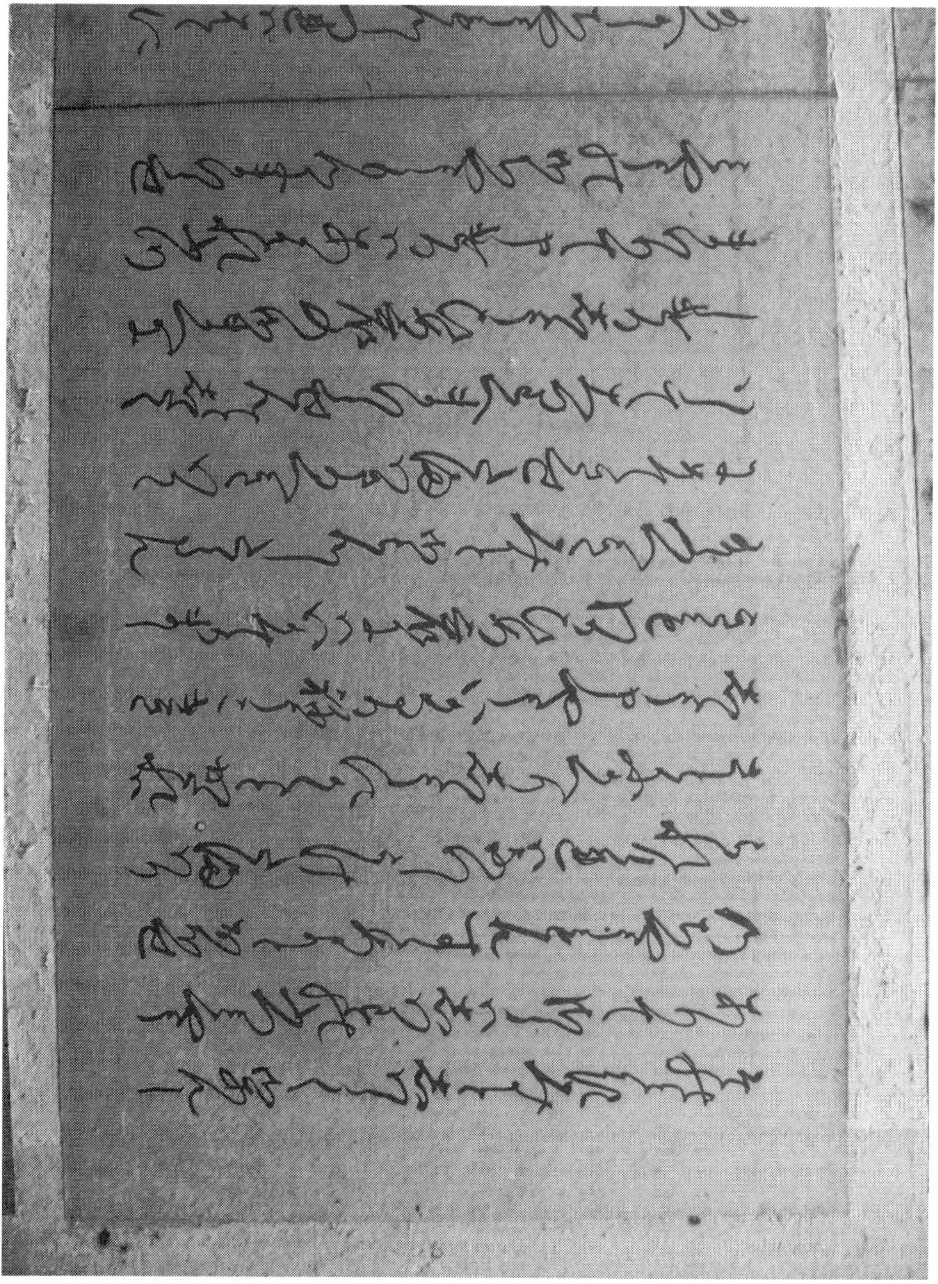

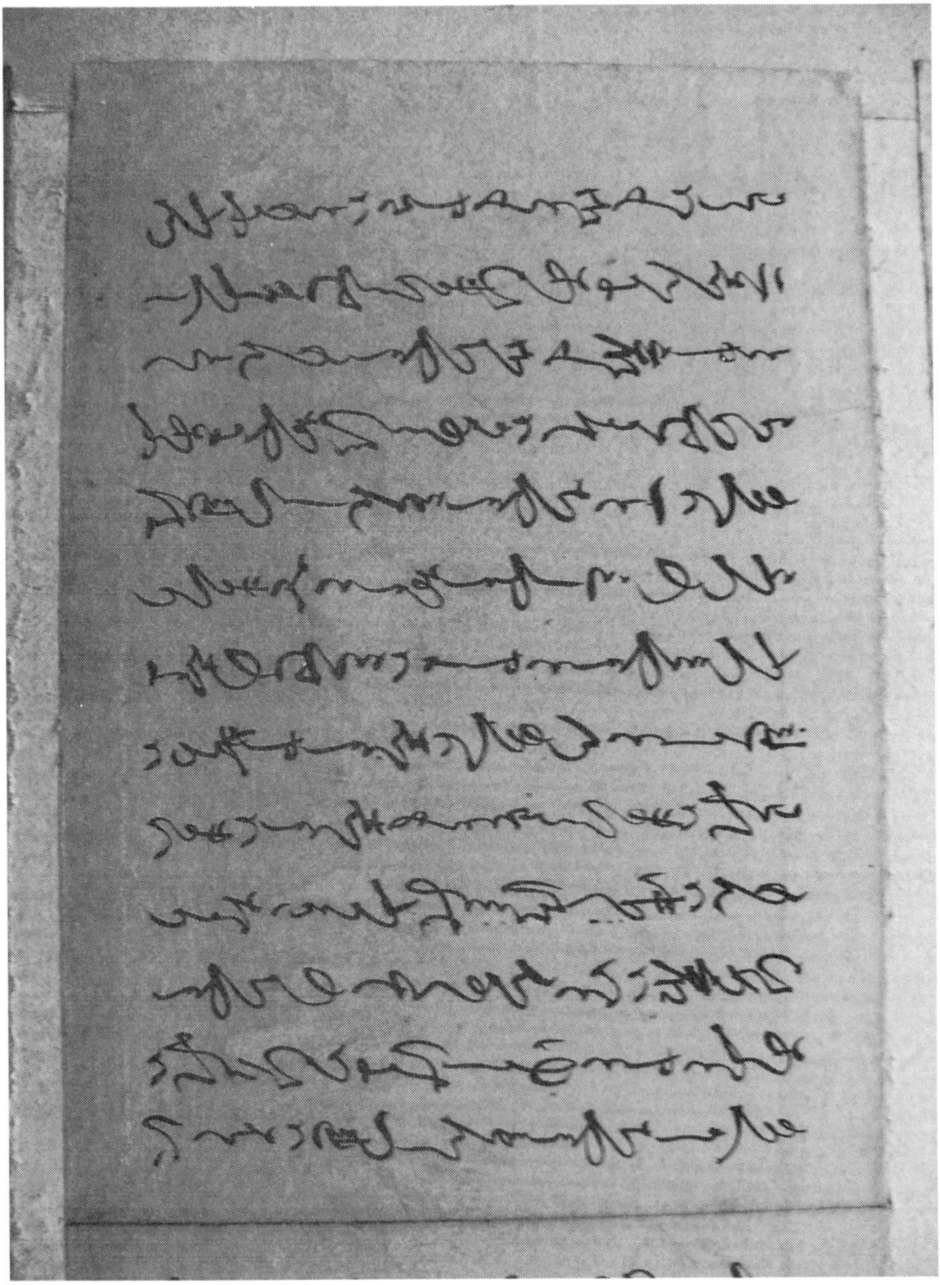

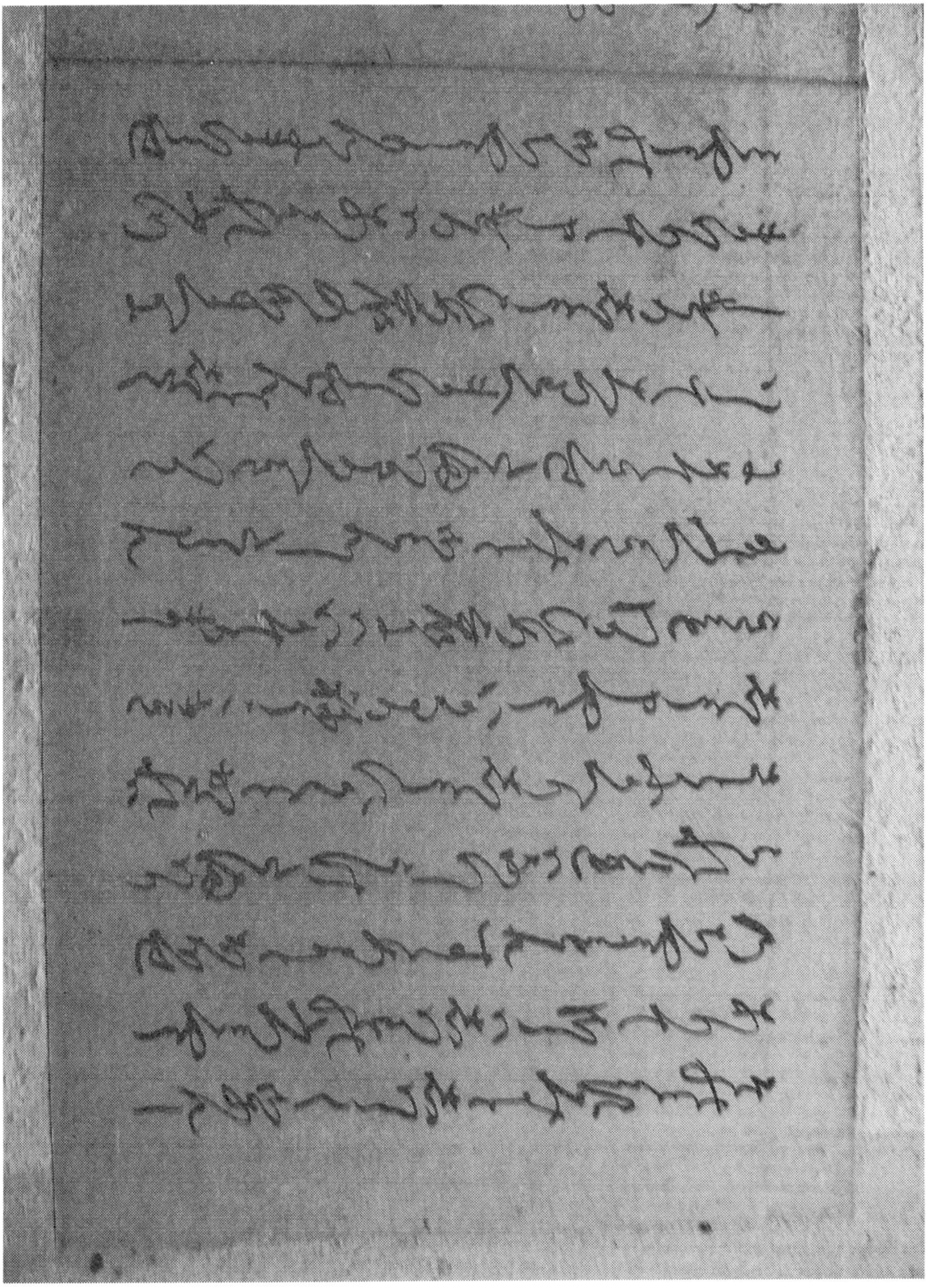

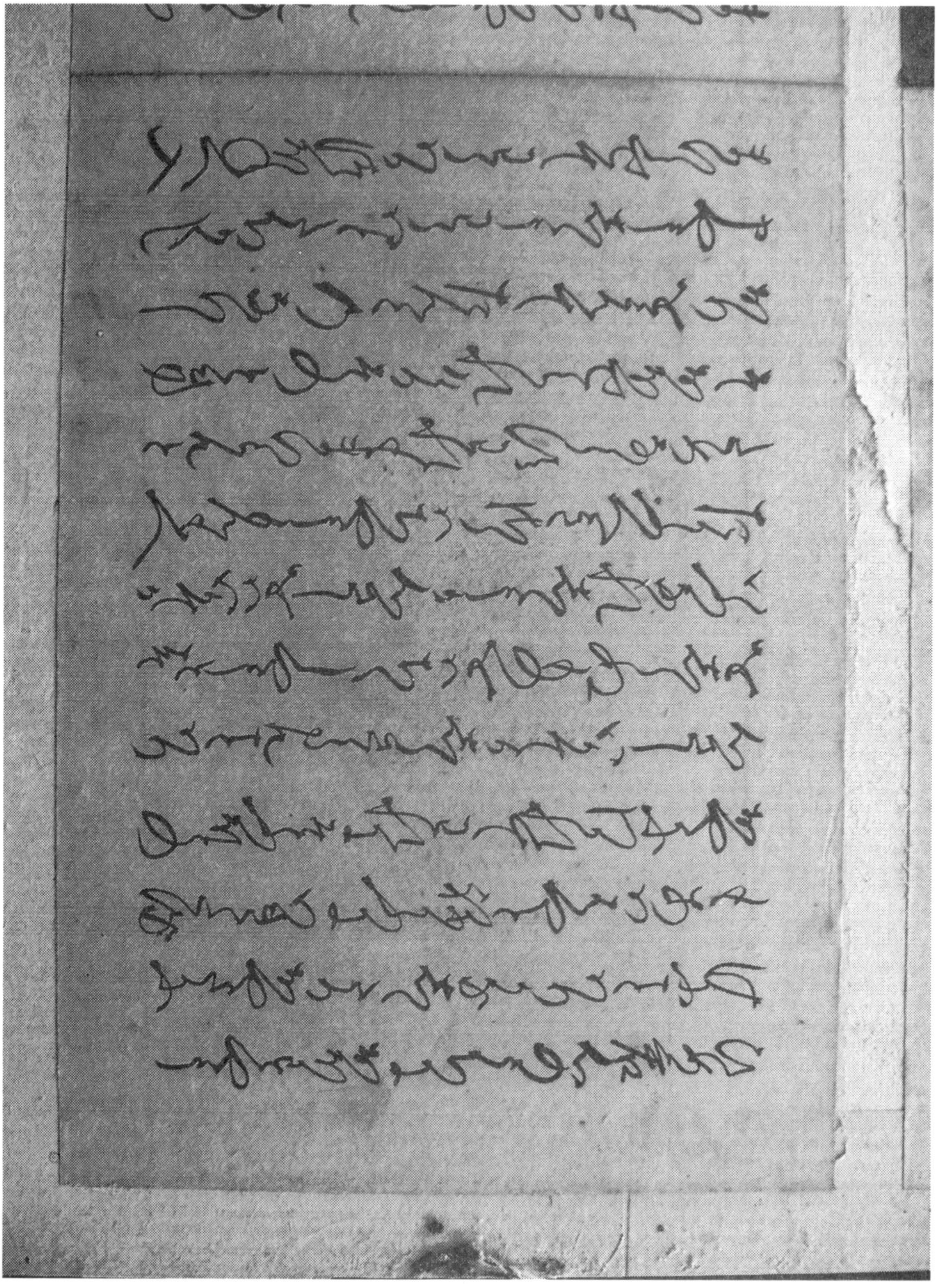

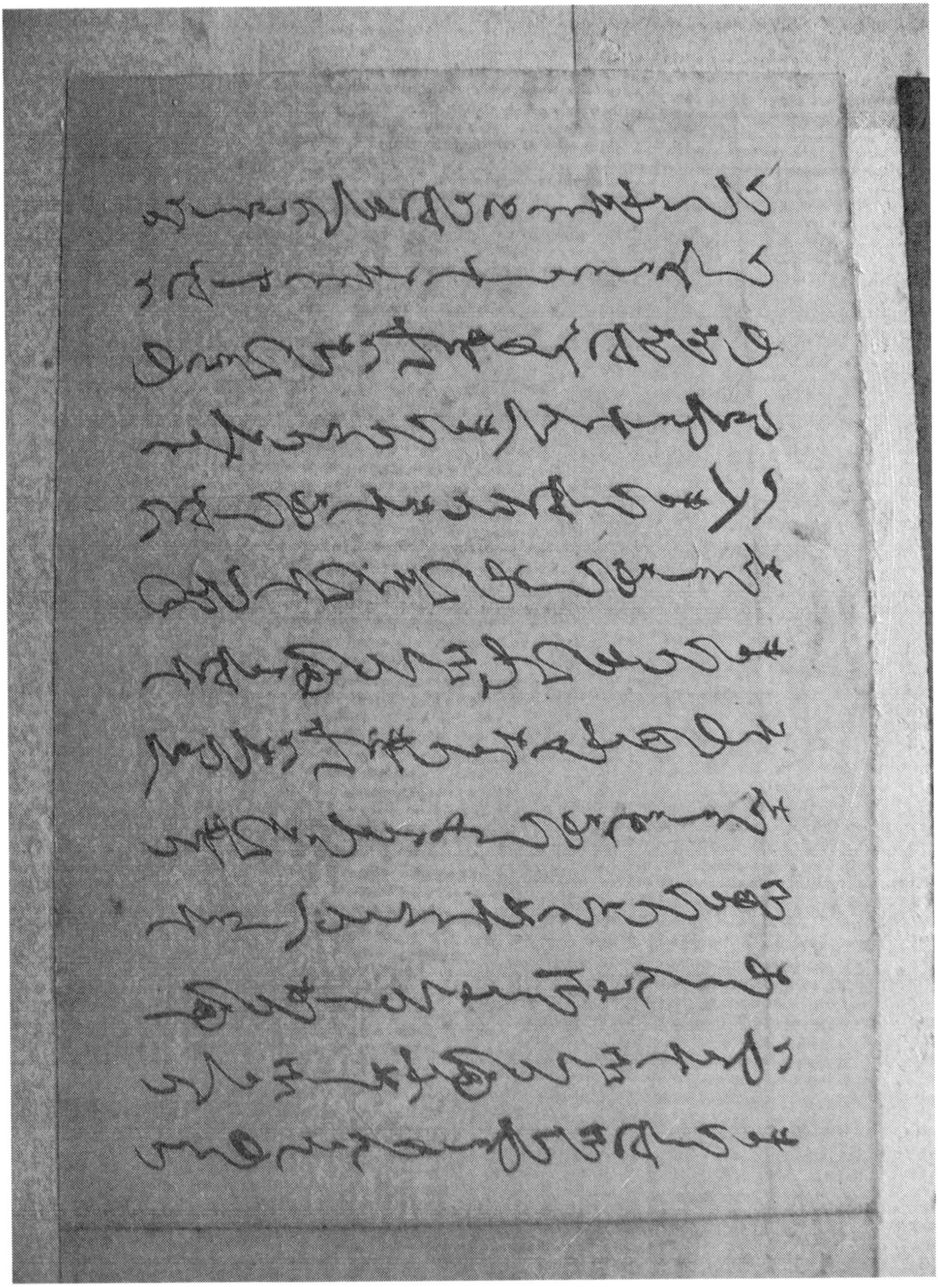

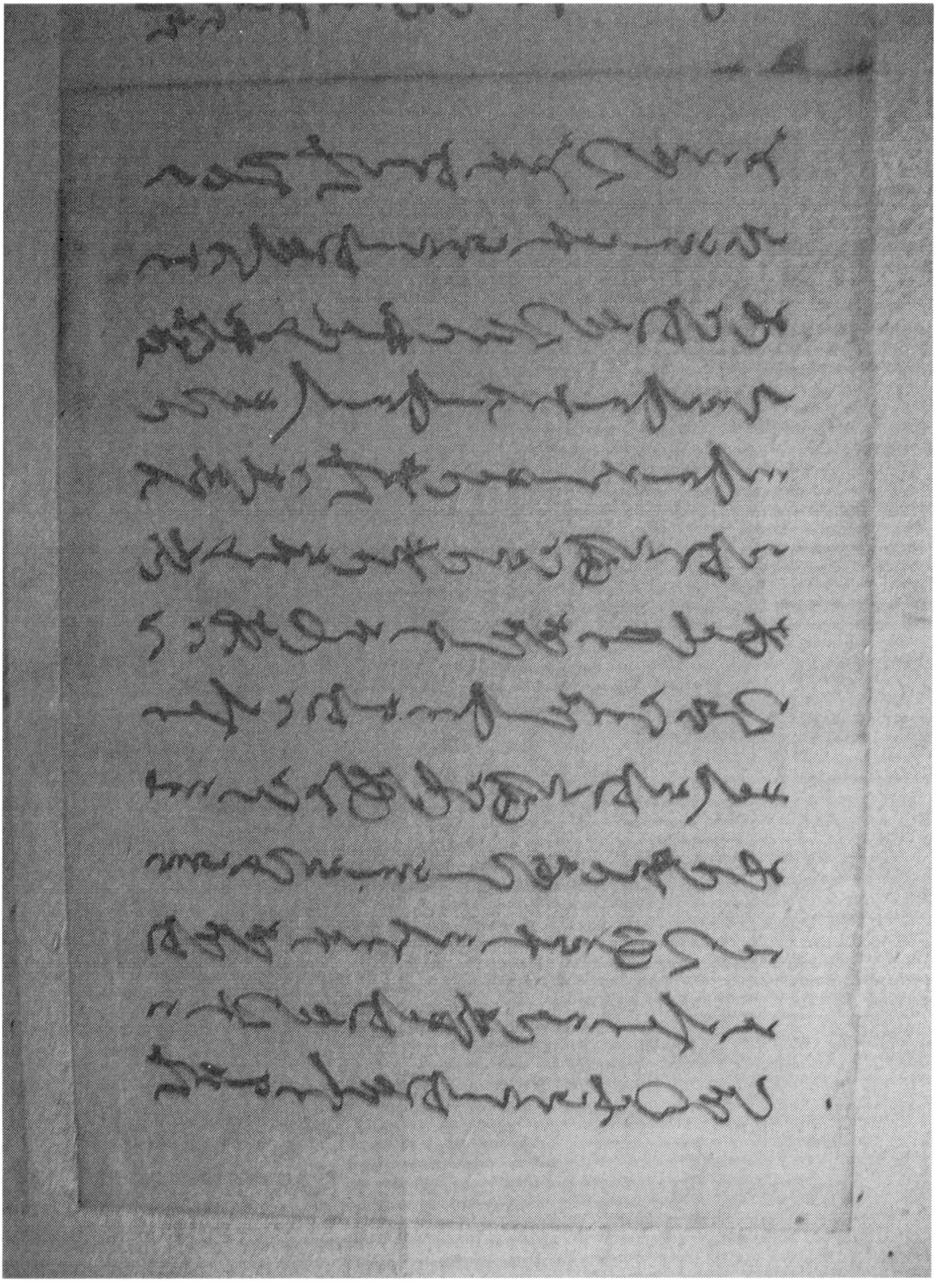

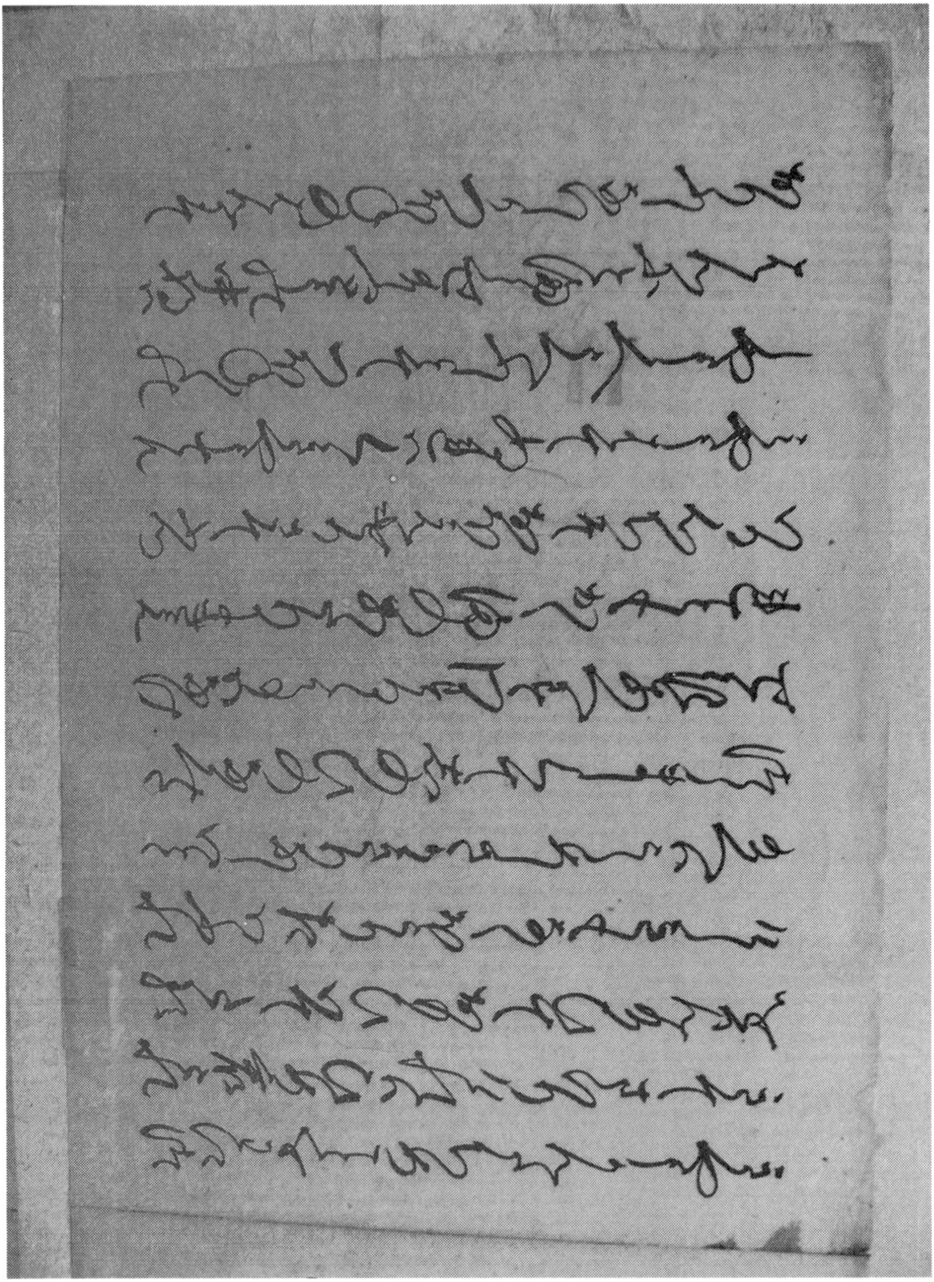

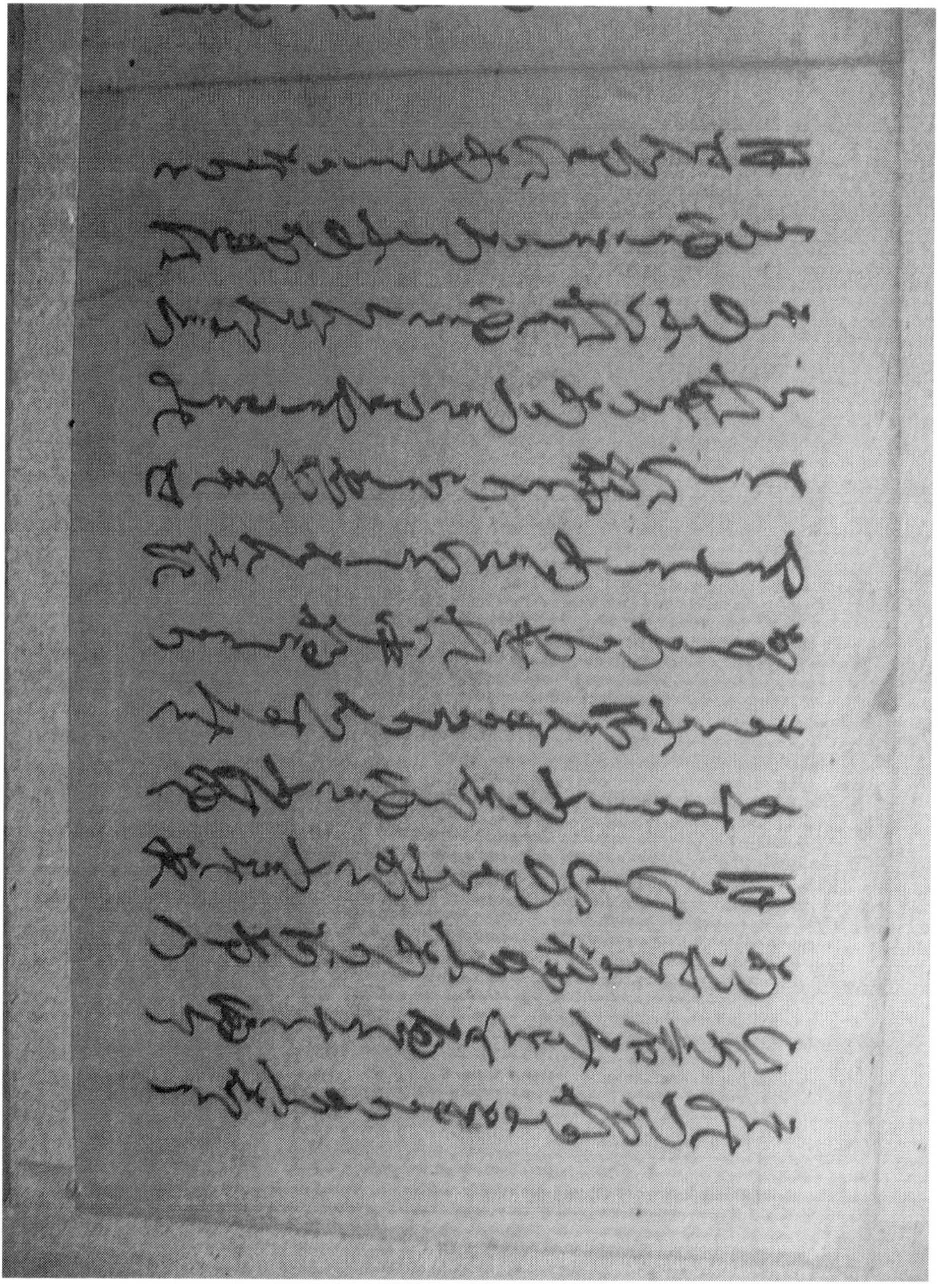

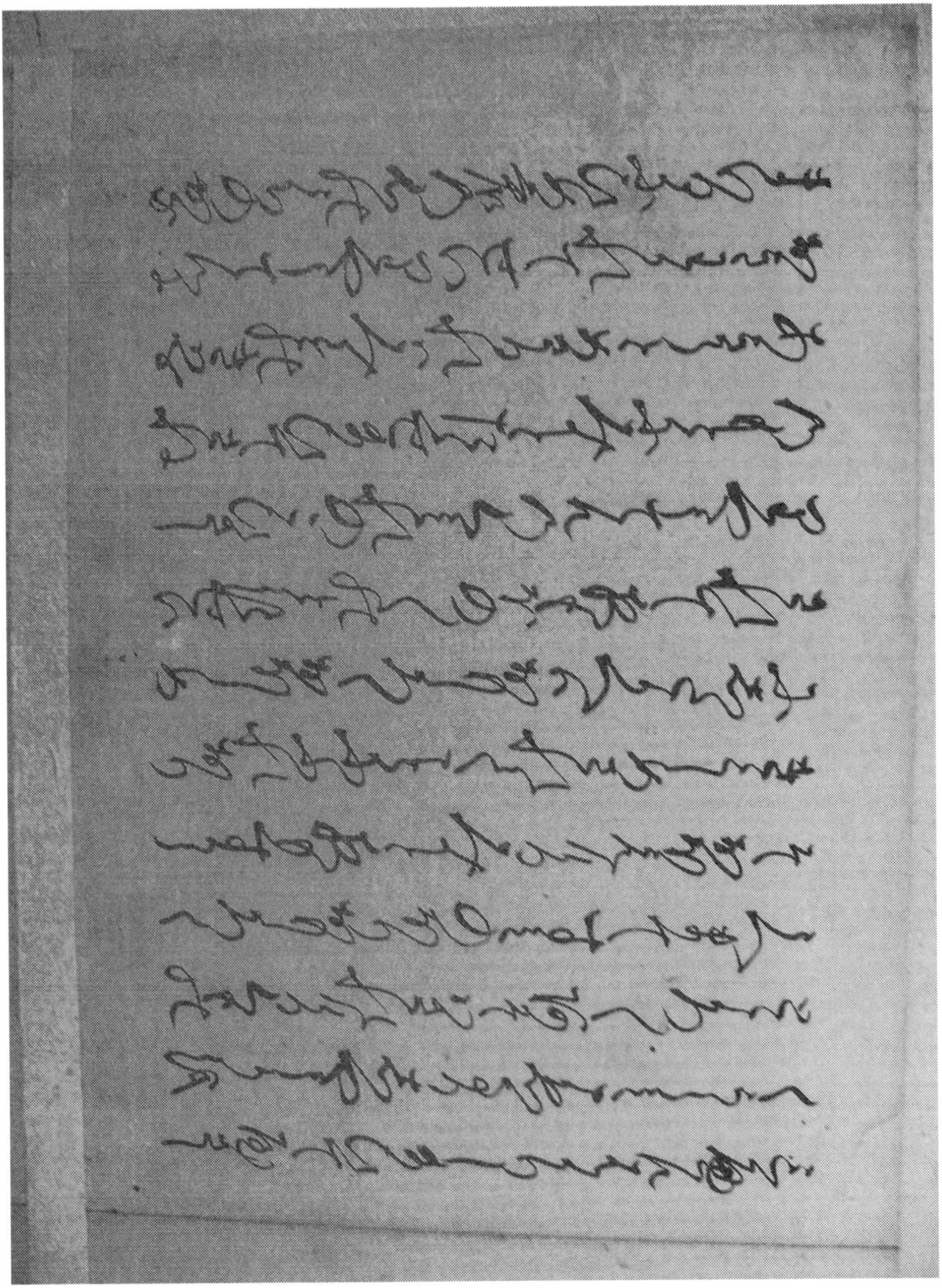

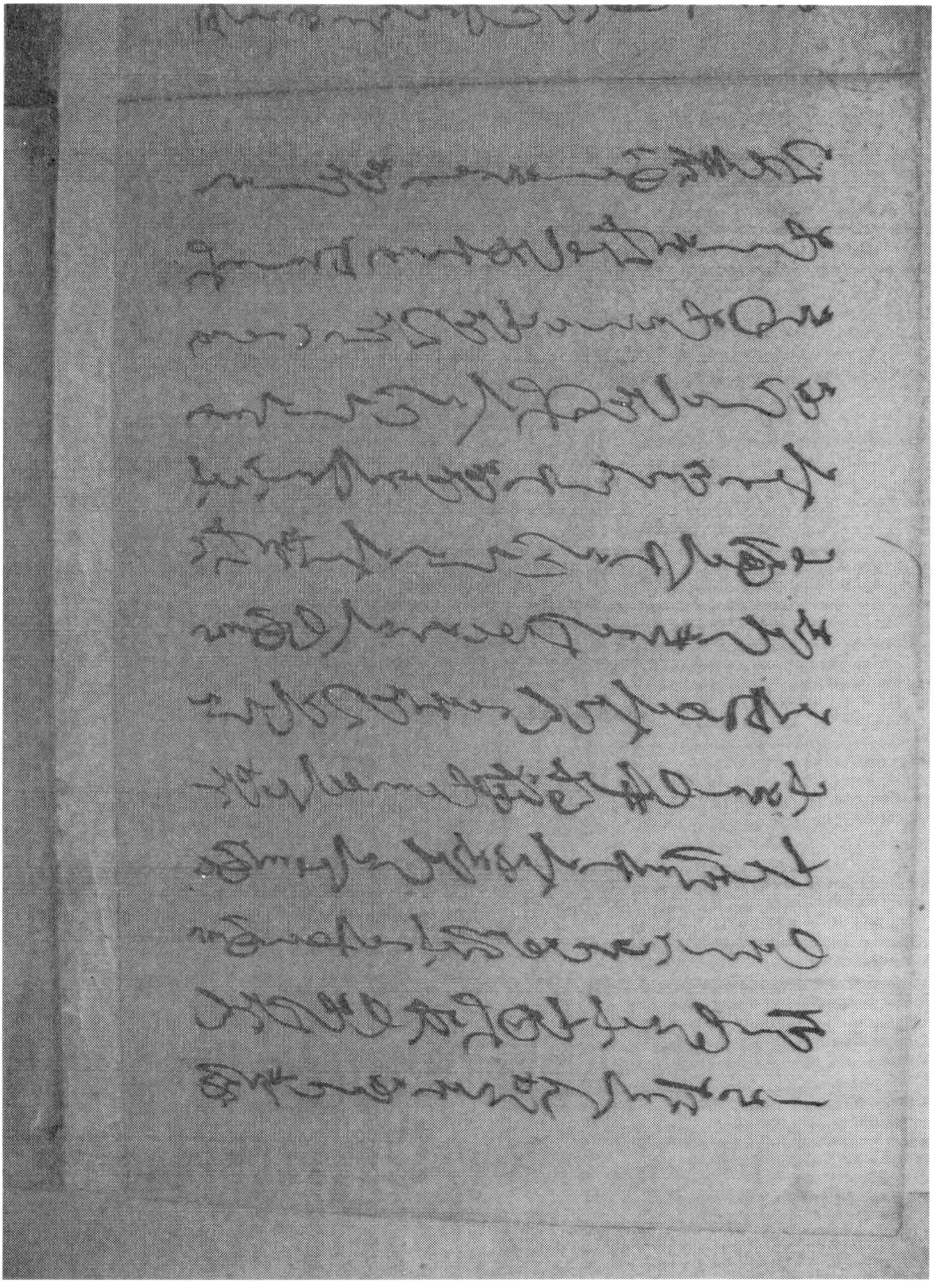

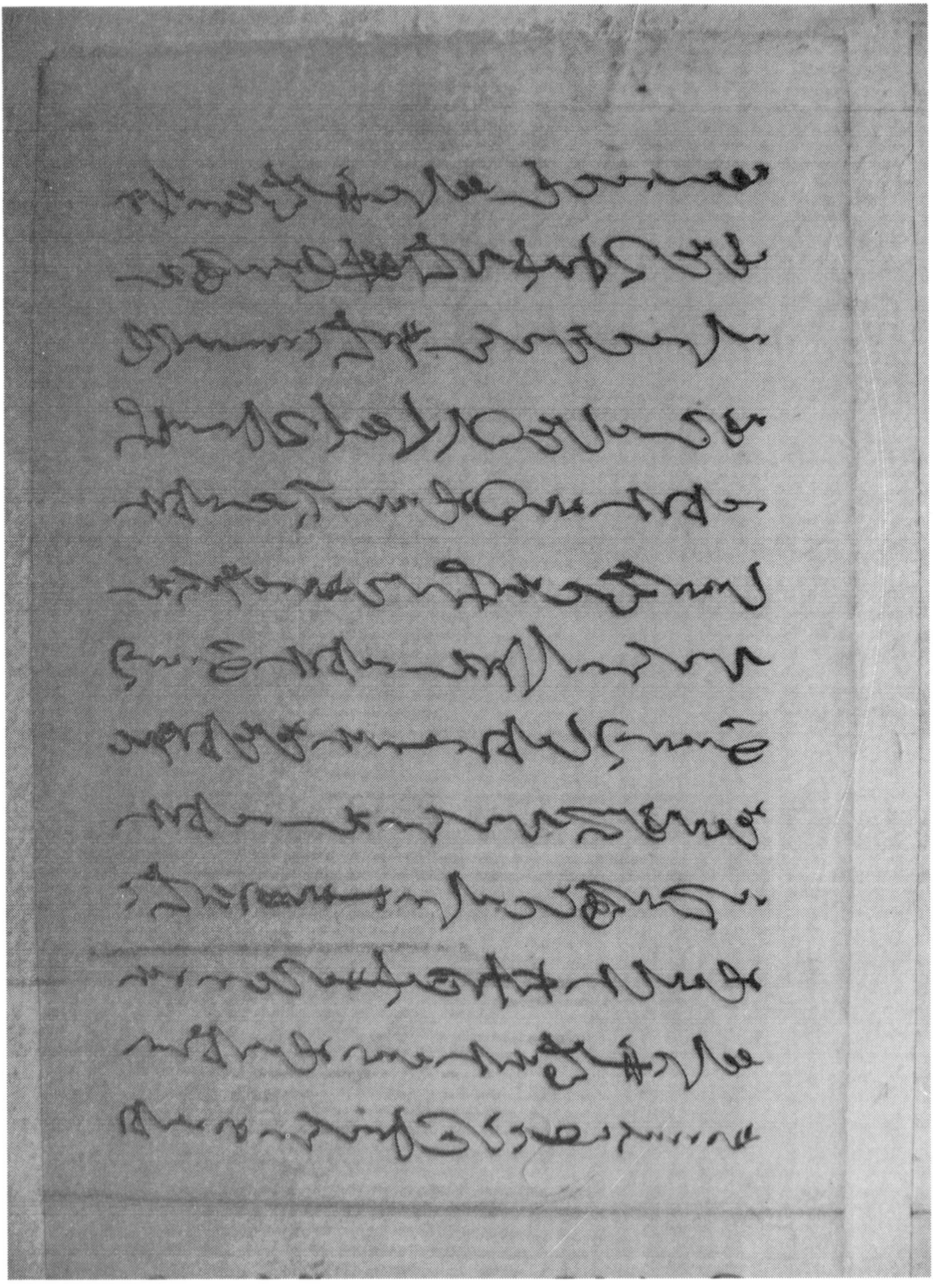

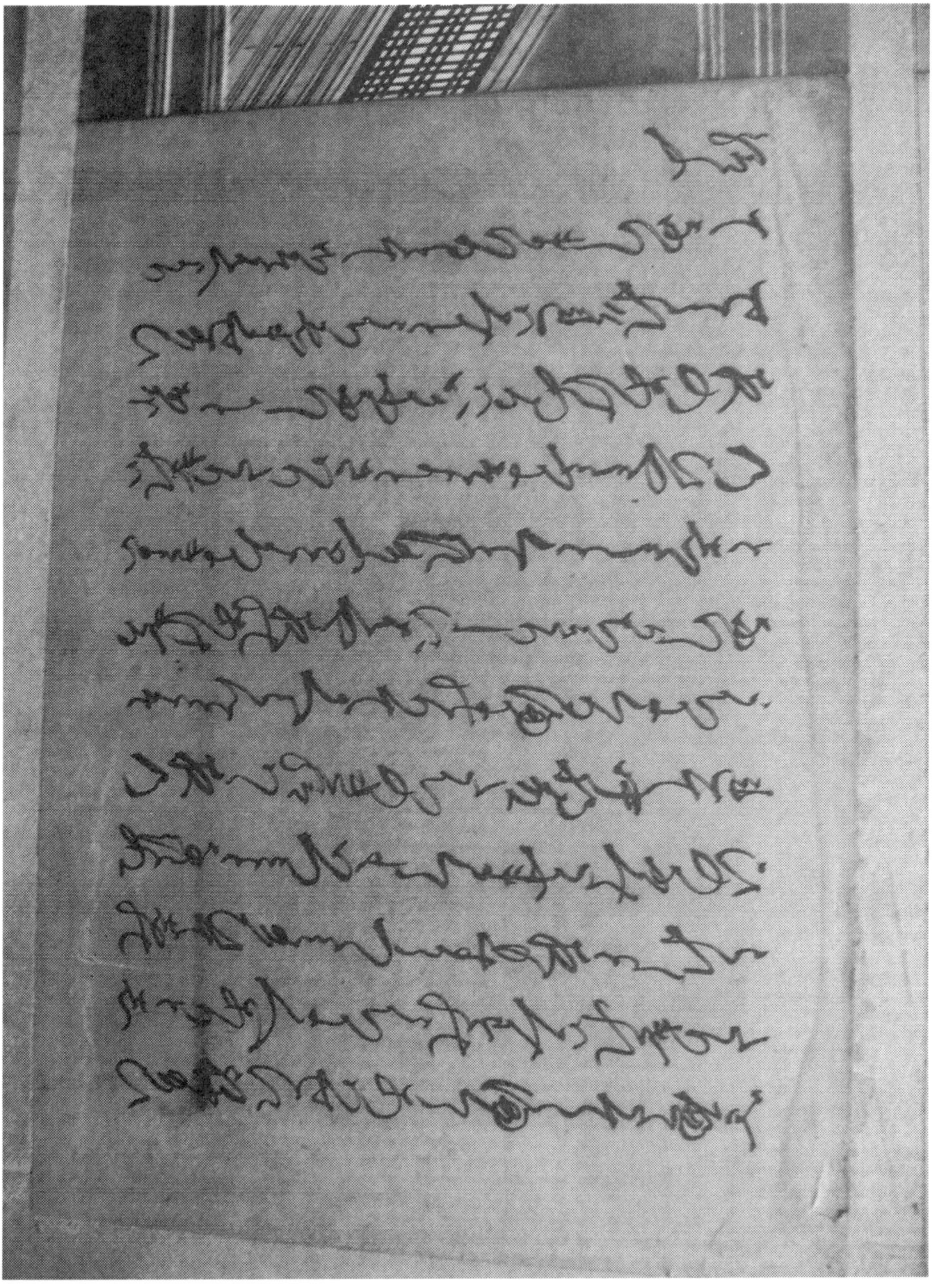

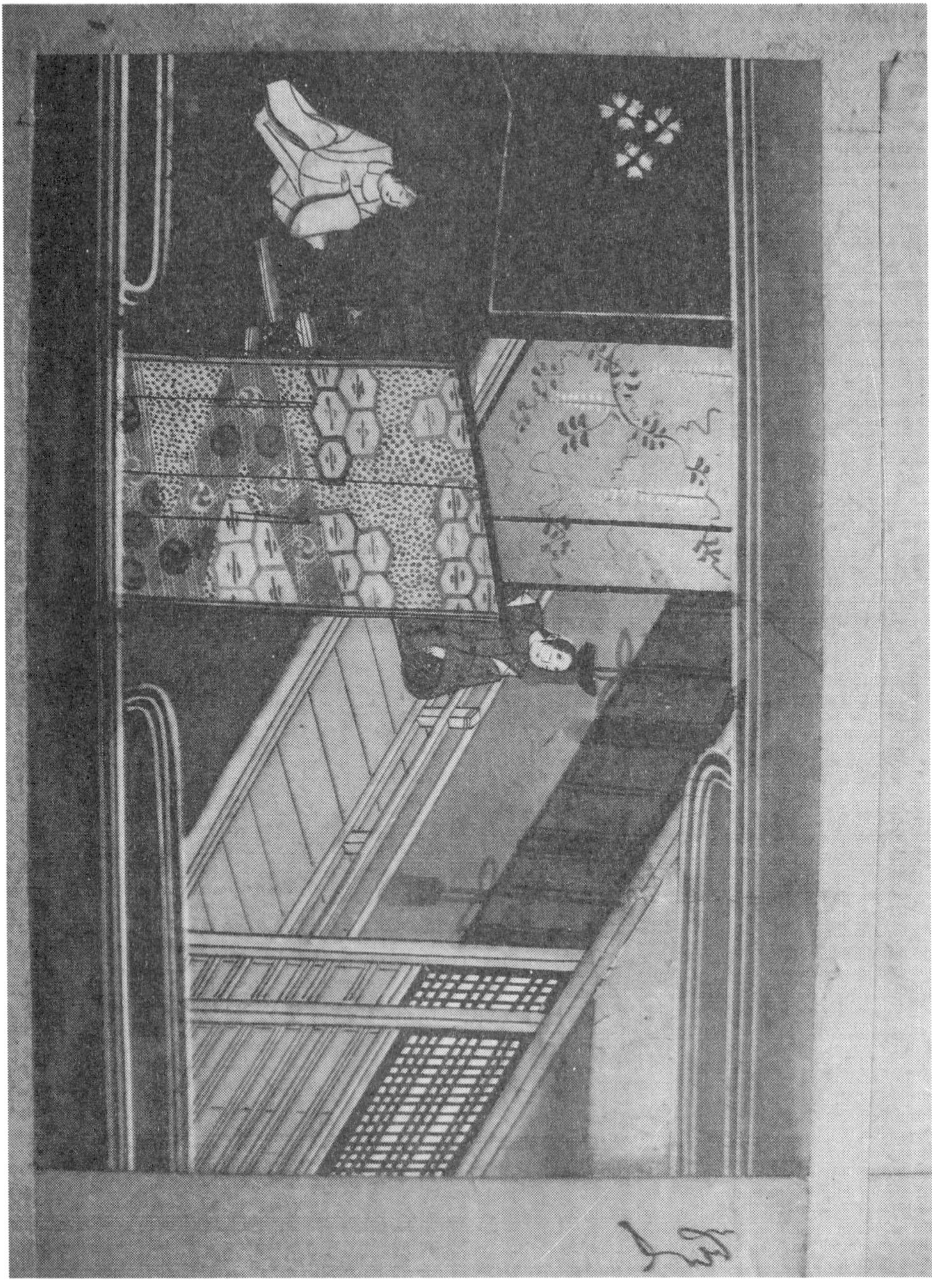

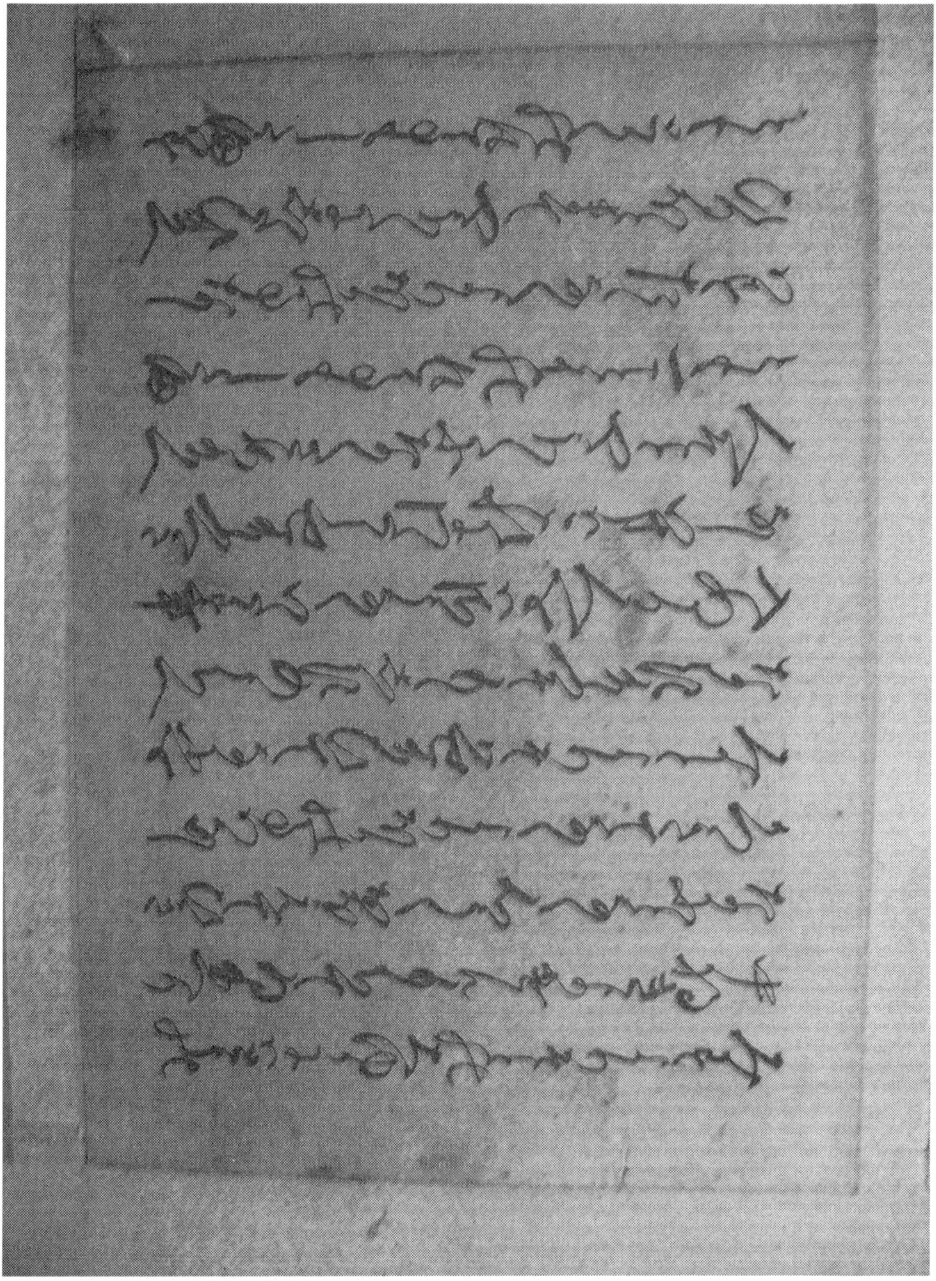

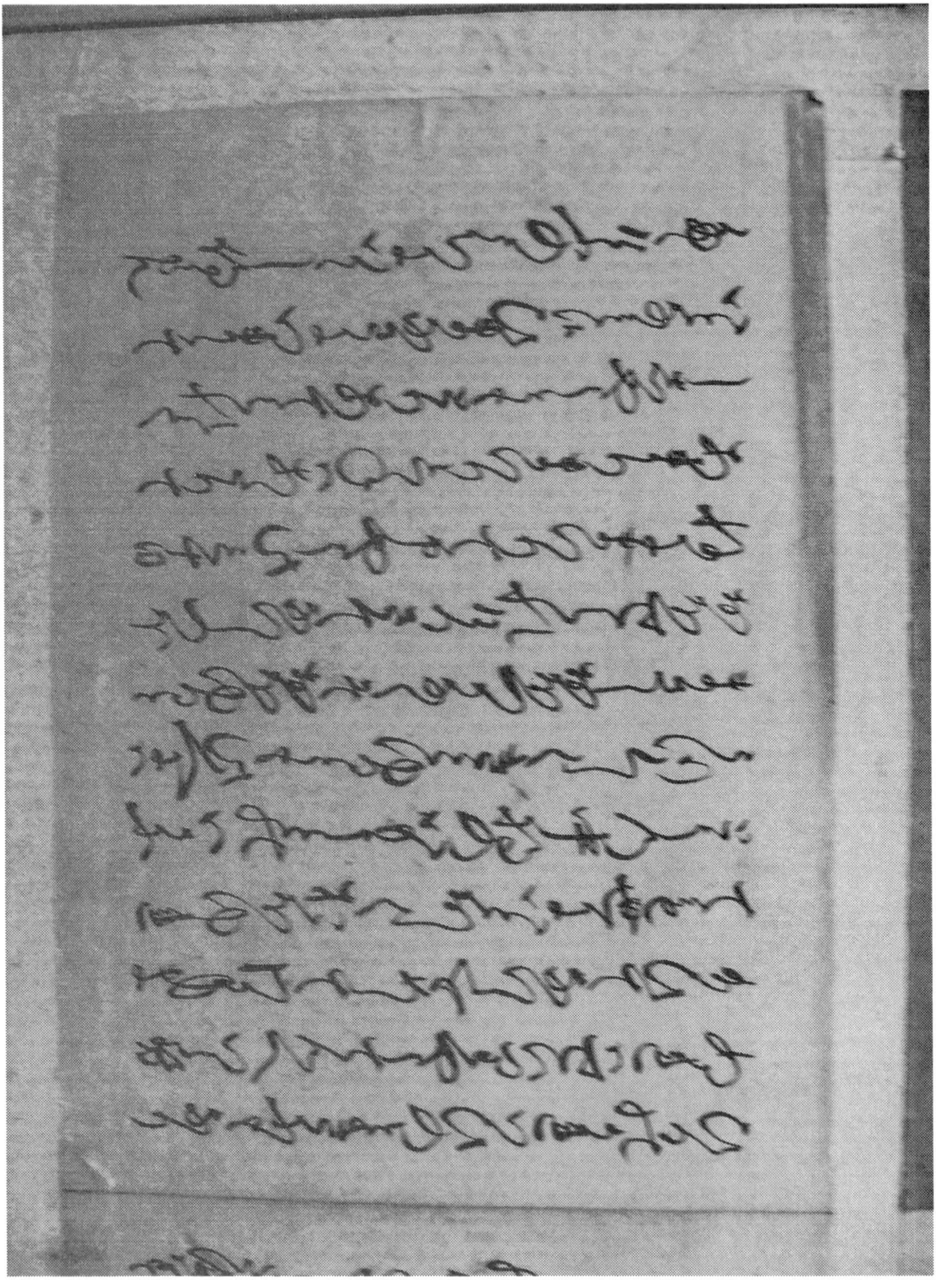

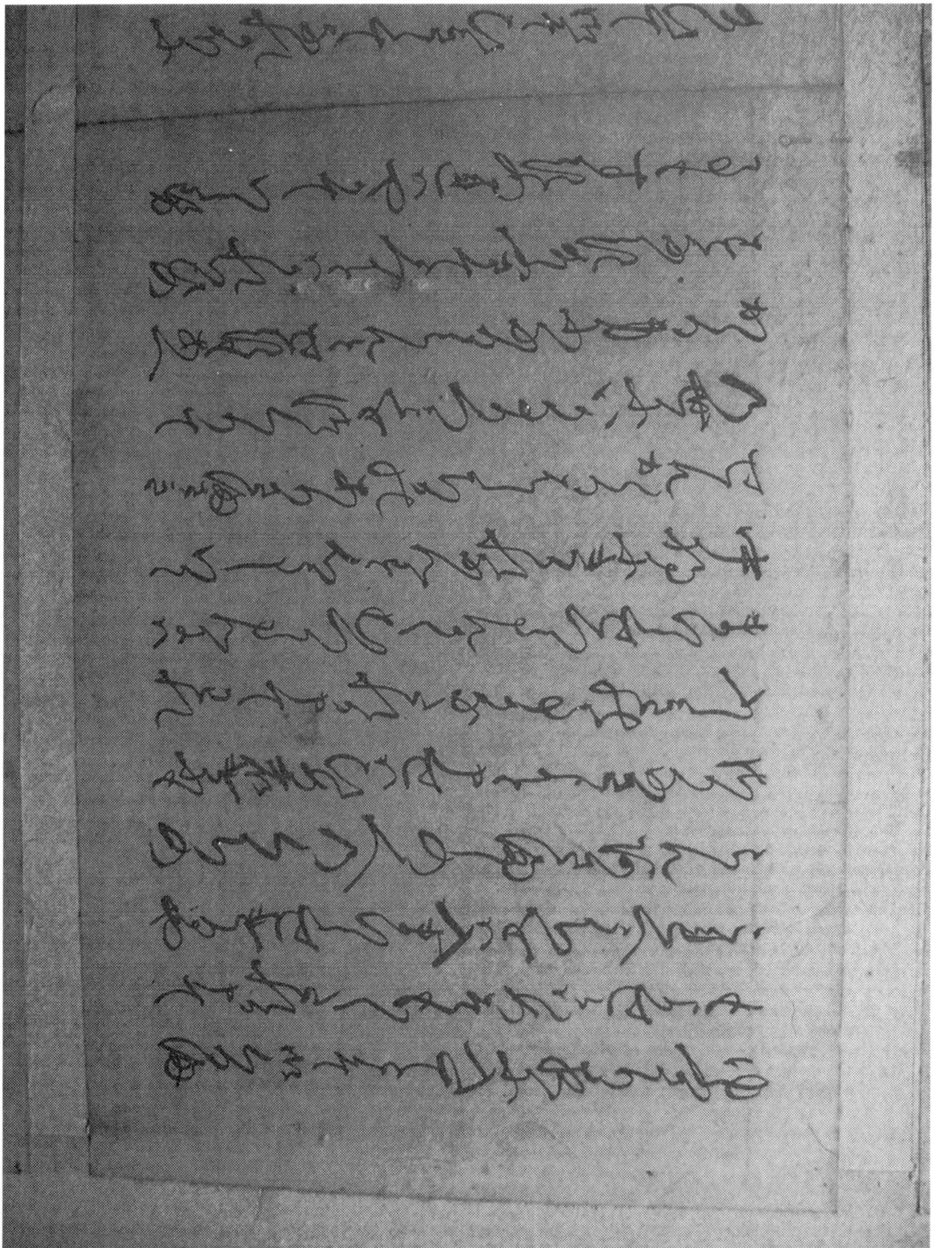

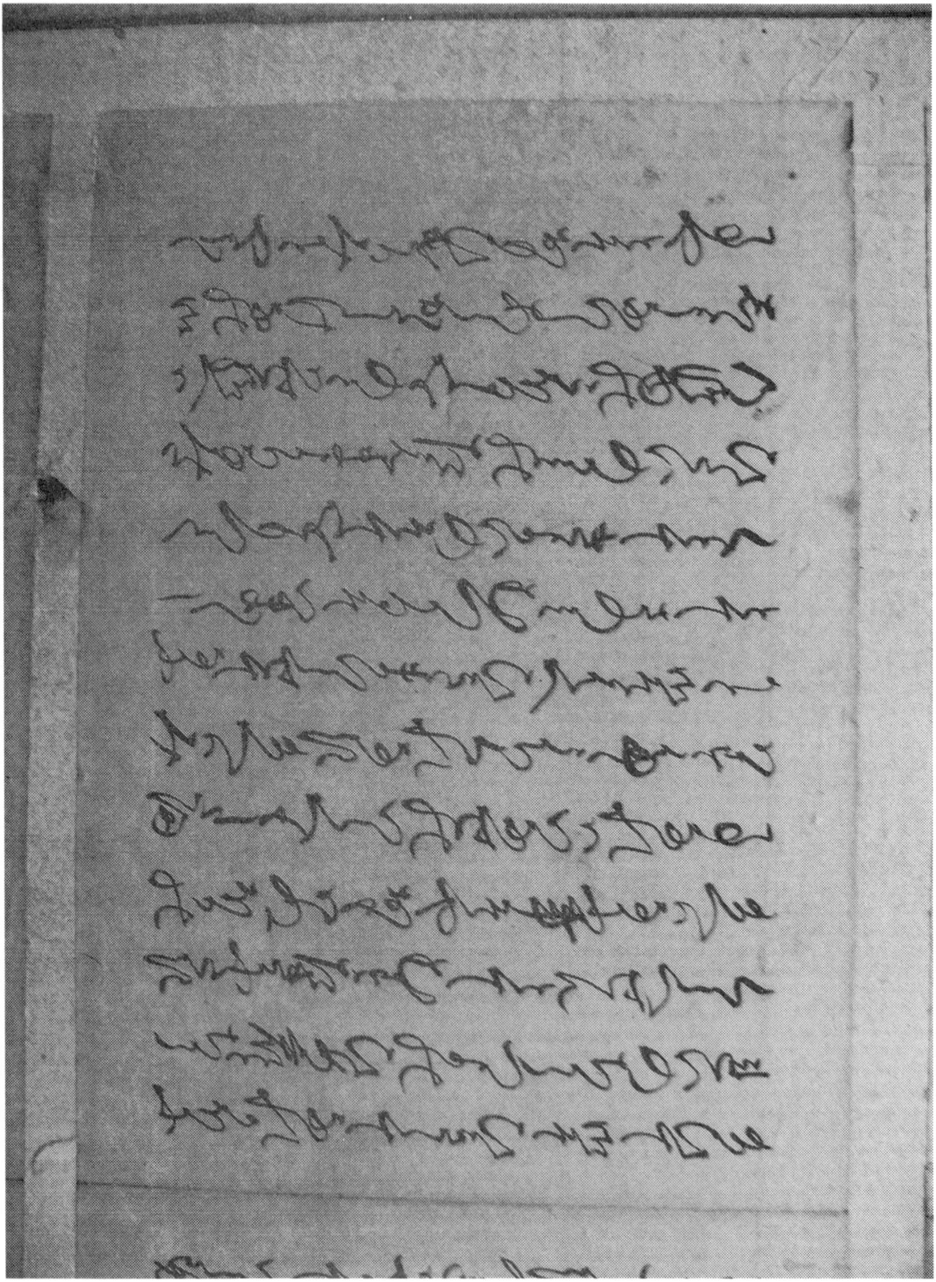

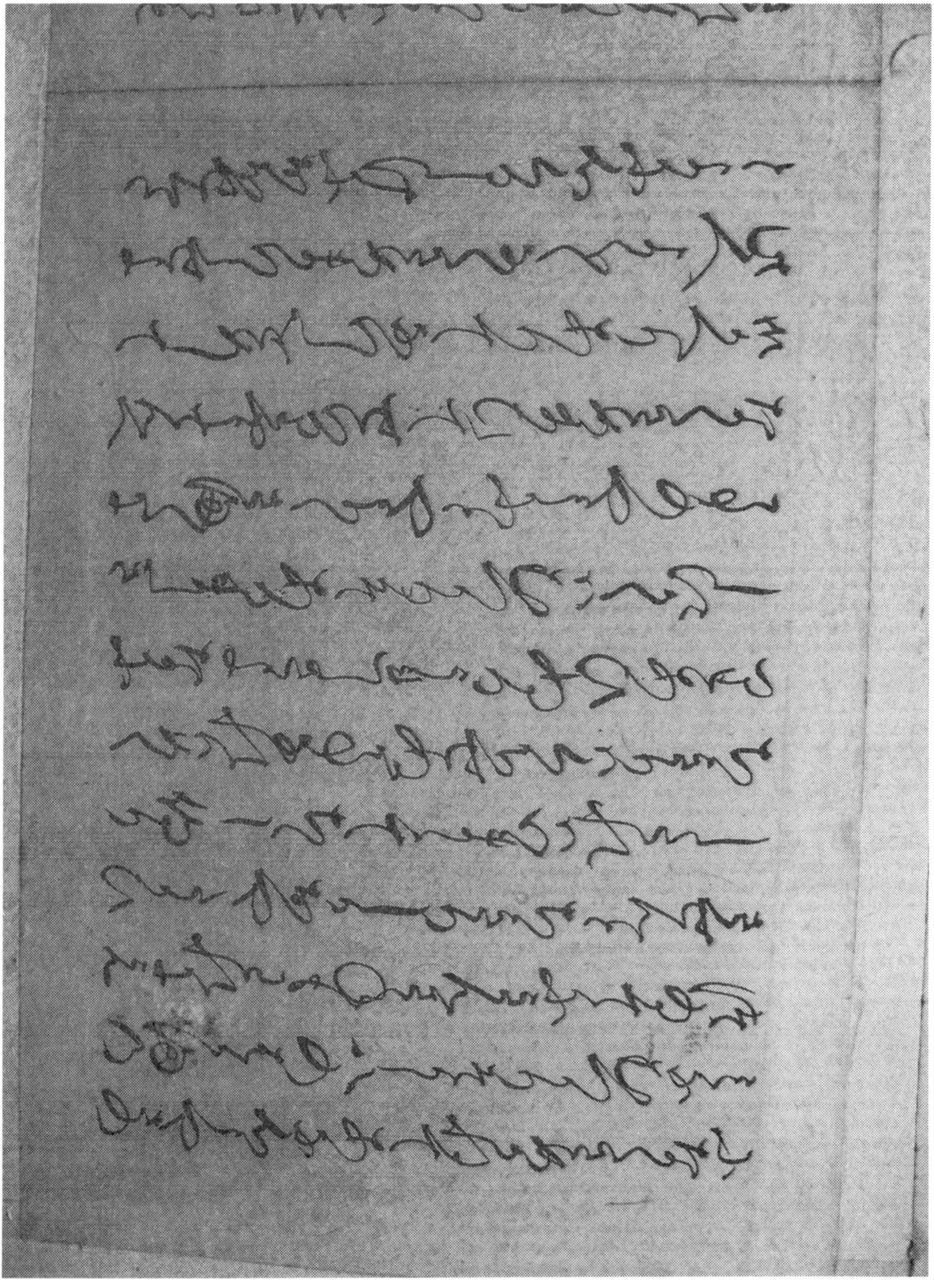

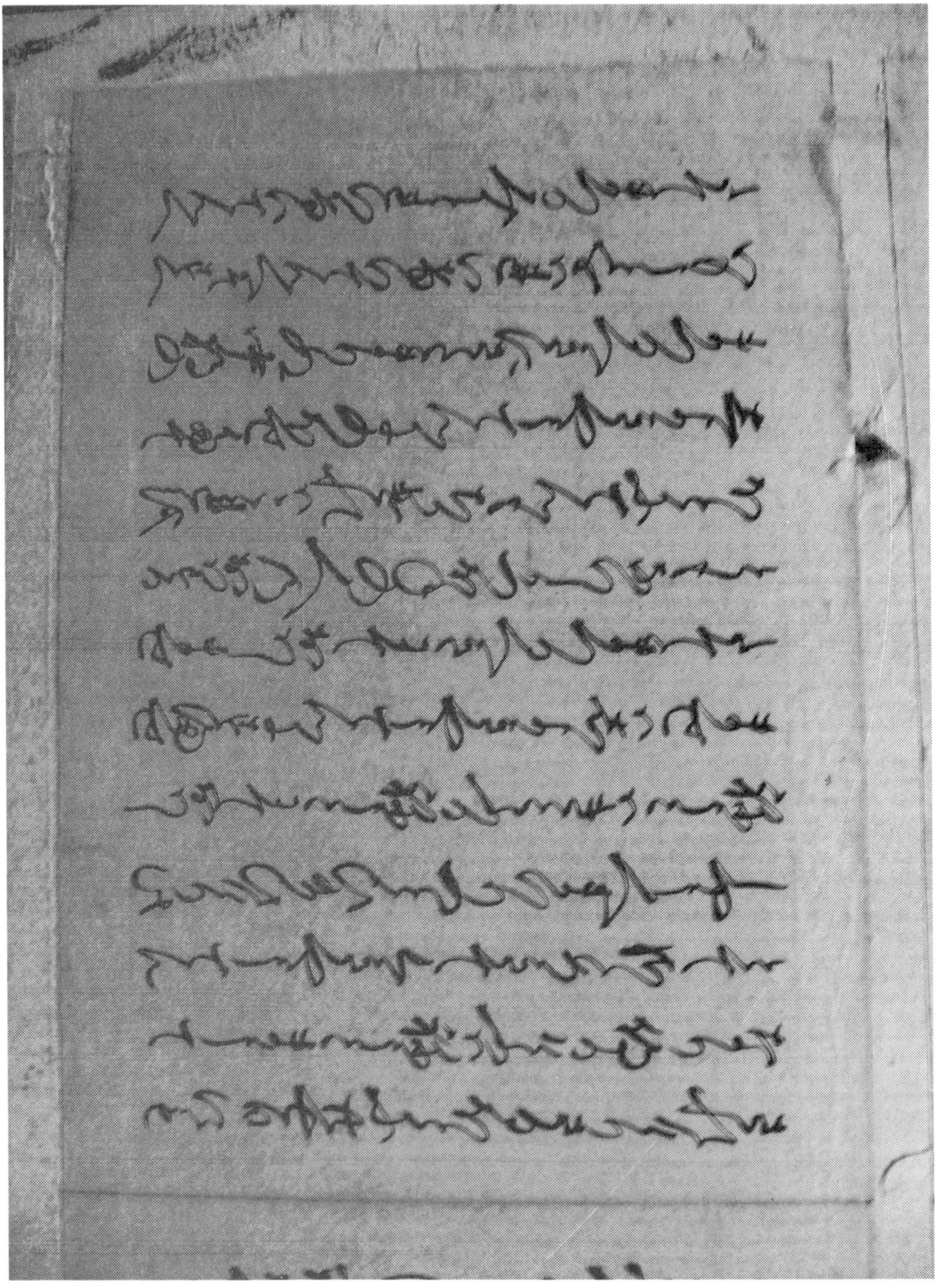

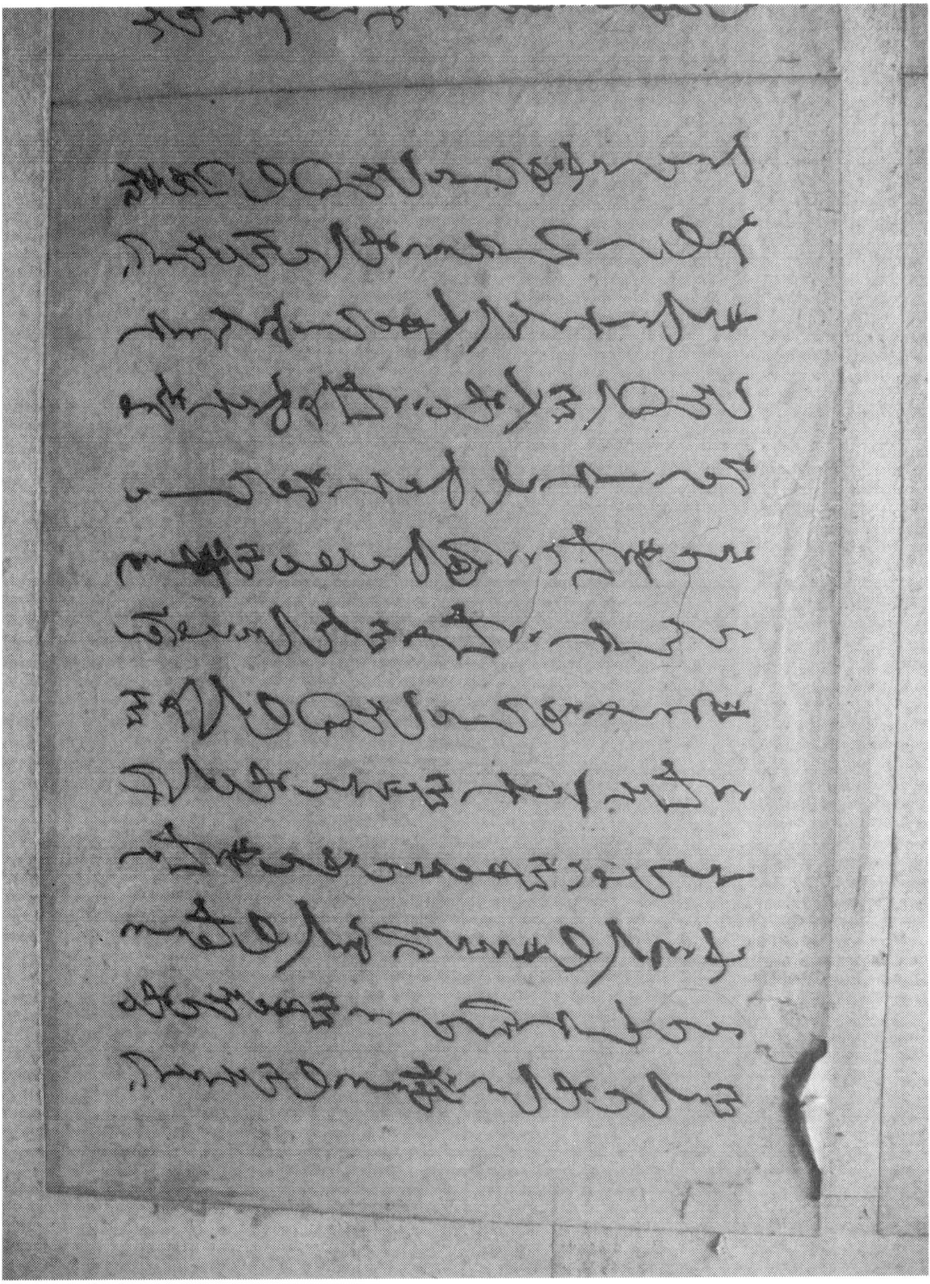

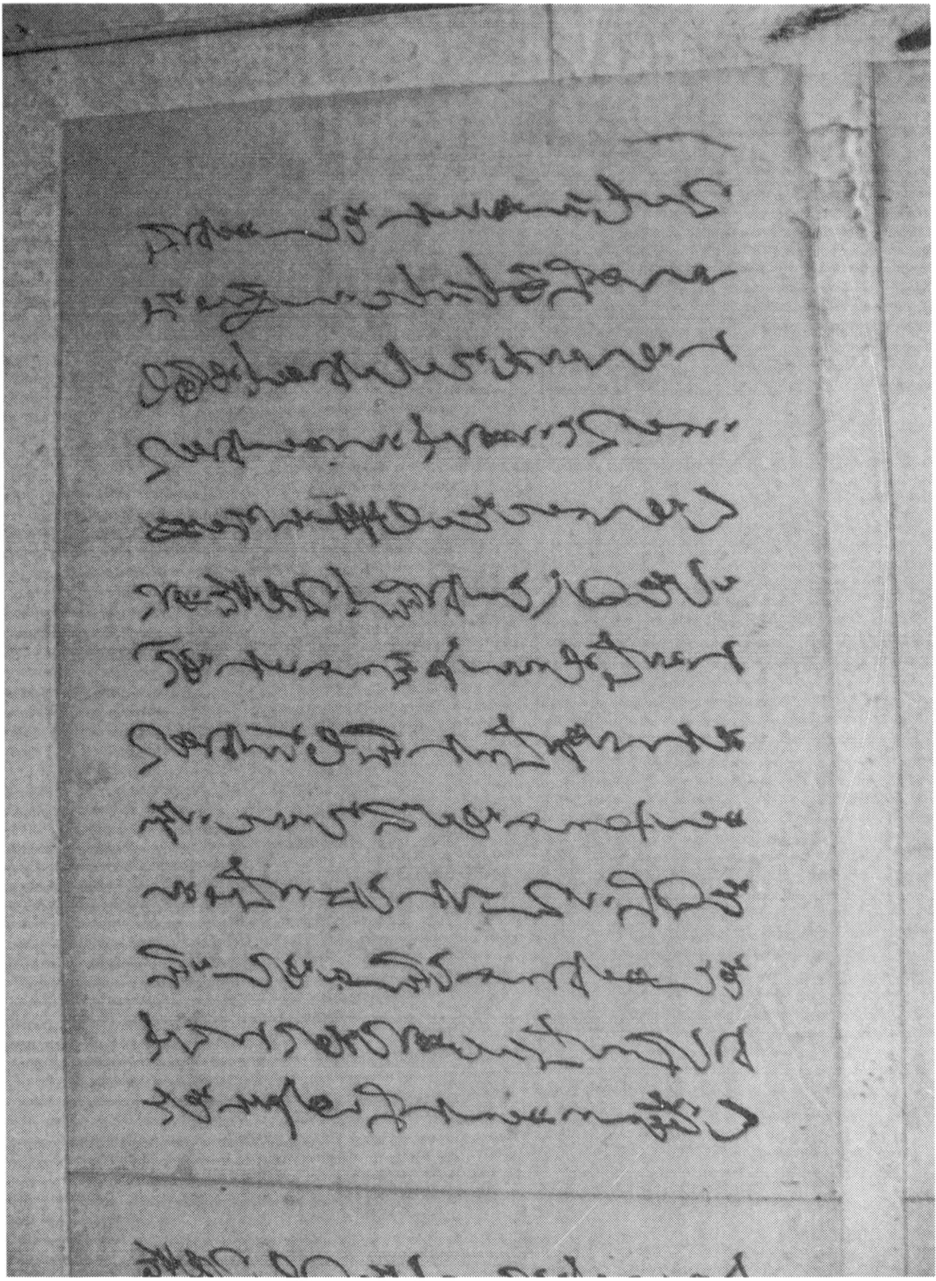

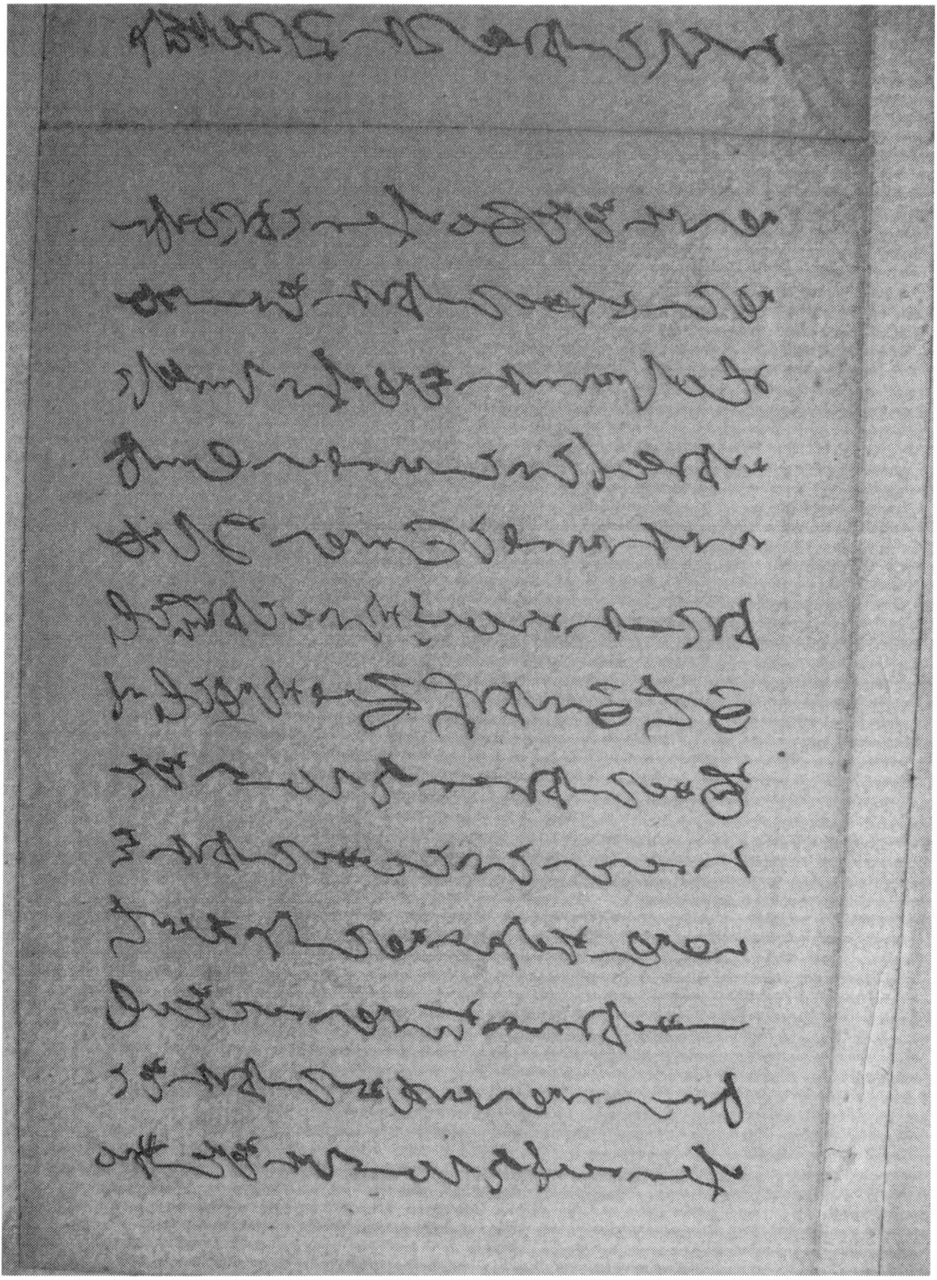

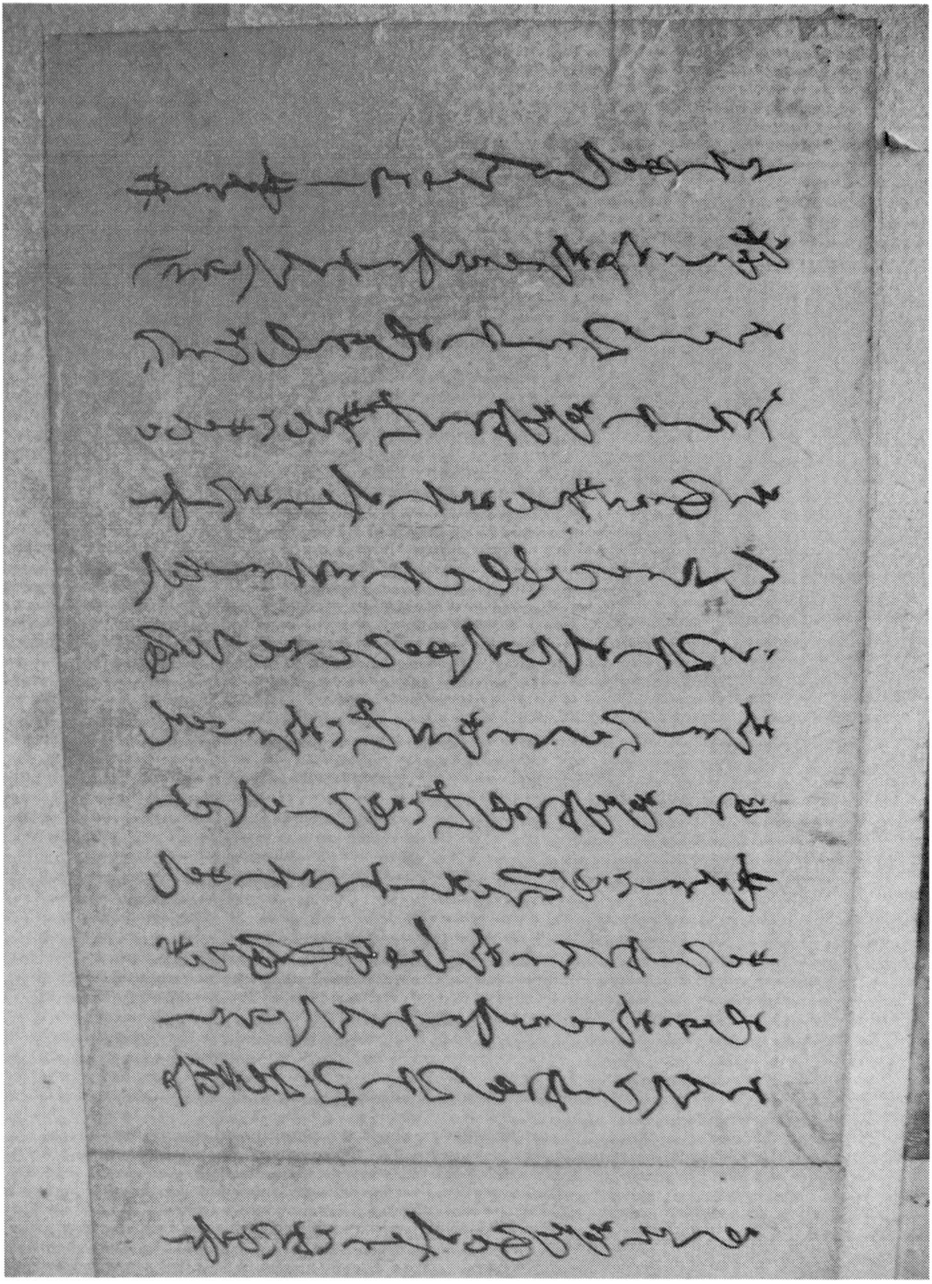

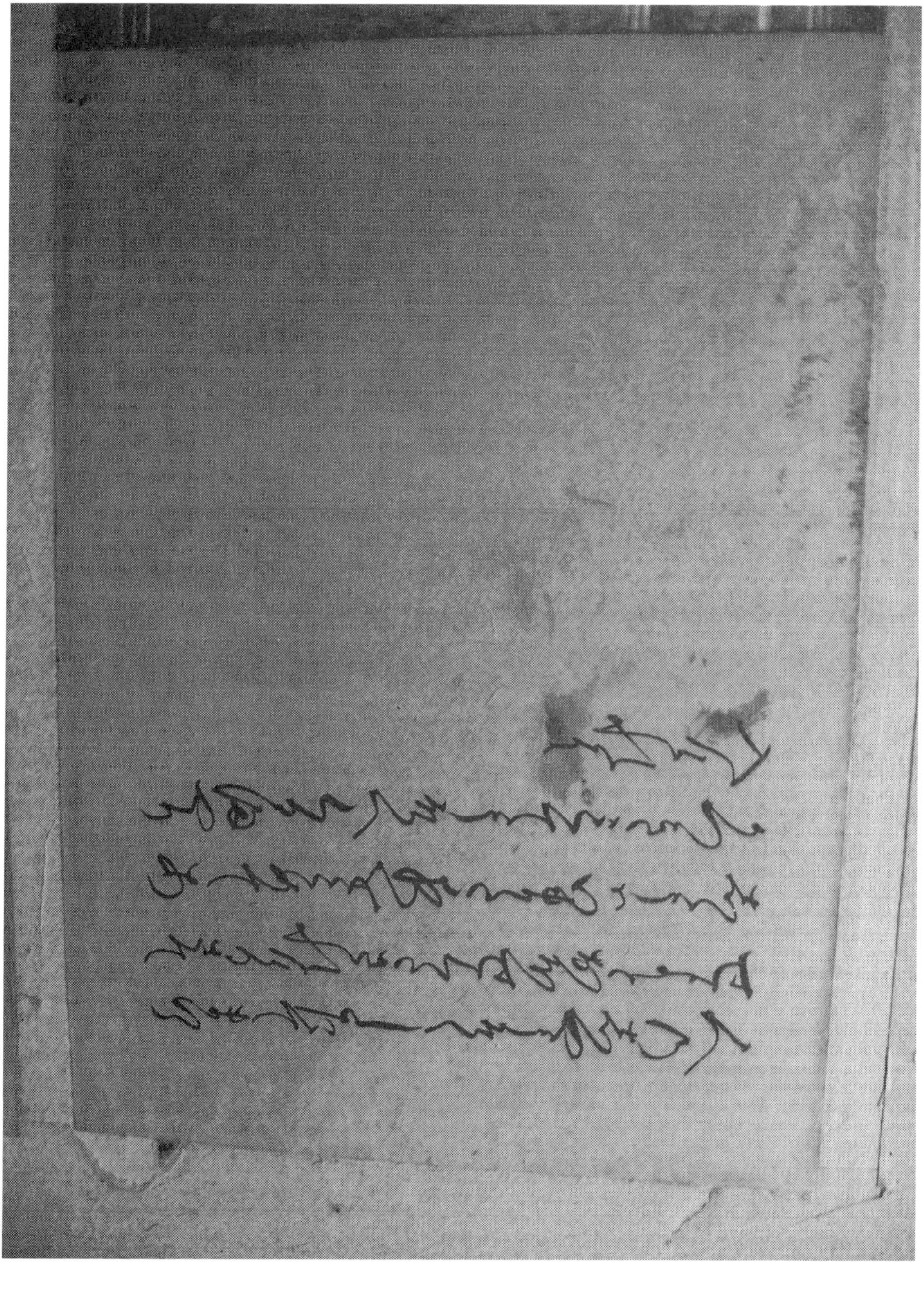

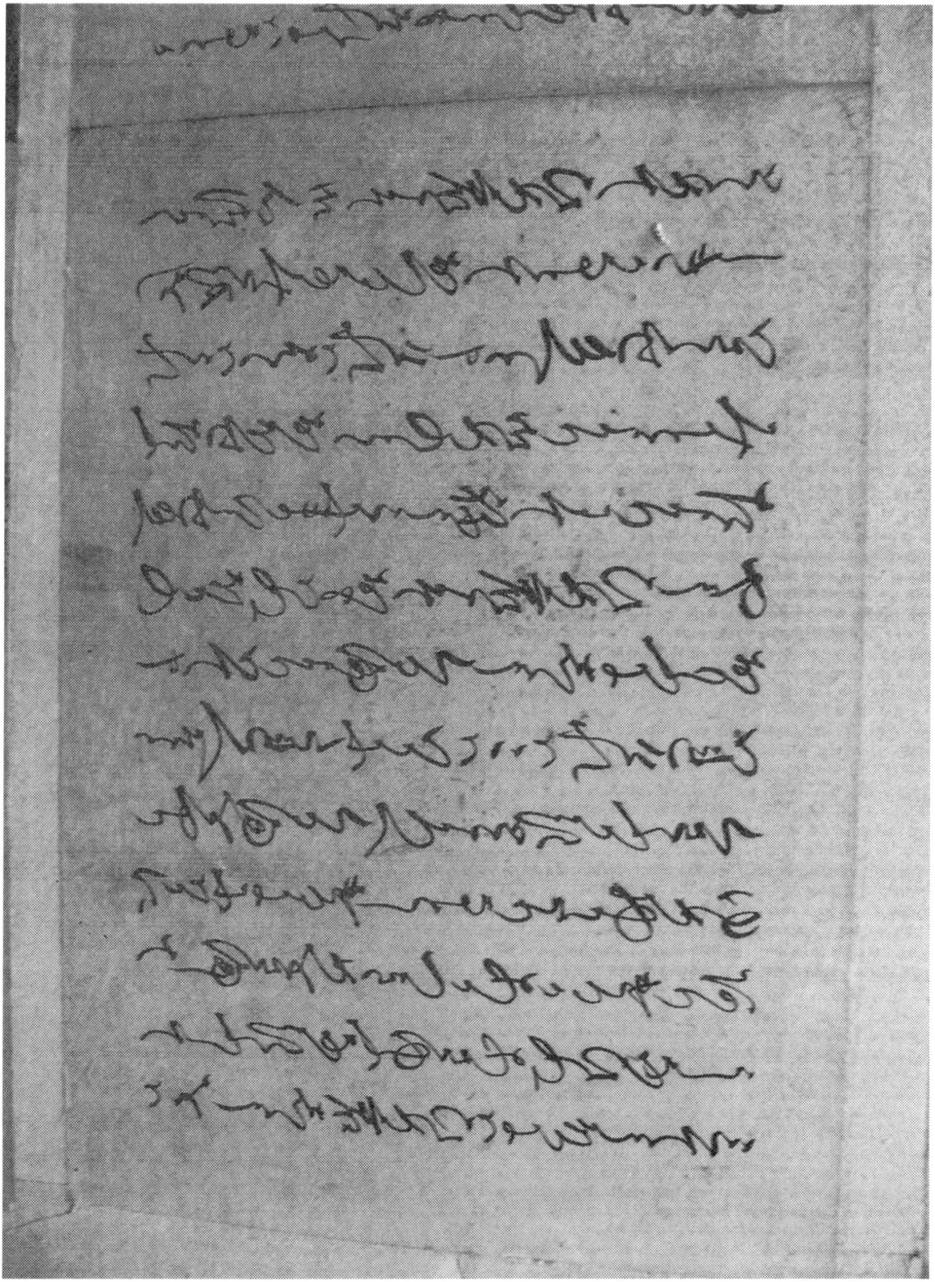

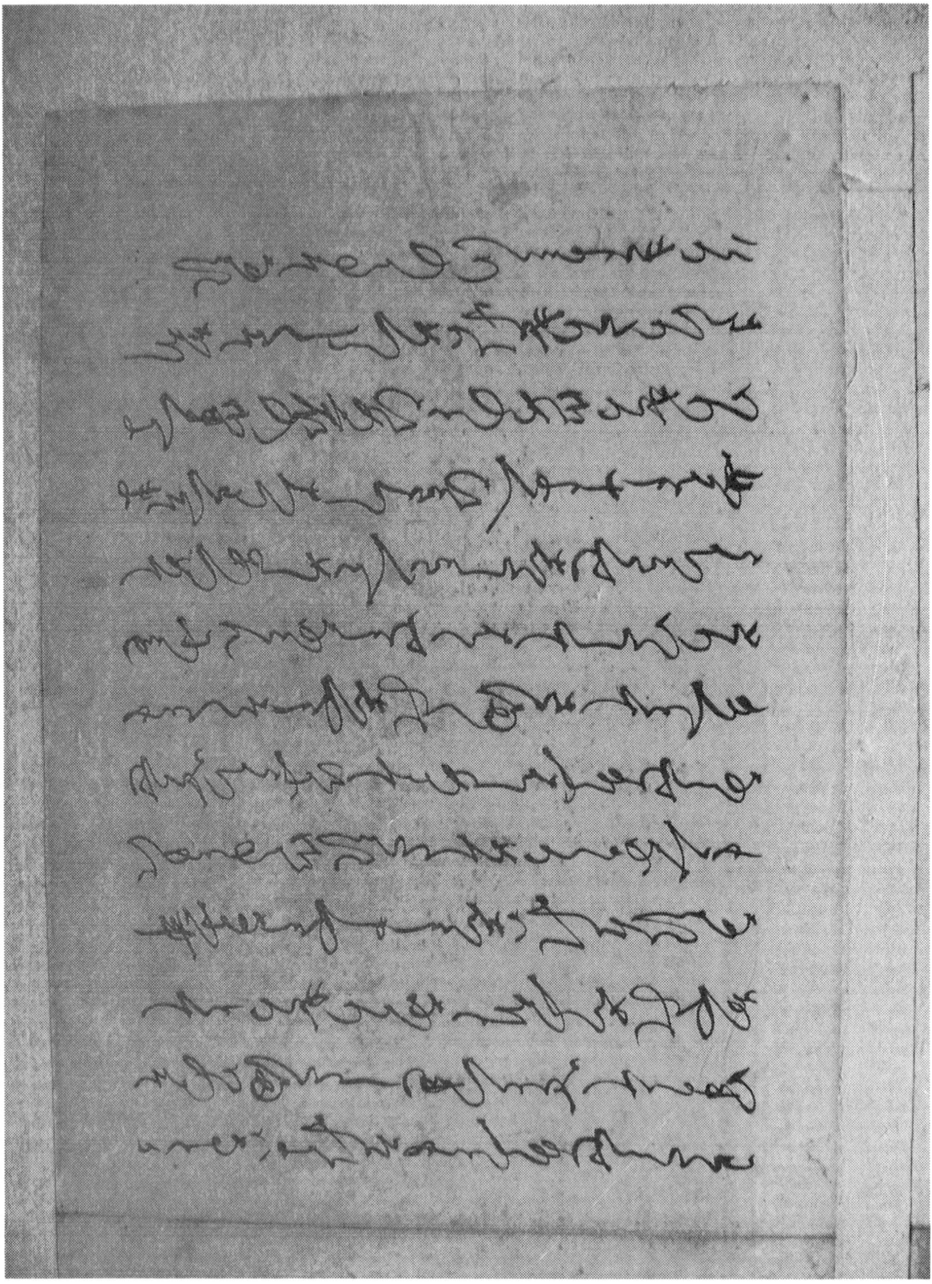

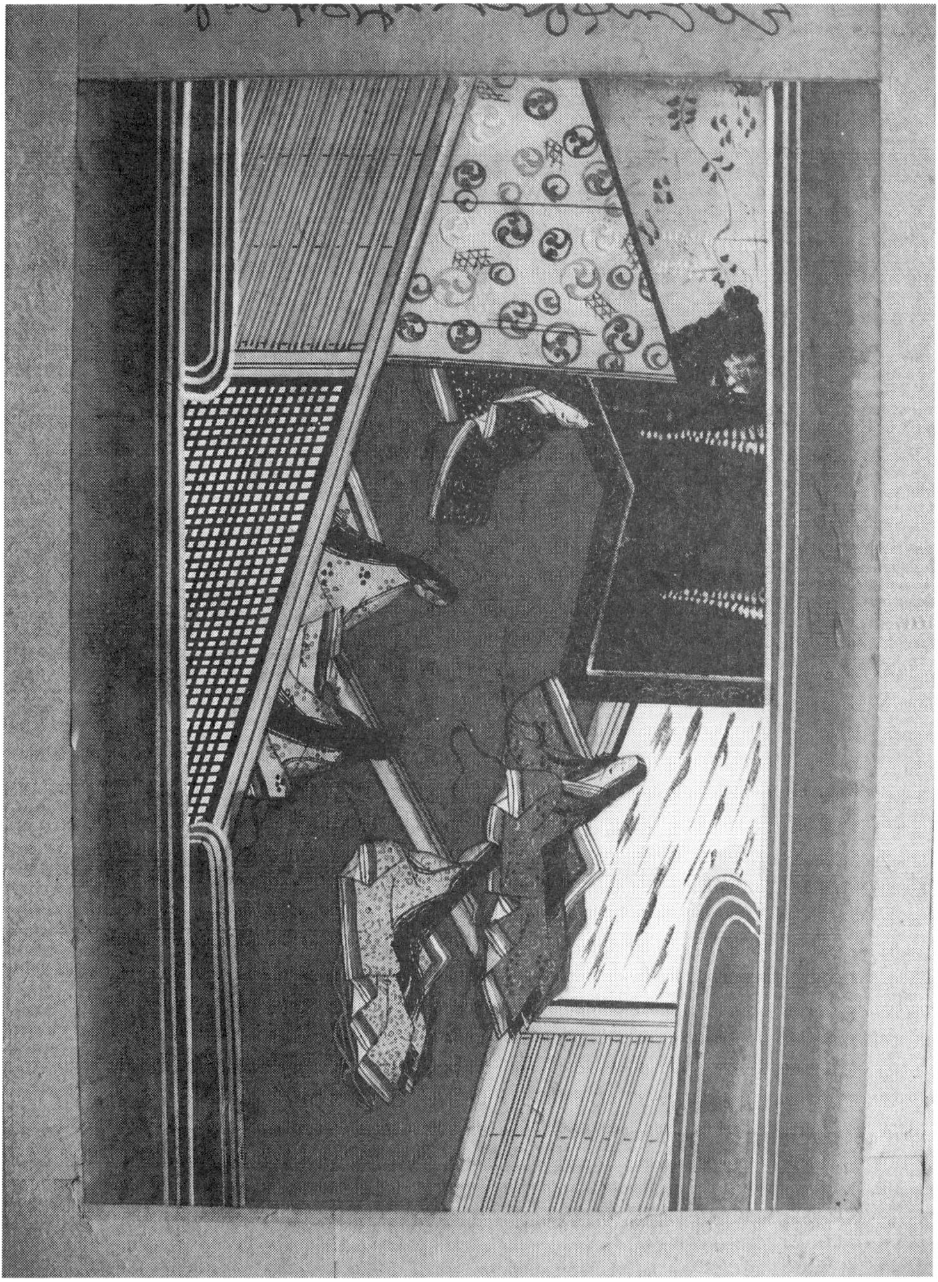

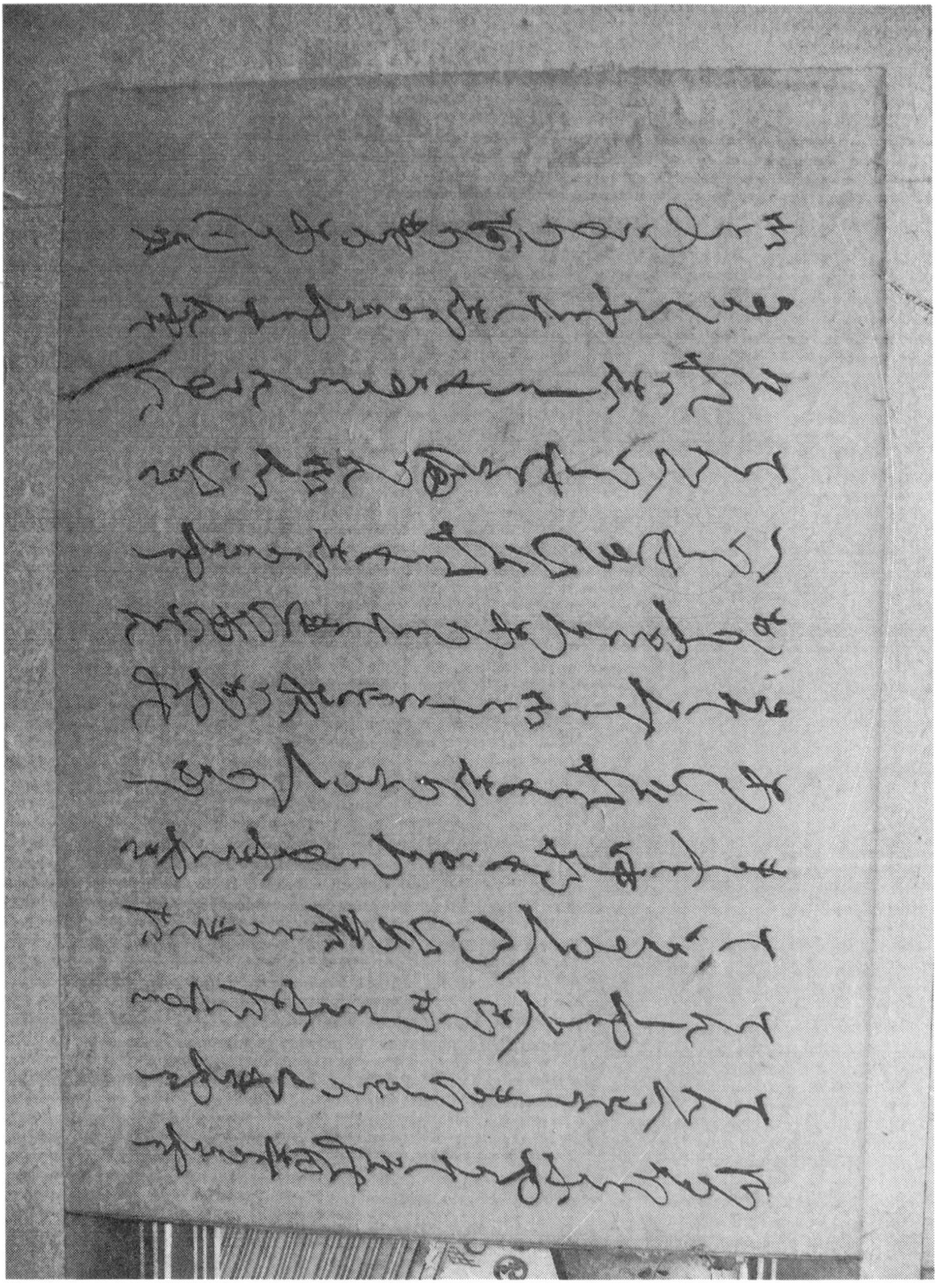

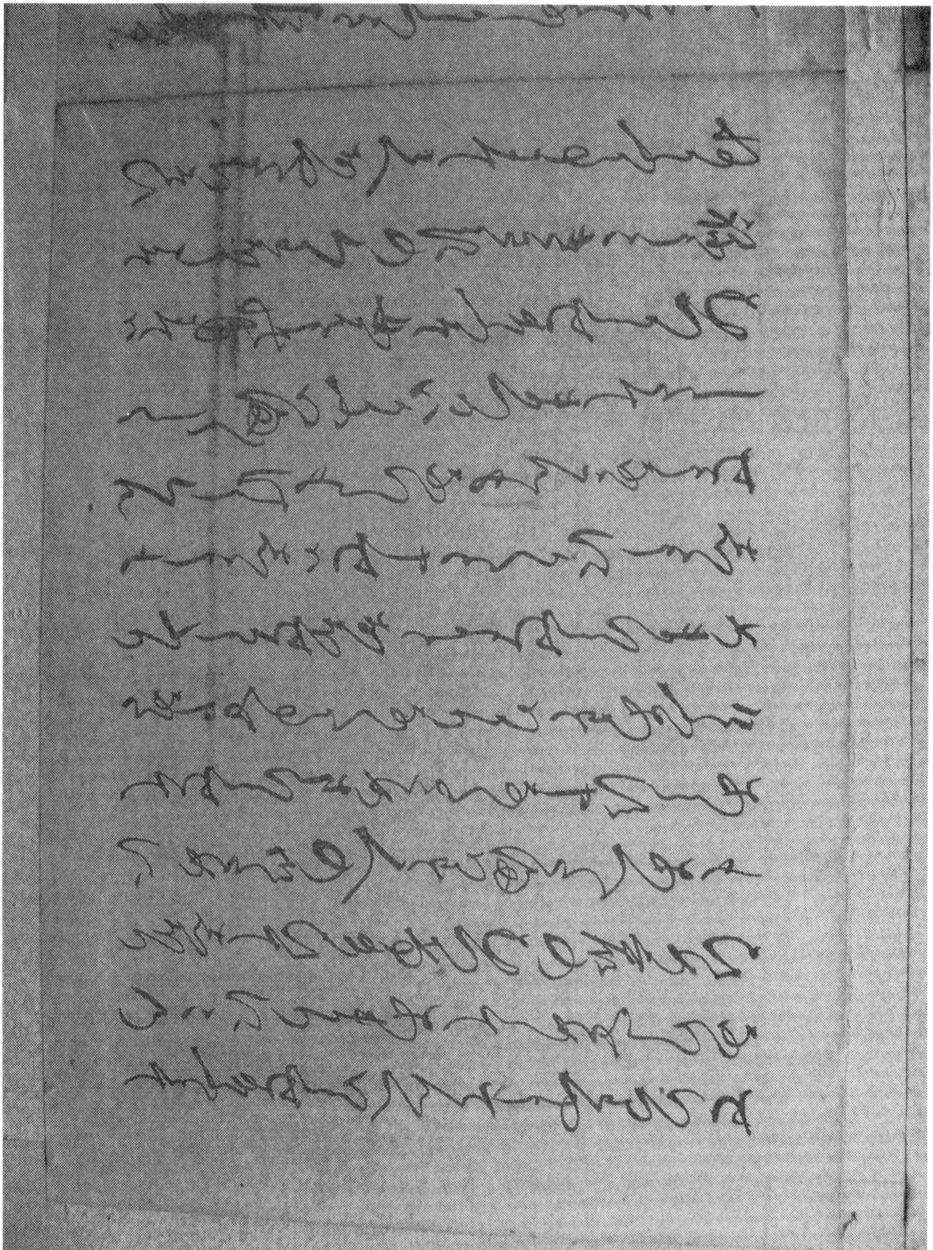

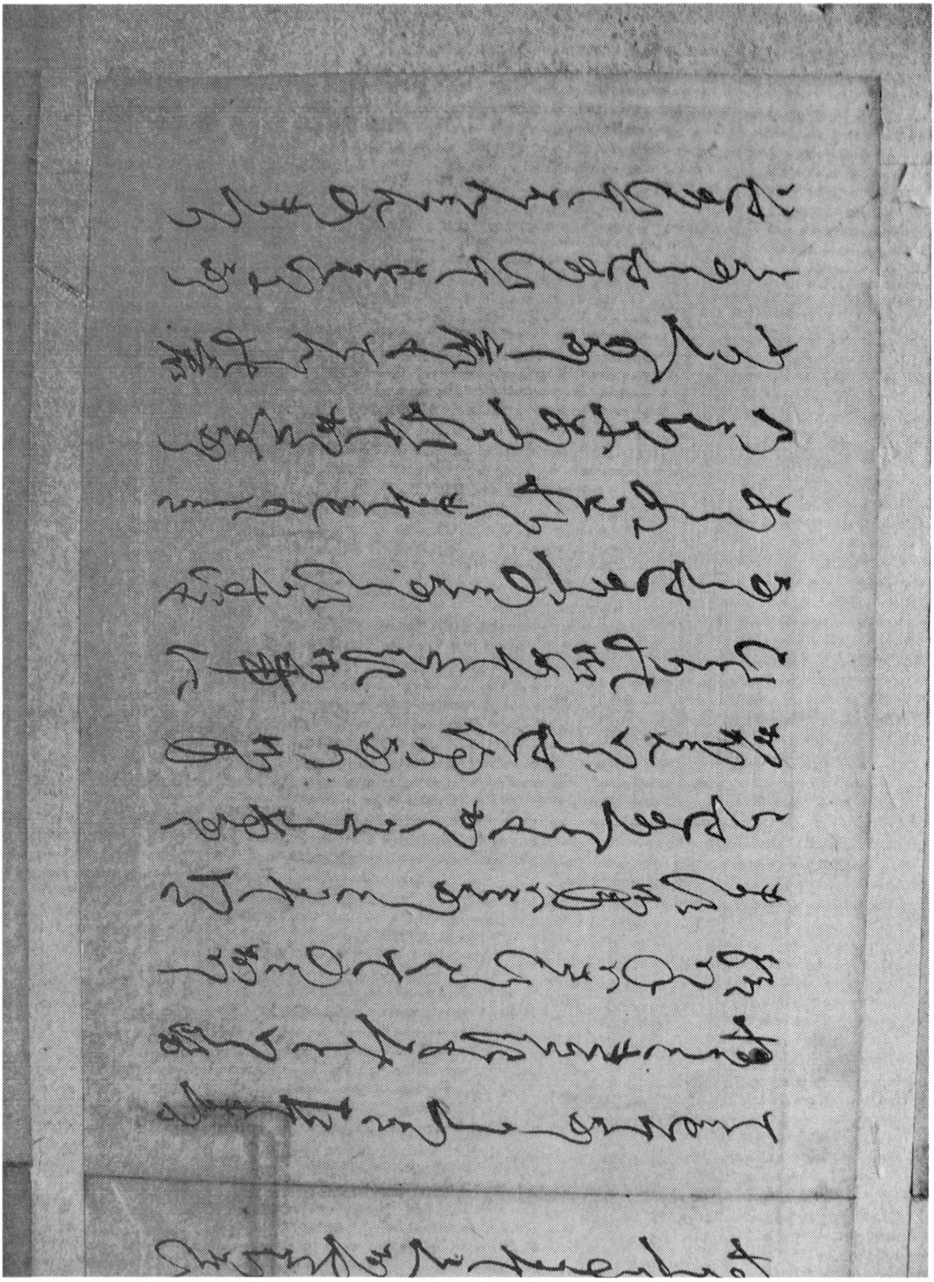

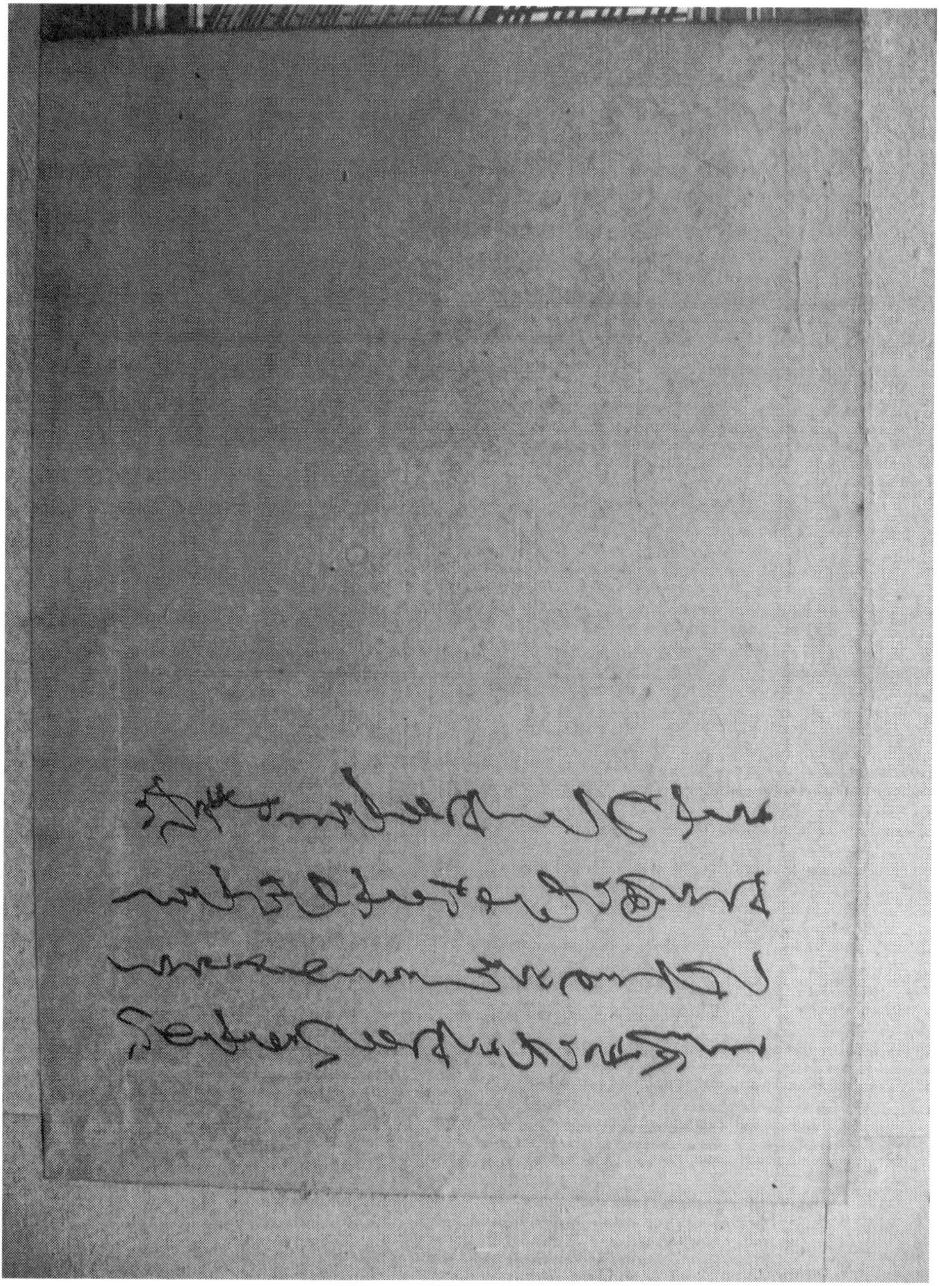

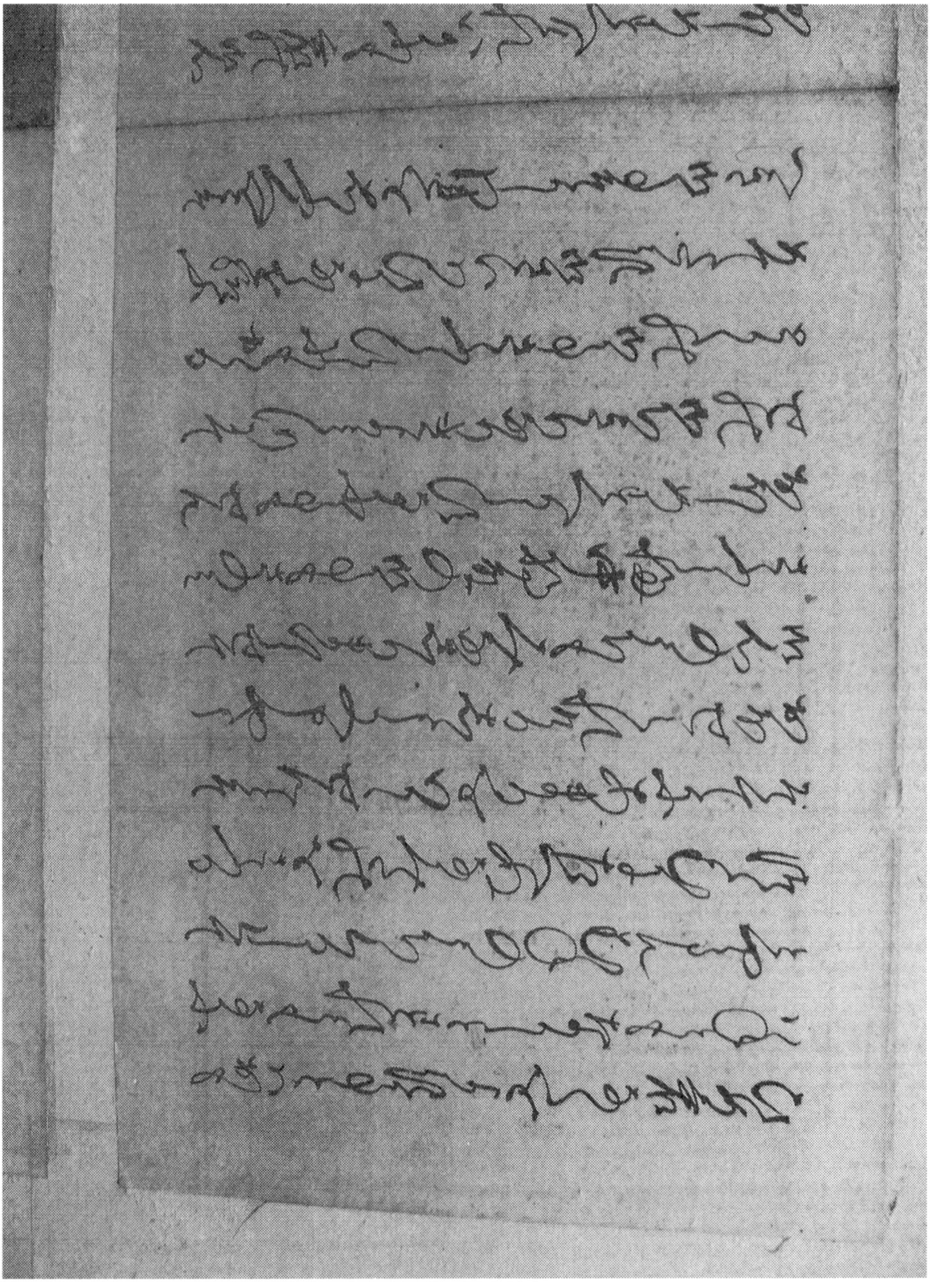

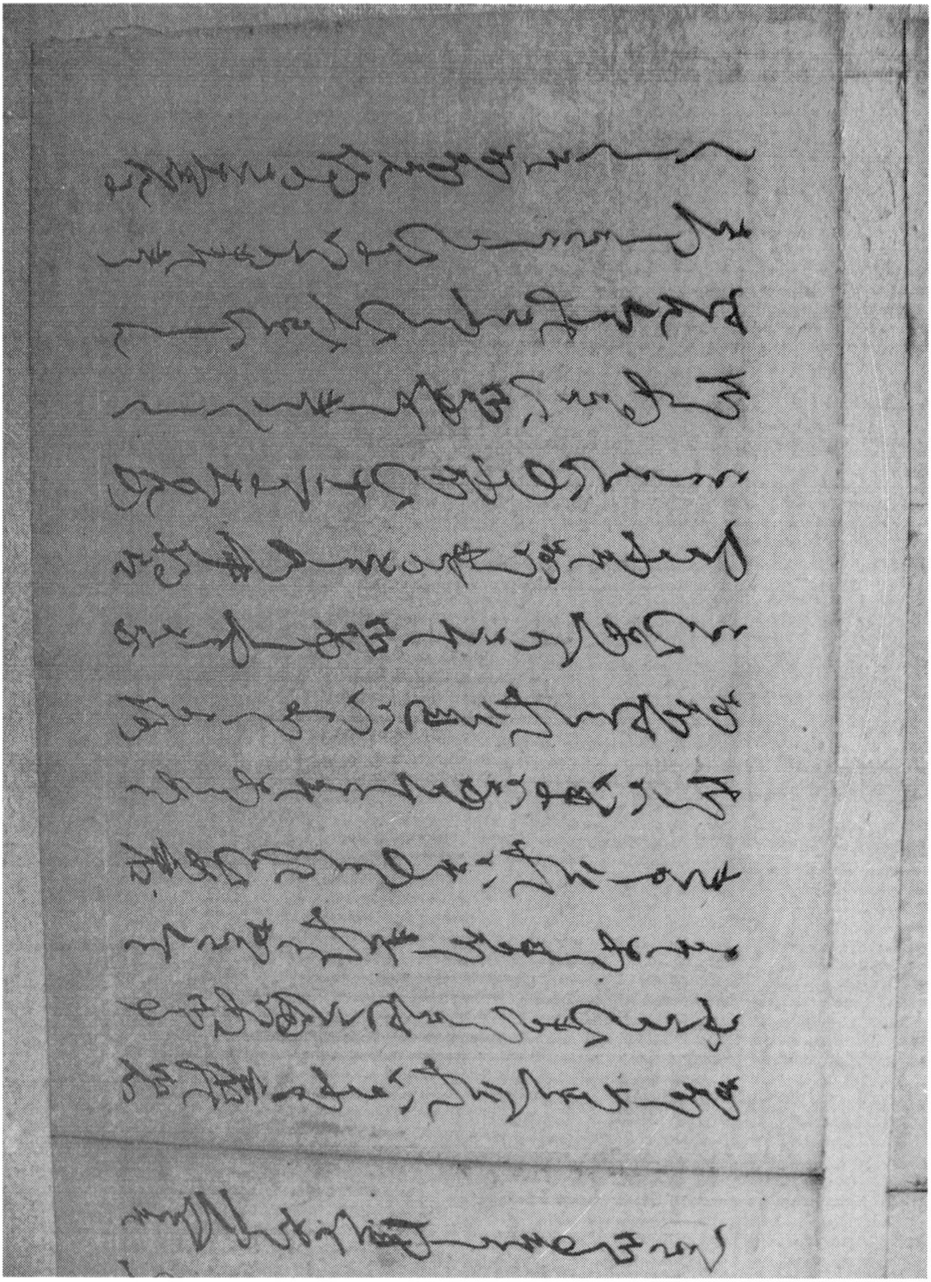

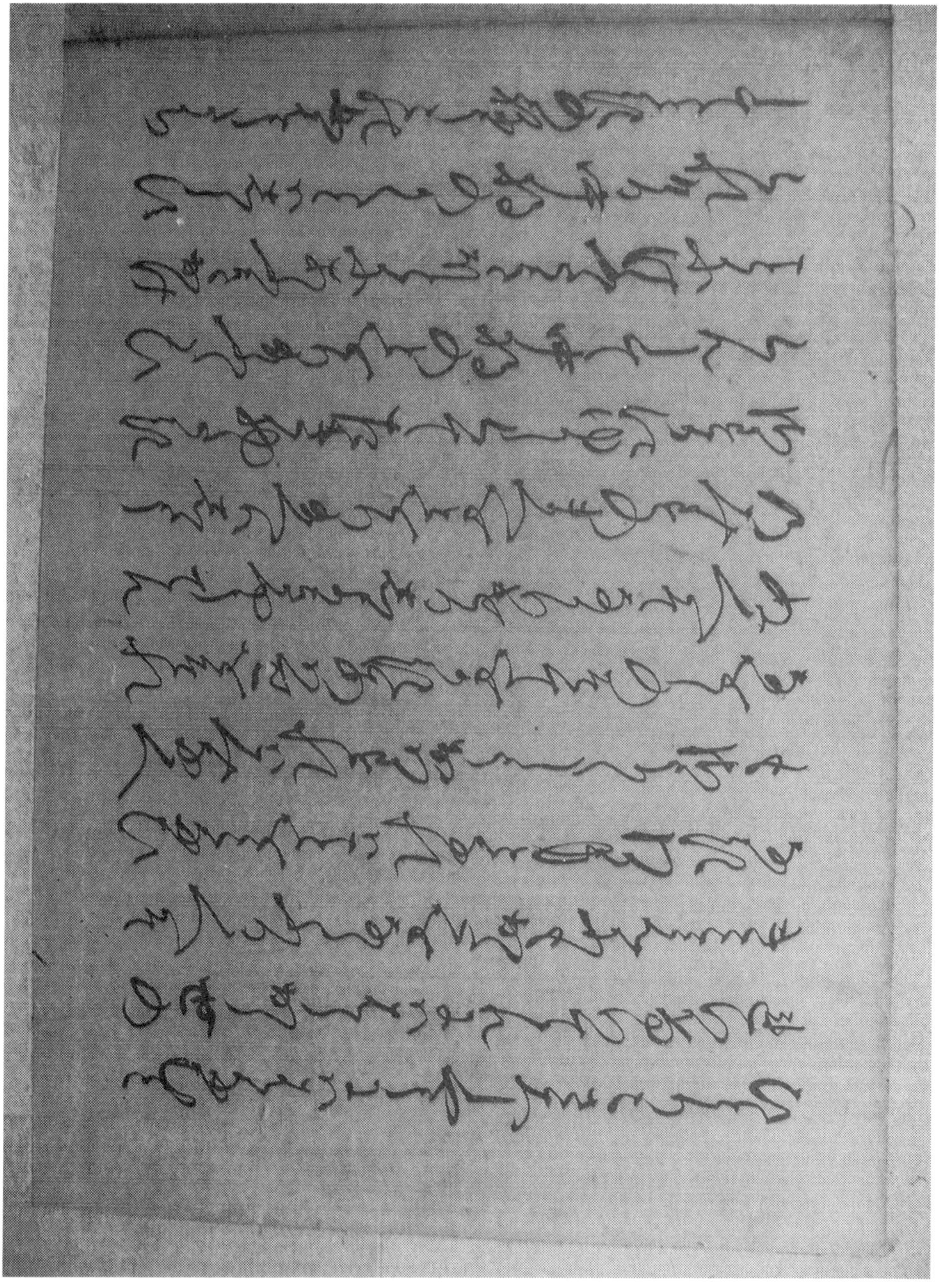

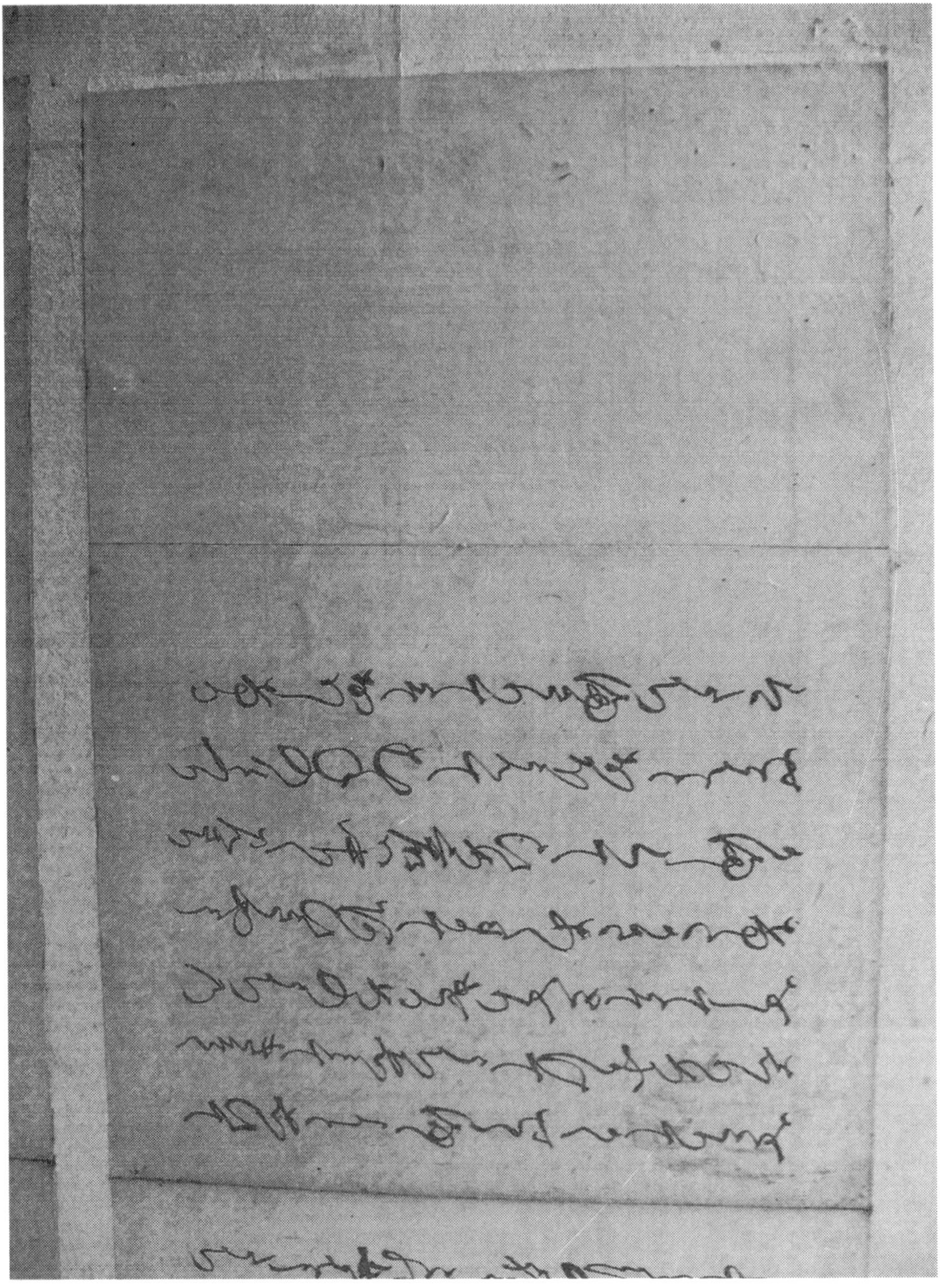

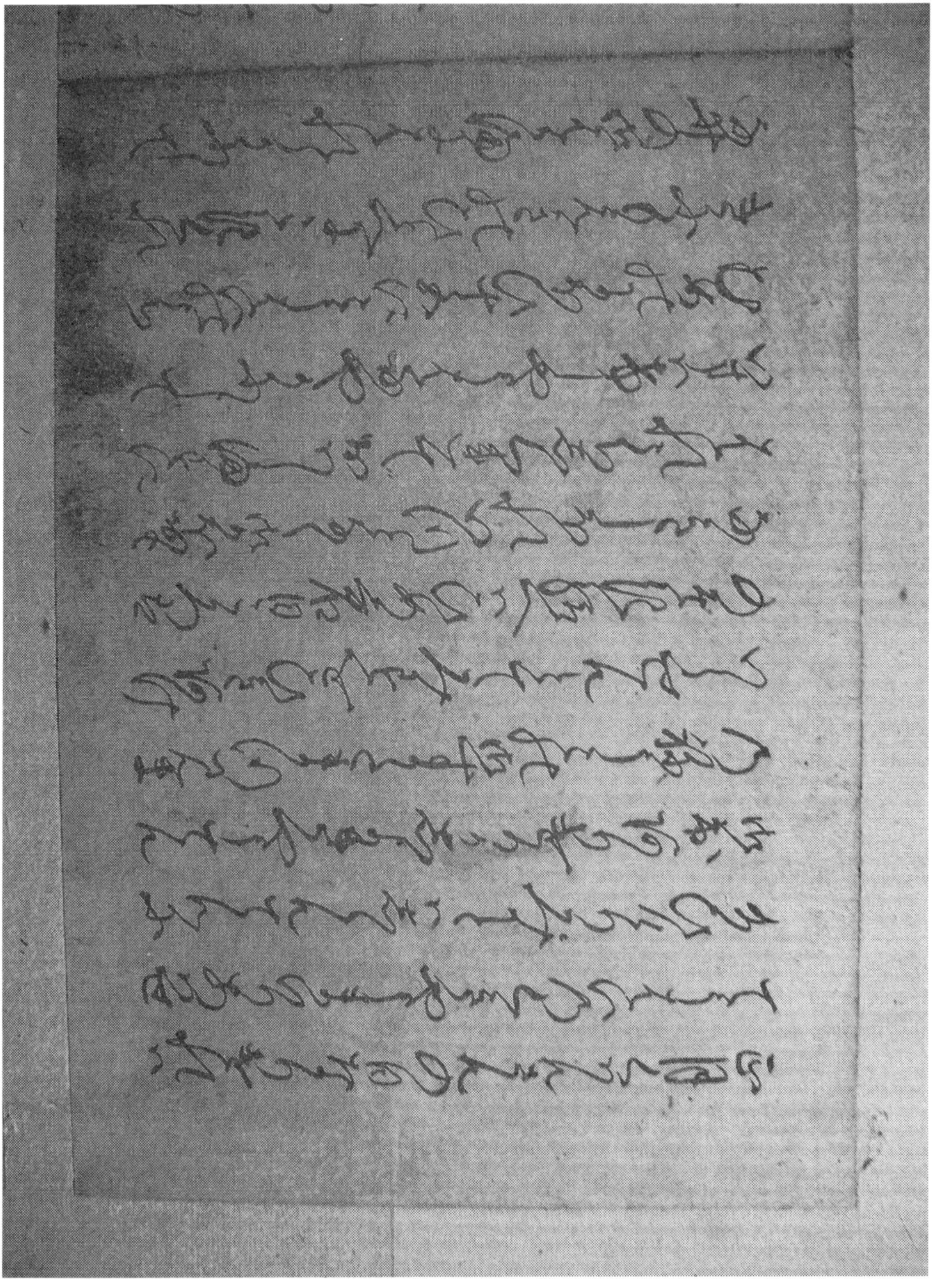

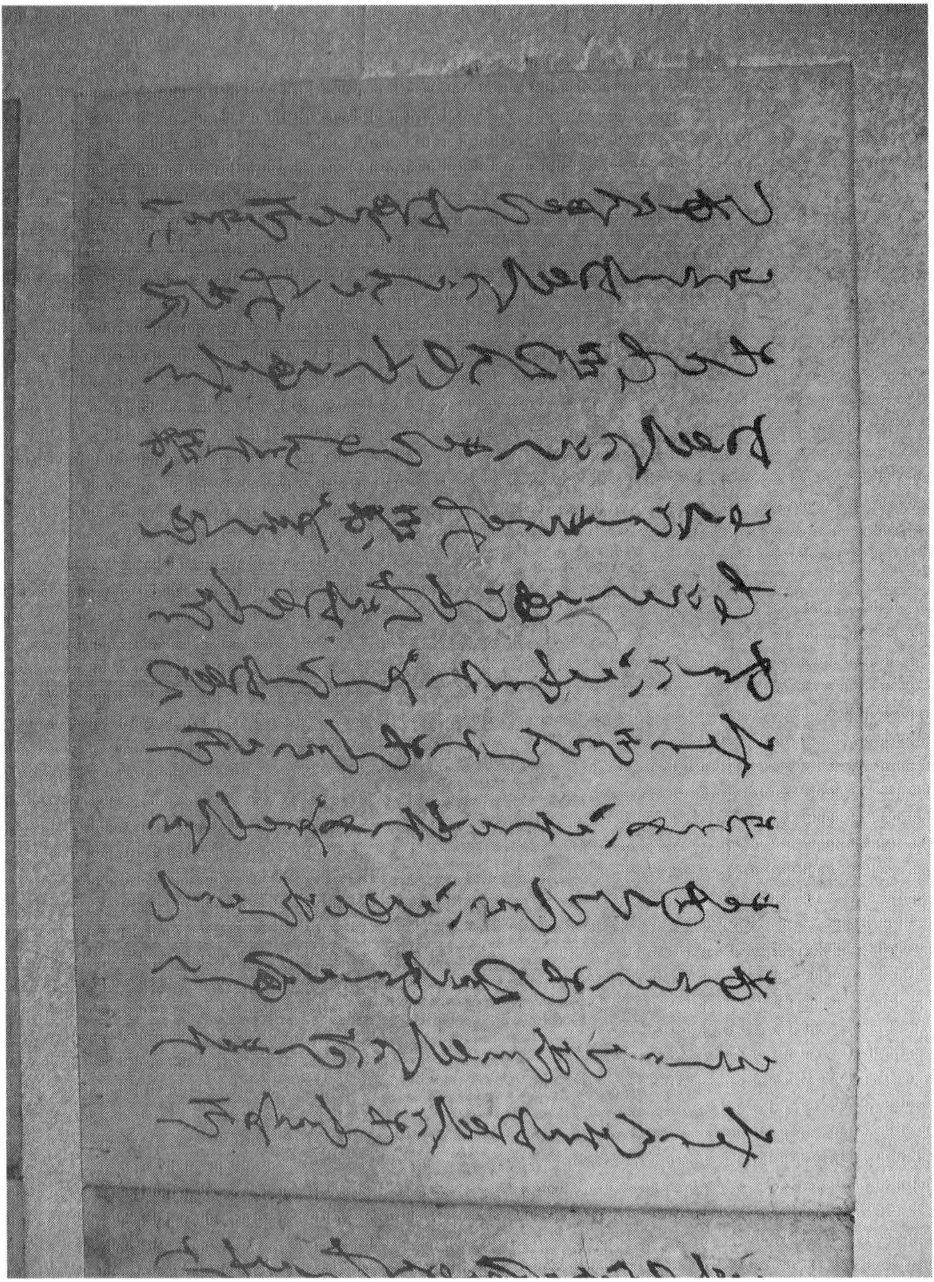

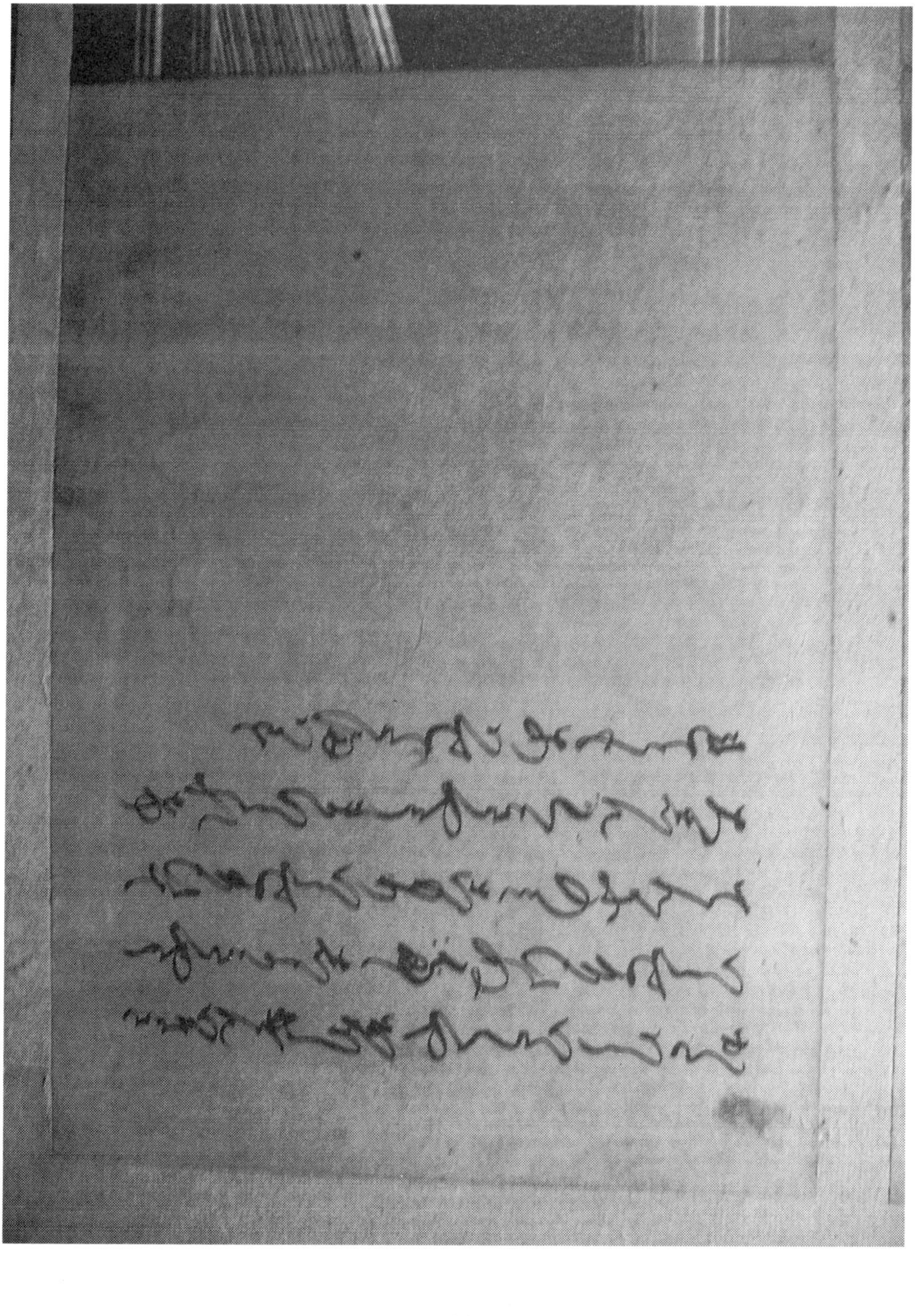

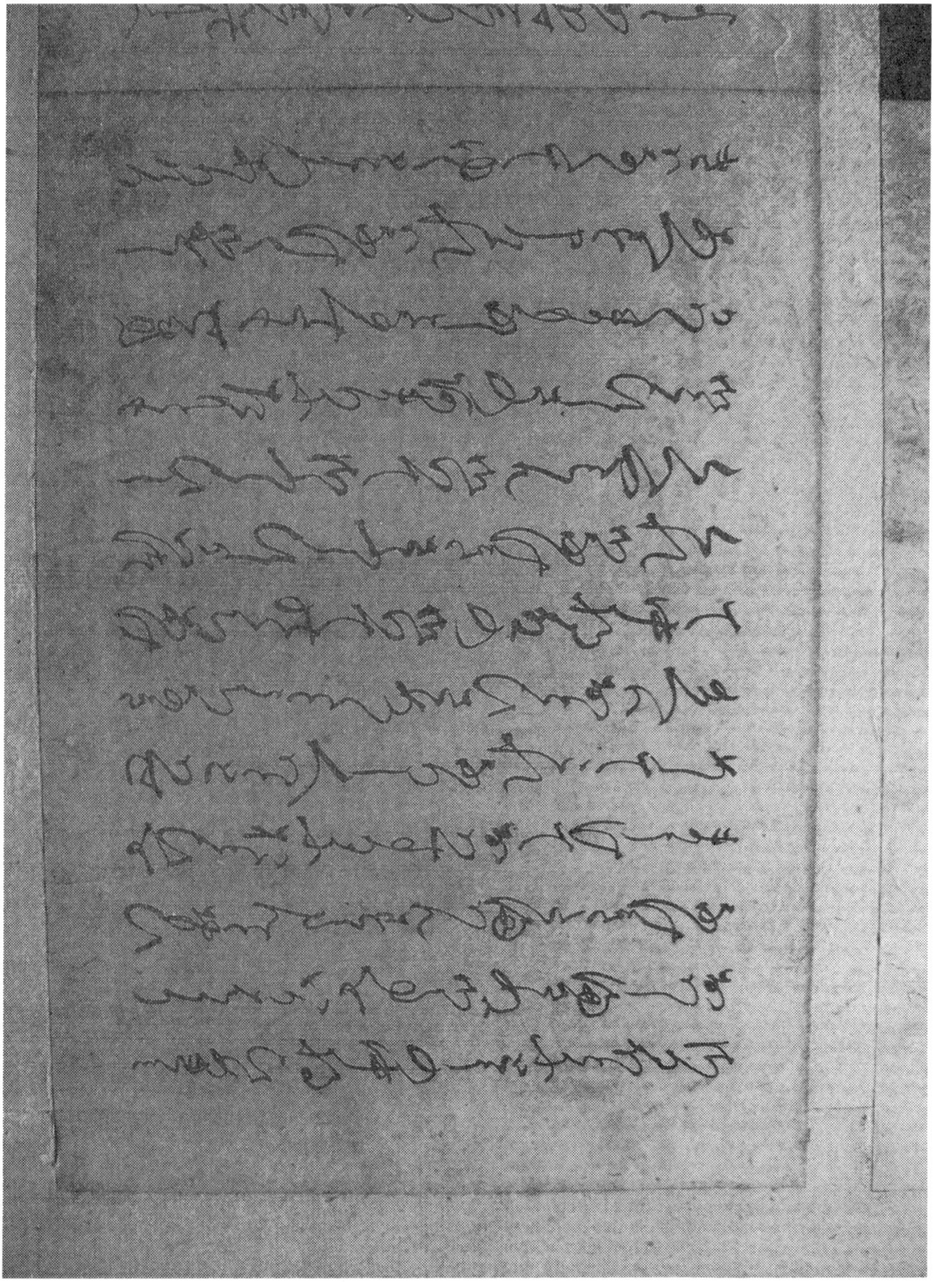

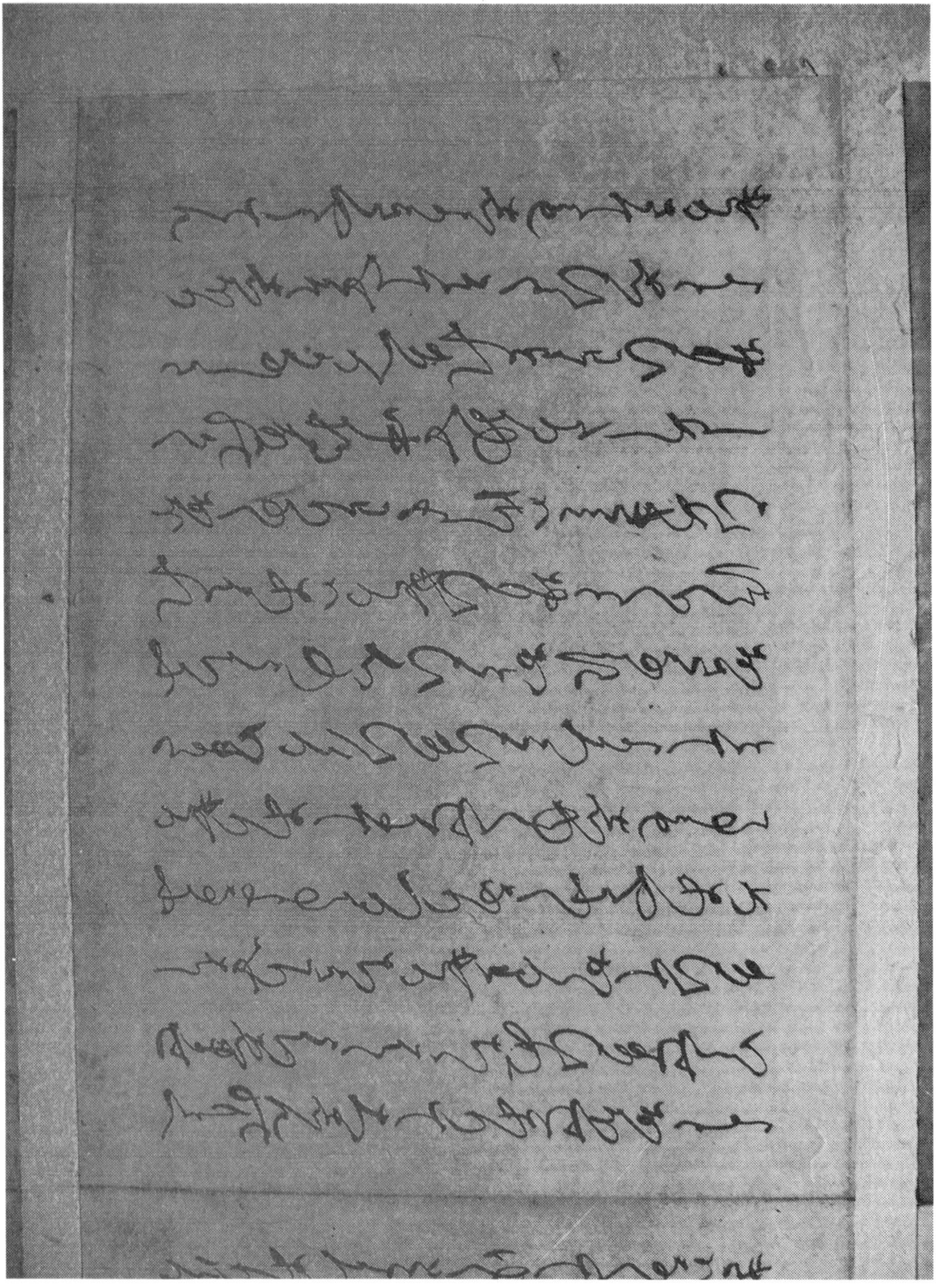

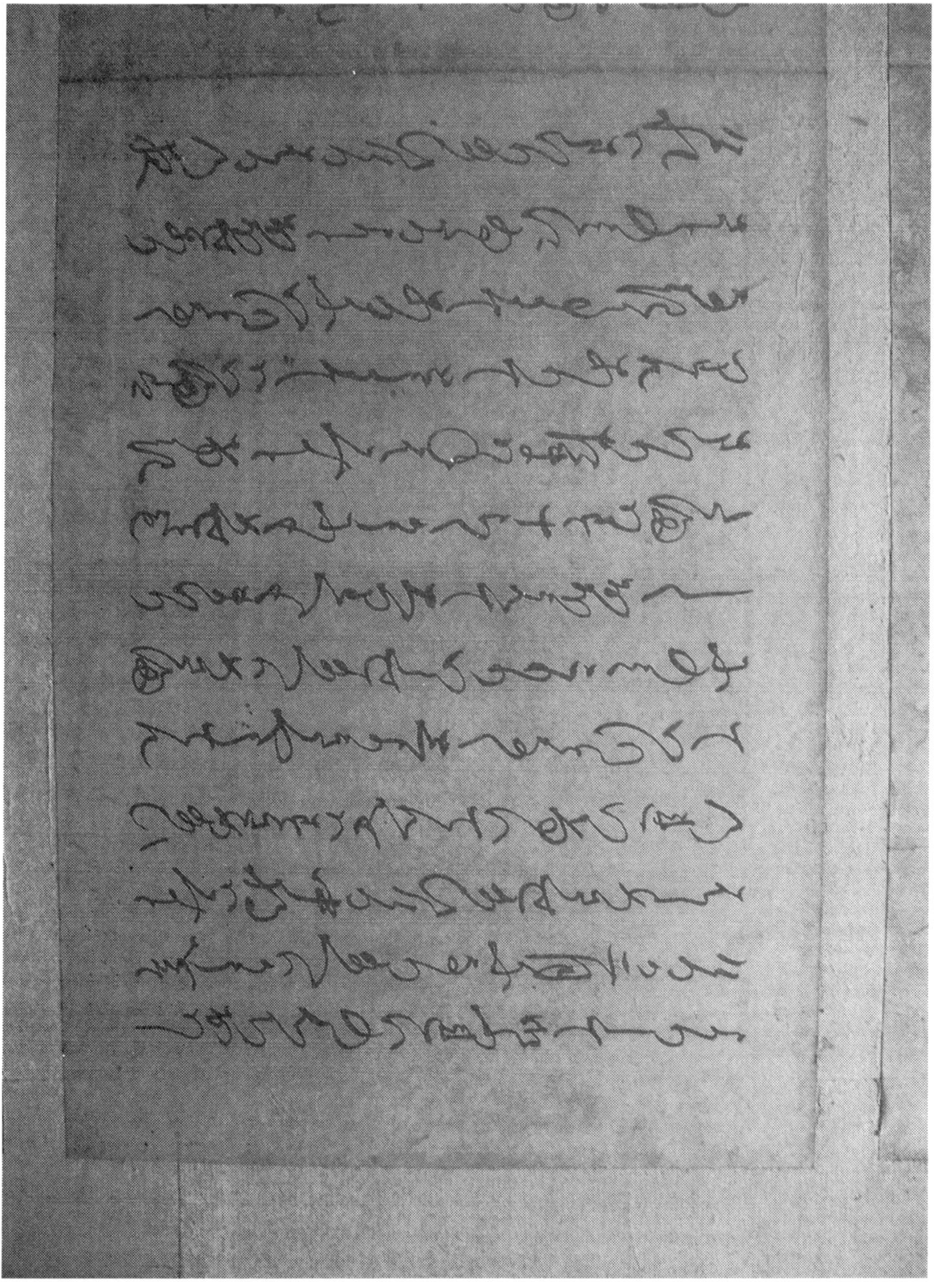

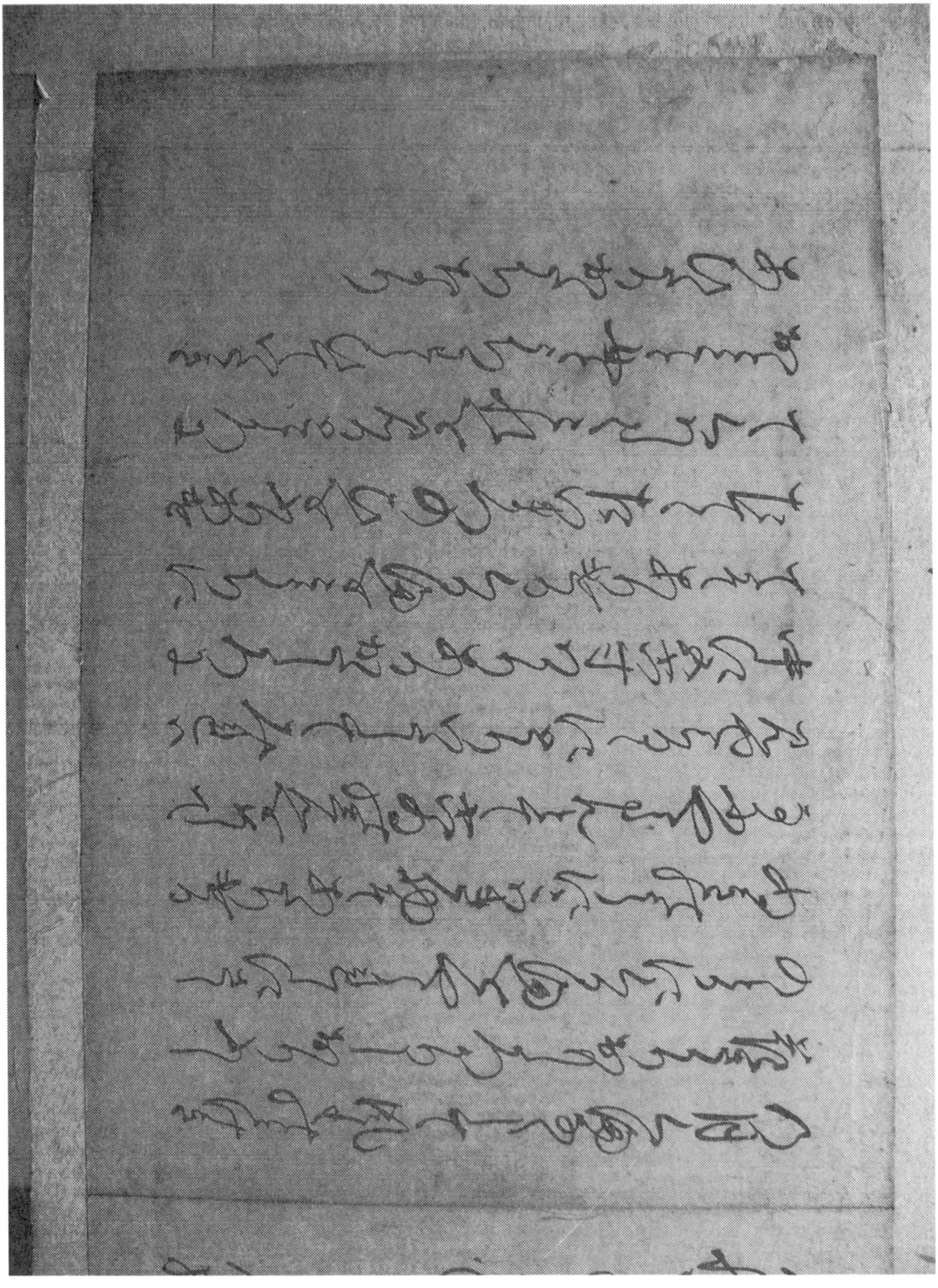

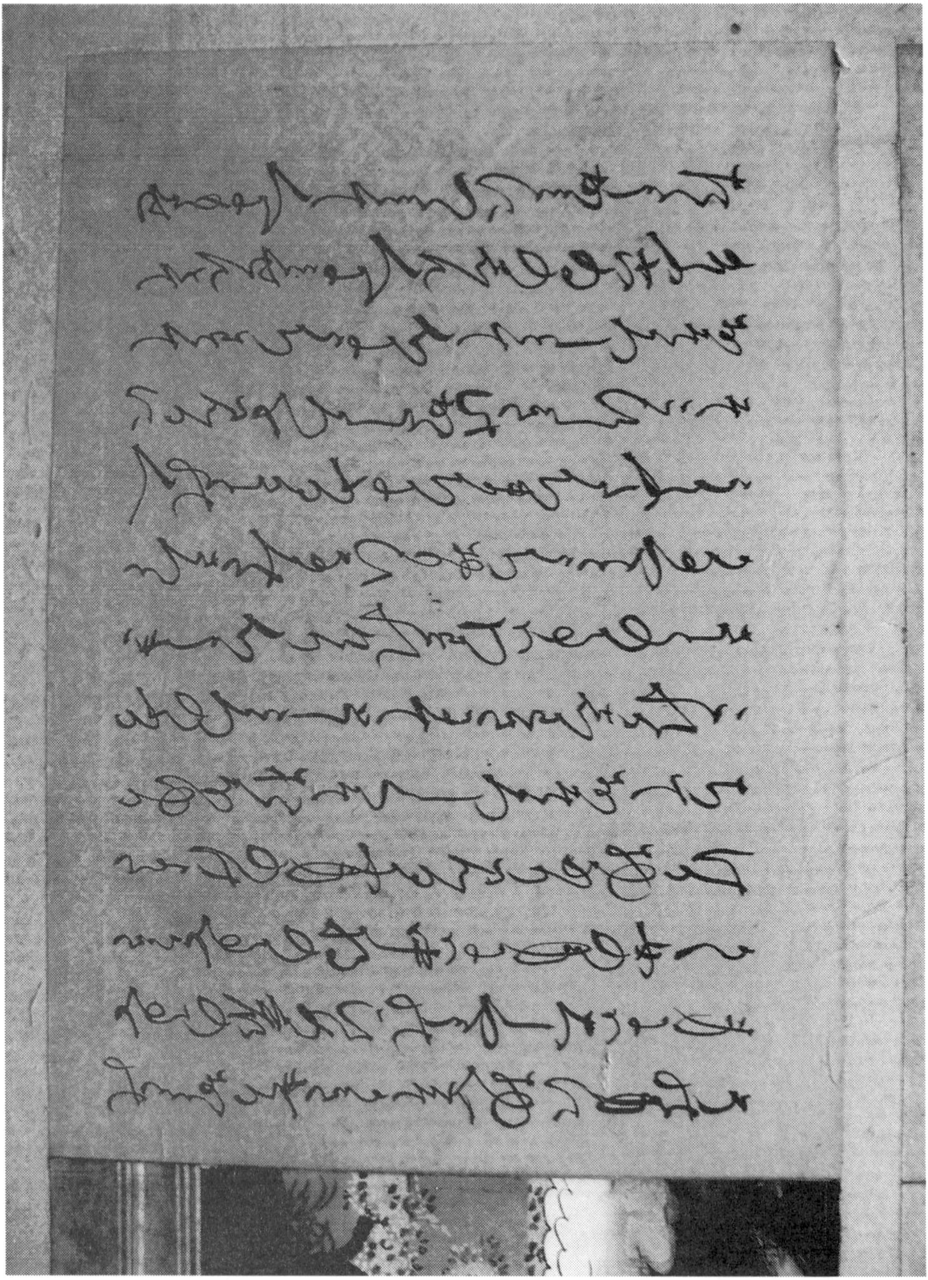

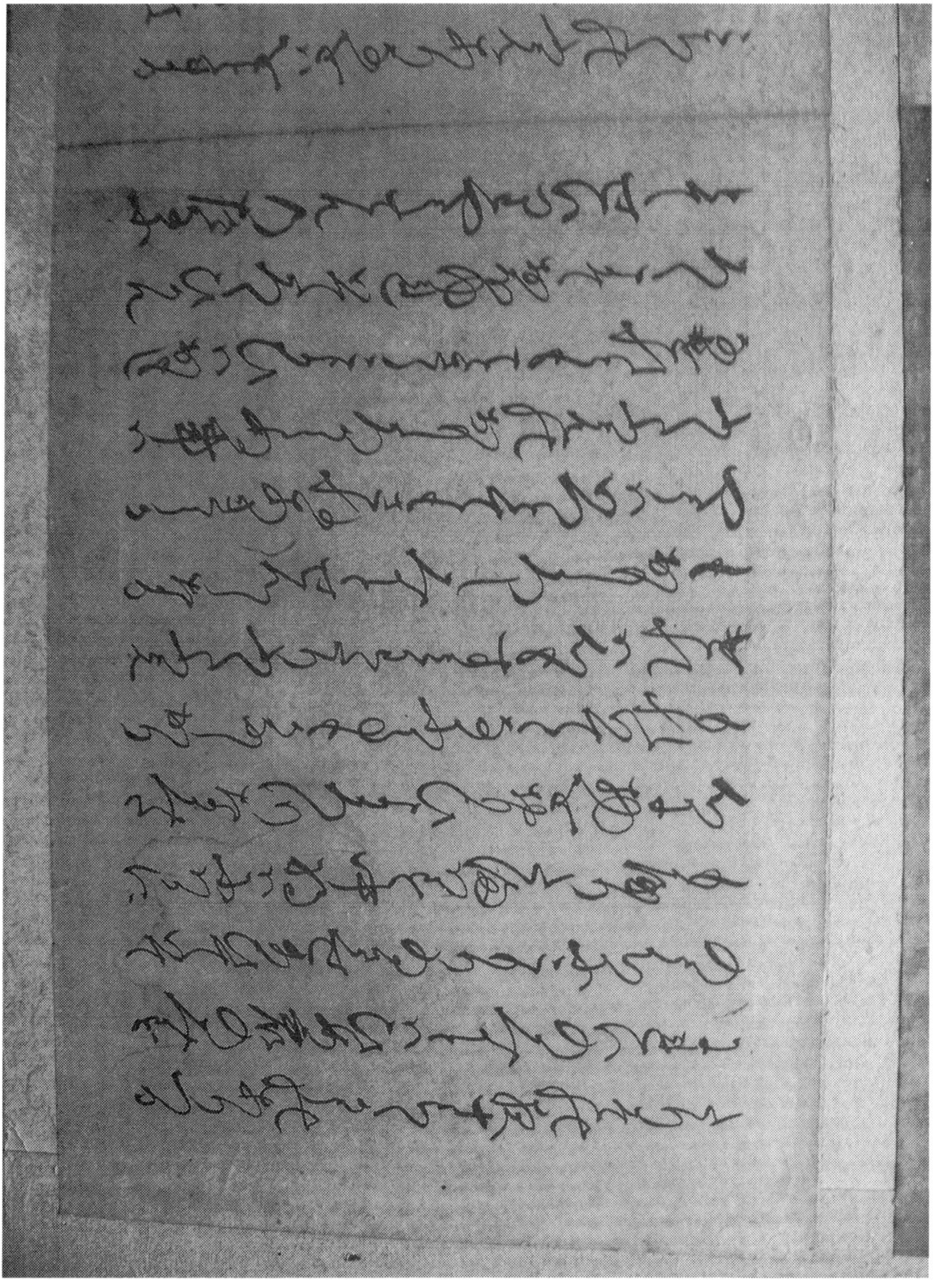

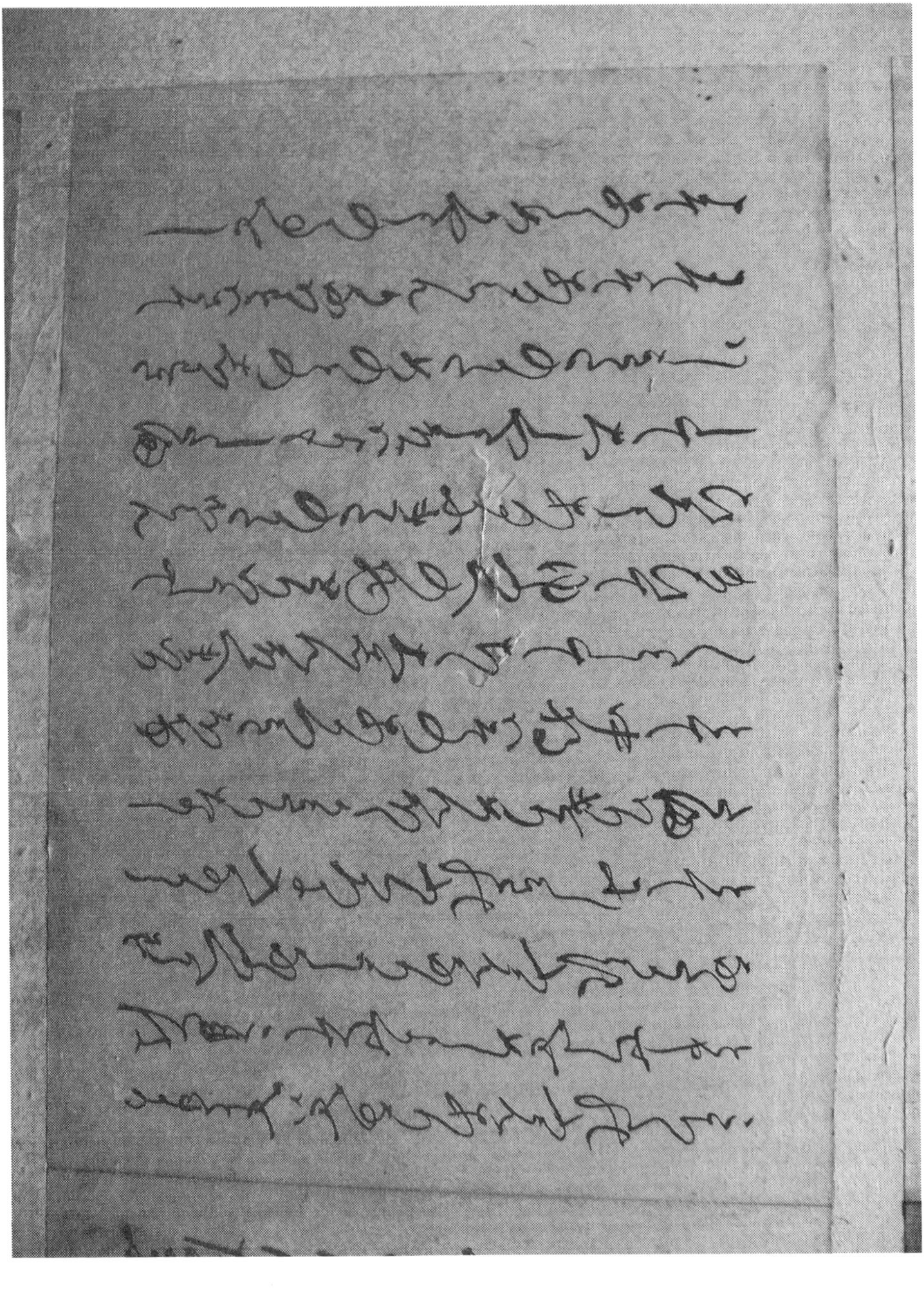

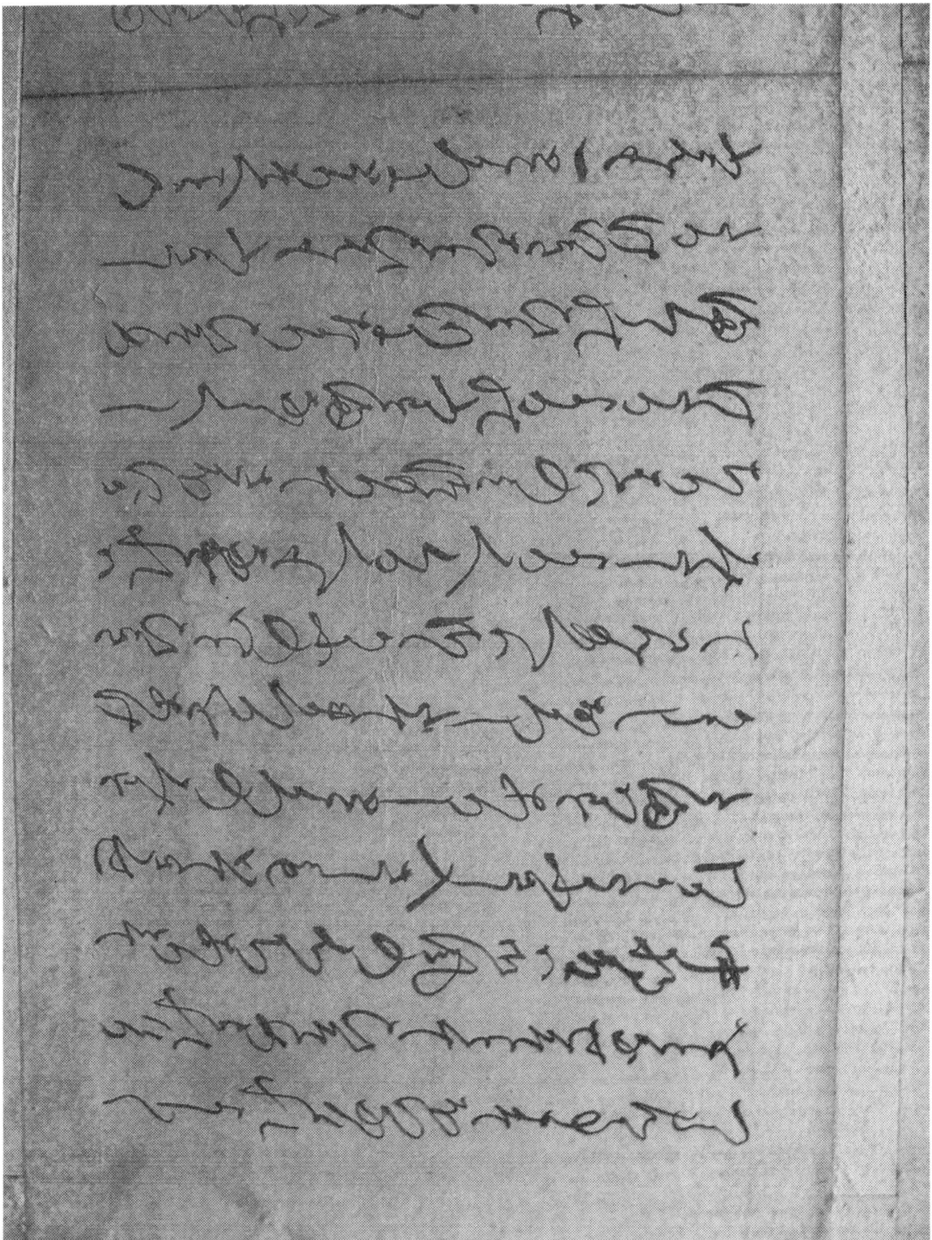

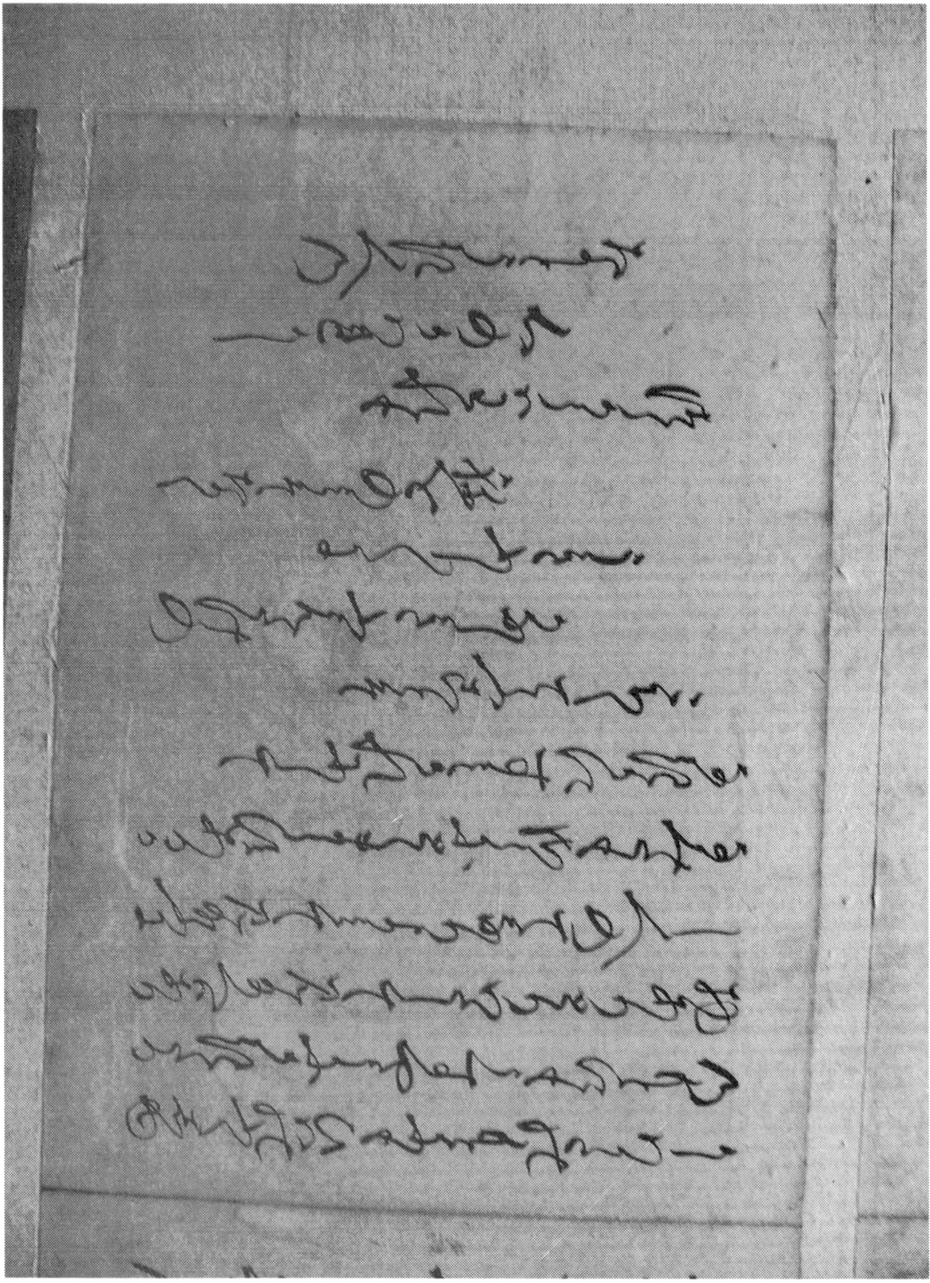

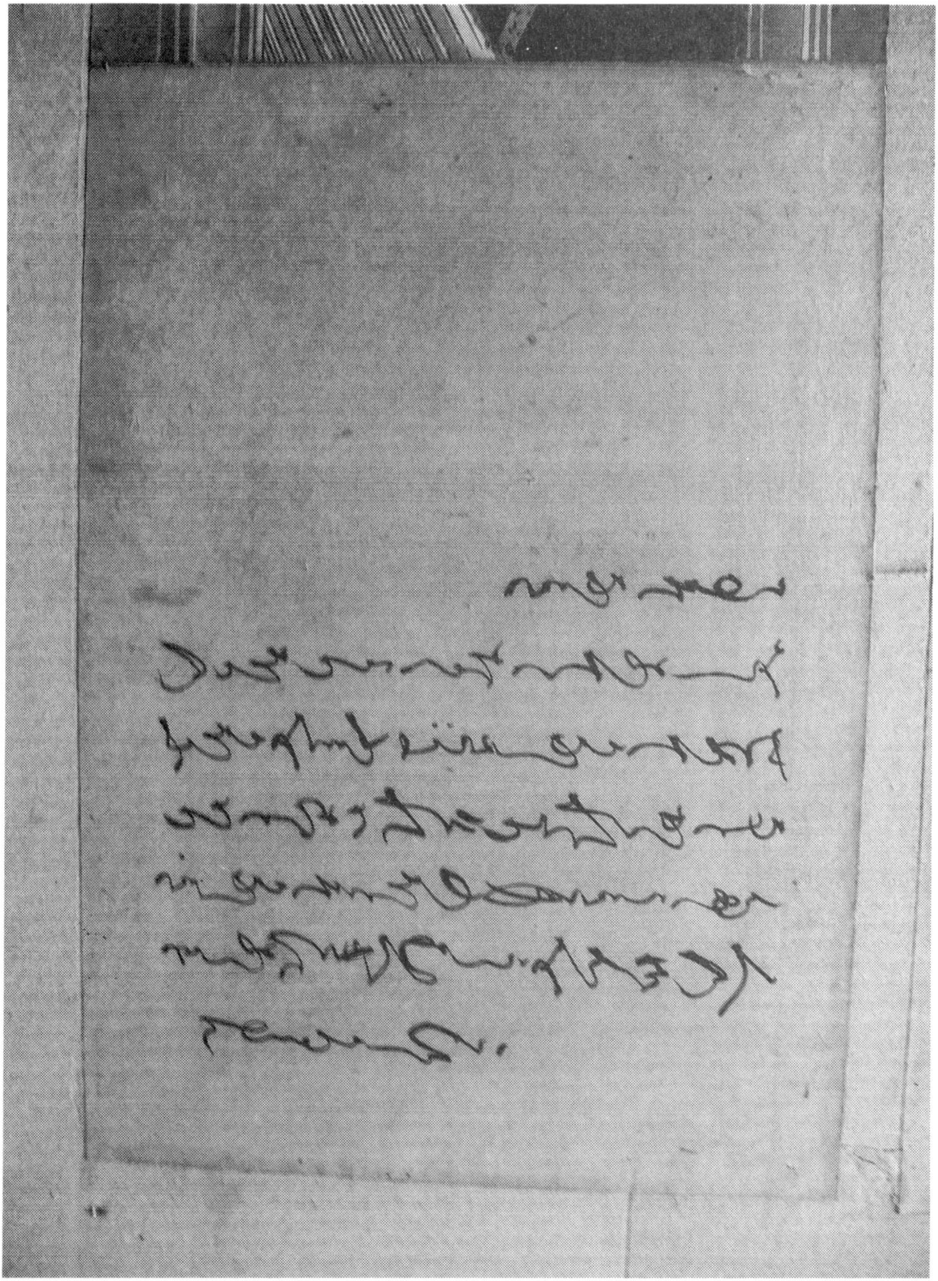

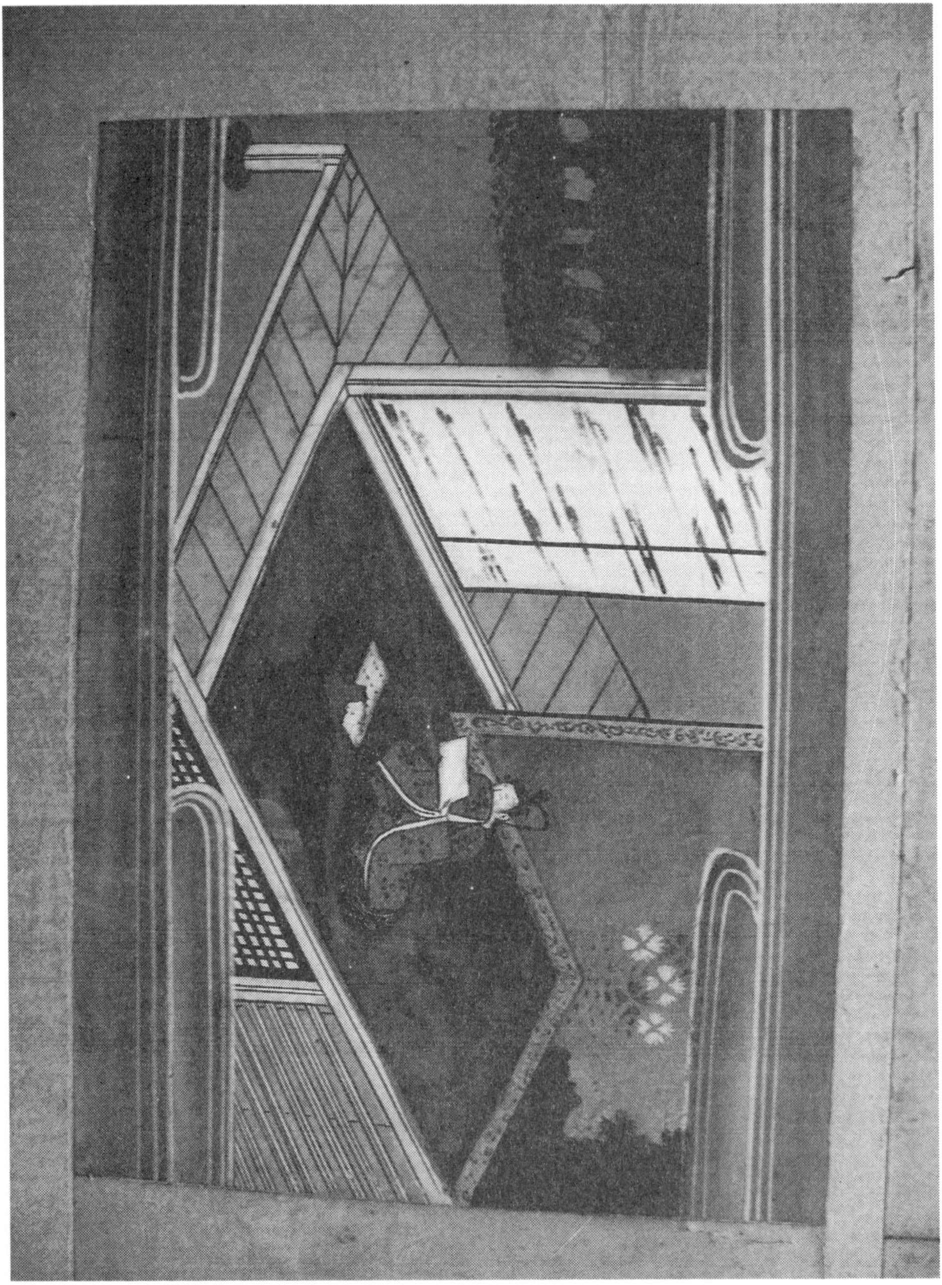

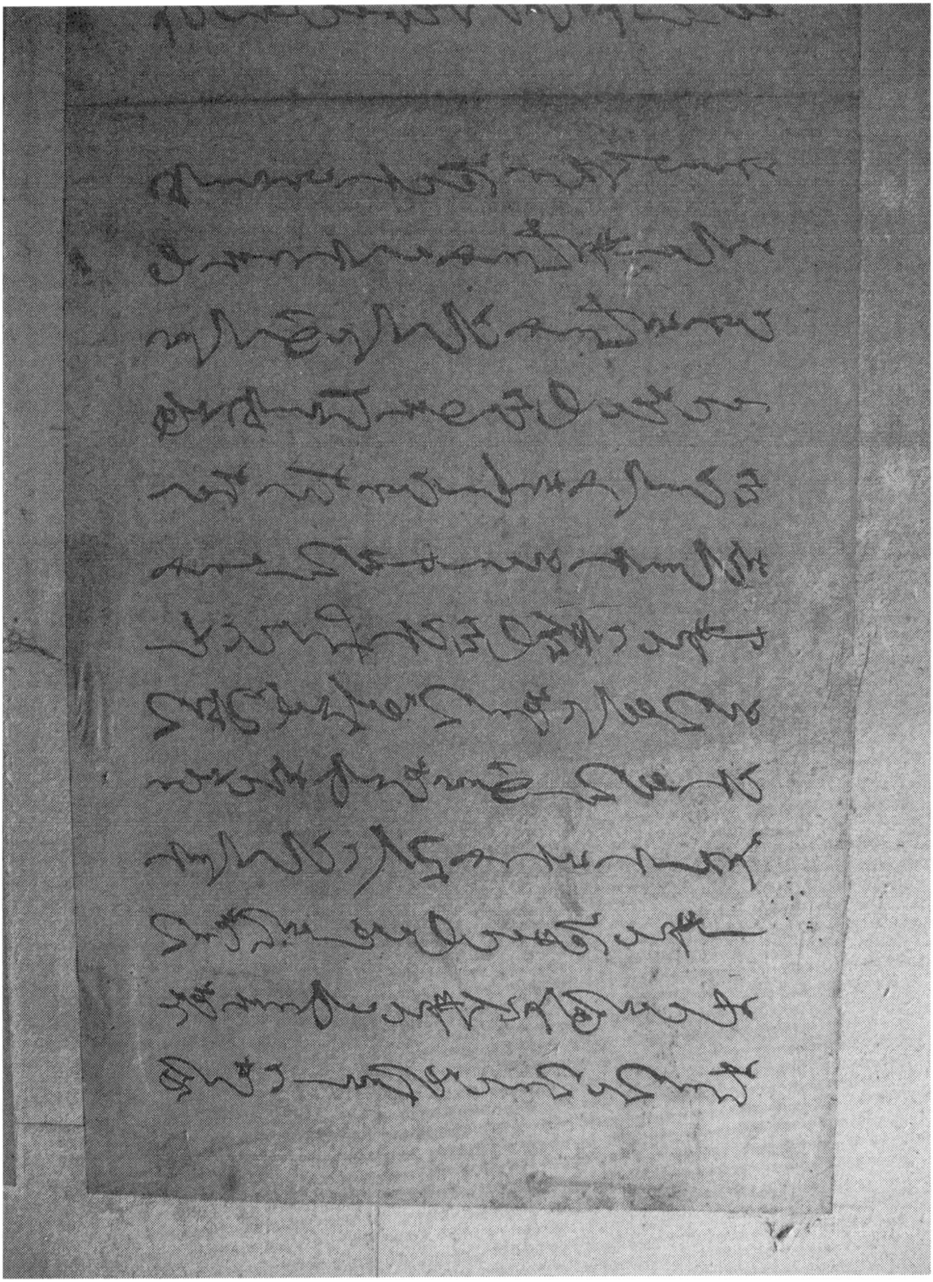

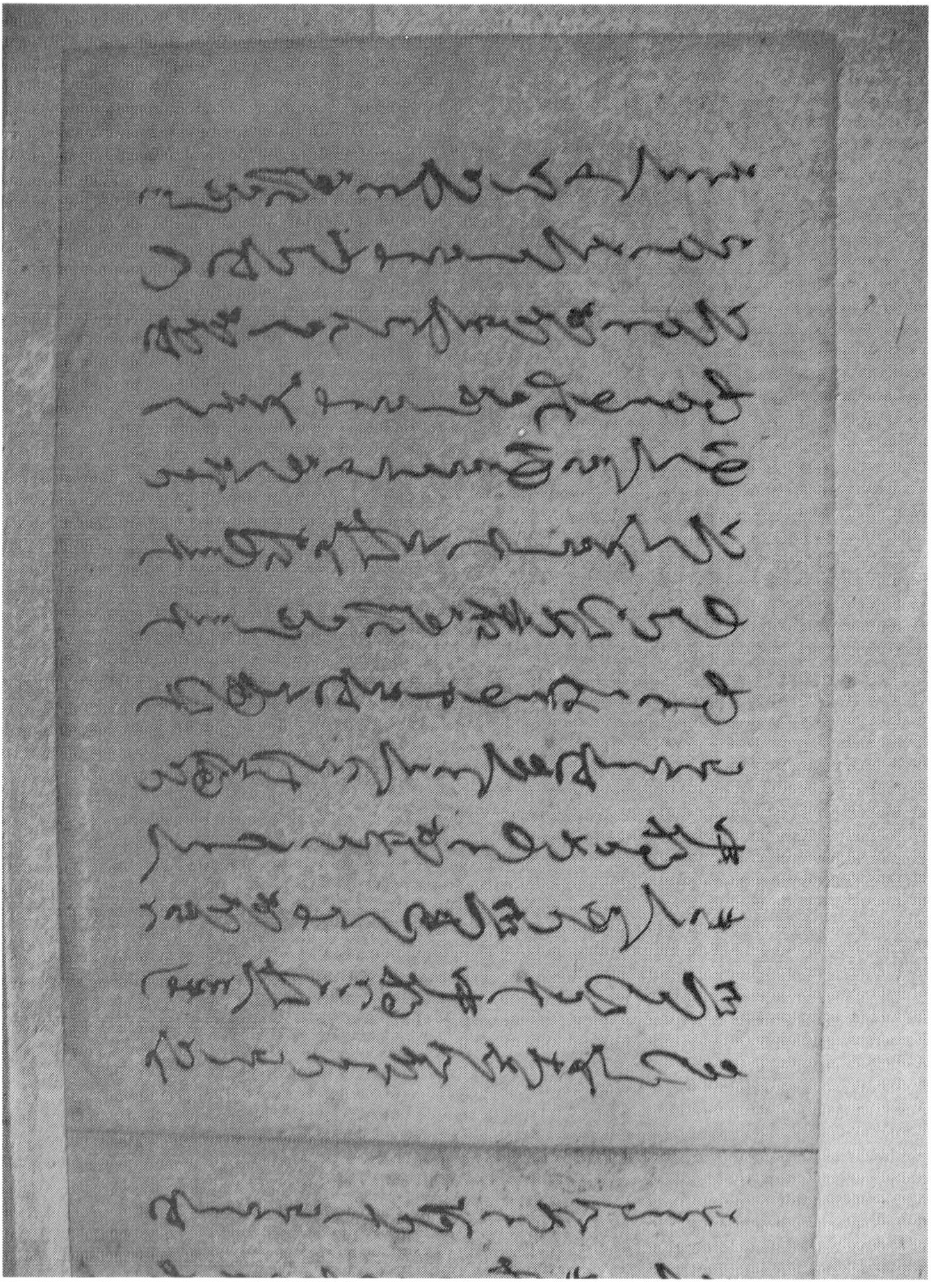

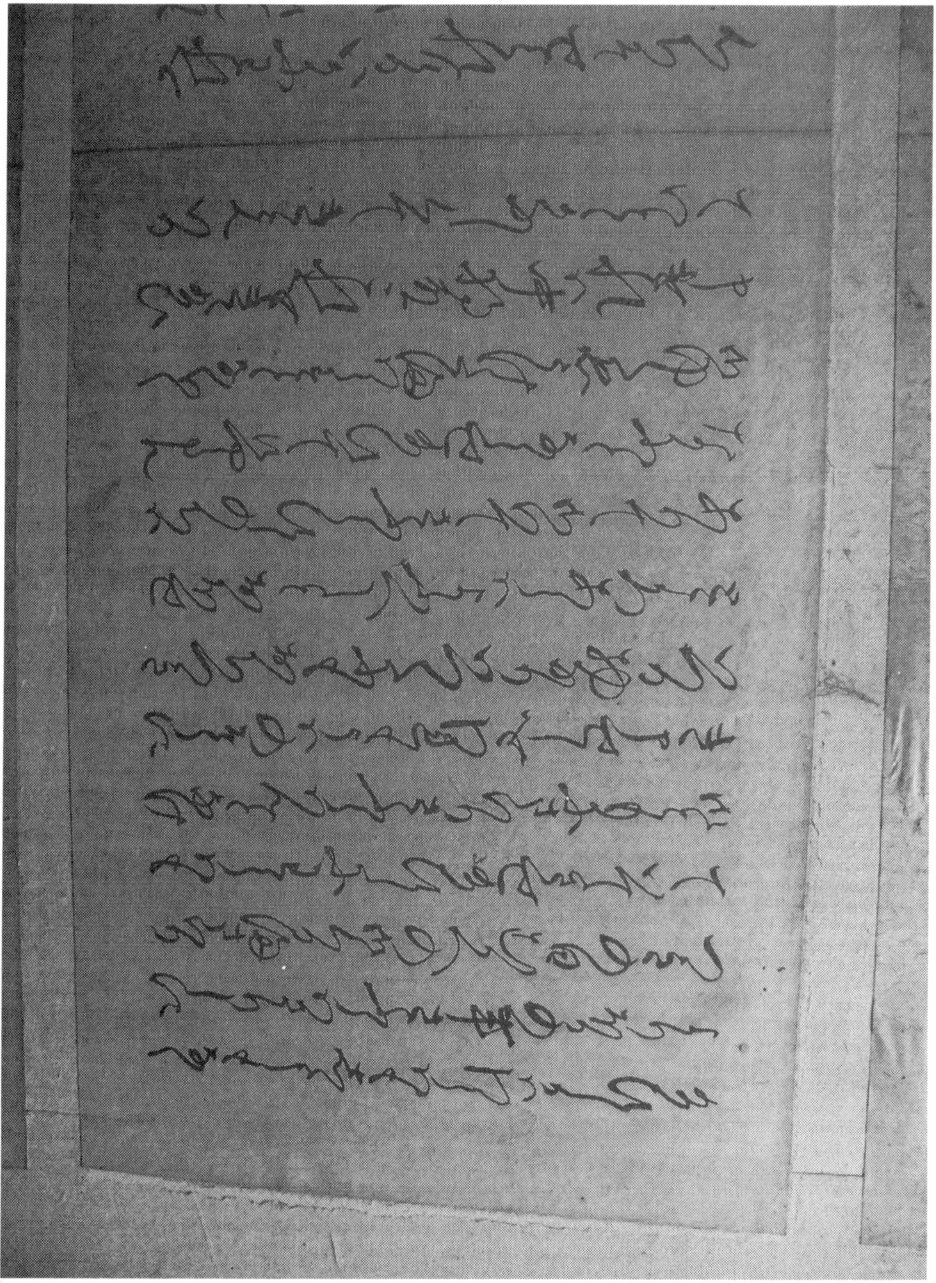

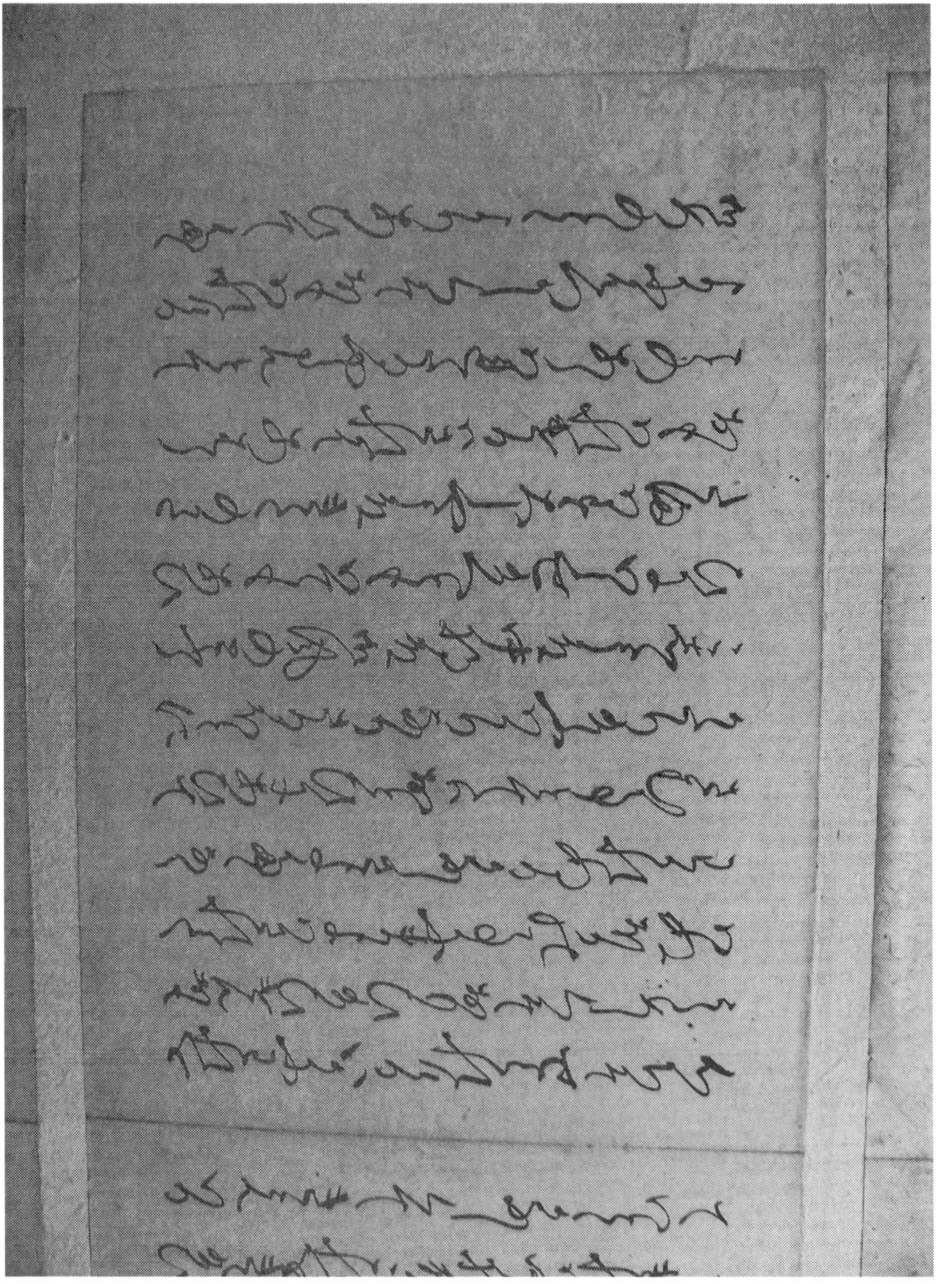

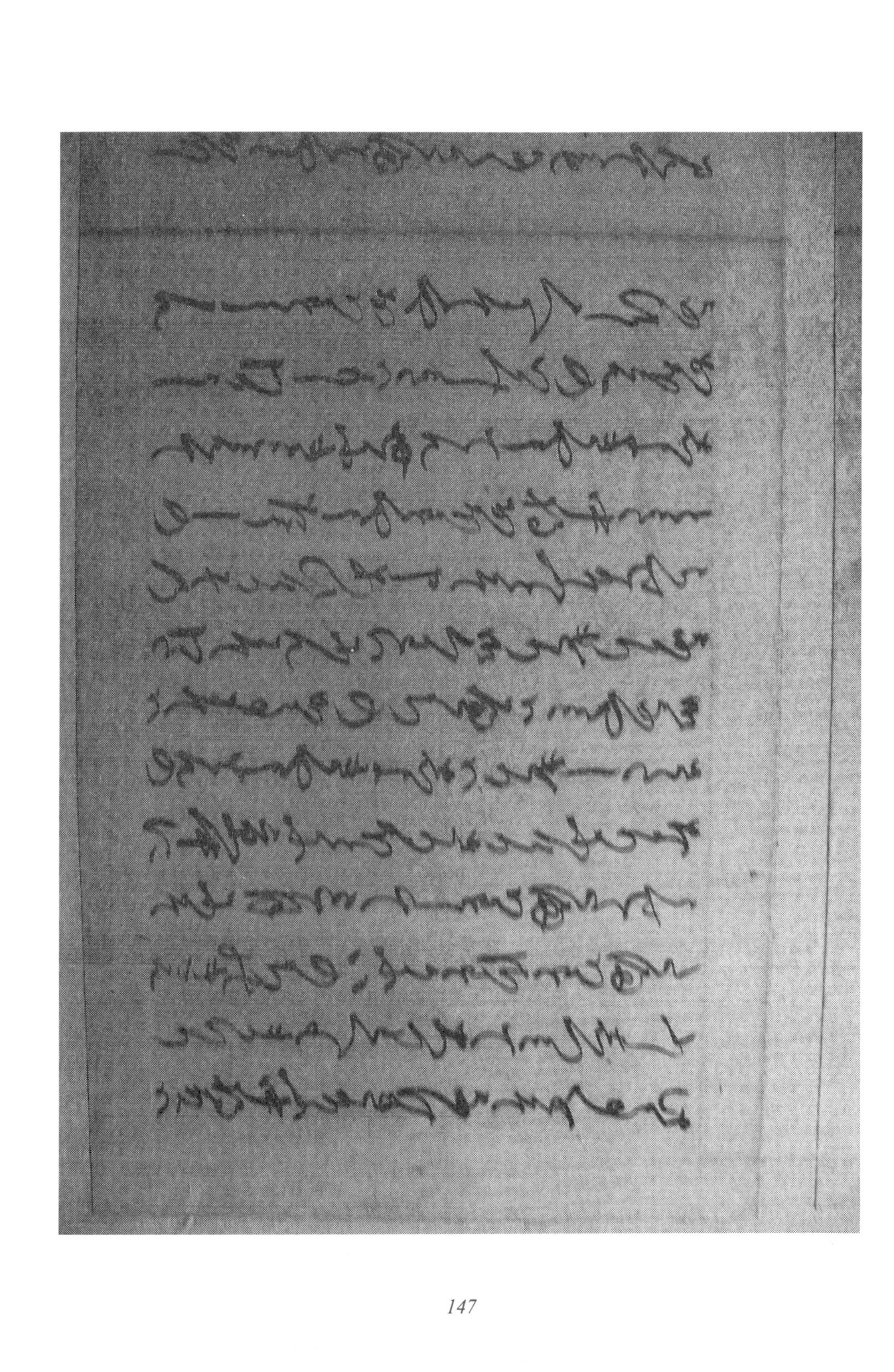

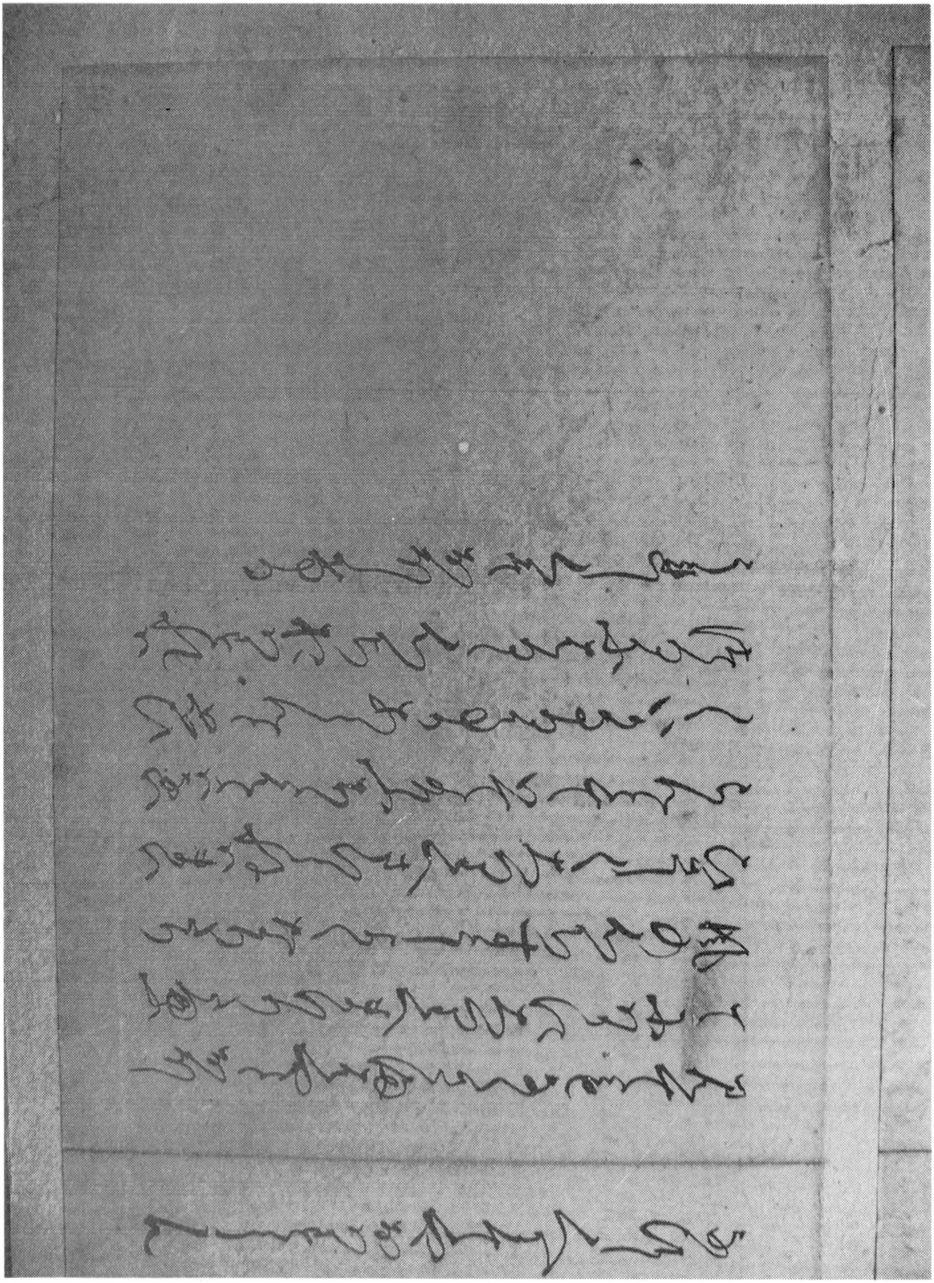

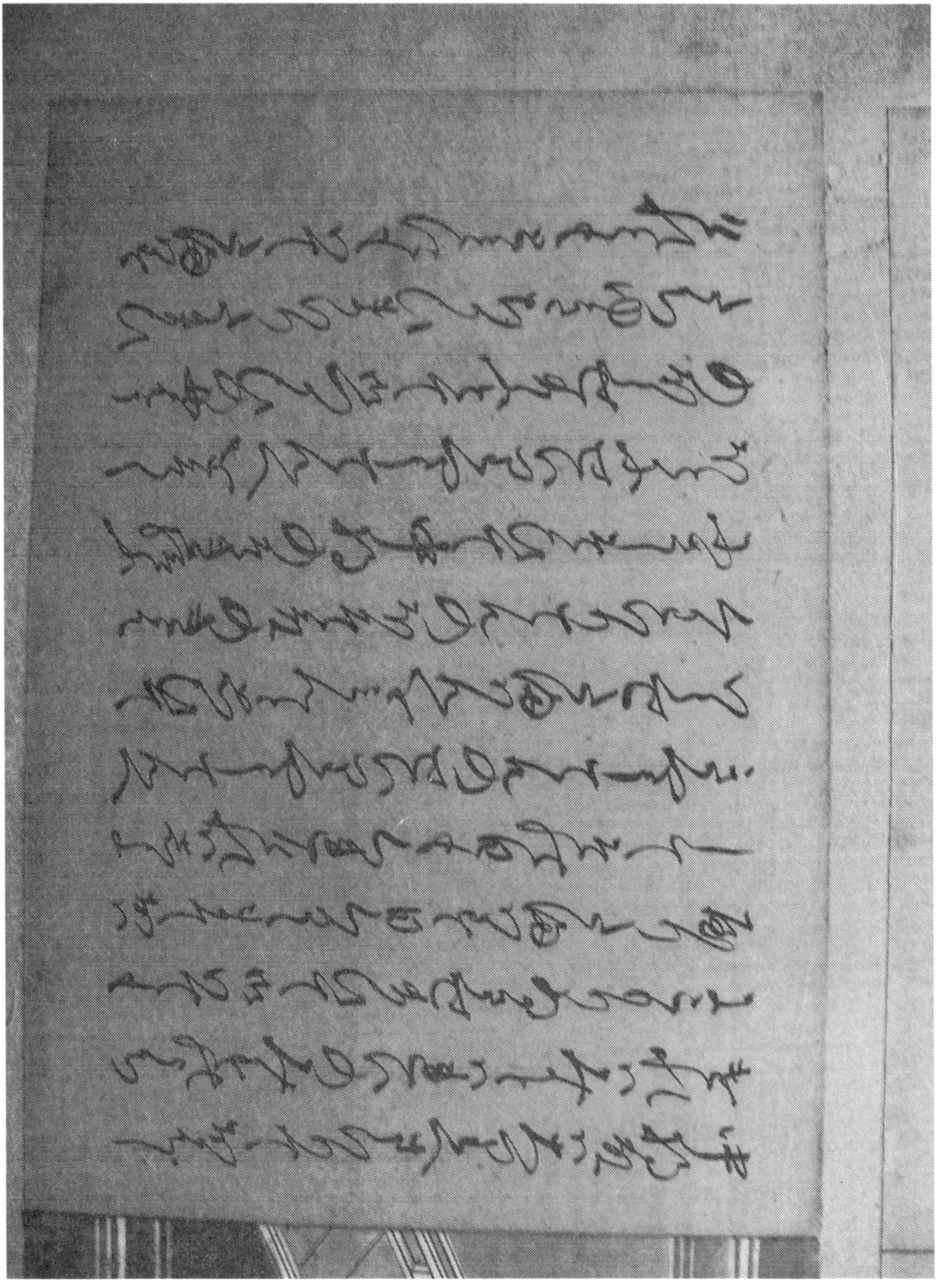

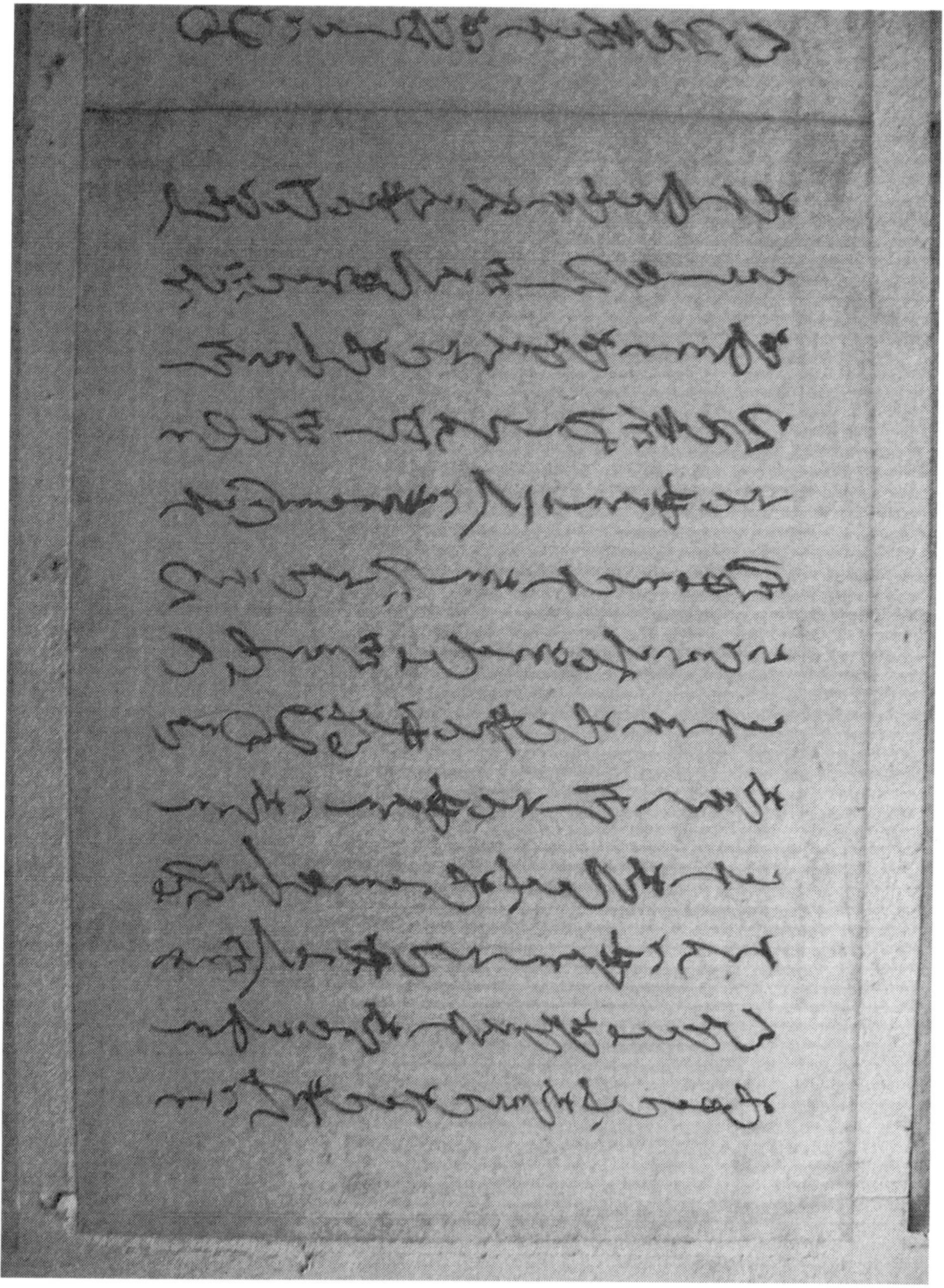

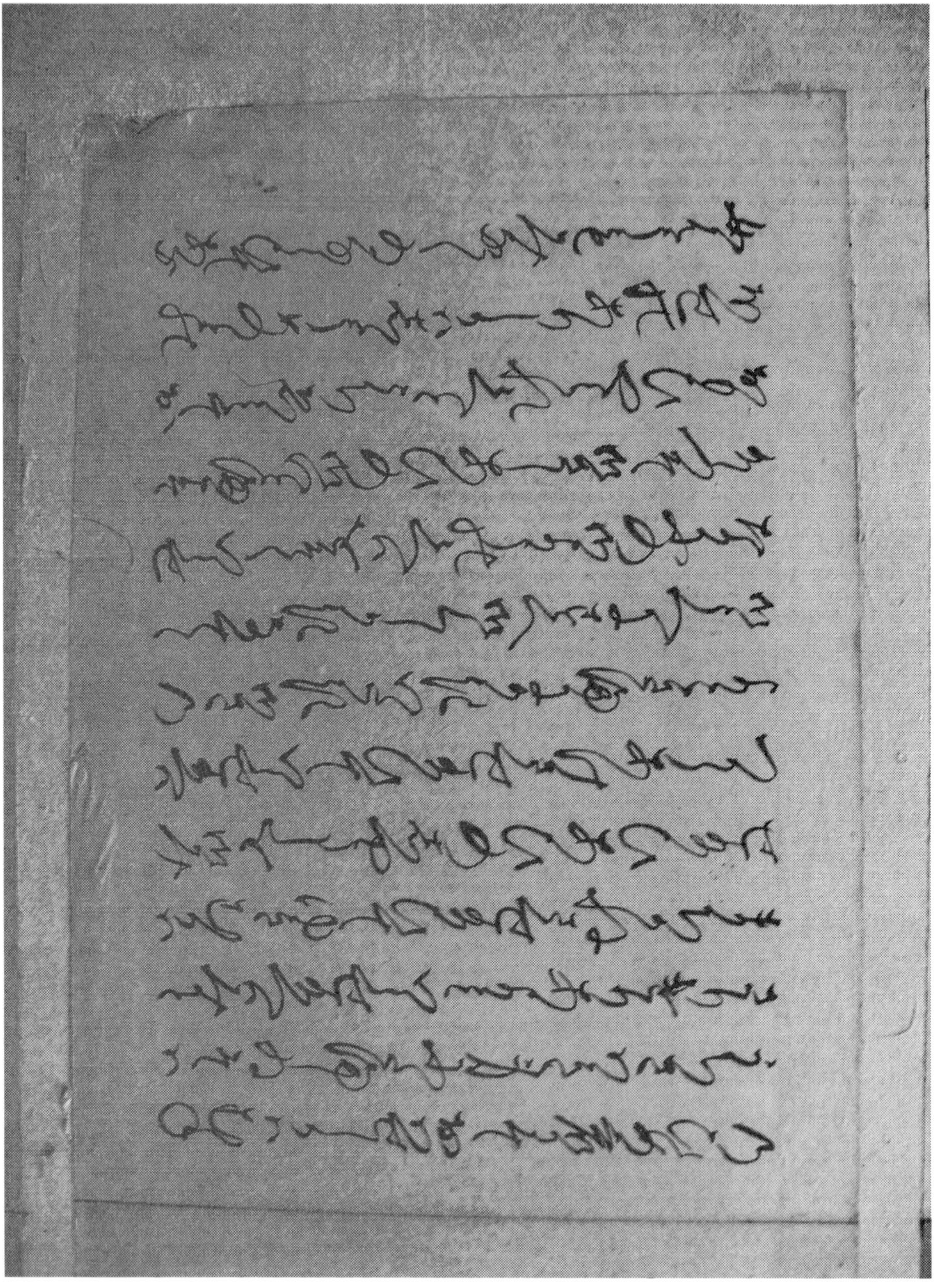

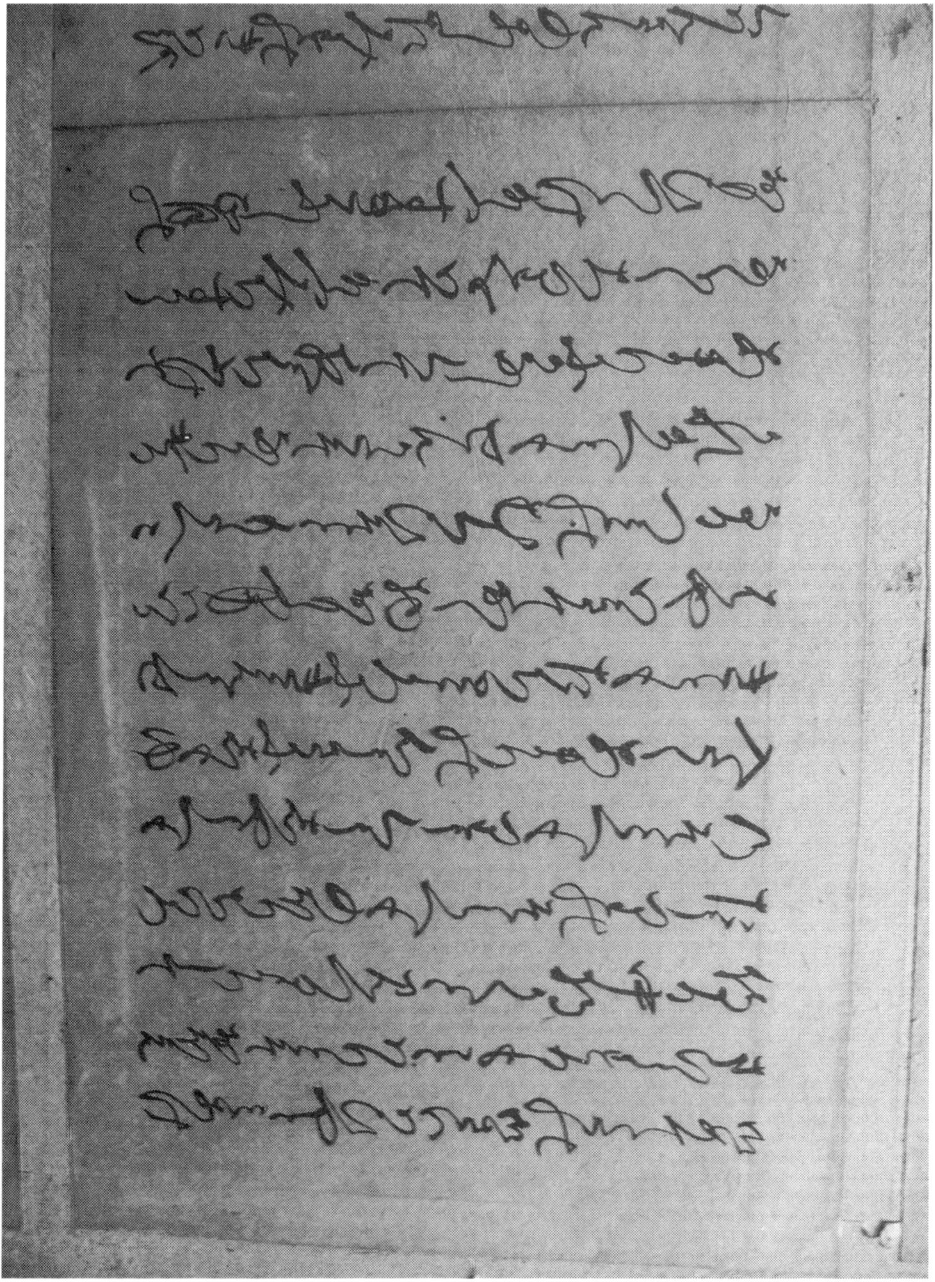

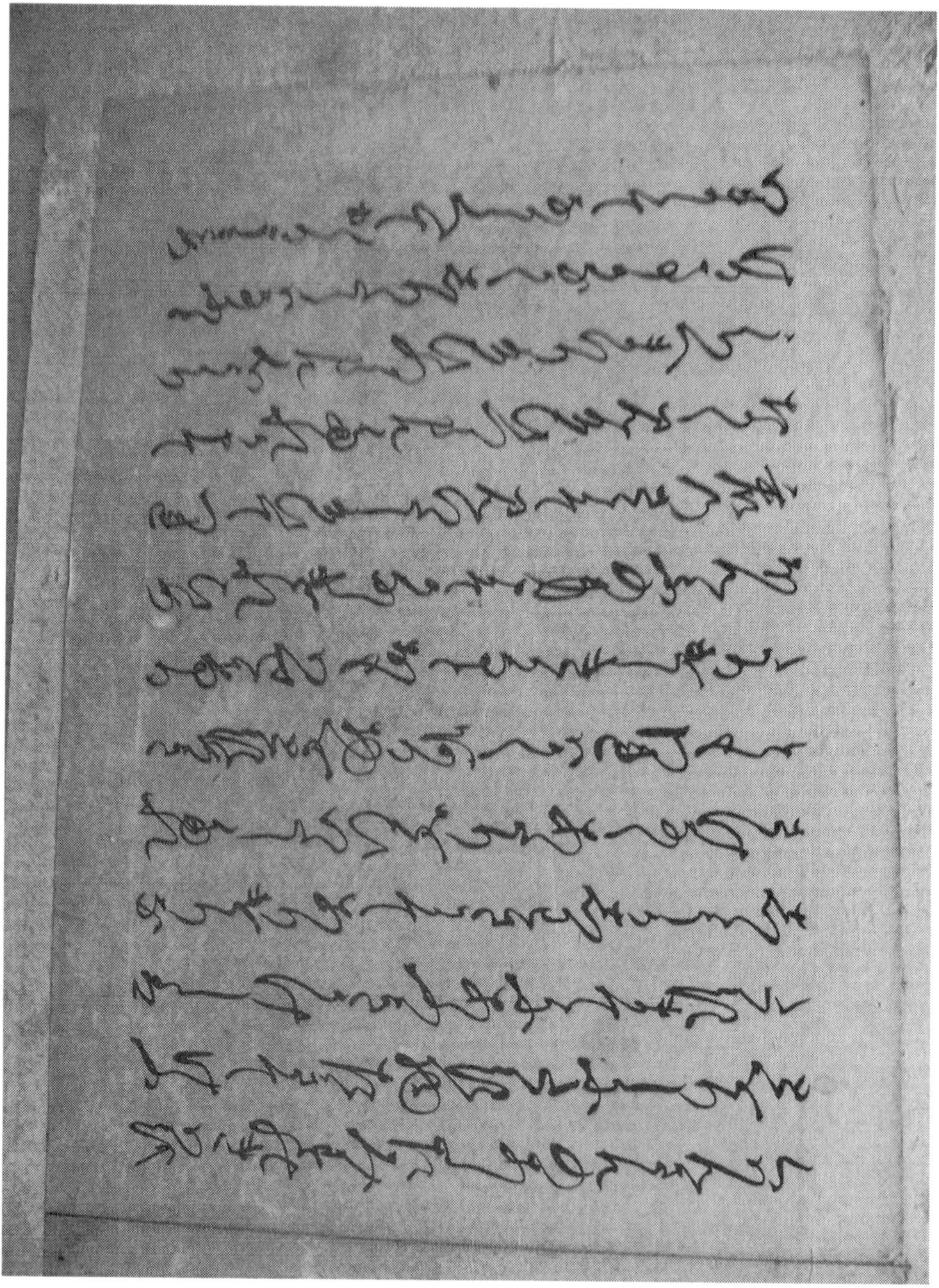

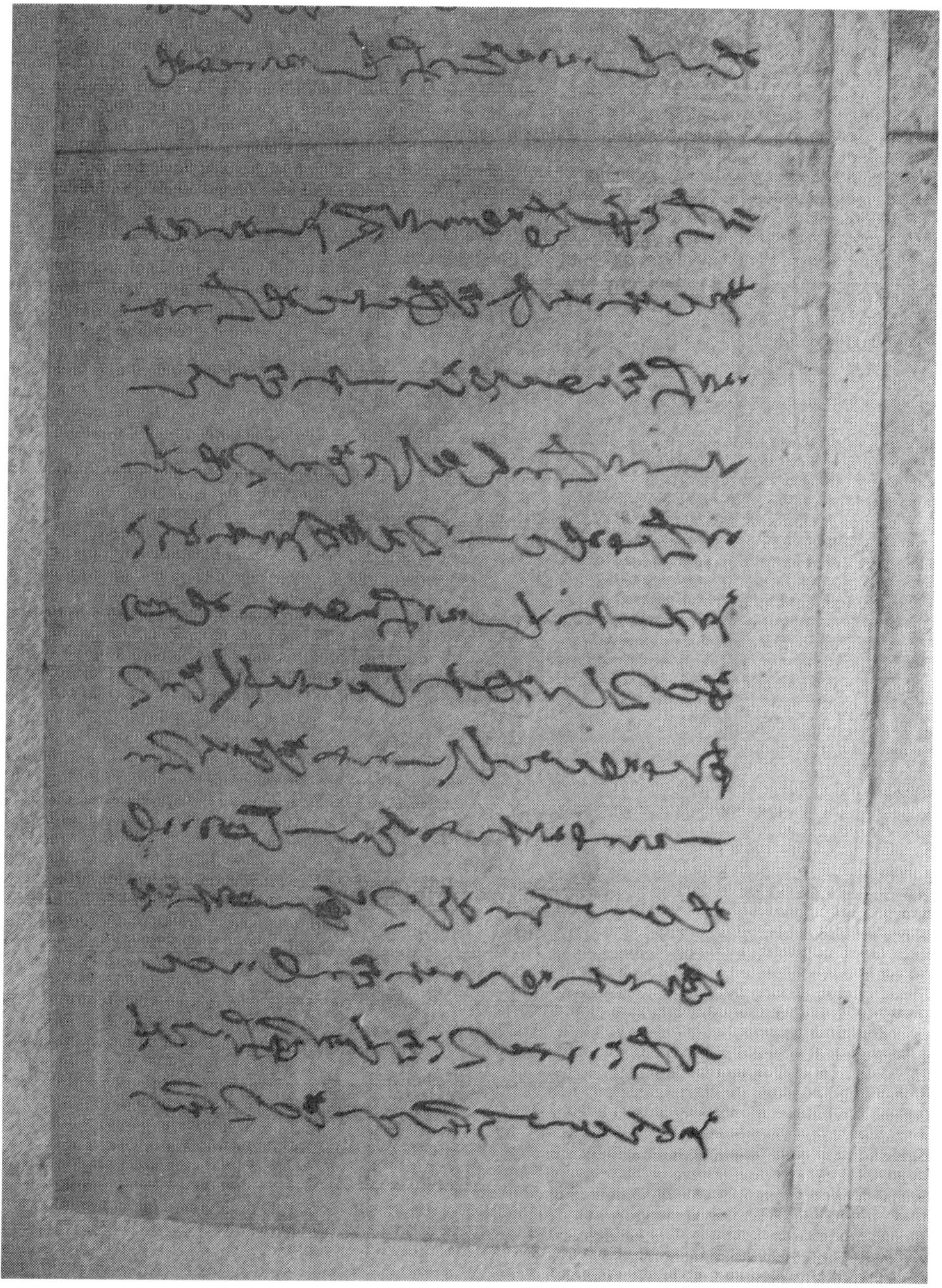

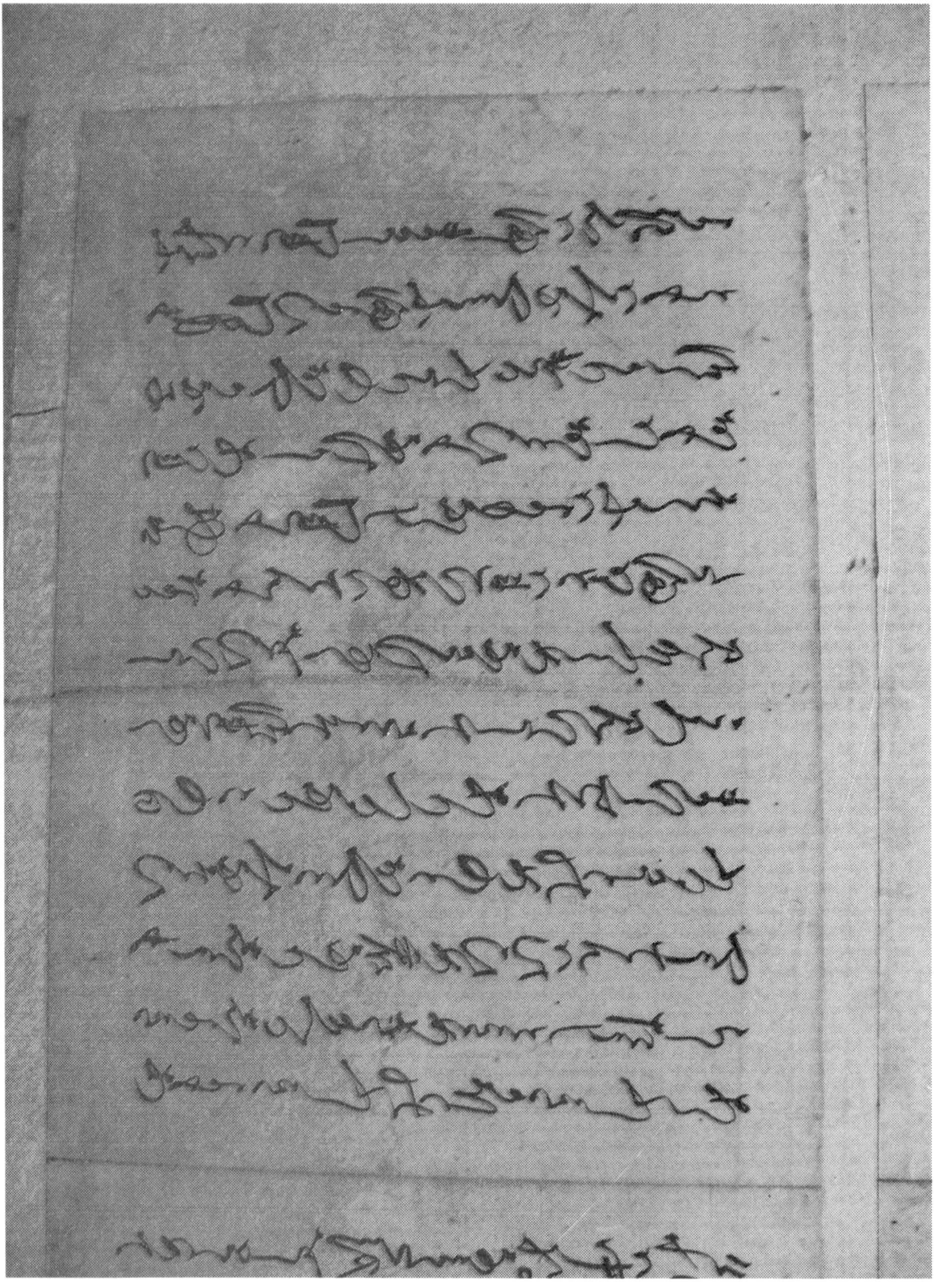

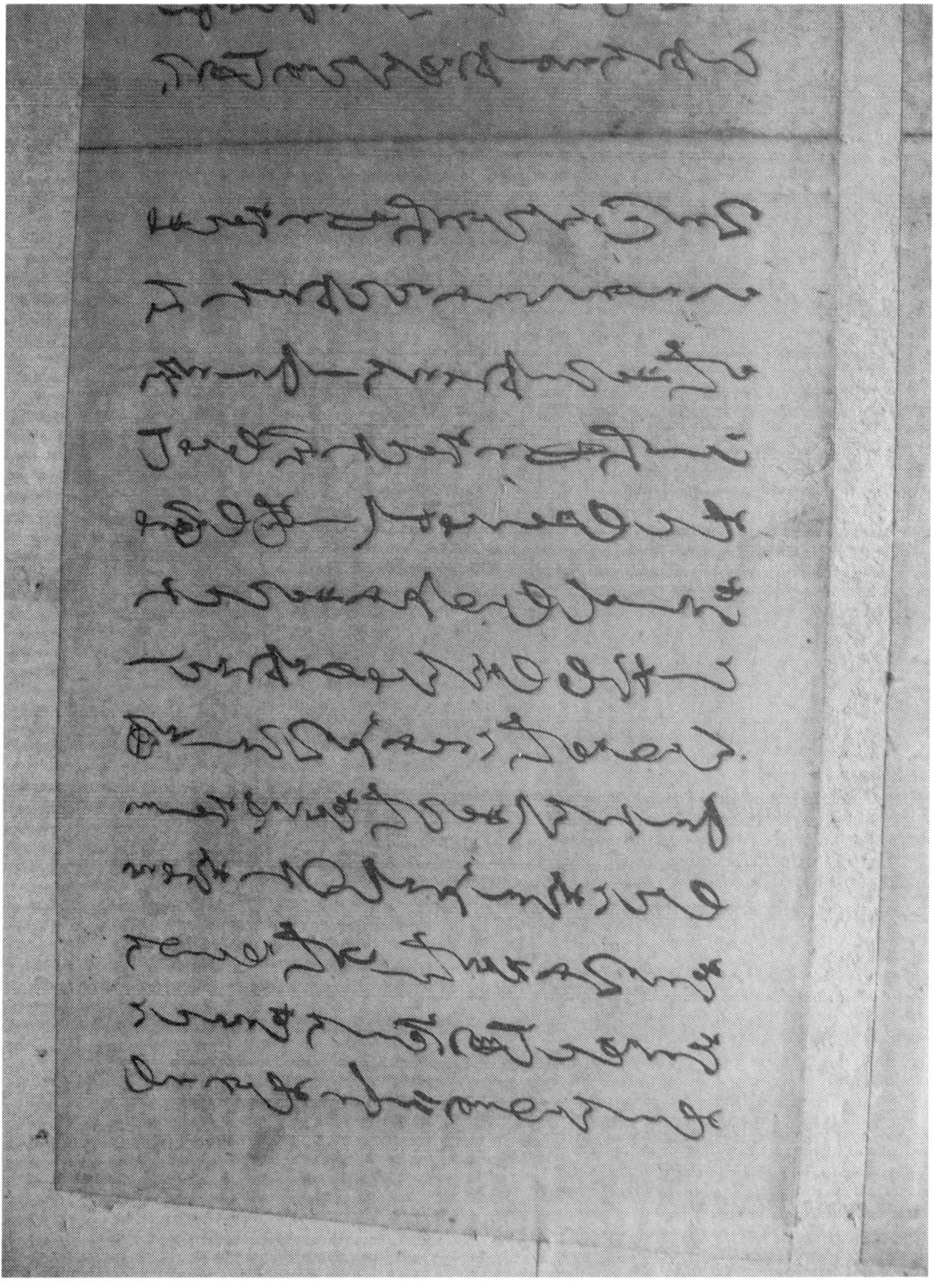

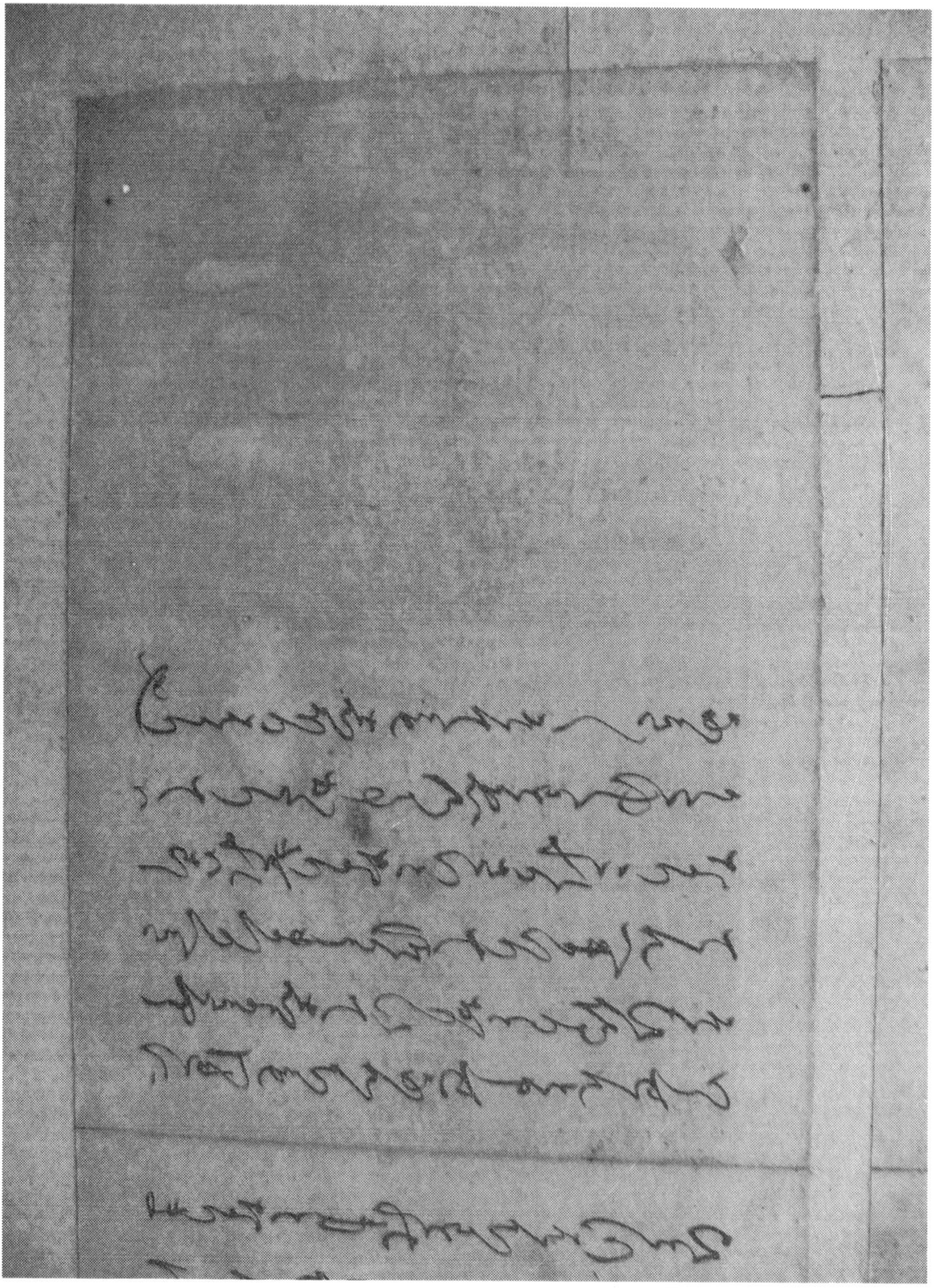

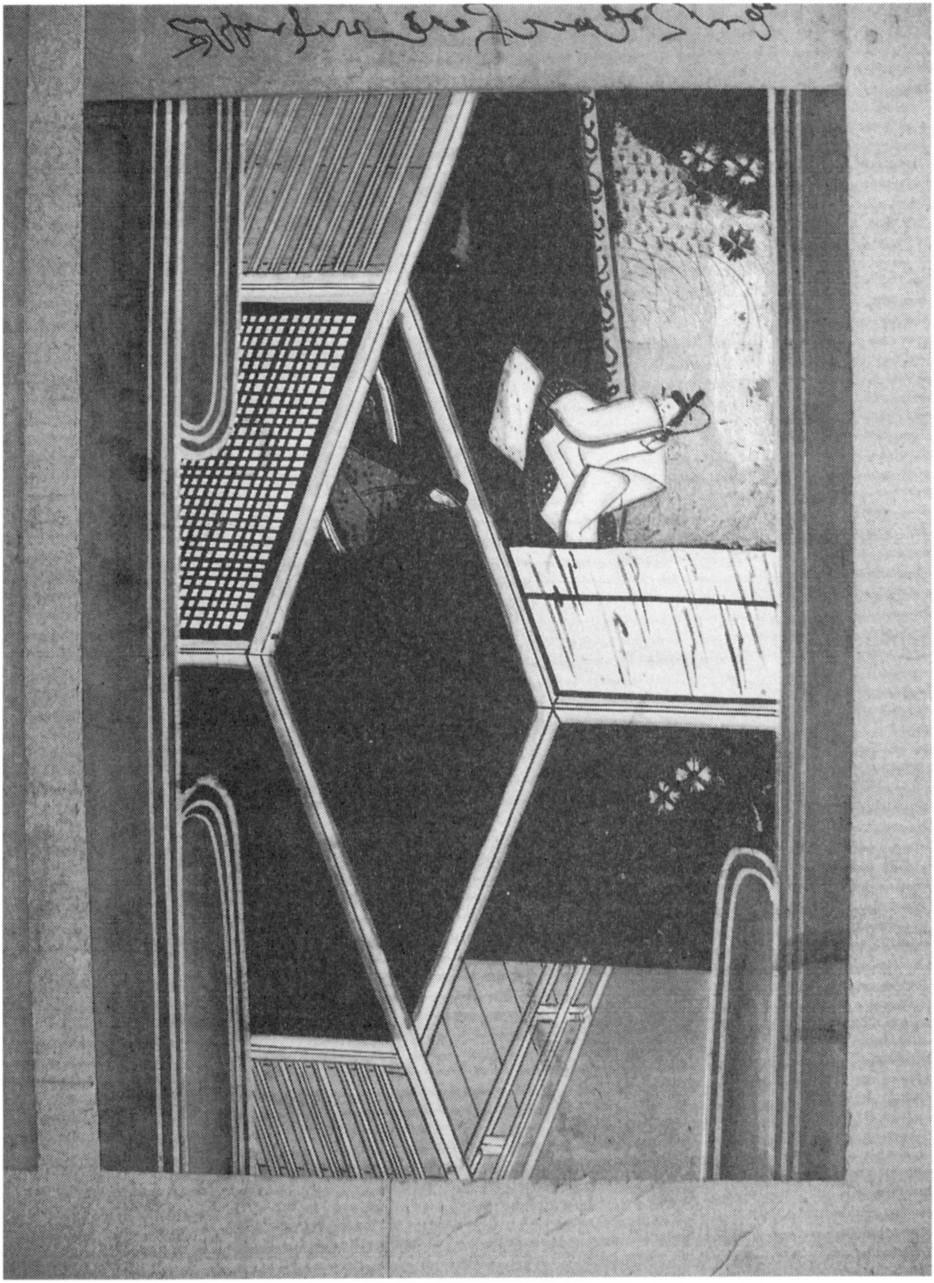

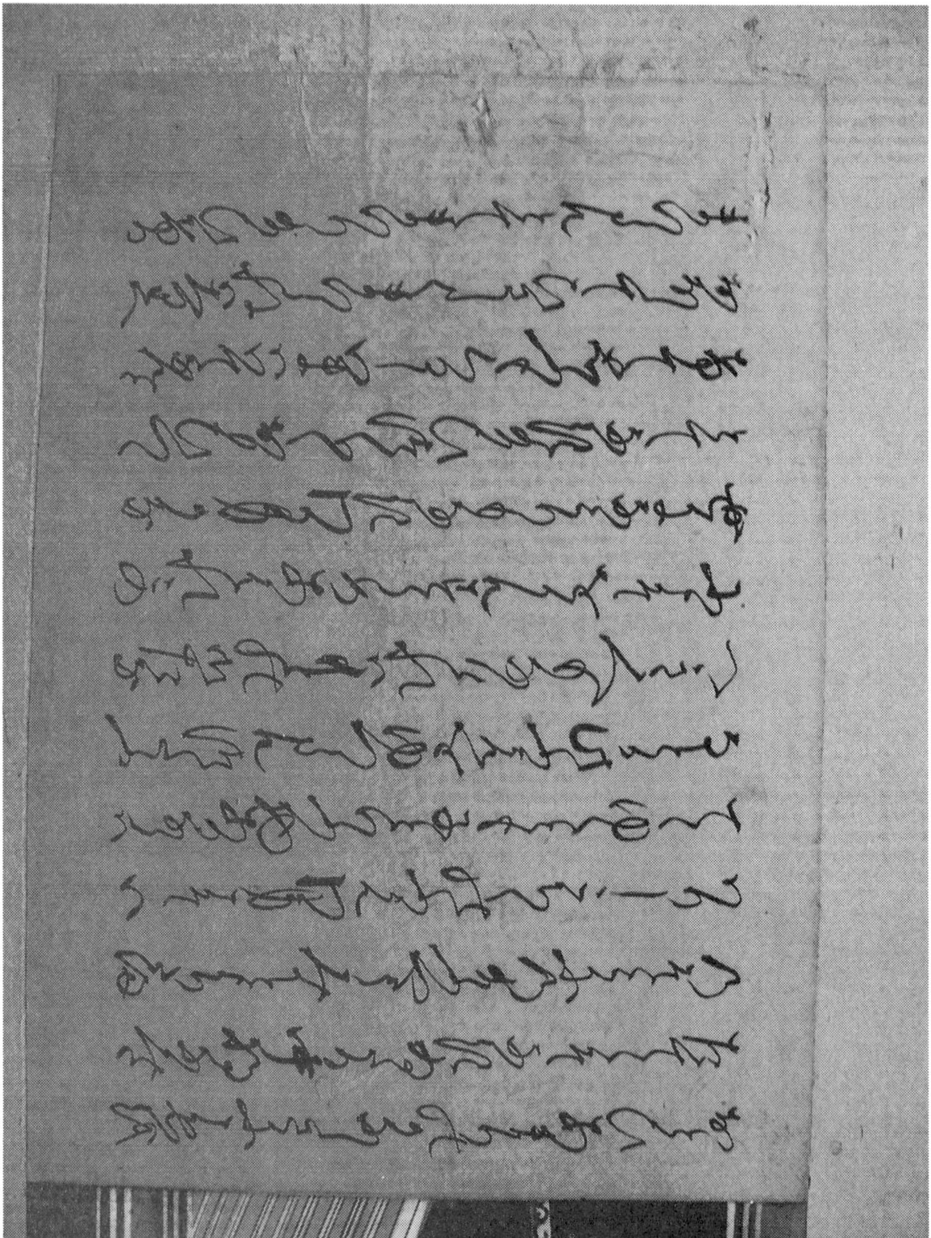

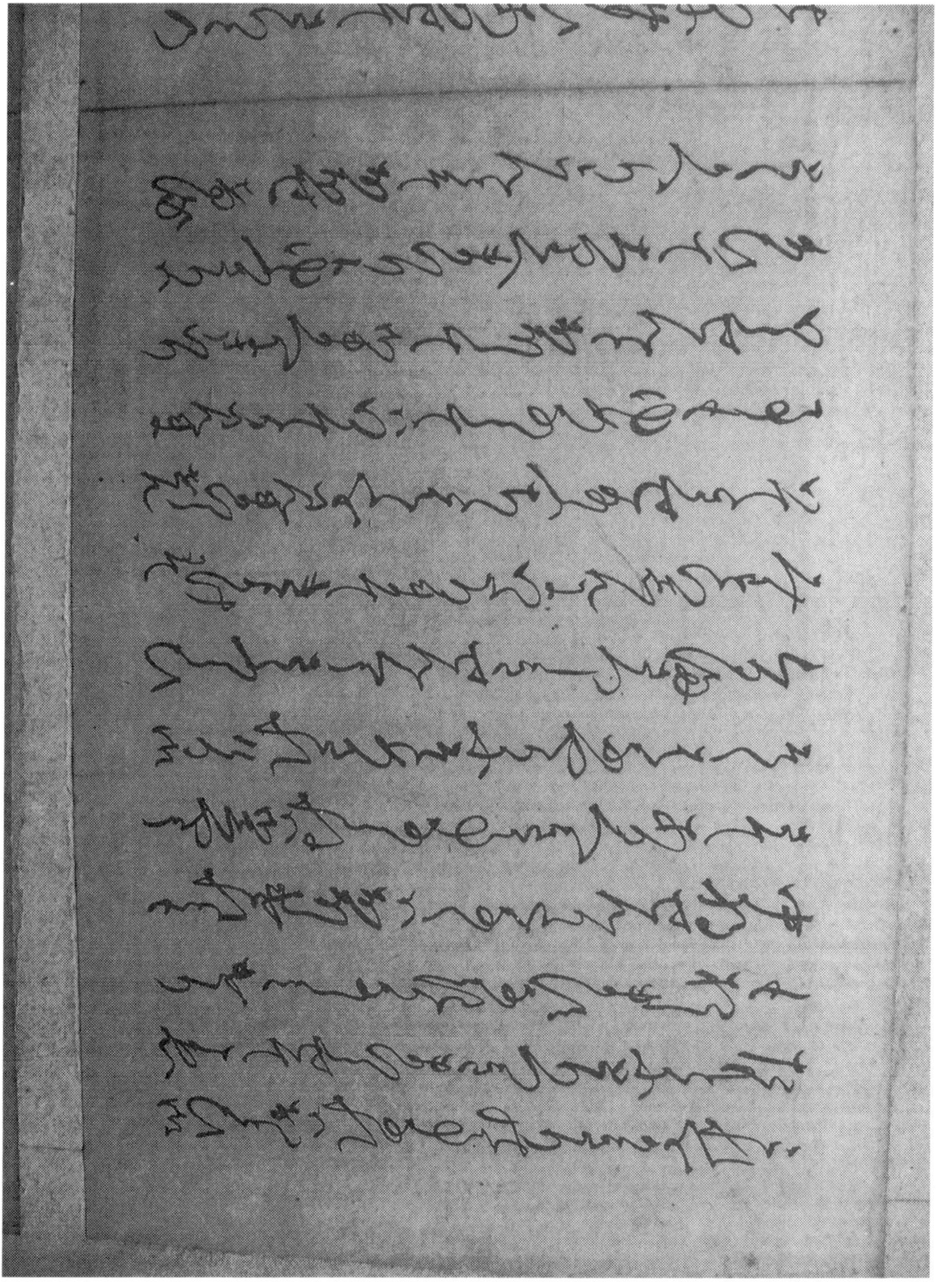

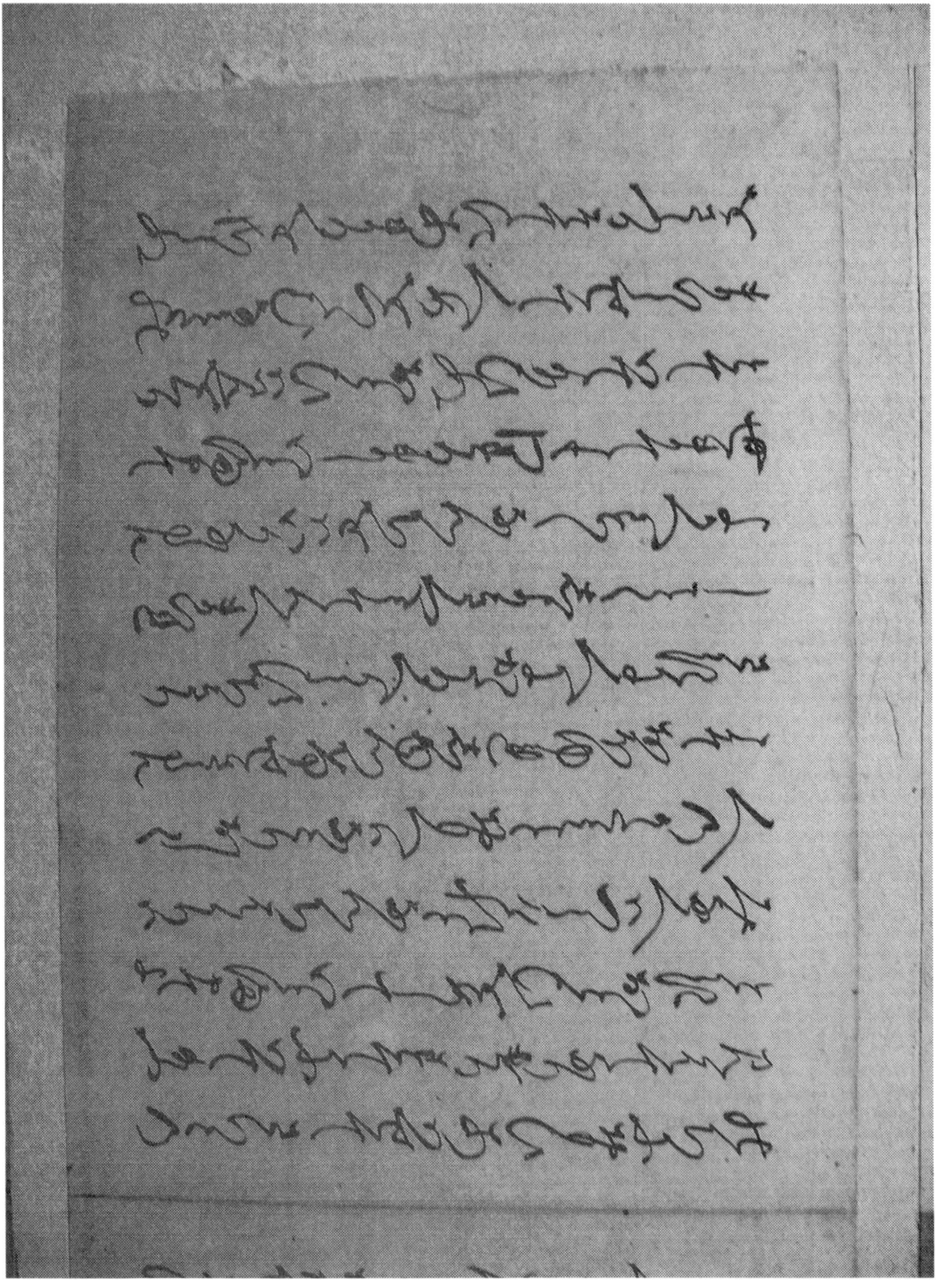

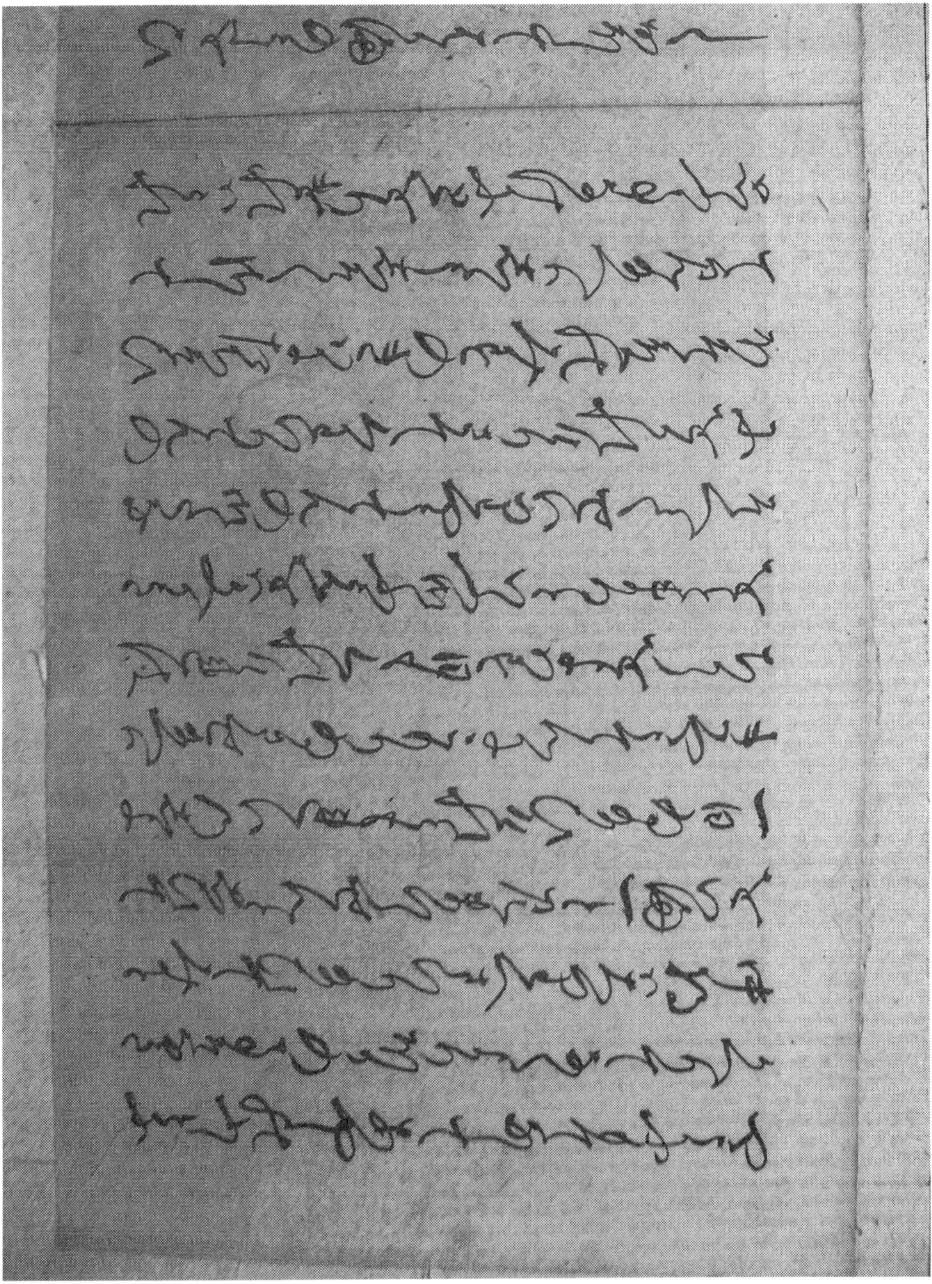

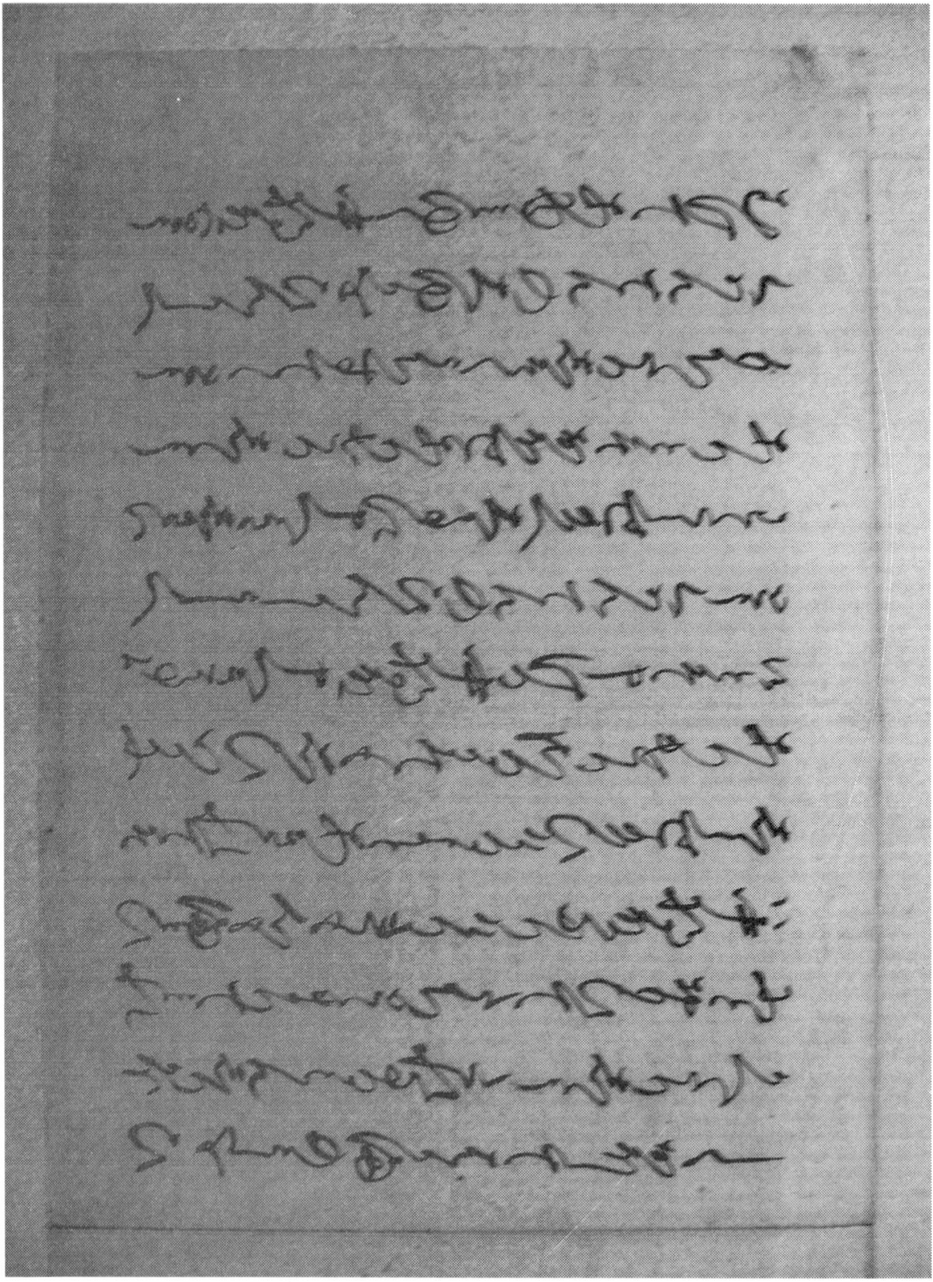

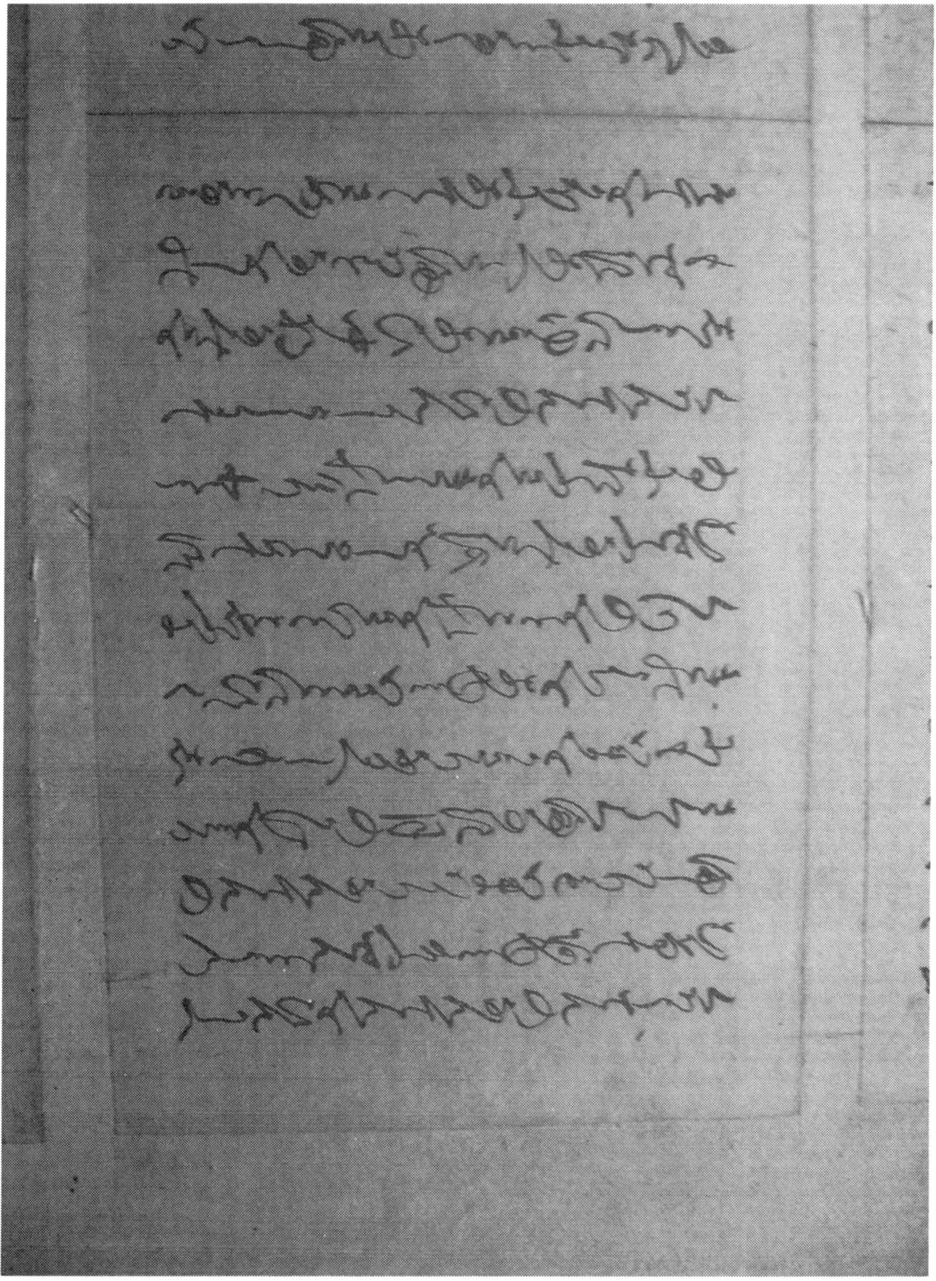

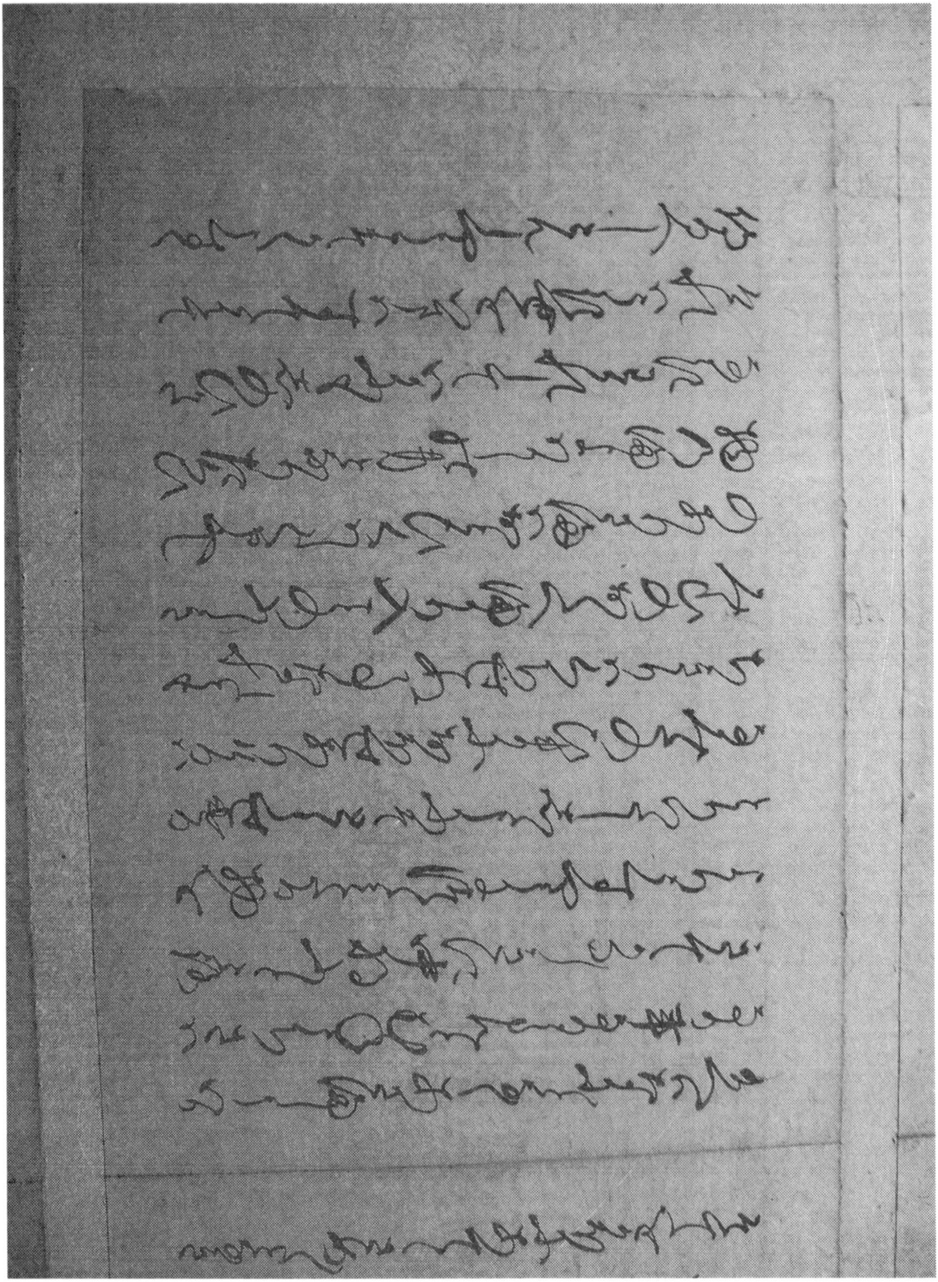

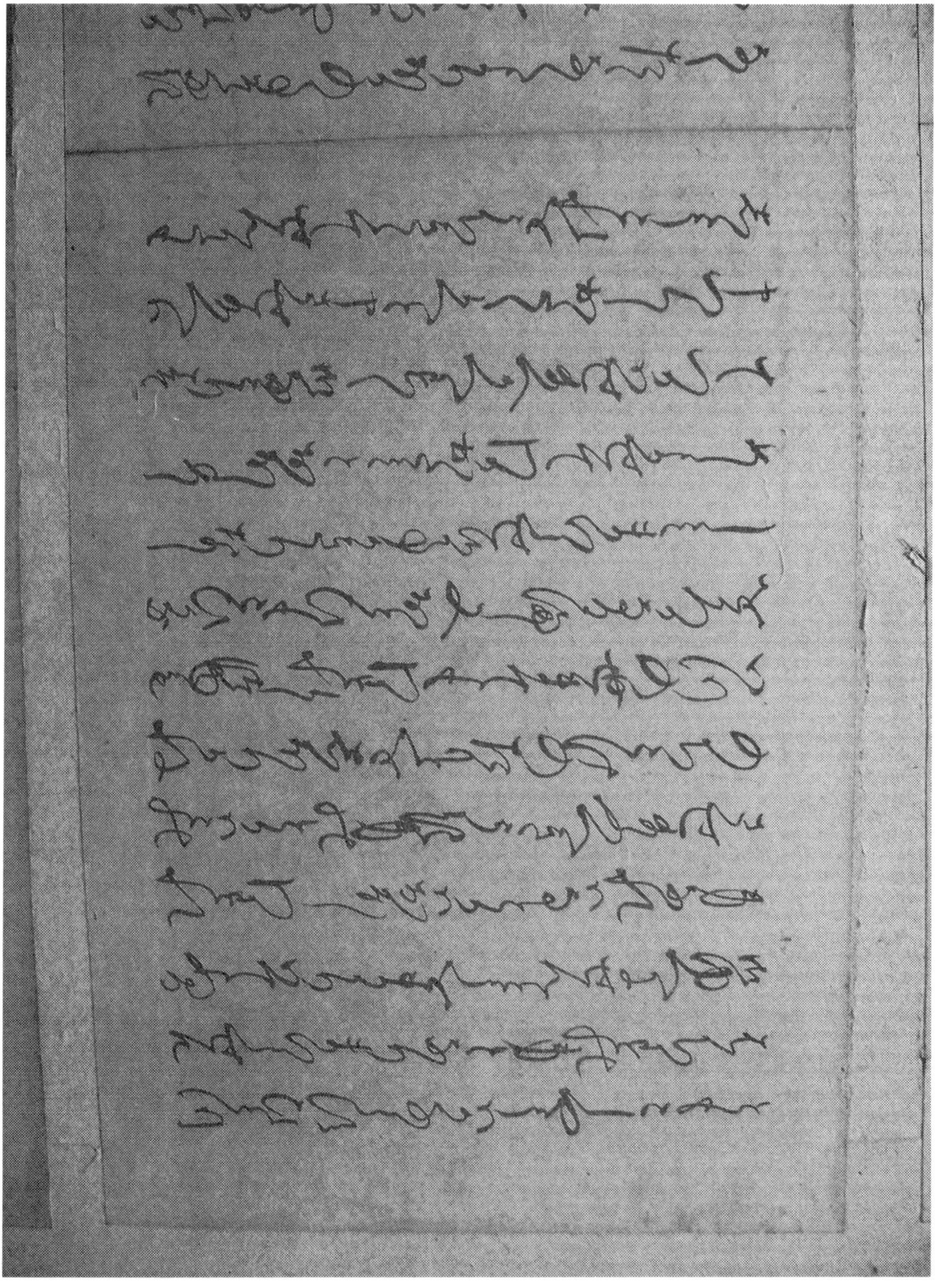

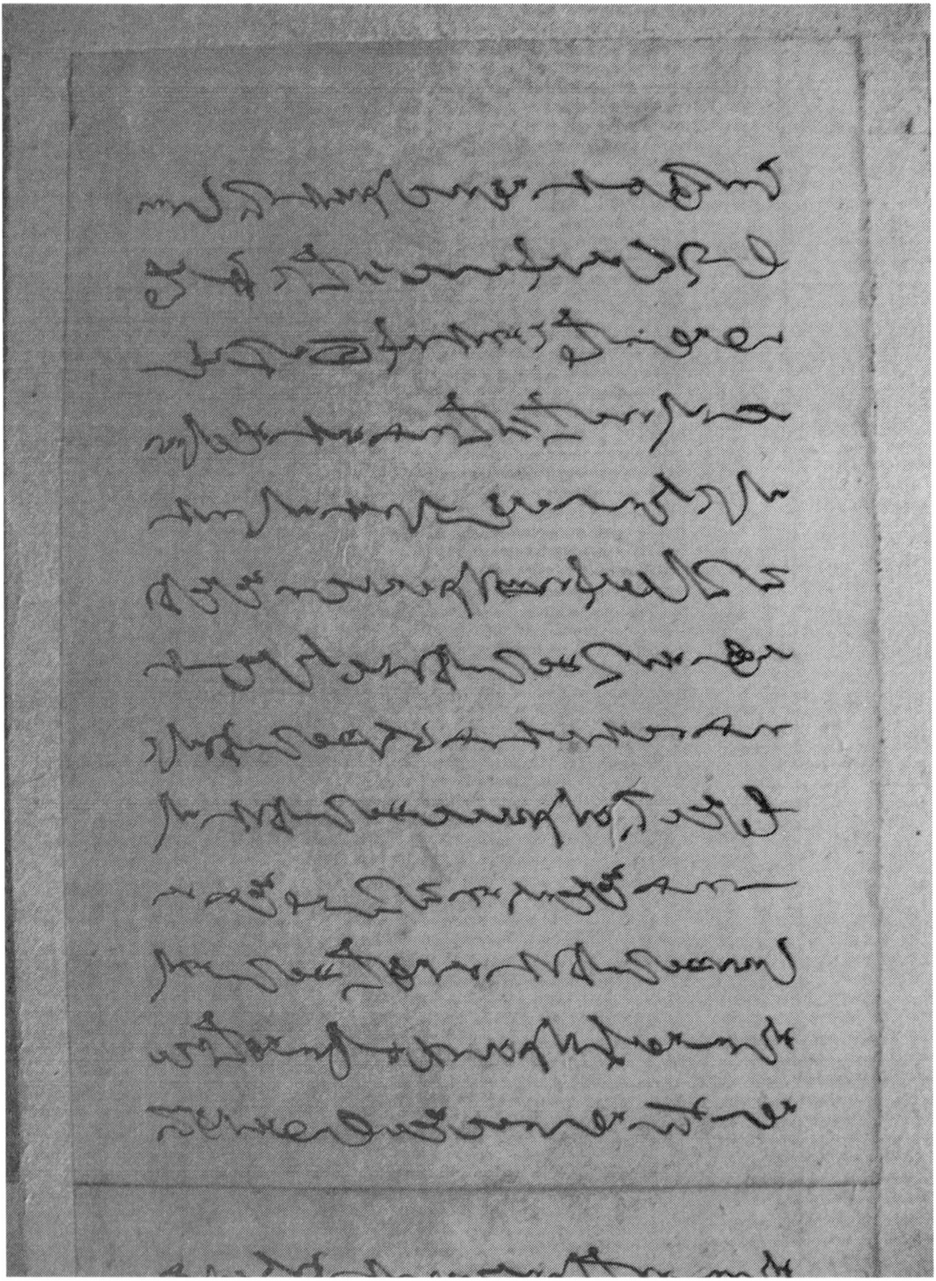

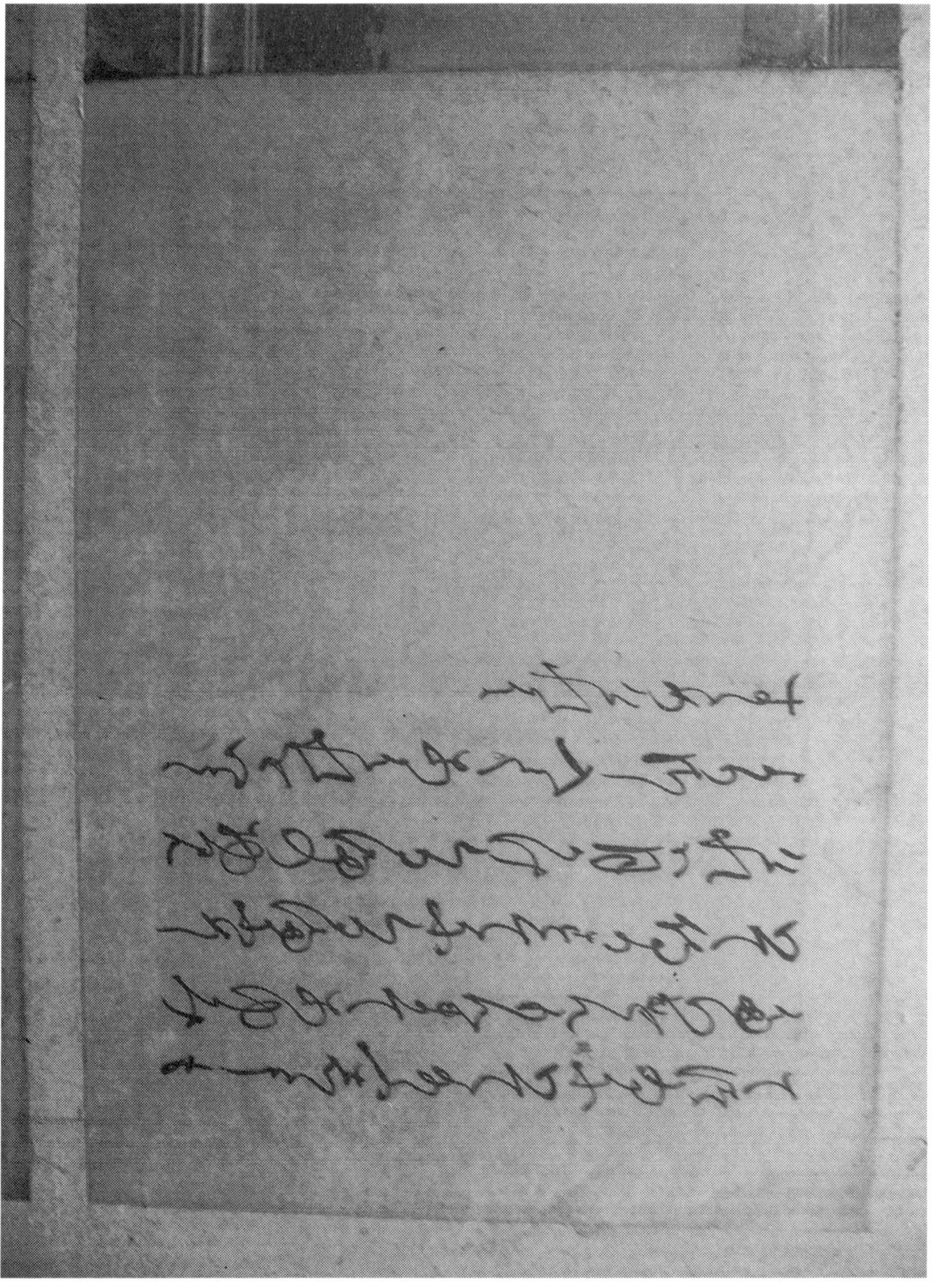

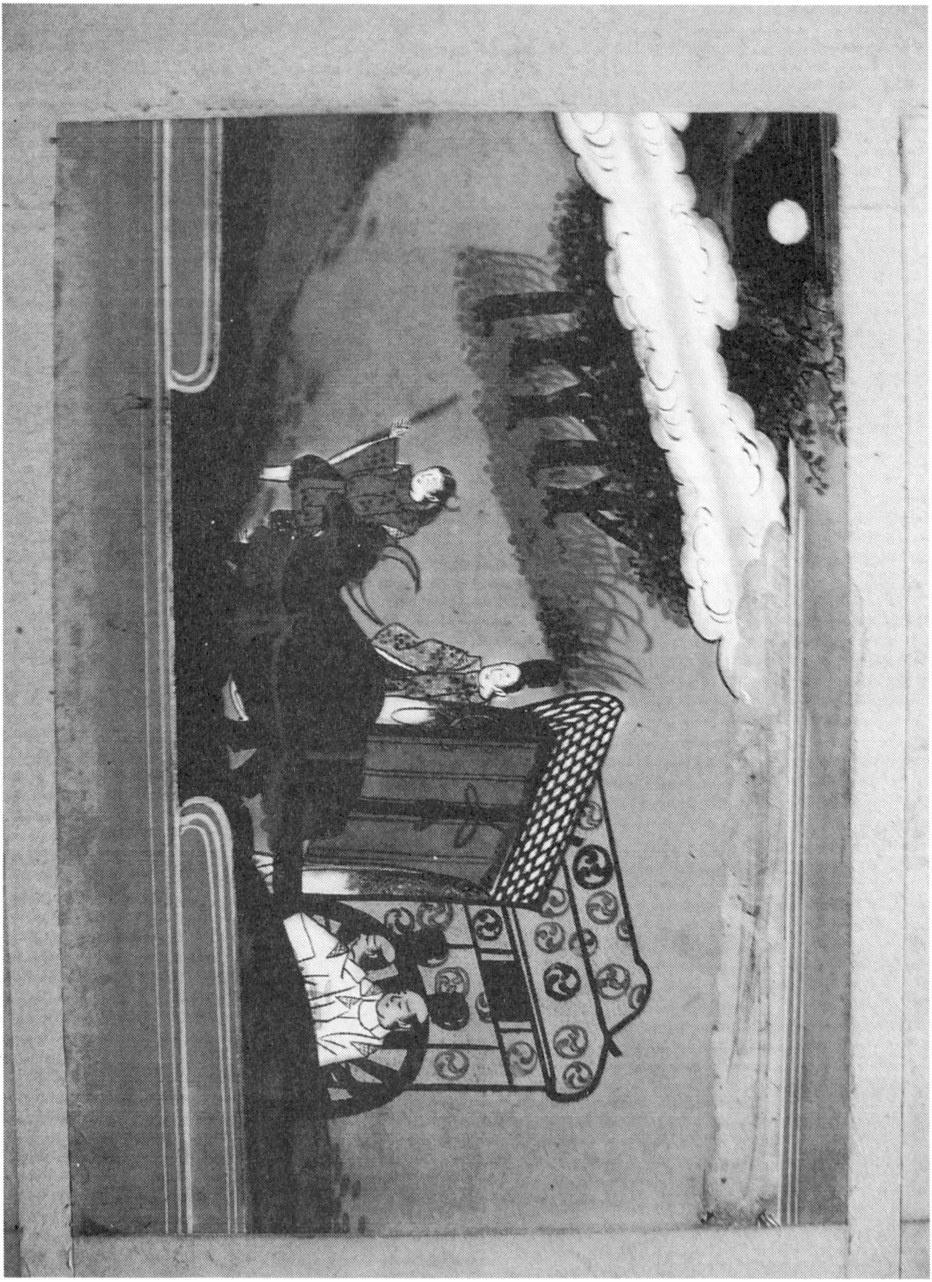

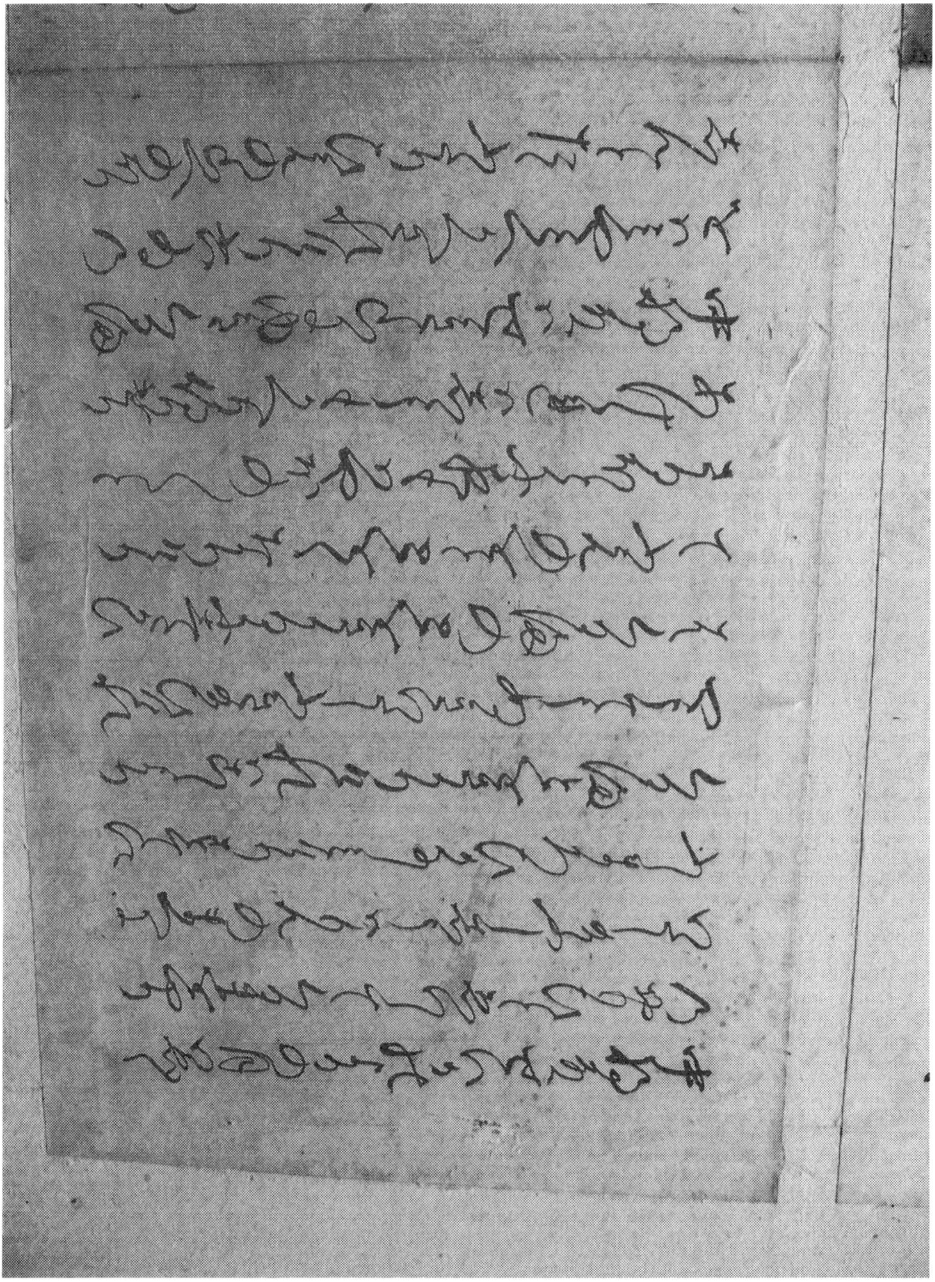

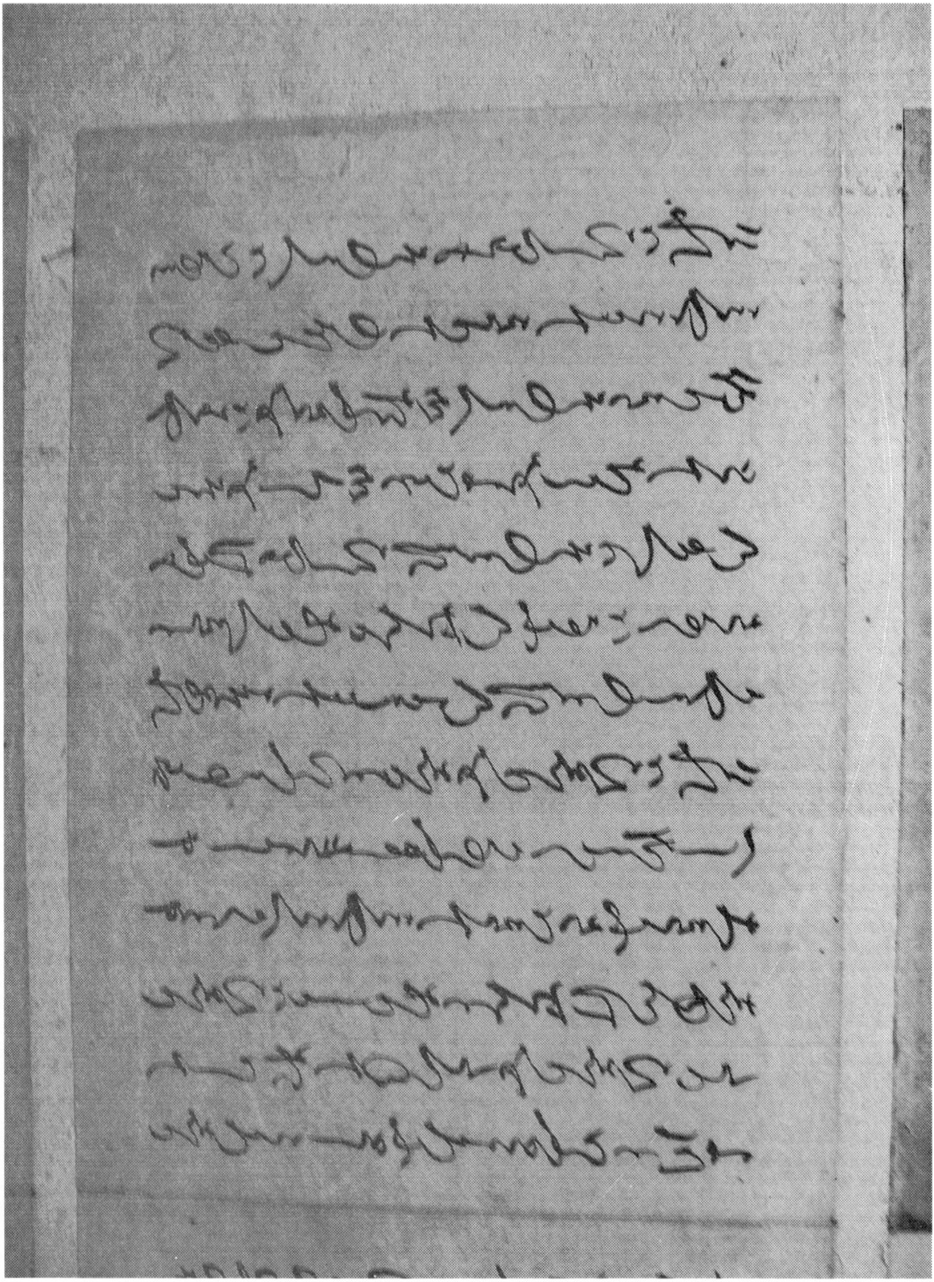

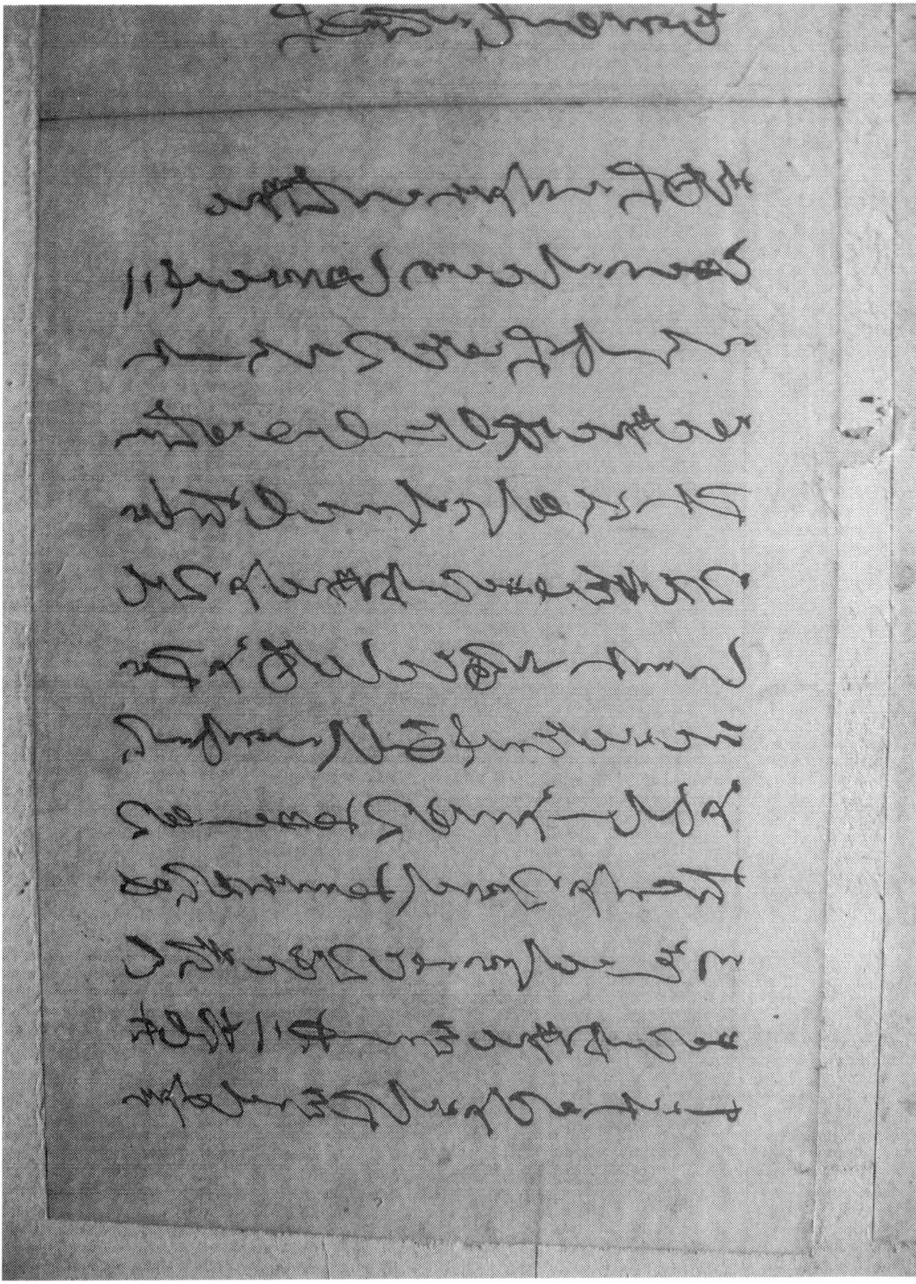

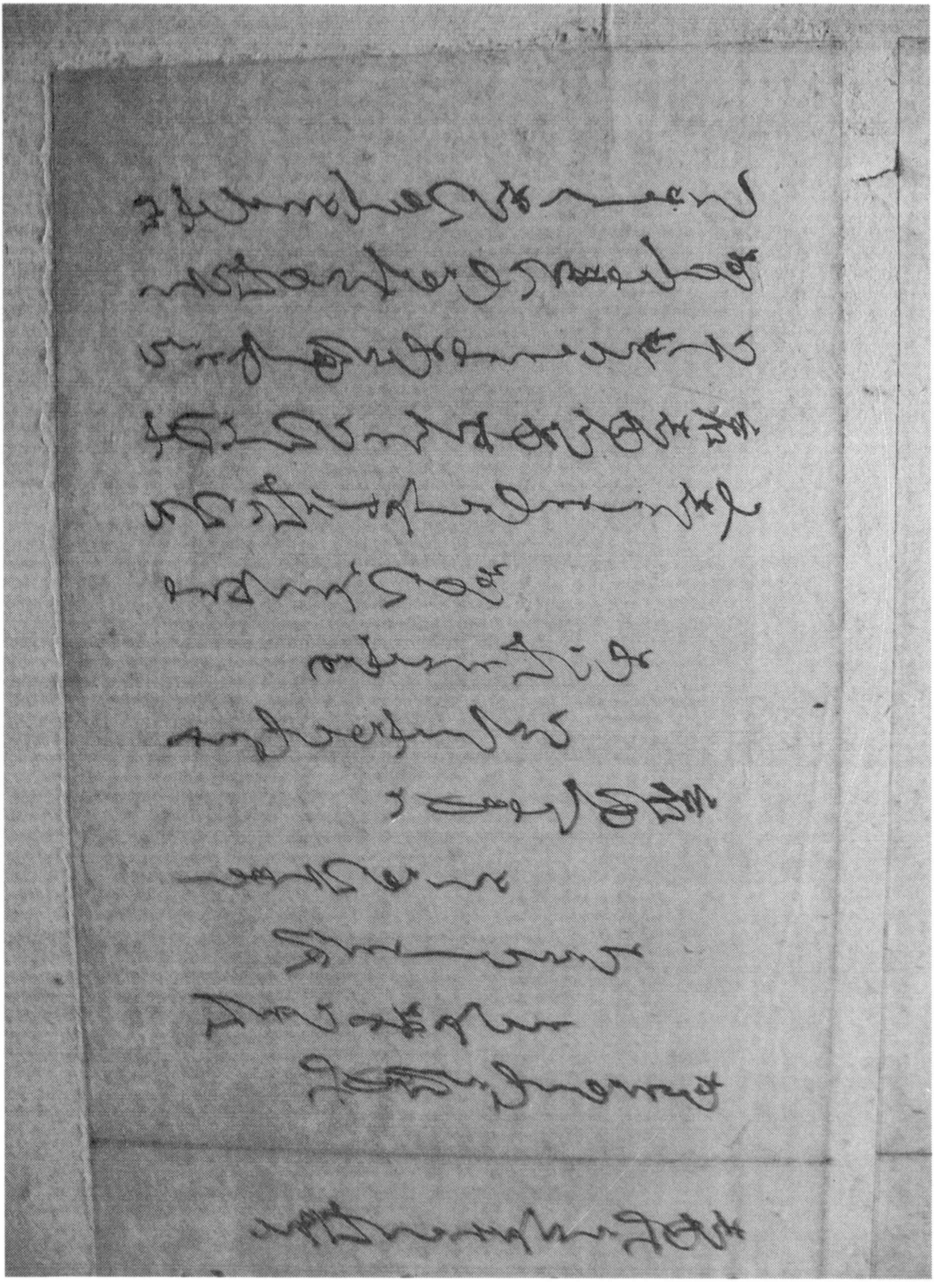

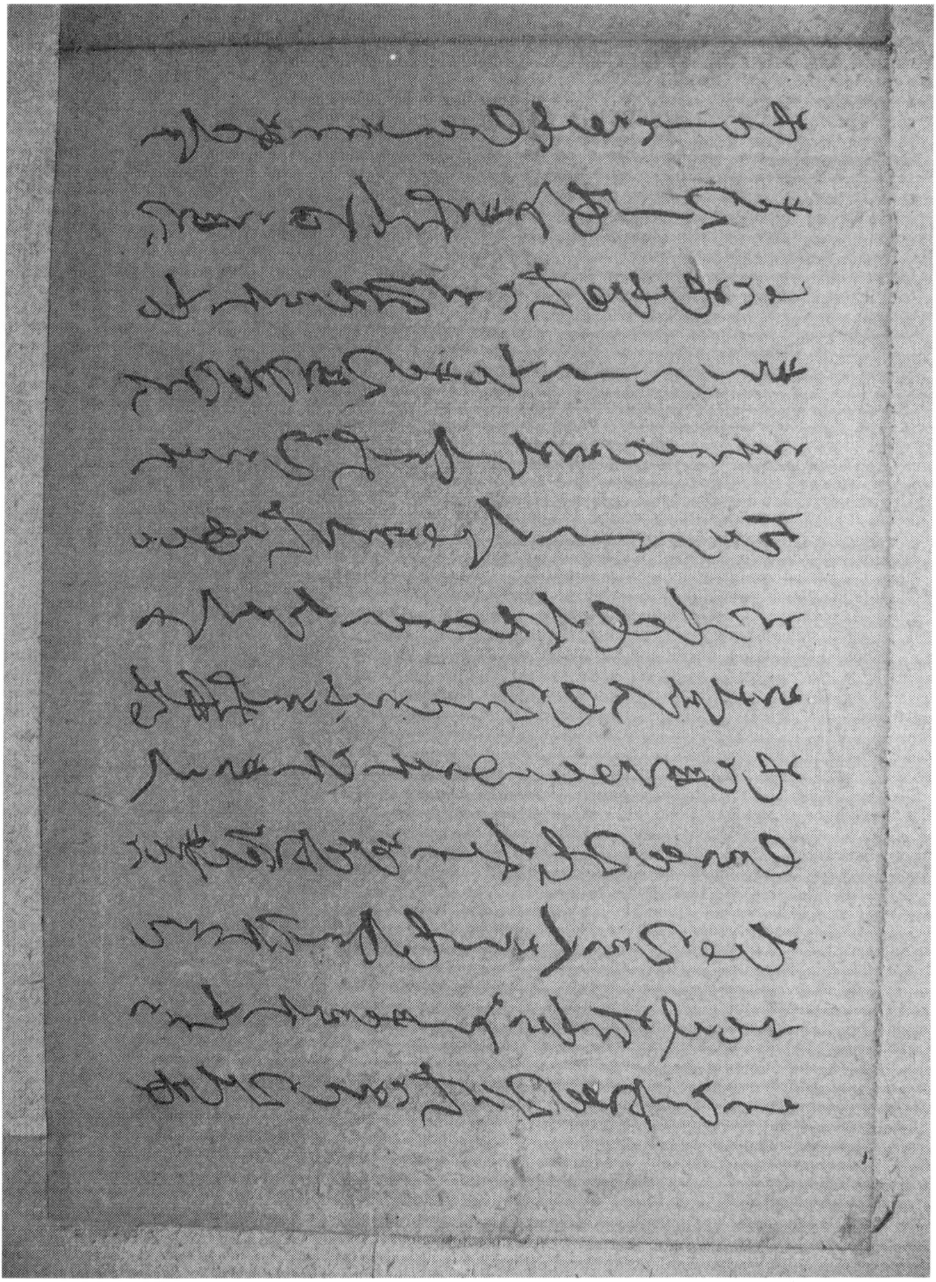

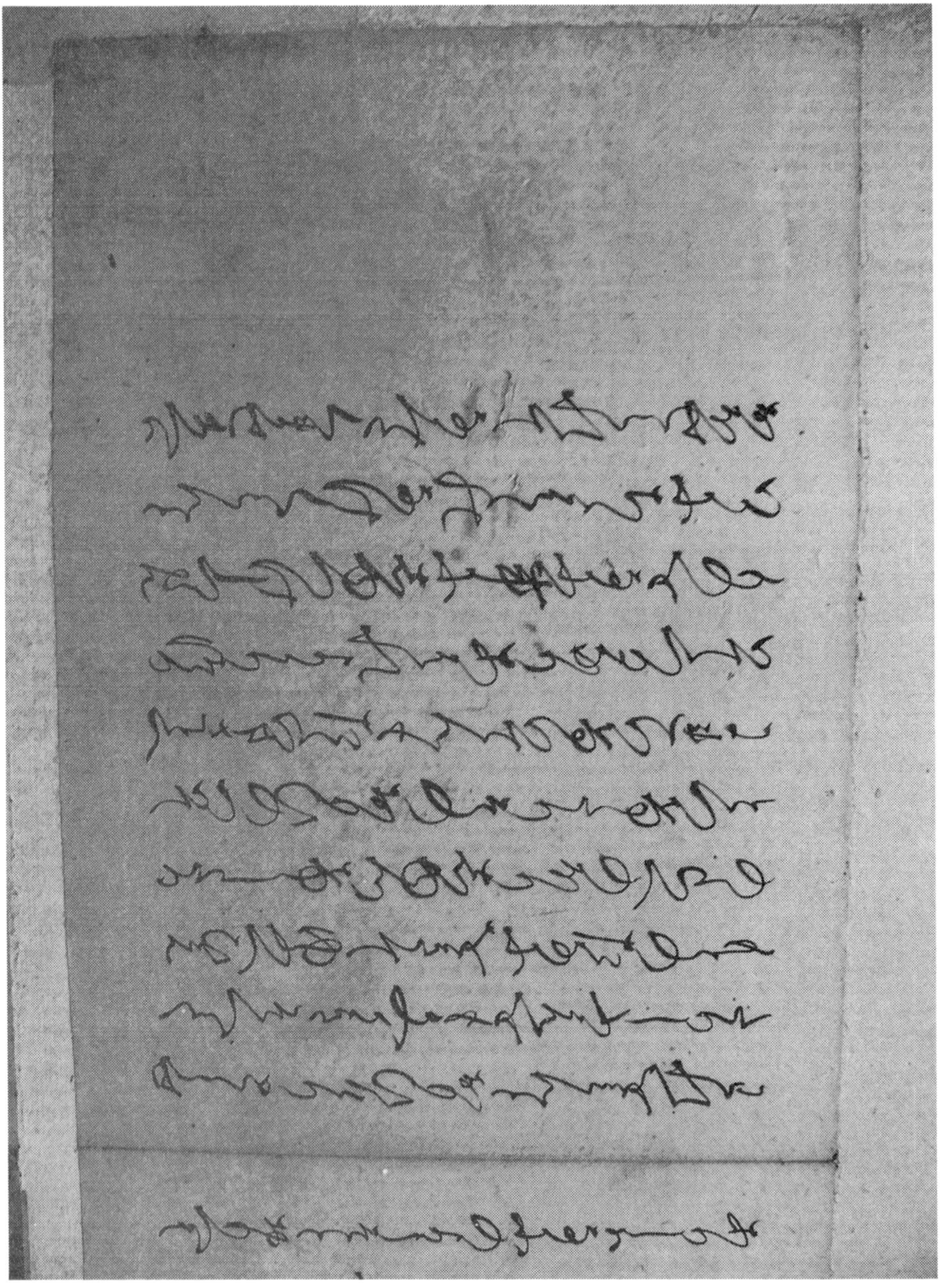

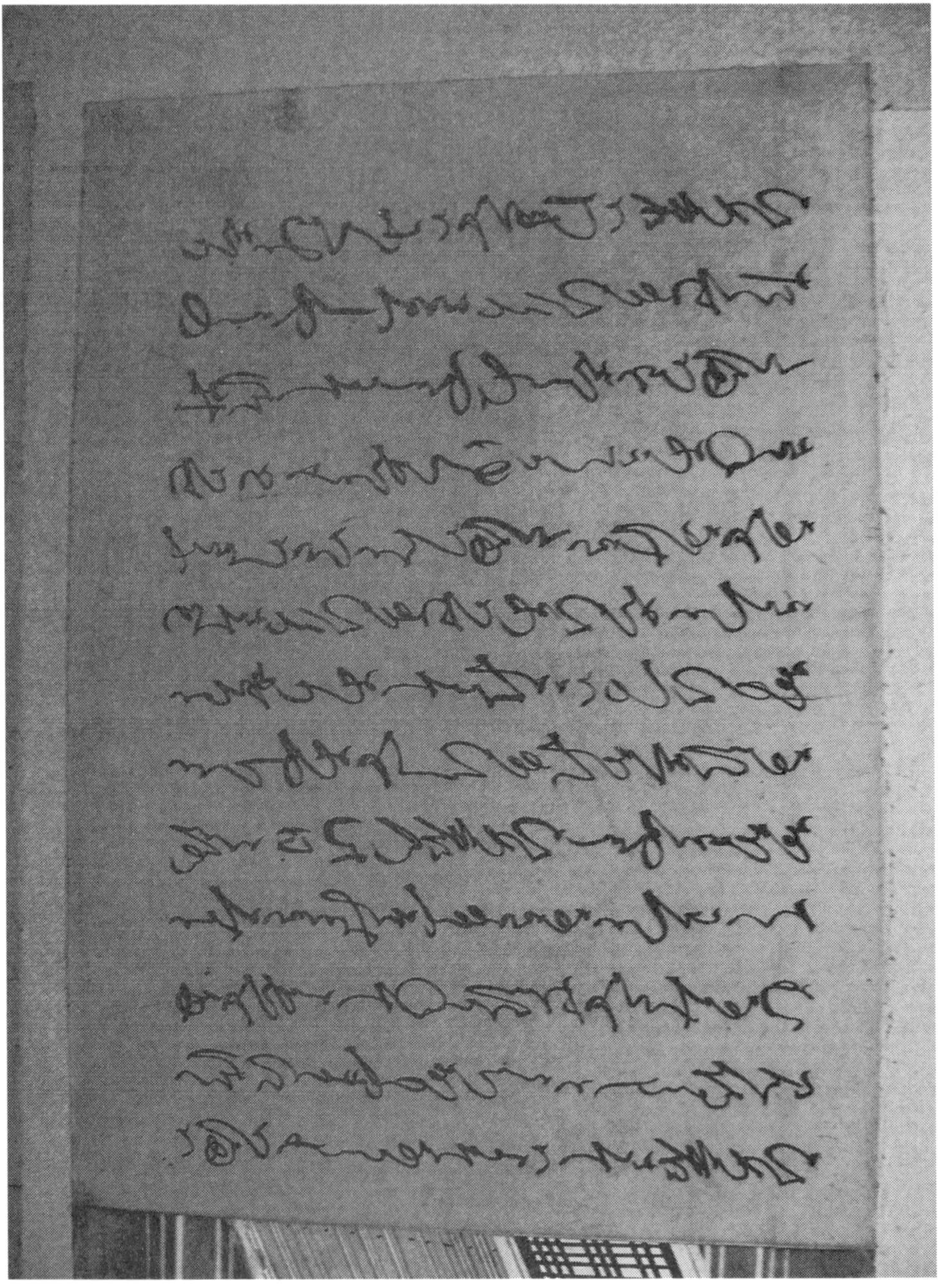

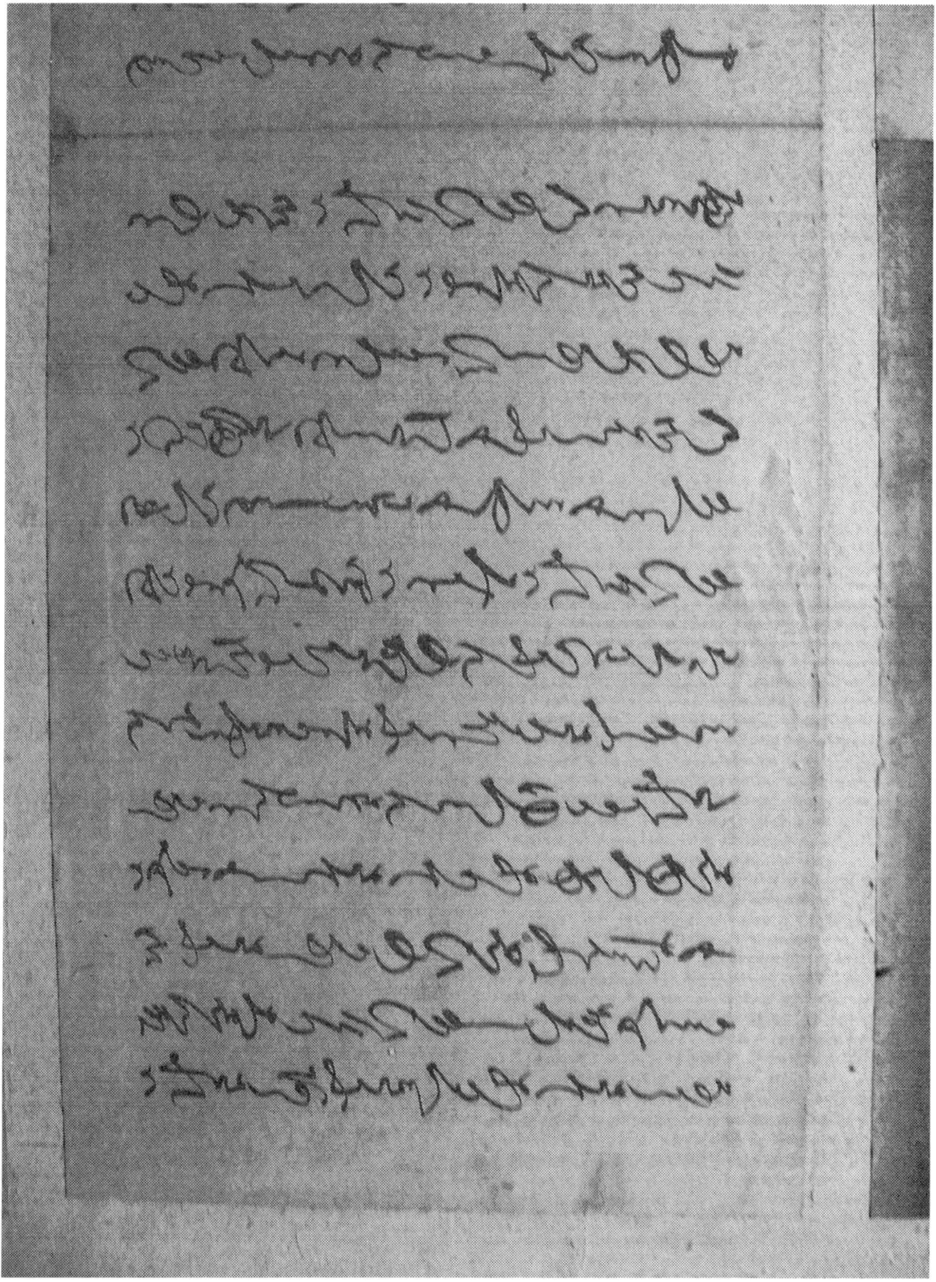

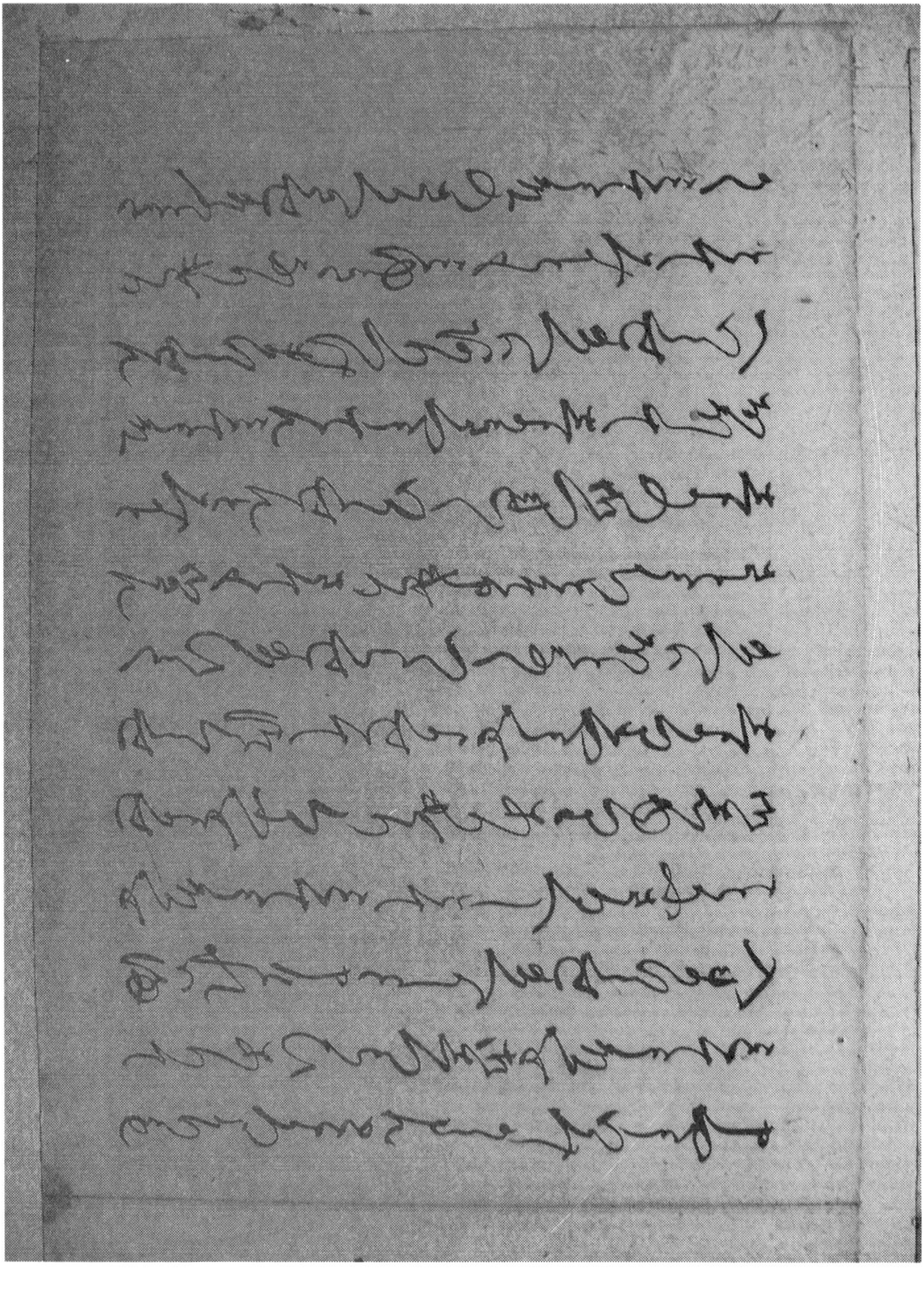

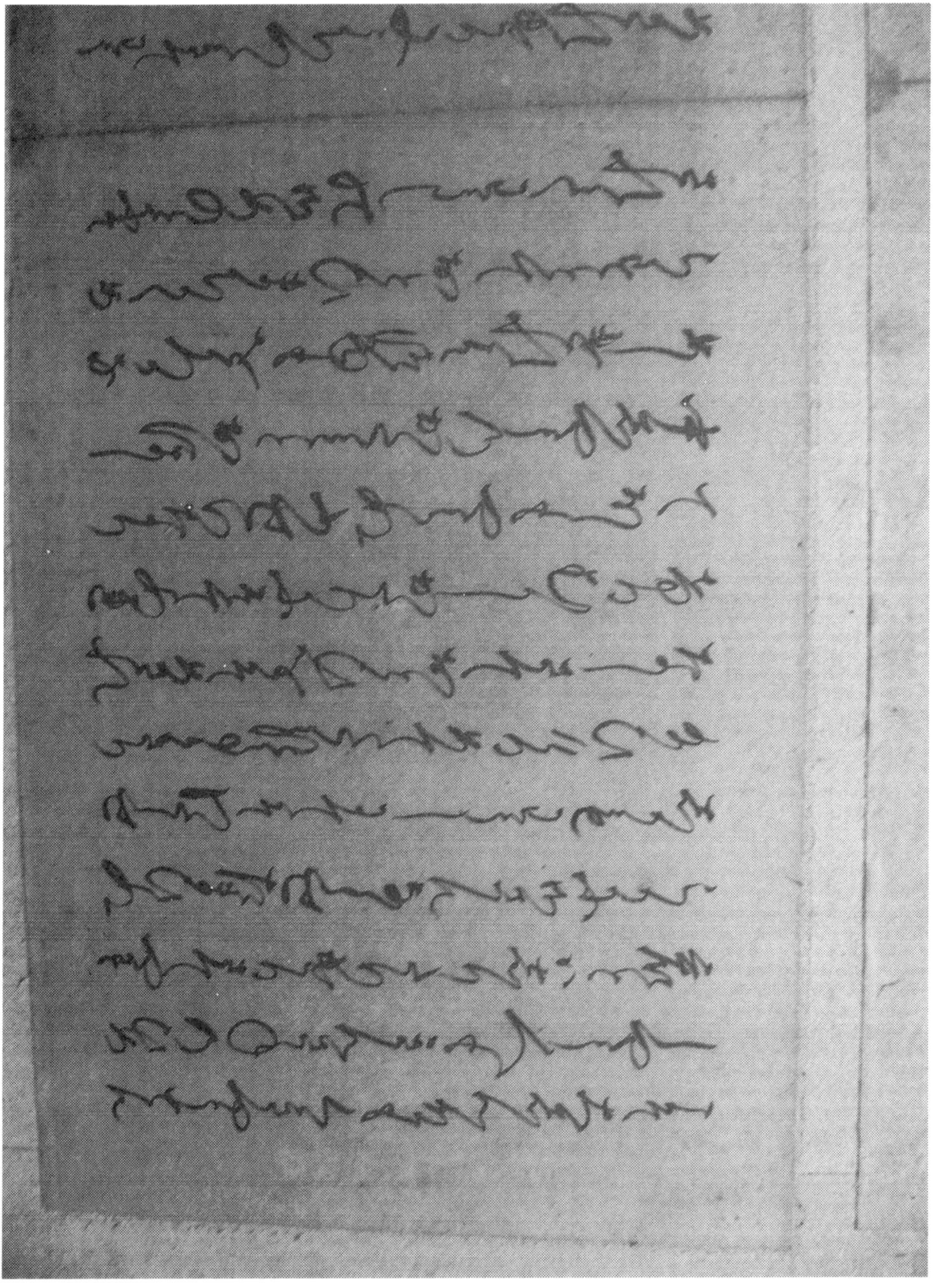

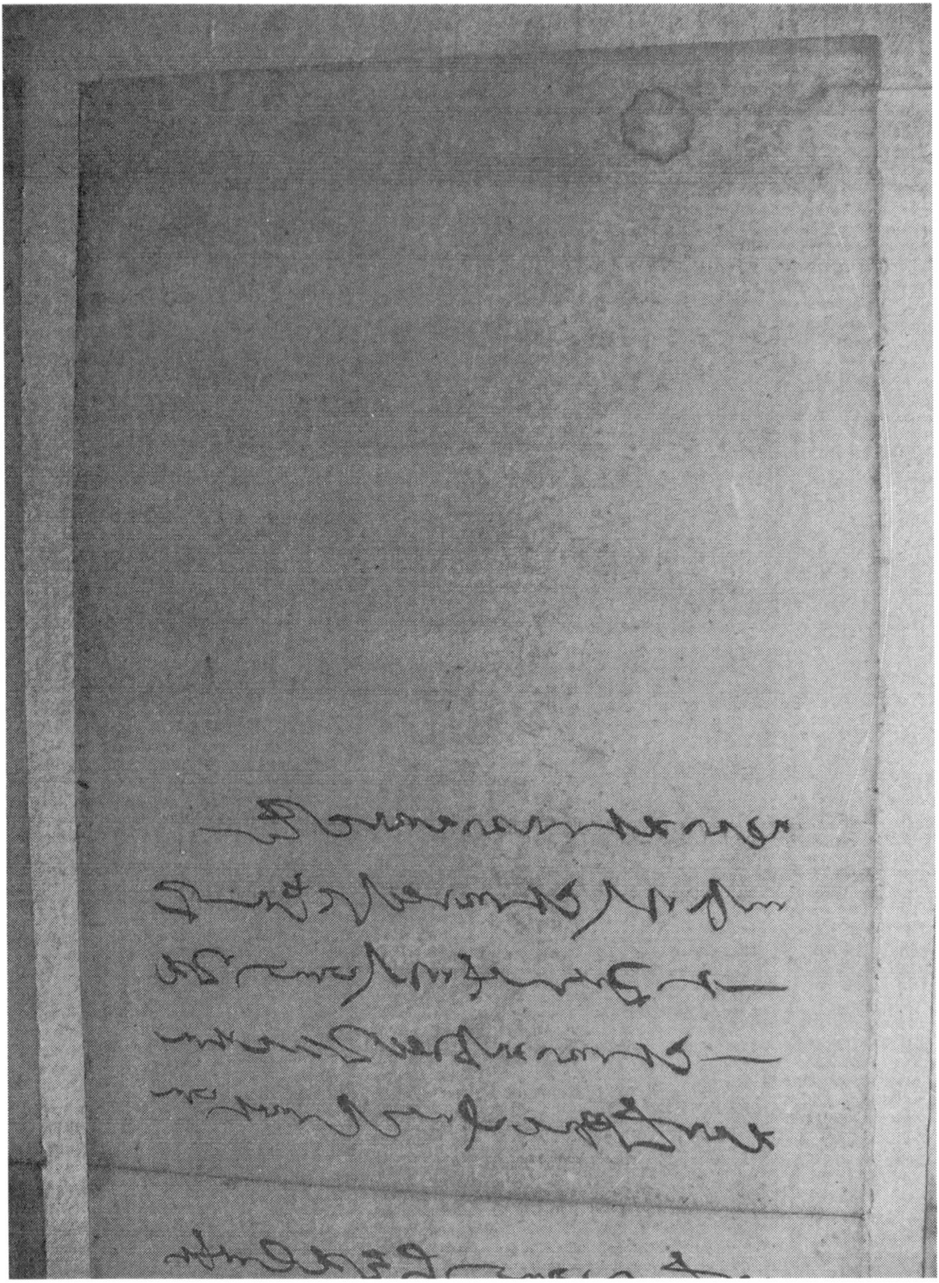

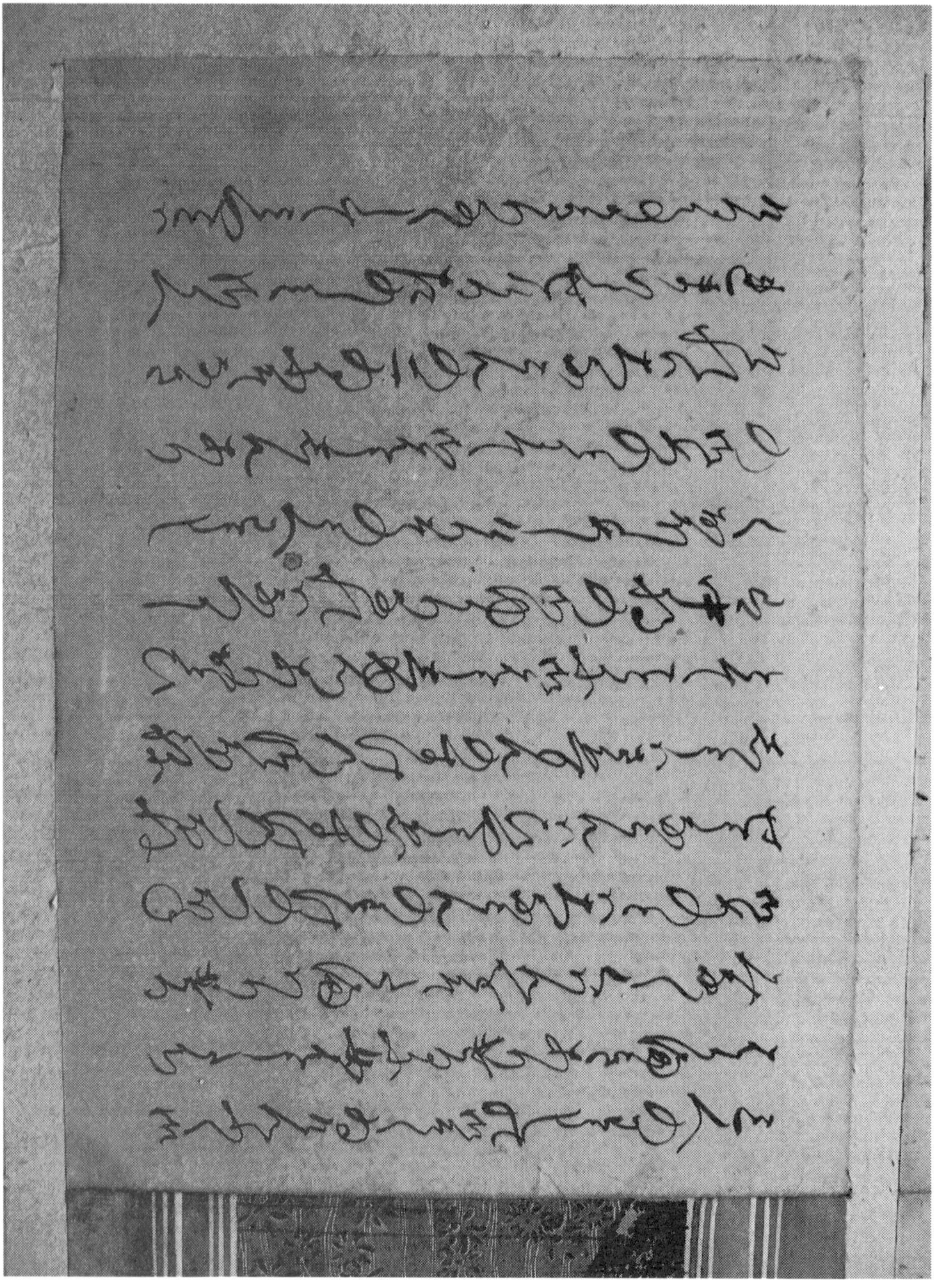

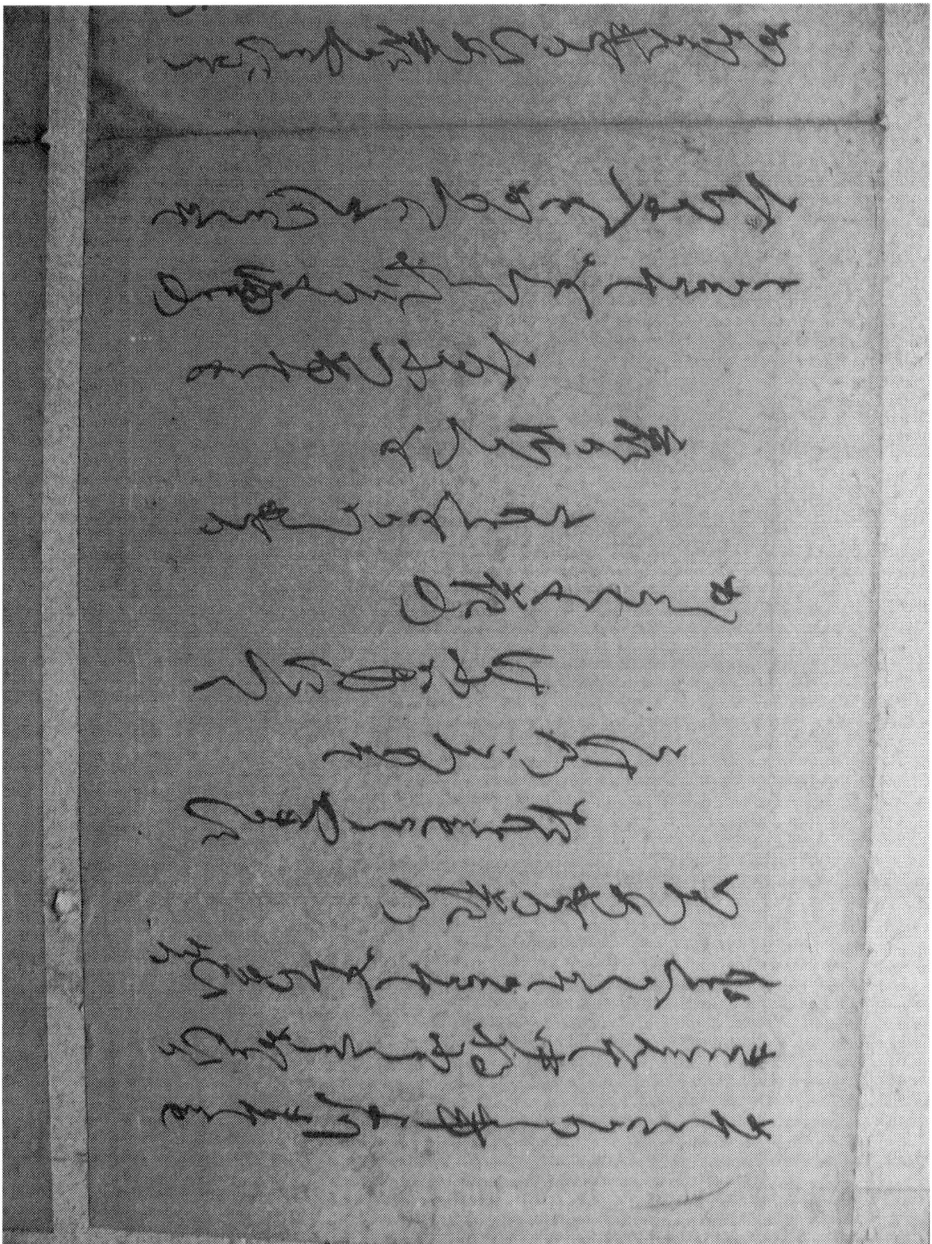

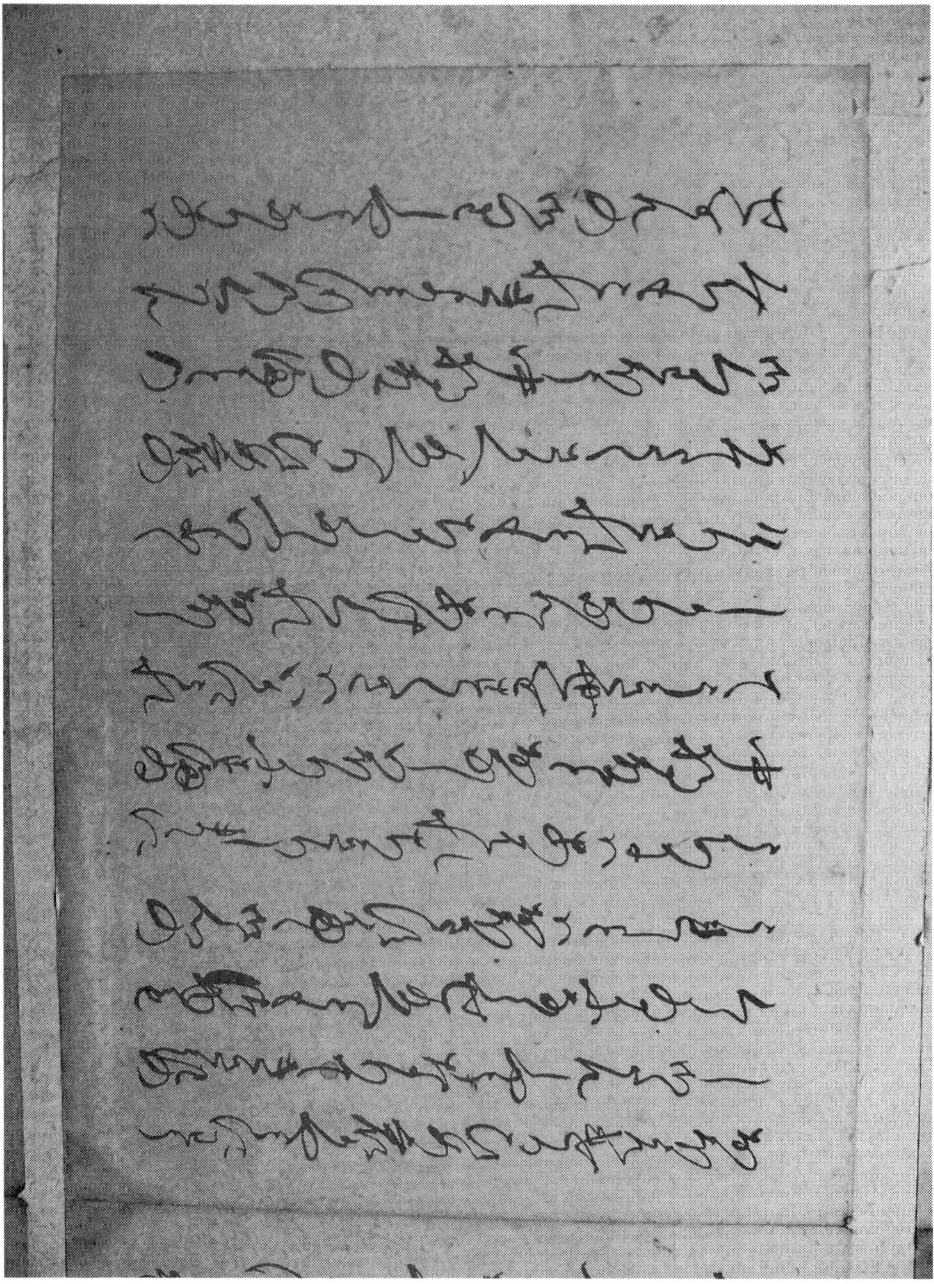

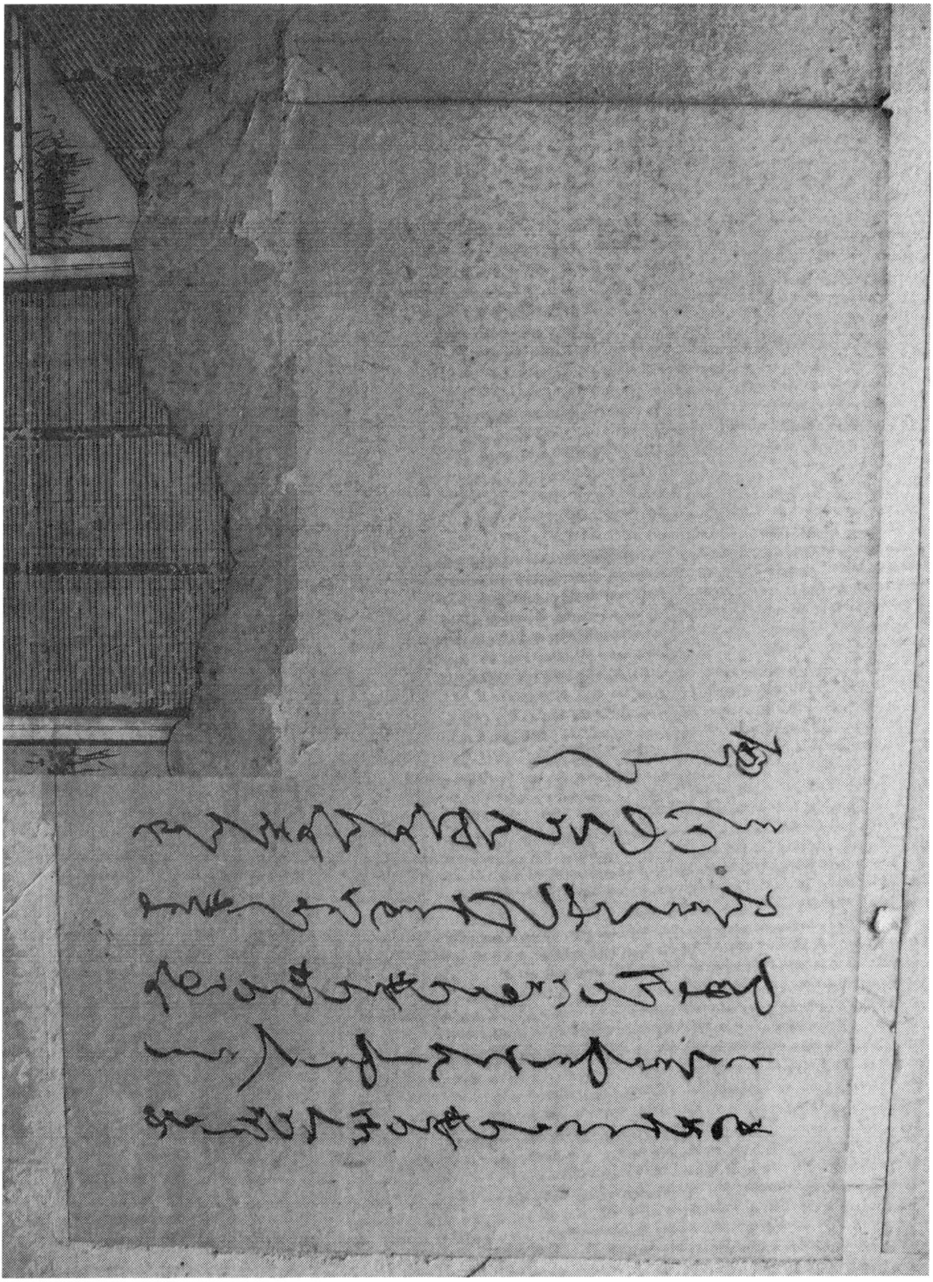

解題

『しぐれ』は、擬古物語『忍音物語』系統の物語。この系統の物語は成立が古く、似た物語がある上に、それぞれの諸本も数多く現存している。『しぐれ』の簡単な内容は以下の通り。

左大臣には、中将と姫君の二人の子がいた。姫君がかぜの心地で清水に参籠しているので、中将が見舞いに行くと、十五六歳ほどの姫君が時雨の中を雨宿りしていた。中将が自分の傘を貸すと、それがきっかけとなり契りを結ぶことになる。しかし、二人の関係は、中将の右大臣の姫君との結婚でうまくゆかず、中将への呪詛等もあって、姫君は結局帝の女御になる。そのことにやっと気付いた中将は無常を感じ出家する。

なお、『しぐれ』の伝本は、比較的に多く存在している。本書は、本来は横型の奈良絵本であったが、現在は一双の屏風に仕立てられている。本文は全て揃っているが、貼る順番は間違っている箇所があるので、それを正しい順番に直して掲出した。

以下に、本書の書誌を簡単に記す。

所蔵、架蔵
形態、屏風装、元奈良絵本
時代、［江戸前期］写

寸法、縦一六・七糎、横二三・七糎
表紙、ナシ
外題、ナシ
見返、ナシ
内題、ナシ
料紙、斐紙
行数、半葉一三行
字高、約一三・四糎
丁数、墨付本文、九四丁
挿絵、二四頁

室町物語影印叢刊19
しぐれ
定価は表紙に表示しています。

平成十七年三月三一日　初版一刷発行
編　者　石川　透
発行者　吉田栄治
印刷所エーヴィスシステムズ

発行所　㈱三弥井書店
東京都港区三田三―二―三九
振　替〇〇一九〇―八―二一一二五
電　話〇三―三四五二―八〇六九
FAX〇三―三四五六―〇三四六

ISBN4-8382-7048-8 C3019